东莞市文化精品专项资金扶持

素身人

陈柳金 著

SPM
南方出版传媒
花城出版社
中国·广州

图书在版编目（CIP）数据

素身人 / 陈柳金著. -- 广州：花城出版社，2016.6
ISBN 978-7-5360-7966-3

Ⅰ. ①素… Ⅱ. ①陈… Ⅲ. ①短篇小说－小说集－中国－当代 Ⅳ. ①I247.7

中国版本图书馆CIP数据核字(2016)第118269号

出 版 人：詹秀敏
责任编辑：张　懿　陈诗泳
技术编辑：凌春梅
封面设计：刘红刚

书　　名	素身人 SU SHEN REN
出版发行	花城出版社 （广州市环市东路水荫路11号）
经　　销	全国新华书店
印　　刷	佛山市浩文彩色印刷有限公司 （广东省佛山市南海区狮山科技工业园A区）
开　　本	880毫米×1230毫米 32开
印　　张	10.75
字　　数	270,000字
版　　次	2016年6月第1版　2016年6月第1次印刷
定　　价	32.00元

如发现印装质量问题，请直接与印刷厂联系调换。
购书热线：020－37604658　37602954
花城出版社网站：http://www.fcph.com.cn

目录 Contents

底层叙事的命运书写与悲悯情怀　　胡磊

素身人　　001

解药　　018

只为你嫣然一笑　　033

空窗　　051

暗物质女人　　070

嚣声　　086

慢光阴　　103

语言隧道　　122

指雀　　145

玉米地　　161

堵客	*179*
城市画皮	*192*
壁虎之城	*206*
胭脂红	*221*
母油船鸭	*235*
祖魂	*251*
桐花井	*268*
幸福的鼻子	*283*
微光	*300*
玉液琼浆	*317*

底层叙事的命运书写与悲悯情怀
——读陈柳金短篇小说集《素身人》

胡 磊

陈柳金是我市重要的青年作家,其小说和散文创作均取得不俗的成绩,作品频频发表于国内重要文学期刊,有的作品还被《小说选刊》《读者》《意林》等选载,部分优秀小说作品被选作多省高中语文试题。先后获得2015《安徽文学》年度文学奖、台湾第四届桐花文学奖短篇小说佳作奖、台湾第五届桐花文学奖短篇小说佳作奖和散文佳作奖等奖项。

近年来,陈柳金小说创作关注度颇高。他将后改革时代中国社会转型期环境作为考察对象和文学资源,从城市化与经济社会转型双重语境去审视现代人的内心世界,以平民视角洞察社会人生,追问和反思底层人群在社会转型期和城市化进程中的精神困境,形成浓郁的底层叙事风格。其短篇小说集《素身人》紧接地气,一如既往地将写作视野聚焦于底层群体的生存状态和精神取向的书写,刻画社会转型期底层人群的众生相。其间既有为生计疲于奔波的的士司机、饱尝辛酸的补漏工人、高空作业命悬一线的空调修理工和LED安装员,又有渴望与人倾诉的都市丽人以及因精神压抑试图走出心理阴影的银行从业人员等。作者将笔触零距离探进他们的心灵深处,与故事主人公同声共气,撩拨开他们庸常生活挤压下紧锁的情感面纱和触动人心的生命之弦,道尽个中酸楚与苦痛、孤独与忧伤,别开生面地群塑了一组挣扎在生活罅隙和人生边缘的人物形象。他们来自五湖四海,怀揣不同的梦想来到城市打拼,城市以宽广的胸怀接纳了他们,以此展现城市杂糅包容和众声喧哗的另一侧面,以小见大折射当代中国在城市化进程中底层人群的精神取向和价值追求。

陈柳金的小说在底层叙事的大悲悯中凸显人类问题意识。一个作家打量世界、拷问人心的重要通道是悲悯之心。作家只有赋予其小说深厚的悲悯情怀,才能使创作主体的情感力量与人物命运之间达成内在的共振关系。小说集《素身人》让我们很容易掂量出陈柳金对众生的悲悯,但他并非一味地同情和体恤,而是带着问题意识去找寻笔下人物命运与时代社会大网之间的内在联系,试图为他们指呈一条认清自我理解社会的精神出口。如《空窗》中叙写郭震牛、曹娟娟、杜琳等打工者的生存状态,他们挣扎在城市夹缝之中,备受内心欲望与生活苦闷的双重折磨。作者在以独特的个案叙事展示压抑的城市窘境的同时,又以人性的视角审视打工群体以合租的方式寻求肉体和精神的慰藉。作者并非把他们在异乡这种"互相取暖"的生活真相置于道德审判的十字架上,简单地将问题展露无遗,而是以悲悯之心和冷峻之笔深入剖析探究根源,把打工群体遇到的性渴望置于人性情感和整个工业文明的环境中去追问和反思,这样作品便具有通之以情晓之以理的悲悯力量。《只为你嫣然一笑》中的各色脸谱是人的表情,也是心灵的更是当下社会的表情。作者写了一个普通小人物的故事,也是这个时代的故事,故事超越了故事本身,成为一个象征,一种隐喻。在故事与意义之间,我们需要发现什么,这是我们更多进入文本内核要思考的。社会生活何其复杂,作家在文本中设置了具有意味的道具,然而它又是人性化的,不是概念化的,由此在对比中呈现了这种复杂,水到渠成地将一个时代的问题呈现出来,并引领读者从社会失衡、心理缺失和精神荒芜等多重视域去追根溯源。陈柳金小说中这种沉重的问题意识始终深深触动读者的心弦,让你抑制不住地沿着其小说叙事的魅力去找寻问题的缘由。这在陈柳金的其他小说如《解药》《慢光阴》《语言隧道》《城市画皮》中也有明显的确证和体验。透过其小说文本,你会发现,转型期的确有很多值得我们深度关注的底层人的底层问题,它直接关系到人的尊严与一个城市的关系,关系到一个社会群体的存在感和一座城市的幸福感。

从命运变数的书写回归城市认同,是陈柳金小说创作的思想基调。陈柳金笔下的小说人物,大多是来自异乡的打工者,他们远离故土,却不断地回望来路与皈依家园,难以割舍与原乡根深蒂固的情结。这种情感成为他们在异乡打拼的潜在力量,他们一方面怀想故园,另一方面又想方设法融入城市,渴望被城市接纳和认同,但现实的种种磨难、吊诡、纠缠、不测甚至荒诞,让生命个体与城市如油入水若即若离,这种矛盾心理使他们对城市缺乏身份认同和精神联袂。城市社会转型期的客观因素,让他们既爱又恨,既温暖又淡漠,既遭罪又受宠。这种现实与梦想形成的漩涡往往成为陈柳金关注的焦点,他塑造了诸多渴求城市认同又不得不与命运斡旋、抗争的小说人物。如《素身人》中的常海岸和"我",一个整日跑的士,一个白天卖酒晚上代驾,他们都希望能在城市成家立业,但现实的残忍屡次摧毁他们的梦想,似乎怎么也够不到能搭载他们去往理想彼国的浮舟。小说把他们对生活的爱欲和命运的折腾写得一波三折,但城市总有温暖人心的一面,那个"为逝者念佛经、为生者唱佛歌"的普济安养院院长,抑或就是城市包容之心和慈悲之心的隐喻象征。其他又如《指雀》中的牧笛和婉玉,《语言隧道》中的蔡晓芸和颜通,《城市画皮》中的秋良和小菲等人物,他们都游走在城市的边缘,都强烈期盼命运垂青而走进城市的中心福地。陈柳金这种回归城市认同的写作理念,是符合大多数外来打工者心理期冀的,也契合城乡二元结构分化和城市化进程背景下人们真实的价值追求和普遍向往。

在场感是陈柳金小说创作的鲜明特征。他的小说文本真实客观地呈现社会转型期底层群体的生活方式、生存心态、思维模式、价值理念、终极关怀等方面的现实状况,深入剖析了他们的现实焦虑与心灵迷茫,在一定程度上成为观照城市社会底层群体的精神镜像,对研究转型期城乡中国的物质精神生态具有一定的价值意义。陈柳金直面工业文明和城市化迅速发展给人们生活带来的影响,以独特的精神思索试图构建心灵世界应该遵循的生态法则。他的小说生活气息浓郁,能从纷乱的生活中抓住或提取一个意象,与人物的生活和心理有效串联,从而使小说具有一种整体的生活实感。叙事新颖,立意独特,结构精致,语言优雅,兼具现实主义和浪漫主义的艺术倾向,是陈柳金小说比较明显的艺术特征。短篇小说集《素身人》弥漫着深沉的同情与悲悯,闪耀着温暖的人性光辉,从中可以窥见当下社会转型期的众生百态和人心幽微,为我们探视底层群体的精神世界提供了鲜活的个案范本。可以说,陈柳金这种赋予其小说创作探赜索隐的原则态度和拒绝平庸的精神立场，奠定了其小说创作的可贵品质。

（胡磊，中国作家协会会员，东莞市文艺评论家协会副主席兼秘书长。迄今在《中国作家》《南方文坛》《当代文坛》《民族文学研究》等刊物发表文艺评论百多万字，部分作品被《中国社会科学文摘》等转载。）

素 身 人

接到那个电话时,我刚送完酒回到店里。看了一眼酒柜上的瓶子们,浅浅地笑了,今天总算有了点小生意,那些瓶子也闪烁着活泛的光,像酒后之人的脸,红得酱紫却流光回转。仿佛喝下去的不是酒,而是多年的时光,所有日子中的阳光和月色浸泡成一壶液体,那味道,辛辣辛辣的。我不知道怎么恁多人喜欢,昂起脖子咕噜咕噜地喝,把旧时光都喝下去了,哪有不醉的道理。而我,一边把时光卖给人们,一边又把他们拉回现实的时光里。

现在,我正要赶往一家酒店,为一个喝了酒的老头服务。我打了常海岸的手机,那个电子娘们说"您拨打的用户不在服务区",这脚底抹油的又不知到哪鬼混去了。我这地方不太好打的,便在手机上点了"滴滴打车",摁下语音键说了地址,很快,一辆滴滴车便来到跟前。

拨通老头的手机,他叫我上房间去,今晚喝得有点醉。敲开房门,摆了两张围台,十几二十双眼睛齐刷刷地扫过来,我下意识地闪了一下,好像躲开射来的一排箭镞。桌上的大盘小碟已是残汤剩水,摇杯里还盛着酒,一股浓烈的辛辣味扑鼻而来,我又闪到一边,如躲开一道瞎飞乱撞的旧时光。

这些眼睛明显是忧郁的,似乎刚经历了一场锥心之痛,或者席间谁说了一通勾起集体追忆的话。我记着自己的事,与这些眼睛没有交流的必要,便搜寻那双显老而有神的眼。他竟然坐在首席,颔首微笑着,脸像只红灯笼椒。他站了起来,举起酒杯说,让我们干完杯中酒,一起为善良的灵魂升上天堂而干杯!十几二十双举杯的手簇到了一块,我听到玻璃轻轻碰击的脆响。老头抬脚离席,众人毕恭毕敬地把他送到门口,他做了留步的手势,那些忧伤的步子便停住了。老头苍老的步态紧跟着我轻盈的步履,他趔趄了一下,我赶紧搀扶着他。他把一串钥匙塞给我,有点颤抖,有点迟重,眼睛微闭着。我果断接了,在手上抖得哗哗响。我是想用这响声让老头醒着,万一他睡过去,后面的事情就不好办了。

终于找到了车。扶他坐在后座,头耷拉着,眼睛很放心地合上了,他也许又回到了某一年的旧时光里。我发动车子,两道车灯刷亮前方,用力排遣开如水的迷离夜色。

这时,我接到了常海岸的电话。他还是那副轻佻的口气,咋啦,想俺啦?俺正闲着呢,兜了半个城才逮到一瓜半枣!我没好气地说,我在工作呢,刚才不知死哪去了,现在没你的事!常海岸得寸进尺,说,又逮到大鱼了?小心自己被吃了,剩下一副鱼骨架俺可不去收拾!我说了声"呸",就是这个重音把老头吵醒了,他坐直了身子,看了看窗外。我们正经过东江边,江水在夜色里微波荡漾,也像喝醉了酒,甩出一个个罗圈腿,扑通一下摔倒在河床里,再也爬不起来,半梦半睡地打着轻鼾。

老头忽然说,把车停路边!他走下来,打开车尾箱,拿出一个长筒状的东西,走前几步摆放在堤岸上。我坐在驾驶位,不紧不慢地看着老头掏出打火机。嗤!火线燃尽——扯心肝的啸叫声冲起一道火光——砰!艳丽的烟花瞬间绽放。这个镜头投映在江面,江水悸动起来,终于醒酒了,水流的速度一下子加快,要把这惊艳的光与影送到夜的深处。

老头双手合十，像一个默立的雕像。

我的眼睛亮闪闪的，但脸无表情，我来这个城市几年了，从来没有一束烟花为我绽放。我觉得自己是个靠墙墙倒、靠人人跑的倒霉蛋，开酒庄之前，我跟常海岸合伙跑的士，还没回本，这城市就来了场大扫黄，秋风扫落叶，大街上稠密的人群被扫得七零八落。我总是用散乱的眼神可怜兮兮地巴望着逮个剩男剩女，总算来了一个，我还弓腰虾背地拉开车门，再蓄着劲关上，生怕惊跑了"剩"客。这与之前用力把车门甩上时的劲道差了老远，嘣！钝响——嘣！脆响——嘣！彻响。

这样下去，我和常海岸为了拿出租车指标付给公司的八万元茶水费不知猴年马月才能挣回来。分摊的四万元还欠着常海岸，他不急，我急。他说，欠着就欠着，反正这辈子你跑不掉了！我压根不想把自己搭进去，但我得拖着，便佯装红腮怒目道——你以为你是谁，值得我欠一辈子的人还没出现！常海岸倒是打开汤姆猫手游，对着屏幕笑得嘎嘎响，汤姆猫也用滑稽的腔调大笑，简直要捅破天。

说实话，我并不讨厌魁梧的常海岸，但也说不上喜欢。所以他一再央求我跟他住一起时，我没有松口。像他这样一个比热锅还热的北方汉子，你贴近了，迟早会变成一条烤鱼。他总说我是一个冷面人，正好消解他身上的高热卡。他还信心满满地说，出租车生意迟早会好起来的，政府正准备救市呢！

又干耗了两个月，现实摧毁了常海岸的论断，我们还是蔫不拉几地熬着。我上白班，他上晚班。后来又换了班，他上白班，我上晚班。都没用，一点春天的迹象都没有。不能再耗下去了，我已经两个月没给老母亲寄钱。我能想象母亲挣扎着爬起身仰靠在床，调匀呼吸，发出一声深长的叹息。她的力量全在上半身，而下半身，几乎失去了知觉。如一株半朽的腐木，下半段已枯败，上半段却还伸出蓬勃的绿叶。母亲中风在床，大概有半年时间了。

我太不争气了，眼睛噙着泪，空洞地盯着天上的云层，在日光下轻微地游动着。山不转水转，我想了很久，决定承接一个朋友的酒庄。

那晚，我请常海岸上安徽菜馆，他喜欢臭鳜鱼那种似臭非臭的味道。我拿出一瓶古井贡酒，说，今晚我陪你喝！常海岸差点眼珠子都蹦了出来，咂着嘴说，太阳从西边出来了，要不是今晚俺要走桃花运，就是你在路上捡了个金戒指！我认真地说，都不是，今晚吃的是散伙饭！我顺势把事情挑明了，常海岸的脸一下子成了木刻版，他脸上原来的活色生香全跑到了菜肴上，头秃鹫似的垂着。臭鳜鱼、毛豆腐、和合腰子，虽然阵阵香味轮番攻击着他的鼻子，但筷子只象征性地动了动。直到我说，那四万元我尽快还你！他仰起脸说，悲哀，悲哀啊，原来俺在你心里就是那四万元的分量！他一杯接一杯地喝着酒，一瓶几乎都是他喝光的，而菜，只扒拉了几下，那条臭鳜鱼愣愣地张着无辜的嘴。我也不知道是怎么把恁大一个人搀扶进出租屋的，重重地摔在床上时，他紧紧地用手箍着我，我一惊，使劲挣扎，他却箍得更紧。我知道自己掉进了狼蜘蛛的网里，越是反抗便越陷得深。快要窒息时，我狠狠地在他胳膊上咬了一口，常海岸大叫一声松开手，我跑出门，整了整乱发和身上的白衣服，丢了魂儿似的赶回刚盘下来的酒庄里。

常海岸发来一条微信——真的散伙了？连个念想都没留给俺！

我没理，有些事越理越乱。

白天，除了给客户送酒，我几乎都在酒庄。作为一个女子，保持店面整洁和自身洁净是最基本的素质。生意比意想中的要冷清，每天仨瓜俩枣的，仅够对付店租和日常开销，有时连伙食费都没着落。本来酒在这个城市里是仅次于饮料的消费品，但没想到全国上下大刹吃喝风，交警又严查酒驾，加上大扫黄的连锁反应，酒业也受到了冲击。唉，我就是这命，靠墙墙倒，靠人人跑。我真想把自己托付给常海岸，省得一个女人家背负着债还要没日没夜地为半死不活的生意操碎了心。而我还是咬咬牙，用干净抹布为瓶子们细细地擦拭。

你的骨子里再怎么清高，都得面对人间烟火。有一天上网不经意看到酒后代驾的信息，我灵光一现，何不开设代驾服务？于是，我印了名片，正面是酒销售项目，反面是酒后代驾服务项目。

接到的第一单生意就是那个老头。他似乎对我颇有好感，上次把他安全送回家后，他说，下次还找你！我存下了他的手机号，才两天，他又叫我了。

我不知道他为什么要在江边燃放烟花，回到车里时竟然说了一句匪夷所思的话——我佛慈悲，灵魂上天堂，从此得永生！我没向老头追问这话的缘由，我记着自己的职责，不该问的话别问，惹客人厌烦了还不是堵了自己的路？老头又昏昏地睡了过去，我凭着印象往前开，居然找到了他住的小区。谁叫我曾经是一个职业的士司机呢，方向感再好不过了。

老头走下车时脚一软，我只得把他扶上楼，摔跤了对谁都不好。我在他开门时转身要走，他说，犯酒渴了，帮我泡壶茶！我没有理由拒绝。房子不大，却很整洁，似乎还有一股檀香的味道，我跟着他进了书房。

一幅绣着观世音的唐卡悬挂在墙壁正中，前面是一座神龛，燃着一炷香。而靠另一扇墙的书橱里悬着十几挂手串，还有一只铃铛手环。我的眼睛定住了,那些手串于我很陌生,而唯有这手环是熟悉的。母亲在我出生时就给我戴上了,直到上小学才拆下来。母亲一直替我留着,说等我的儿子女儿出生时再给他们戴上,这可是辟邪保平安的吉祥物。

我的感情到现在还是一张白纸,很多男人想写上一笔,当看到他们拙劣、轻浮、毛躁的手时,我就恶心了。宁愿空着,也不愿被当作一张随意划拉的草稿纸。青春经不起这么糟蹋,要写就让有血性、有担当的手来书写。所以谈生儿育女早着呢,连爱情都八字还没一撇。但不知怎么,我一看到那只手环,眼睛就勾直了。

其实老头自己能泡茶,他只是想找个人一起喝茶,而我,也许就是最好的人选。他泡了壶金骏眉,金黄的汤色浮起一股热气,飘向摆在茶几一端的云竹,很淡雅,很清丽,还有几分缥缈。相对无言地喝了几杯,他说,我喜欢你穿白衣服,这样超脱自然!我浅浅一笑,说,习惯了,穿其他颜色的衣服觉得别扭。他说,你穿白衣服好看,很显气质,喜欢听佛歌吗?我眼睛一亮,他说,我给你唱一首敬善媛的《莲心曲》吧!

> 任处池塘,水荷清香,郁郁污泥,养我其芳。
> 不为风摇,不为雨藏,任君来去,守我天朗。
> 本无所染,明妙坦荡,垢净分别,于我何殃。
> 高华岂慕,低秽怎伤,月圆天心,觉此华章。
> 自在腰身立沙洲,浮云闲映碧波心。
> 采莲歌中根尘断,天涯无处不知音。

老头唱得如此柔曼、空灵,词也是我喜欢的风格,正契合我此时的心境。一种清雅之风涤净了他身上的迟暮之气,我轻轻地拍起手掌。

他说，我为逝者念佛经，为生人唱佛歌。

我不解。他递给我一张名片：普济安养院，邹敬仁院长。

他说，以后我可以带你去看看。这是一所公益性的安养院，接收的都是医院放弃治疗的垂危病人，我们用念佛静养取代打针吃药，以佛心的广大和慈悲传送临终关怀。原来在医院痛得生不如死的病人，在佛经的强大气场里，能神奇地减缓病痛，《地藏经》《般若波罗蜜多心经》《金刚经》《大悲咒》，我和弟子们每天为他们念经，用世界上最玄妙的音乐带他们走进一道远离尘俗的清净法门，直到把他们没有痛苦地送往西方极乐世界……

不知为什么，我并没有对这老头和他从事的工作感到害怕，反而有一种踏实感。死是每个人都要经过的一道门，老头却用佛法将死化成了生，生生死死，死死生生，生死轮回，循环往复。人生从来就是从一个未知走向另一个未知，又从一个世界走向另一个世界。

我说，看得出来，你对这项工作很喜欢。

他说，这是一项事业，事业远比工作要有分量。但我也很纳闷，他们的亲人总是忙，从他们生病在床时忙到撒手西去，请一个护工全程护理，中间只象征性地过来探望，好像工作远比生命重要。很多子女跟长辈说不上几句话就闹别扭，一副苦大仇深的模样。两代人的代沟，明显摆在那，他们的子女在这种时候还有什么不能放下的呢，怎么非得较上劲？后来子女探望的次数越来越少，直到亲人离开那天，他们才放下手头的工作聚到一起，那天也许是他们人最多最热闹的一次。办完丧事，他们会请我上酒店，在席间央求我唱佛歌。我唱了一曲又一曲，他们表情忧郁，心里却很快活。该结束的终于结束了，该继续的还得继续！

我想起了什么,问,为什么要在江边放烟花?

他说,那是对逝者祈祷的另一种方式,愿他们的灵魂升上天堂,往生的日子如烟花盛开!

我忽然觉得这个老头很可爱,世间竟然还有人如此敬重生命和灵魂。我正想说什么,他微闭上眼,也许酒劲又上来了,索性伏在茶几上。我不想吵醒他,轻轻打开书橱门,取下手环,往手腕上套,居然很合适。

大约晚上九点,我在店里拖了地,为那些瓶子们净了身,正要拉下卷闸门,一辆的士停在门前,常海岸走下车来,踱进店里,伸手摸了摸那些瓶子。我对那双手有点厌恶,想喝住又止了口,毕竟我还欠着他的钱。

常海岸说,不用怕,即便你是小白菜,俺也不是黄世仁,今晚不是来催债的。

我怕他胡来,说,快了,再过段时间就能还上了。

常海岸手一摆,说,今晚不谈钱的事,别皇上不急太监急,俺今天开心,拉你去兜兜风!

我说,改天吧,太晚了。

常海岸哪里肯罢手,不由分说地把卷闸门拉下来,推搡着把我送上车。我们便漫无目的地穿梭在城市的缭乱灯火里。

后来还是在一间酒店门前停了车,他掏出烟来,慢悠悠地抽完,又掏出手机玩汤姆猫手游。他说,路漫漫其修远兮,不如我们打的吧,汤姆猫就用快语速说路漫漫其修远兮,不如我们打的吧。他说女人一生喜欢两朵花:一是有钱花,二是尽量花,汤姆猫就用快语速说女人一生喜欢两朵花:一是有钱花,二是尽量花。声音尖细滑稽,而我听着很是刺耳,真想把常海岸当汤姆猫狠狠扇两记耳光。

大约又等了二十分钟，酒店走出几个人来，其中一人上了门前的奥迪。

常海岸发动车子，跟着奥迪绕行几个红绿灯，在一修地铁的路段，常海岸猛踩油门，窜到奥迪旁边，轻轻刮蹭了一下，两辆车同时踩刹。奥迪车上跳下一个飞机头，像野兽一样恶狠狠地蹦来，扯住常海岸的衣领拉出驾驶室，酒气熏天地大骂，瞎了狗眼了，怎么开的车！身材高大的常海岸并不恼怒，慢条斯理地说，这位小兄弟，喝醉酒了吧，方向盘咋打那么急，要不报警处理？瘦弱的飞机头酒醒了大半，知道遇上碰瓷的了，但醉驾违法，真报警的话后果不堪设想，便压低声音说，大哥，别，咱私下解决！常海岸伸出四个指头，说，我也不想多要，四万！飞机头哭丧着脸说，太多了，我哪里拿得出！常海岸拉下脸来，少废话！转脸对坐在车厢里的我说，快，打110！飞机头赶紧道，别报警，我这就去拿钱！常海岸说，叫人送过来，要快，扔到前边公交站的垃圾桶里！飞机头蔫头耷脑地拨了个电话。

紧接着，我的手机响了，是那老头，叫我十分钟内赶到酒店。我打开车门，骗常海岸说有个大客户找我买酒，估计很快能还上你的钱了，没等他阻拦，我便伸手拦了辆的士，逃命似的往酒店赶。老头已焦急地在停车场等着，手里提着个塑料袋，喷着酒气说，快，十万火急的事！我发动引擎，狠狠地踩油门，车简直是飞起来的。我闻到了酒精味和汽油味混合成的一种怪味，正乘着啸叫的风灌进我的胃里，翻江倒海，我很想呕吐，但竭力忍着。伸手拧开音响，却是佛经：

南无喝啰怛那哆啰夜耶/南无阿唎耶/婆卢羯帝烁钵啰耶/

菩提萨埵婆耶/摩诃萨埵婆耶/摩诃迦卢尼迦耶……

我正想关掉,老头制止了,说,阿弥陀佛,佛祖保佑!

好像我们正赶往一个恶鬼当道的地方,头皮一阵发麻。而我的眼睛、手、脚、腰,甚至呼吸和坐姿,都体现了一个职业司机的良好素养,果敢而精准地超越了前面的一辆辆车。

十分钟后,我们竟然出现在那个修地铁的路段。常海岸跟飞机头还僵持着站在那,两辆车也怄气似的挨在一起,旁边的车流只能缓慢通过。老头说,开到公交站。经过常海岸和飞机头时,我的心咚咚跳,猛踩了一下油门,车快速往前冲去。虽然车玻璃紧闭着,但我还是生怕被常海岸认出来。老头走下车直奔公交站,把手里的塑料袋扔进旁边的垃圾桶。我大体明白了什么,但我不能捅破这层纸。虽然那个飞机头酒驾违法在先,但常海岸的做法在法院的判决书里会归罪为敲诈勒索,而我既成事实地成了帮凶。这点法律常识我还是懂的。

老头回到车里时,并没有异常的反应,好像只是丢了几块砖。我保持着一贯的冷漠,当作什么也没看见。天上升起一轮圆月,快十五了吧。我喜欢月亮那种纯粹而晶莹的白,就像我喜欢穿白衣服一样。白色,并不代表单薄,而是丰盈和淡定。正适合我,表面看起来淡漠,内心却像水草一样丰茂。

老头呼出一长溜气,终于打破了车厢里的烦闷。小雪,你说人活一辈子是亲情重要还是金钱重要?我没接话,我知道老头并没想着让我陷于尴尬之地。果然,他接着说道——

昨天,又有一个老人走了。她的丈夫早几年不在了,膝下只有一个女儿,却远在美国工作,听说是硅谷高科技公司的高管,一年到晚不分昼夜地忙。她要把母亲接到那边养老,不放心她一个人在家,加上一年又难得回来一次。但她母亲却死活不肯去,说金窝银窝不如自己的狗窝,死也要死在家里。为这事,母女俩闹得很僵,女儿甚至说再也不管她了。就在女儿气咻咻地返回美国后,母亲的身体出现了状况,去医院检查是肝癌晚期,她瞒着没有告诉女儿,不想让刚返程的女儿又请假回来,她知道女儿所在的公司管理很严。医院已不接受手术,等于给她下了死亡判决书,她什么都想通了,只求没有痛苦地离开这个世界,便通过关系住进了普济安养院。刺心的疼痛已使她眼睛凹陷,身体枯瘦,完全没了人形,我和弟子们每天给她念经,佛音减缓了病痛。女儿到底知道了母亲的病情,却苦于一下子请不了假。她在电话里跟女儿说,你放心吧,我在菩萨身边没有疼痛,你也不要问心有愧,这都是命,谁也改变不了。听妈一句话,以后离开那个鬼谷,阎王一年到头把你当推磨鬼,生命都折腾没了,再多钱也是白搭!

这位母亲终于还是在女儿回来之前走了,她走得很安详,完全不像犯过重病的样子。她女儿今天才赶回来,送走母亲后我将一个盒子转交给她,这是她母亲临终前托付我的。她打开的时候,哭得稀里哗啦,你猜里面是什么,原来是小时候母亲给她戴过的铃铛手环。今晚,她一家人请我吃饭,她说在美国读了五年博士,这五年一边当家教一边苦读,累得昏天黑地。没想到毕业后好不容易进了硅谷当芯片设计工程师,也是没日没夜地忙,三年都不知是怎么熬过来的。今年混了个高管,担子更重……

不知不觉间,车子又经过东江边。老头叫我停车,我摁下窗玻璃,天上的月亮很圆、很白,像刚淘洗过的玉石,剔亮地挂在夜晚的脖子上。老头又从车尾箱拿出一个烟花筒。随着那声长而尖厉的啸叫,烟花璀璨地绽放在明亮的夜空里,玉石的光泽转眼变得五彩斑斓,之后又复归原来如水的银白。老头依旧双手合十。我静静地坐在驾驶位上,那或许就是天堂的颜色,所有的繁华过后都得返璞归真地恢复素淡的白。也许这样,每一个灵魂才能获得永生。

　　老头又邀我上去喝茶。檀香味如一只手牵引着我,一直把我拉到书房。唐卡上的观音如常地微笑,檀香轻烟缭绕,云竹清雅依然。一切都没什么变化,但此时坐下来的我,心里却有一头小鹿在横冲乱撞。我尽量按捺着,但那头鹿很躁动,直搅得我心神不宁。我想,要是那个飞机头丢下车跑了,喊来一帮兄弟杀个回马枪,又会是怎样的结局呢?

　　老头往我杯里斟茶,我装作不徐不急地喝着,老头的神情也跟往常没有异样,舒泰、平和,我很佩服他能藏得住事。我说,我想听佛歌!他唱了一首黄帅的《研茶》:

　　　　轮回千百世／朱颜仍未改／红尘辗转多少回／还归土一抔／明日蒙不弃／今日不可得／笑揽苍松向云坐／半在云雾中／半在青山外／茶浓兴方至／更深禅未艾……

　　一个身披俗尘的女子在幽婉的旋律里往深山幽壑徐徐而行,风穿密林,峰隐翠岚,鸟鸣啾啾,流水潺潺。纵使我欠下了人世间的万重债,结下了红尘中的万般孽,在这远离喧嚣的山谷里也能放下一颗被俗世所累的心。我跟随着这个爱念佛经爱唱佛歌爱放烟花的老头,他身上萦绕着一种生生不息的气场,能避开尘埃和喧嚣,阻止病痛和悲苦的纠缠,为神圣的灵魂找到去往天堂的路。天堂大概就是桃花源那样令人神往的地方,芳草鲜美取代了人心荒芜,落英缤纷取代了情世浮华,良田美池取代了广厦豪车,鸡犬相闻取代了明枪暗箭……

一只手伸了过来，紧紧地攥住我的手。做我的干女儿吧！老头用不容置疑的眼神看着我，好像这是他考虑了很久的决定，今晚终于找到了合适的时机，郑重地向我征询。我犹豫着，要是在今晚之前，我也许会答应。那个飞机头一定已认出了我，他以后向老头控诉起我的罪行，我还怎么抬得起头来！

我说，你不是有个儿子吗？

他说，我说的话，在他那里就是过巷风！

我说，佛法无边，你一定会有办法的。

他说，跟心中无佛的人谈佛简直是对佛的亵渎！

我说，佛慈悲为怀，点化众生，就算石头也会开成花朵。

他悲哀地说，我何尝没试过，一点都没用。他早几年就不愿跟我住一起，叫我给他买房、买车。整天跟社会上的狐朋狗友混在一起，只有要钱的时候才给我打电话。假如有一天我生命垂危，也会像那些人一样住进普济安养院，徒弟们为我一遍又一遍地念佛经，而我身边却一个亲人都没有，直到孤独地离开这个世界……

我啜了一口茶，完全不是味儿。他站起来，走到书橱前，说，这些手串都是那些人的家属送的，他们一年到头忙着事业，从来不缺钱，缺的是时间。当他们看到亲人在有生的日子里没有痛苦，心里比赚多少钱都开心。他们甚至要给我送钱、送房、送车，我坚决拒绝。他们中的有些人便改为送手串，推辞不掉，只有收下了。不要小看这些手串，都是价值不菲的藏品。这是印度小叶紫檀手串，这是花奇楠手串，这是条纹乌木手串，这是红豆杉手串，这是天然南红手串，这是海南黄花梨手串……最便宜的都在一万元以上，你随便选一串吧！

我当然心动，也许一条手串的价值便足够我还清常海岸的四万元，但我不能接受这么贵重的物品。老头却用一种信任的目光看着我，好像我不收下，就是对他的极不信任。我的目光在手串上游走，最后盯住了那个铃铛手环。我轻轻地取下，戴在手上。

老头欣喜地说，这是我儿子小时候戴过的，要是喜欢，送给你留个念想！

就在这时，我的手机响了，是常海岸。我一惊，磕了。我对老头说，有点事，改天再来喝茶！他很是失望，我知道他想我叫他一声干爹，但我实在叫不出口。我甩动手臂，铃铛叮叮当当地响了起来。老头痴痴地看着我走出门。

楼下，我拨通常海岸的手机。他大着嗓音说，真不厚道，在这节骨眼上甩了俺，幸好那小子是个怂包，乖乖给俺送了钱。俺在安徽菜馆，过来陪哥喝两杯！

我要是不去，真的有点说不过去，便打了辆滴滴车。菜已上齐，跟上次点的一样，臭鳜鱼、毛豆腐、和合腰子。酒，也是熟悉的古井贡酒。常海岸指着我面前的杯子说，先自罚一杯！我迟疑片刻，仰脖喝了，忍着辛辣，五脏六腑似乎漫过一股滚水，转眼间浑身燥热。旧时光除了有日子的颜色，有岁月的味道，还有时间的温度。我不经意瞥见窗外的月亮，似乎微微动了一下，意外地染上了一层红晕，我摸了摸脸，滚烫。

常海岸为我夹了一块臭鳜鱼，说，人间美味，算是还你上次的！我没动筷子，压根不喜欢这怪味。

呼哧呼哧，看着他的馋样，我感到很陌生。常海岸什么时候变得如此贪婪，当初和他一起跑的时候可不是这样的。哪怕有客户的钱包掉在车上，他都想办法找到对方，原封不动地交还。那时，我觉得他是可靠的，所以在我孤独无助的时候，会萌生靠在他肩膀的想法。才多长时间，他就变了，如此不择手段地掠取钱财。

一条鱼只剩下了骨架，刺拉拉地戳在眼前，但常海岸还举着筷子去找鱼肉。我心里一阵恼怒,伸出筷子挡住了,喝道,小心鱼刺,不该吃的就放弃,否则你会付出代价的!

常海岸似乎没有听我这么大声跟他说过话,更没有看过我这么疯狂地喝酒,竟怔住了。我一连喝下七八杯,终于歪倒了。

我能感觉到常海岸搀着我上了的士,把我扶躺在车后座。车子奔走着,我听到风声和灯火交欢的声音,我很兴奋,嘴里嘟哝着,海岸,海岸!我没有听到他回答,伸腿猛蹬了一下前座的靠椅,常海岸终于说话了,快到了,拐个弯就到你家了!我大着舌头说,海岸,我们去宾馆吧!常海岸说,别闹了,俺不会乘人之危的!

我的心无比落寞,恍惚间看到月挂中天,月色洒满这个醉意朦胧又欲望横生的城市。一股滚热的旧时光在身上狼奔豕突。

我是在翌晨醒来的,太阳穴针刺般疼痛,整个人有一种抽丝剥茧后的疲累。我虽然卖酒,但很少喝,更别说像昨晚一样发了疯似的喝怄气酒了。酒这东西,喝的是心情,高兴的时候能喝一缸,郁闷的时候一瓢就醉。现在想起昨晚那股疯劲,心里有点后怕,胃像被什么揪住了,一个劲地倒腾,喉咙直痒,很想呕吐,赶紧翻身起床,手碰到了什么,一看,是两万块!

手头一直很缺钱,这两沓钱对我有很大的诱惑力,但它们却像烫手山芋,我不敢碰。一口气喝了杯温开水,胃总算舒服了点,但丝毫没有食欲。

我该给母亲打个电话了,响铃好一阵,传来窸窸窣窣声。电话放在床头柜上,但离母亲却是那样远。她一定是双手撑起身子,用力前蠕,颤着伸出手仍然够不着。好不容易抓着话筒了,又使劲撑起身子靠在床上。

我说了声,妈!电话那头遥远地传来母亲的喘息声,小雪,在外要注意自己的身体，钱是流水人是金刚！我的心一沉，眼泪不争气地滚了出来……母亲病了，我却不能在她身边，我还能为她老人家做点什么？我紧紧地攥着那两万块，咬了咬牙，还是放弃了，虽然我已两个月没给母亲寄一分钱。

晚饭后，接到一个老客户的电话，急着叫我送几箱白酒。我点了"滴滴打车"，却好久没来，真见鬼。试着打了常海岸的电话，他居然在家，我叫他把车开到酒庄，顺便帮我看看店铺。他把酒搬到车后座，回到店里玩起了汤姆猫手游。我一个人开着车上了路。

经历了一拨子事，我感到自己真的时运不济，就是这命吧，命里只有三斗米，走遍天下不满升。但我还是巴望着这生意能一夜之间好起来，把常海岸的旧债还了，租一套像样点的公寓，再买一台二手车，白天穿过繁华的街市去送酒，晚上一身素净地为喝醉酒的客户代驾，把他们一个个送回家。很自然地，我又想起了那个想认我做干女儿的老头，虽然他有一个不听话的儿子，但谁又能事事如意呢。他是个好人，他的佛歌很好听，这就够了，此生能遇上这样的人也是一大幸事！

车子不知不觉到了东江边，水波微漾，月色皎洁，这么美好的夜晚，我有了几分醉意。

后面忽然一辆奥迪窜了上来，急速地超到前面，一阵急刹。车门呼地打开，三四个人手抡器械奔来，我一惊，正想踩油门横冲过去，他们已挥出棍棒和砍刀，车玻璃哗啦碎了，我的头被铁器狠狠地击中，身上划出一道深深的口子。车后座的几箱酒也受到了连累，一股浓烈的酒味飘散开来。我能感觉到一股温热浓黏的液体从头上流下来，经过脸颊、脖子、前胸、肚脐……

隐隐约约看到一个飞机头走前来，似乎惊叫了一声，你们搞错了，怎么是个女的！潜意识告诉我，他们错把我当成了常海岸，这就是命吧！我取下手上的铃铛手环，叮当作响，吃力地递到他手里，气若游丝，半个字也吐不出来。飞机头迟疑着接了，手颤抖着，大叫道，你们这帮瞎狗眼的，把事搞砸了！

我的手机响了，这个时候，我知道是谁打的。我竭力睁开眼，看到月亮惊心动魄地挂在天上，刷亮了我身上的白衣和鲜血。我在心里说，老头，帮我放一束烟花吧！

紧闭上眼，属于我的世界慢慢跌入黑暗。仿佛看到江上啸叫着升起一股火光，从发着辛辣味的旧时光里腾空而起，绽放出一朵硕大的花，那么娇艳，那么动人。一双轻逸的白色翅膀正离开沉重的肉身，离开纷繁的浊世，飞向一个令人神往的地方……

2015 年 7 月

解　　药

一

爹已收拾好了东西，连牙刷手帕这样的小物件也没落下。唯独那把剑，还挂在墙上，爹也许没打算把它带走。我坐在音响室，默不作声。剑是属于远方的，而爹的心在老家，爹和剑只是在一个遥远而陌生的城市发生了一次武林侠士般的邂逅。当江湖已远，爹是要回归山林的。而剑，便只有插回剑鞘，做沉睡的铁。

对于我这个城管，生发这样的感慨未免显得矫情。但我是一个喜欢音乐的城管，经典乐曲就像吗啡融进了血液，我的大脑神经常常会怪异地收缩和扩张。有时会缩成一朵蒲公英，有时又会膨胀成一把大降落伞。这种非正常的收放之间，我觉得自己超凡脱俗，每天踩着一朵音乐的祥云。但玩这种发烧音响注定是烧钱的，唐小栩三天两头和我吵闹，吃饭时碗都摔了好几个。爹实在受不了，说，我来的时候好好的，就一个月时间，这个家便成了窝里斗！爹噌地站了起来，挥出那只舞剑的手，我明天一早回老家！无论怎么挽留，爹都吃了秤砣铁了心。

楼下已响起了音乐声，有人喊起了爹的名字。爹换了衣服，迟重地取下剑挎在肩上，真的像一个老侠士。我在唐小栩的骂骂咧咧中回到音响室。电容刚修好,用了八百元,那个师傅一开价就是一千,我磨破嘴皮才砍下两百。那种沙沙声果然消失了,又恢复到原来的音质。

唐小栩就是那时出现在门口的,如母狮子怒目圆睁,又烧钱了,把家底都砸进去吧,这个月没米下锅了,全家都把嘴封住!

我说,又不是拿钱去赌博,嚷什么嚷!

唐小栩的声音提高了八度,比赌博还烧钱,都砸了五六十万了,一套破音响值得吗?每个月还要做房奴、车奴……

我拧大音量,凭空跃起的音响气浪把唐小栩逼得后退了两步。她涨红了脸,一定很恼火,终究没有冲进来。所有的战事都是在饭桌上解决的,这是唐小栩一贯的策略。果不其然,吃饭的时候她便施展了高调训人的才华。

此刻,我不想听音响。想象着爹在楼下打太极剑的心情,一定是沉重、愤慨的。他跟那群大爷大妈刚混熟,总算找到了能唠嗑的人,而明天一早就要回老家去。这不是他的本意,但他骨子里有一种"一口唾沫一颗钉"的硬气。爹此时一定跟着大爷大妈们腾挪有姿,呼啸生风,剑光和红缨在空中穿梭绕行,打出武当太极的气韵。

窗外忽然响起"嗞——嗞——嗞——"的鸣声,很凌厉,很瘆人,耳膜都震得嗡嗡响。我坐立不安,异常烦躁,额上沁出了汗滴。这蝉鸣,一下子把五月的白天抻长了,把黑夜压短了。我极不适应这种时空的调整,脑神经又在无节制地收放。但我在唐小栩生气的时候,忍着不敢开音响,生怕激起她更烈的怒火,冲进来把音响砸了。便踱出客厅,儿子拿着一个盒子,发出"嗞——嗞——"的鸣叫,说,爸,我捕了几只蝉!我爱答不理,蝉有什么好玩的,吵死了,像你妈!儿子嘻嘻地笑了,我告诉妈,你说她坏话!我一把拉过臭小子,恶狠狠地说,敢说我揍扁你!儿子看着陌生的我,我看着淘气的儿子,时间一下子凝固了。

就在这时,门重重地敲响。儿子伸手拉开,爹被那位徐姨扶了进来,当初爹学剑还是她教的呢。爹双手紧捂住肚子,脸上的肌肉痛苦地抽搐着,汗水沿着脸颊往下淌。儿子盒里的蝉不合时宜地鸣叫起来。

徐姨急匆匆地说,快,你爹犯病了!

我赶紧把爹扶坐在沙发上,爹,我送你去医院!

爹决绝地说,不,不去,这是蛇疹,我知道怎么治!

爹接着说了两个字,蚯蚓……

徐姨嘘了口气,对对,蚯蚓管用,他就信这个!

我说,我这就去找!

爹吃力地说了一句,几年前我亲眼看见村里的赤脚医生用这种土方法治好了村里人的蛇疹,敷五六天就好了,一点副作用都没有。

爹的性格犟得很,谁也拿他没辙。你用牛绳拉,他用千斤顶顶住。

掀开爹的上衣,腹部露出一片血红的疱疹,活生生一块鸡血石。

我焦躁地穿上鞋。儿子跑过来抱着我的大腿,我一推搡,闹什么闹,去找你妈!走出门,回头朝屋里看了一下,这个铁石心肠的唐小栩还是没有出现。

徐姨从后面追上来说,多找点,要快,越快越好!下楼时与慌乱成一团的大爷大妈的目光对上了,我顾不得跟他们说什么,径直去管理中心借了把短柄铁铲,便开着车消失在仓皇的夜色里。

二

我说过,我是城管。城管除了管流动摊贩,还管泥头车,当然,还有其他杂七杂八的职能。泥头车按规定晚间上路,我便通常上晚班。主要是盯紧那些土头土脑的车,只要泥土抛撒出来污染路面,就要逮住处罚。看了看表,八点,十点要上班,只剩下两个钟的时间。我四处游荡了一圈后,竟然发现这个城市裸露的肌肤少得可怜,混凝土把地面封得严严实实,他妈的全是坚硬的龟壳。哪怕费老半天劲找到一处泥土,一铲子下去,却是乱石,铁铲被磕破了嘴,在月光下流淌着白色的血液。

真见鬼!我狠狠地骂道。正要挪步逃离,手机响了。对方好像刚做完一件不可告人的事,话语间的气流有点接不上……十点啊……接一下我……到那个……啊……香树丽舍工地!前面几个音节好像一根折断的苇秆,从电流里浮浮沉沉地漂过来,只有最后那个音节才是完整的,所有的铺垫似乎都为了奔着"香树丽舍工地"而去。我支吾了一声,硬邦邦地磕了电话,仿佛铁铲磕到石块的声音,硬冷,决绝。

我必须去找,哪怕挖地三尺也得找到。这老头子,简直是粪坑里的石头——又臭又硬,他决定了的事,航空母舰都拉不回来。我还能怎么着,只得硬着头皮找。但十点就要上晚班了,我祈愿剩下的一个多钟里会有奇迹发生。

好不容易又找到了一处泥土,一铲子下去,却是一堆生活垃圾,臭烘烘的气味扑鼻而来。我马上闪到路边,尖厉的喇叭声吓了一大跳,一辆稀头巴脑的货车从身边冲了过去,扬起大片灰尘。我嘴里直骂,心却被一束强光照亮了。看了看表,九点!把铁铲扔到车尾箱，赶到单位换了制服，开出执法车，火急火燎地直奔香树丽舍。

停好车，站在工地门前的拐弯处，心里虔诚地默念着。过了十分钟，果真出现了一辆泥头车，车灯射出的两道光柱在城市缭乱的灯火里惊惶地晃动，仿佛拉着一车的不明物品。

不知道是路面颠簸，还是泥土装得太满，路上已经撒了一大片细碎的土末。我穿着笔挺制服的身影，恰好在这当儿出现了。我拧亮警用手电筒，强光如孙悟空的金箍棒，在司机脸上划拉了几下。是一个光头，样子很像动画片《熊出没》里的光头强。我想起儿子说的话，爸爸是熊大，一到晚上就跟熊二去抓光头强。光头司机马上像一只泄气的充气球，一踩刹车，排气管哧哧地排出一长串气，听起来很是无奈。我索性拉开车门爬了上去，跟"光头强"坐在驾驶室里。就在这时，"嗞"一声响，很刺耳，我看了看"光头强"，"光头强"也看了看我。

他说，城管大哥，行行好，放俺一马，俺改天请你吃夜宵！

我说，少废话，把车开到前面空地上！

"光头强"只得往前开，嘎一声停在那僻静处。我一手握手电，一手握铁铲，这两件武器让"光头强"丈二和尚摸不着头脑。我在他耳边低语了两句，"光头强"马上像打足了气的充气球，简直是从地面飘上了装满泥土的车厢，用铁铲在土堆里卖力地下了第一铲、第二铲、第三铲……

手电的光亮照着搅动的泥土，很遗憾，我想要的东西没有出现。看了看表，九点三十分，时间迫在眉睫。我扳住车厢的挡泥板，一用劲爬了上去，夺过铁铲一阵疯挖，带出的泥土散发着一股迷人的芳香。我已没有时间去顾及这种久违的气味，下了一铲，又下了一铲……

亮光里,出现了一条甩动的蚯蚓,我感觉到脸上的皱纹瞬间舒展开,绽放成一朵带着泥土香的花。"嗞——嗞——嗞——",居然又响起那声音,我以为是蚯蚓的叫声,马上否定了,像蝉鸣。"光头强"也愣了一下,我已管不了那么多,继续深挖一铲,又一条蚯蚓蹦了出来。接连下铲,都没有落空,这蚯蚓像是约好了似的要在这个时刻破土而出。"光头强"手里的塑料袋已经装了近十条蚯蚓,甩得袋子噼里啪啦响。

我从车厢上跳了下来,说,你走吧,回头把路面冲洗干净,要快!

"光头强"如蒙大赦,连摸带滚爬上驾驶室。车已开出去了,忽然停下来,"光头强"探出车窗,扭转头说,城管大哥,改天请你吃夜宵,喝冰啤!

就在这时,手机又响了,那个声音似乎有了点精气神,却显出几分不耐烦,怎么还没来,黄花菜都等凉了!

我说,这就来,急什么呢,又不是去收复钓鱼岛!

对方的声音明显大了,像你这作风,不被钓鱼岛收复才怪呢!

风风火火地往小区赶。"嗞——",那种像蝉鸣的声音又响了起来,要不是手机响的时候掏出一只知了,我真的怀疑是不是蚯蚓的哀号声。我用肩膀和耳朵夹住手机,头顺势歪着。一只手握着方向盘,另一只手摁下窗玻璃,一扬手,那只挣扎的知了便消失在这诡异的夜色里。肯定是儿子那个淘气包干的,回去好好收拾那臭小子。

是唐小栩的声音,死哪去了,这么久还没找到,爹痛得要命!

她的这声责怨反而使我温暖,我说,叫爹忍忍,快到家了!

停好车,塑料袋里的蚯蚓也许睡着了,只轻晃了一下。我提着一袋子的梦回到家,爹仰坐在客厅的沙发上,很绵软,像一条巨大的蚯蚓,乏力地扭动着腰肢。那把剑歪放在沙发上,发出微弱的光。昏暗的灯光把爹脸上狰狞的表情映衬得更加恐怖,还听到几声长长的哀叹。

唐小栩不知在厨房里鼓捣什么,能闻到一股香味儿。

三

爹,总算找到了!我摁亮大灯,爹的眼极不适应,好一阵才睁开,却有一丝不易察觉的喜悦,这束光被我捕捉到了,像萤火虫,很轻微,也很晶莹。爹用尽全身力气撑坐着,所有沉睡的骨头又苏醒过来,恢复了力量,把他疲羸的肉身支撑起。爹站立着,简直是夺过我手里的塑料袋,一肚子怨气地说,在城里找一条蚯蚓比上天还难!要是老家,在门前的土坷垃里就能扒拉出来。都说这城市要啥有啥,都是骗人的鬼话,连一条蚯蚓都找不到,连一条蚯蚓都找不到,唉……

我第一次看爹自个给自个治病。爹忍着疼痛在大碗里倒进白糖,把洗干净的蚯蚓悉数放进去,蚯蚓慢慢分泌出白黄色黏液。爹用筷子使劲搅拌,蚯蚓成了糊状糖浆,拿棉签蘸了涂在腹部的疱疹上,用纱布盖住。爹长长地嘘出一口气,说,什么都有解药,鲜地龙是蛇疹的解药,八脚蜘蛛是小儿惊风的解药。什么一级医师三甲医院,都不如我这地龙管用。要是到医院,又是抽血又是扫CT又是打吊针又是吃西药,把人折腾得半死不活,等病治好了,人也瘦下去一圈。医生都是宰人不眨眼的杀猪佬,最好离远一点!

唐小栩从厨房端出一碗绿豆红糖汤,说,爹,趁热喝,这汤解毒!

爹深深地喝了一口。唐小栩从沙发上拿起那把剑,挂在爹房间的白墙上。我看到它发出悦意的光泽，好像生活终于以另一种方式挽留了它的主人，它差点沉寂的命运得到了转机。

过了一阵，爹腹部的疼痛果真减缓很多，似乎那鸡血石一样红的疱疹也黯淡了一些，真是神奇。我不得不信服民间流传的秘方，竟然为爹的犟劲感到些许自豪。我很想拧开音响来庆祝这场惊险的成功，但儿子已睡着了，唐小栩心里的那把火刚刚熄灭，我怎能不知好歹地点燃？

放心地去上晚班，顺路接了那个打过两次电话的同事，与他一起去了香树丽舍。他说，奇怪了，明明有市民投诉这个工地泥头车污染路面的，竟然没看到。

想不到的是，第二天一早，家里涌进了一大群穿太极服的大爷大妈。他们提着水果、营养品，甚至有些提着泥块，说，在城里蚯蚓真难找，一大早跑了好几个地方都没找到，最后在一个建筑工地才挖到了几块有蚯蚓的泥巴！那位徐姨是最后一个进来的，手里提着蚯蚓，说，这城里连泥土都很难见到，蚯蚓简直比冬虫夏草还难找，我是叫儿子开车跑到离家十公里的河堤上挖到的！

爹被感动得一塌糊涂，待他们离开后，给我下达了一道命令——去运几包泥土回来，我要养蚯蚓！我知道爹的性格，说一不二，他想办的事哪怕上刀山下火海都要办成。说实话，我打心里高兴，这一病，把爹留了下来。其实爹回去，也是孤零零一个人，娘几年前走了，走的时候劝说爹，你这犟驴跟我犟了一辈子，我走后你跟谁犟去？把这毛病改了，好好跟孩子过日子！爹说，我哪也不去，吃饭留着你的碗，喝酒留着你的杯，睡觉留着你的枕！

我在三百公里外的城市工作，总是放心不下爹，跟他做了几年的思想工作愣是做不通，一个月前几乎是把他挟持到东莞的。他住了几天就嚷着要回去，说地里的黄瓜豌豆莴苣苦瓜番茄洋葱甘蓝胡

解 药 025

萝卜要晒干了,还有池塘里那些草鱼也饿几天了。我骗他说,这城里也有一大片地,改天带你去种点瓜果蔬菜,说不定比家里种得还好呢!爹有了盼头,又住了几天,实在闲得慌,便一个人走上街去。

我是在听帕格尼尼时接到的电话。

对方说是东城城管分局的,你爹破坏绿化带,按规定要罚款!

我一听头都大了,连忙赶去。

爹坐在那两个城管面前,显然是在做调查笔录。他们费劲地听着爹佶屈聱牙的普通话,我大体弄明白了爹的"犯罪"过程——爹听儿子说在这城里有大块地可以种菜,等了好几天儿子都没空,爹闲不住,便一个人上街去找,到处都是高楼大厦,哪有空地的影子。爹看到那个斜坡种着杂花闲草怪可惜的,便买了锄头一阵猛挖,想着把土平整好了栽上瓜苗菜秧……

俩城管似乎觉得爹是一个史前动物,用一种怪异的目光盯着他。当我亮出自己的城管身份时,他们说,没办法,钱是要罚的,已经立案了!

我拿了罚款通知单,经过银行时顺便把一千元罚款打到指定账户上。爹坐在车后座,我从后视镜瞥见他紧绷的脸,好像蒙受了奇耻大辱。他压根没想到在城里种菜要付出如此大的代价,他以仇视的目光看着窗外的城市。

爹啜嚅着说,要是在老家,怎么要赔这冤枉钱!这城市,没一点人情味!

我怕爹又要嚷着回去,脑子里蹦出个想法,说,爹,一点小钱,咱不跟城里人计较。你晚上去练太极剑,这运动对身体好!

爹固执地说,我不去,我一个种地的人练剑干吗?

路过体育器材店时,我还是买了太极服和太极剑,把爹放在车尾箱的那把锄头悄悄扔了。佩着红缨的太极剑仿佛在城市的高楼之间任意挥舞,将带着农村味的锄头打到了臭水沟里。

　　楼下一到晚上便有大爷大妈练太极剑、打太极扇、跳广场舞。当我强拉着爹下楼去时,一位叫徐姨的大妈接纳了他,一招一式不厌其烦地反复教他。没几日,爹居然打得有模有款,呼呼生风。没想到爹在这方面还挺有天赋。

　　加上孙子跟他玩得来,整天缠着他,他的心也就踏实了点。唯一让爹不开心的就是我和唐小栩之间的抵牾,总是三天打雷两天霹雳地闹。后来找到了问题的症结,爹竟然也跟唐小栩站到了同一条战壕里,用那只持剑的手指着我说,你这是哪根筋搭错了,破喇叭值那么多钱吗,你把我几辈子的钱都搭进去了。要是你娘没走,还不被你活活气死!

　　他一说到娘,我的心就疼,脑神经一收一放,太阳穴隐隐作痛。而只有音乐,才能为心灵疗伤。我沉浸在经典音乐强大的艺术气场里,一个人如痴如醉地听巴赫、帕格尼尼、门德尔松,脚踩祥云周游于世界音乐殿堂里。实话跟你说吧,我把这套音响当作红颜知己。那些土豪舍得几百万上千万为情儿买豪宅买地皮买名车买股票买基金买和田玉买翡翠项链,我扔个几十万买套音响有什么大惊小怪的?我的眼神像柔软的手指从音响器材上轻轻掠过,如弹奏一支钢琴曲——单端845功放,六角形天朗AUTOGRAPH音箱,"莲12"CD机。一条喇叭线的价格,足以在市区买下二十平方米。我听的巴赫,比如《意大利协奏曲》和《半音阶幻想曲与赋格》,是1976年录音的飞利浦西德银圈PDO#03版CD,从广州专业高端音响店淘回来的,一张CD上千元。那种音质自然非同凡响,能辨听出音色的细微变化,立体感和穿透力很强。

　　而这正是被唐小栩责怪的原因,她总是骂我中音乐的毒太深,这辈子恐怕都没有解药了。再这样不知收敛，两个人只有重新选择。唐小栩一次比一次说得凶，都推到了悬崖之上，再往前一步，感情便粉身碎骨。

四

爹坐在客厅用蚯蚓糖浆涂抹腹部疱疹，有些地方已结了痂，痛已完全消失。爹的命令不能不执行，没有办法，我只得又找到"光头强"，跟他要了两大袋泥土。

爹的蛇疹已痊愈了，吃完晚饭照例到楼下跟那群大爷大妈练太极剑。他养在大花盆里的蚯蚓居然活了，一有空就在阳台松土。好像盆里种着灵芝仙草，而爹是修炼经年的世外高人。他捏起一条蚯蚓，蹲在一旁的孙子忙跳开，吓得哇哇大叫，爷爷怎么养怪物？爷爷怎么养怪物？爹说，没吃过猪肉也见过猪跑，这是蚯蚓，中药名叫地龙，作用大着呢。身上不长胆，怕个屎！

爹几乎不叫我给他买东西，这次却背着唐小栩要我买智能手机，我很快买了回来，爹叫我帮他开通微信。我简直不敢相信自己的耳朵，他说剑友们组建了一个微信群，就我一个人没微信。我费了好大劲才教会爹，他进了那个群，很快就有十几个人加他为好友。爹发的第一张图片是阳台花盆里的蚯蚓。马上有个叫"乡下徐娘"的人点了个赞，还发了评论：城市阳台新风景，不养花草养蚯蚓！这些字爹都认识，连说，造孽啊造孽啊，城市再大也离不开土地，没有蚯蚓的城市是笑话！我背着爹把他说的话回复了过去。

那天傍晚，蝉一如既往地嘶鸣。似乎蝉是一个镇流器，一到夏天便经受不起用电高峰期的重荷，嘣地坏了，成天发出"嗞——嗞——嗞——"的鸣声。爹的手机几乎不响，这次却意外地响了起来。爹不小心按了免提键,对方焦灼地说,我是徐芬,刚才不小心被开水烫伤了,快挖几条蚯蚓,我上次听你说蚯蚓加白糖能治疗水火烫伤!爹赶紧从大花盆里挖了蚯蚓,用塑料袋装了跑出门去。我愣愣地站在阳台,挖出的新土弥漫着一阵钻心入肺的芳香。

爹回来时满面春风地说,这蚯蚓真是管用,那个徐姨说她也要在阳台养蚯蚓,以后万一出事了好救急!然后又给我下了命令,运两袋泥土回来。我只得再次去找"光头强"要。本来执法者老去找执法对象办私事,对工作是大忌讳,但有什么办法呢,偌大一个城市,我到哪里去找泥土?

那天,我背着爹看了他的微信朋友圈。那个"乡下徐娘"也发了图片,一张是在阳台花盆养蚯蚓的图,另一张是她脚上被开水烫伤已结痂的伤疤。点赞的人竟然超过了三十人,我替爹点了个赞。下面还有一大串评论:

我也要养蚯蚓,但找泥土是个难题!

自从来城里跟孩子一起住,都好几年没见过蚯蚓了!

我以前就是用蚯蚓治好了褥疮,不打针不吃药,很神奇!

城市那么大,蚯蚓哪去了?

城市是蚯蚓的坟墓,很想念以前在农村老家的日子!

老家的土地庙有副对联:人生土是根,命存地为本!

……

不出所料,爹在晚饭后又给我下了一道命令——运三十袋泥土回来,剑友们都想在阳台养蚯蚓!

爹跟我说这话的时候,我刚从音响器材店订购了一条桥线,一千多元。当送货员上门时,我才发现钱不够,只得硬着头皮跟唐小栩要。她一听便火冒三丈,你这狗改不了吃屎的,又去烧钱,你那破音响全是阴间里的鬼。这日子没法过了,我跟你耗不起,以后咱桥归桥,路归路,你跟破音响过日子去!啪一声,手里的萨米特陶瓷杯摔在地上,一地渍水和碎片,几片柠檬圈像车轮散落着。我的脑神经剧烈地一收一放,仿佛看到一起惨烈的车祸。

只得退了桥线,无比郁闷地开着车去找"光头强"。拧开车载音响,是陈超的《解药》——

> ……
> 你不是我想要的解药
> 不值得我对你那么好
> 我中的毒我自己解掉
> 再痛也不要假的拥抱
> 你不是我想要的解药
> 总会有谁对我比你对我好
> 你下的毒你自己喝掉
> 我刑满了不再坐你的牢
> ……

我一向不听流行歌曲,听多了那些经典音乐,总觉得流行歌太矫情、太轻浮。但不知怎的,这首歌却濡湿了我的眼。唐小栩说我中的毒太深,这一次竟闹到了分道扬镳的地步。我买音响前前后后花了五六十万,差不多能买一套房子了。离开了音响,我觉得日子是苍白的,生活总得还有比吃喝拉撒更纯粹的东西。以致有人想高价买整套音响,我一口回绝了。而现在这大环境下,单位没什么福利,完全靠工资吃饭,唐小栩怎么能不抱怨呢?所以,我一直在找解药,但越找却越是陷得深。

当"光头强"开着泥头车上路时,被我拦住了,叫他把车开到前面水泥地上，递给他几十个蛇皮袋。"光头强"搞不清楚我葫芦里卖的什么药，都来找他要过几次泥土了。而这一次，却要几十袋！

　　装了满满一后尾箱，还有十袋只能堆在车后座与前座之间的空位上。我感觉自己的车也变成了泥头车，正开往城市这个大填土坑。前面车灯闪烁，双眼迷离间，须臾出现了高耸的楼群，须臾又出现了宽广的沃野；须臾出现了奔涌的车流，须臾又出现了扑棱的飞鸟；须臾出现了黑黢黢的河涌，须臾又出现了清凌凌的溪涧……我的脑神经有点错乱，耳际又响起了唐小栩的臭骂声，他妈的像无比凌厉的蝉鸣。我只有想象着自己坐在家里的音响室，正播放着贝多芬的第六交响曲《田园》，舒缓恬静，自然灵动，婉约悠扬。

　　不经意看了一下后视镜，恍惚间出现了爹紧绷的脸。后面一辆亮着车灯的大货车突然偏离了原来的路线，啸叫着窜上来。我的手离开了方向盘，身体失去了平衡，这个喧闹的世界一下子跌入静谧的深谷。

　　我是在一阵撕心裂肺的哭喊声中醒来的，唐小栩紧紧地抱着我，一边摇着我的身体，一边竭力哭喊，王大宏，你醒醒，你醒醒，以后尽管玩你的发烧音响，我再也不骂你了。我说的是气话，我们怎么能离婚呢，儿子都长这么大了，我们一家人在一起好好过日子！

　　我并没惊动她，脑神经还在急剧地一收一放，一会儿缩成蒲公英飘向半空，一会儿张成大降落伞飘落城市。我看到一群穿清一色太极服的大爷大妈，还有爹，正在城市的夜色里脸呈笑意地舞剑。一个熟悉又遥远的声音响起，大宏，是这几十袋泥土救了你，大难不死，必有后福！我终于相信世上有一种叫灵魂的神秘东西，我刚才听到我的灵魂在说话，它在空中以祥云的姿势飘荡着，最后轻柔地回到了我的身体里。

我睁开眼。

爹说，大宏，你终于醒过来了，苍天有眼！

徐姨说，孩子，多亏这些泥土，像菩萨一样把你从鬼门关拉了回来！

爹和徐姨挎着太极剑，红缨飘飘，美极了。

唐小栩惊喜地抹干泪水，大喊道，王大宏，算你有良心，没有丢下我和儿子独自去逍遥！

我扯了扯嘴角，笑了，感觉有了力量，在家人的搀扶下站立起来，抖抖身上的土末，我闻到了那股清香的气味。我的车被撞得变了形，车尾箱凹陷进去，两扇车后门也歪挂着。一大堆泥土倾泻出来，挡住了那辆大货车蛮横的车头。大货车歪嘴裂鼻，危险灯一闪一烁，俨然一只被降服的魔兽。我一阵惊悚，要不是有车上的几十袋泥土，我早已成了大货车魔爪下的肉松。

这时，无意间瞥见一条蚯蚓从泥堆里探出头来，在路灯下扭动着腰身。

"嗞——"，以为是蚯蚓的鸣唱，却看到儿子手里拿着那只盒子，这声蝉鸣明显带着几分喜悦。儿子脆生生地说了声，爸，我们回家吧！

我摸了摸他的头，说了句——臭小子！

2015年6月

只为你嫣然一笑

小　雅

醒来已是九点,从茶几上的烟盒里抽出一支烟,像慵懒的猫摔到沙发上。啪嗒点着火,她诡秘地看着摄像头,慢悠悠地吐出一个个烟圈,愈飘愈大,终于散乱成一片烟雾。她就是要让这个别墅成为云山雾海,叫老杜找不着人。每次他飙车离开时,她心里就蹿起一股无名之火,噌的燃着了香烟,一圈一圈地吞云吐雾。有一阵子,她觉得自己就是这烟盒里的烟,老杜想抽的时候便抽出一支来,直至抽完一盒,把空盒子扔在这别墅里。烟盒是烟的别墅,而她,是别墅里的一支烟。什么时候开始收藏起空烟盒的?大概有两年了吧。

这烟盒的空、别墅的空和心里的空一起稀释着本就稀薄的空气,连呼吸都是急促的。她不敢走出去太远,也不敢走出去太久,这是老杜的限定。要是违背了,像他这种敢以三百公里时速飙车的人不知会怎样处置她。摄像头像宫廷里的锦衣卫,以鹰隼的眼睛盯着她的每一个动作,她成了透明的宫女,随时接受老杜的检阅。

老杜是不是从古代宫廷里转世的?他收藏的宫廷仕女图,听说有上百幅了,全是那些忧郁、沉思、凝神的,脸呈笑意的一概不收。就连找回来的她，也是一脸的忧思，仿佛是从仕女图里走下来的，他说他就是要找这种类型的冷美人。正如他脸上的表情，一天到晚的肃穆，好像在他的表情谱系里压根就没有微笑的概念。但仍掩盖不了他身上的气场，宛若书香墨韵萦绕着他，走到哪里都有一股子儒雅气，加上一张能说会道的嘴巴里蹦出的都是专业的书画评析。他的生意就是这样旺起来的，已有些年头了。他做的是书画交易，在广州开了个艺术馆，但这两年书画市场受到了反腐潮的影响，官员藏画的一下子锐减，交易量小了很多，他便更卖力地开画展啦，找藏家啦，跑全国各地参加书画交易会、拍卖会啦，简直比日理万机的皇上还忙。一月两月才能抽个时间开着跑车飙回三百公里远的县城，用男人的温暖排遣她后宫式的寂寞。

到底还是放不下心，这么漂亮的人，这么奢华的别墅，换了谁也一样。一次温存之后，老杜用一贯轻缓的口气说，为了你的安全，还是装上摄像头吧！貌似商量，其实是抛出决定。她没接话，她能说什么呢？于是就装上了。房前屋后，楼上楼下，客厅寝室，差点连洗手间也装了。后来老杜也许考虑到有悖于他书画商的身份和儒雅吧，便放过了。但他不轻不重地对女人说，无论我走到哪里，都能在手机上看到屋里的情况。女人当然能掂出这话的分量，没开口，只轻微地扯了扯嘴角，毕竟她的生活费、化妆品费、汽油费等一应费用都是从他口袋里飞来的。

只逗留了两天，一个电话又把老杜催走了。他是在凌晨五点离开的，上车时在脸上戴一只黑白相间的脸谱，保时捷911发出一阵轰鸣，门前凤凰树上的鸟四处蹿飞，红彤彤的花瓣簌簌飘落，好像在以惊恐状欢送一个神秘之人。而树下，停着女人的白色宝马。

女人的愠怒终究架不住沉重的眼皮，转了个侧又熟睡过去。她是被微信提示音吵醒的，从枕头下摸出 iPhone 6。是一张图片，广州的早茶餐厅永远人头攒动,餐桌上摆着虾饺、蛋挞、拉肠、酥炸鱿鱼须和两杯咖啡。跟他一起喝早茶的,也许又是一个美眉。老杜没有法律意义上的妻子,但身边从来不缺女人。她从心里诅咒起他来,喝水呛死,吃饭噎死,走路摔死,开车撞死。看了看时间,还不到七点,便拉上被子蒙住头。她不想让老杜和另外一个不明不白的女人在广州的茶餐厅边喝早茶边欣赏她的睡姿。

再次醒来时,眼睛对上了房间里虎视眈眈的摄像头。她感到自己全身都是赤裸的,被老杜剥得一丝不挂扔在了冰冷的后宫。她连睡裙也懒得换,踱到客厅里,坐在沙发上抽起了烟,一个个烟圈飘向客厅天花板下的摄像头,很解恨,仿佛是哪吒的乾坤圈,在抗议老杜的旨意。眼睛落在了挂壁电视旁边的水族箱,一尾金龙鱼正孤单地摆着尾巴。她觉得自己就是水族箱里的鱼,透明的玻璃永远阻隔不了盯梢的眼睛。无所谓了,把身子都交给了他,还有什么不能屈服的呢?什么隐私权,什么私人空间,全都拉倒吧,像我这种女人,连最隐私的地方都由不得自己做主,就算穿得再严实也是透明的。

把早餐省略了,她多年来都没有吃早餐的习惯,用烟对付过去,简洁,倒是嘴唇干干的。走向水族箱旁的饮水机,一按,下了小半杯水就停了,倒立的桶已经空置,便给水店打了个电话。

大概等了十五分钟吧,期间她把那半杯水分几次喝干了,又等了十五分钟,一辆电动三轮车出现在门口,女人心里有一丝不快。门铃叮咚响起,好一会女人才从沙发上直起身,这才意识到米黄色的睡裙太稀薄,她的透明能给老杜看,老杜却不允许给他以外的男人看。想去换衣服,门铃却又急促地响了起来,送水员已看到了她的身影,她这时闪开显然是不对的时间,便索性拉开门,重又坐回去,把身子埋在沙发里。这样,透明的成分才不会过大。

一个新面孔，一脸的微笑。肩上扛着一桶水，还把身子躬了躬，说，您好，让您久等了，我是新来的大娄！

女人被他脸上的阳光照亮了，按捺着的火气顷刻消弭，却依然忧郁着脸，没回答。这是她一贯的姿态，她不想因为一位陌生男人而有所改变。

客厅大，摆设又多，这位自称大娄的送水员在烟草味里四处巡睃饮水机的位置，站着久久没动。女人只得开腔，喏，鱼缸右边！

大娄终于看到了那个硕大的鱼缸，要不是女人提醒，他还真没看着饮水机。因为从他站着的位置看去，饮水机刚好被一株茂盛的巴西木挡住了。他朝前走去，拿下空桶，扶着桶装水倒立饮水机上。刚想挪步，眼睛却被墙上的脸谱吸引住了，红蓝赤紫，喜怒哀乐。大娄只大概地知道是戏剧里的传统脸谱，还有几个是罩在眼睛上的新款面具。

大娄的笑在这些复杂而神秘的表情面前显得苍白无力，转过身往回走，笑眼对上了女人忧郁的眼神，目光迅疾地滑过她薄如蝉翼的透明，落在烟灰缸里杵着的两只浅黄烟蒂上。大娄躬了躬身，说，下次有需要请随时联系笑笑水店！

早晨的阳光穿过凤凰树照在地板砖上，折射着桶装水，客厅里流淌着粼粼的波光，驱散了笼罩在屋里的阴郁。这天的白开水居然喝出了一种新的味道。她拿起茶几上的空烟盒放到书房的木架子上，上面摆着国内外款式各异的烟盒，有北京的中南海、人民大会堂，湖北的红金龙、黄鹤楼，福建的七匹狼、石狮，浙江的大红鹰、利群，上海的大熊猫，湖南的芙蓉王，广东的五叶神，台湾的阿里山、520，香港的好万年、金香港，甚至美国的总督，英国的约翰王，法国的大卫杜夫，荷兰的黑魔，加拿大的淘金者……

几乎都是老杜带回来的，他满世界跑，每去一个地方，必定会买一盒当地的品牌烟当作礼物送给她。刚放上去的这盒烟,是老杜去苏州参加名家书画展带回的苏烟,烟味里总有一种婉约绵柔,仿佛还闻到了他身上残留着的江南女子的韵味。

女人说,小雅,下次老杜会给你带回什么烟呢?

大　娄

笑,也许是上天留给大娄的唯一资本了。一天到晚都是笑眯眯的佛爷样,好像伤心事从来不会光顾他。即使原来上班的电子厂毫无征兆地倒闭后,他仍然一脸笑意,其实他很担心下一顿会不会端着破碗到大街上乞讨。这么危急的信号还是压不倒笑,他就这样如一只笑眯眯的流浪猫游走在大街上。幸运的是,笑笑水店老板看中了他的笑,二话不说招聘他为送水员。

那天,他给对面海龙湾别墅区的海公馆208送第一桶水。一走进那个高楼林立、绿树参天的小区就迷路了,问了好几个人,全是脸无表情,爱理不理,他像无头苍蝇兜了几大圈才找到。他惊讶于她别墅里的豪华摆设,更惊讶于她漂亮脸蛋上忧郁的表情。大娄走出门时,门前那棵树上红彤彤的花把他的笑渲染得活色生香。而树下,停着一辆白色车,车身上的花红艳灼目。大娄想,好美的婚车。拧着电子打火开关,呼呼开出老远,心里还在犯迷糊——怎么会那么忧伤,一点都不像要出阁的新娘!

回到水店,老板坐在木雕茶几旁,招着手说,来来来,大娄,喝杯观音笑,这是新上市的茶,以后你要多喝!大娄接过薄陶瓷杯,觉得这名字忒好听。轻吹一口气,青绿色的茶面皱起圈圈涟漪,如大娄的笑,随阳光投射在码成墙一样的桶装水上,这个水店便成了一个晶莹的水族箱,地板和白墙漾着跃动的波光。而大娄,是一条微笑的鱼。

他微笑着钻进地下室。拧亮灯,墙上的湿渍洇成一个世界地图,伸手沿湿渍轮廓画了一圈,手指蘸满湿软的墙灰。还有一些扑簌簌地落在墙根和地板相交处,一条白线在昏暗的灯光下异常刺目,如延伸的海航线。湿漉漉的地板,在灯下波光闪烁。大娄躺倒在床,感觉自己睡在海面上,成了一条自由畅泳的鱼,正往海龙湾漂去,一直漂到海公馆208,那个穿米黄色睡裙的女人依旧忧郁着脸,蜷在沙发里喷出一个个散淡的烟圈。太美了,要是笑起来,一定跟他的偶像林志玲一样美……

大娄,送水!

地下钻出一个人来,大娄额头爬着笑,眉毛簇着笑,眼眸蓄着笑,鼻尖亮着笑,嘴角堆着笑,两唇溢着笑,下颌盛着笑,电动三轮车在早晨的阳光里呼呼地开向对面的海龙湾。才一天,海公馆208又叫送水了。穿过一条条忧伤的鱼,愣是不明白这些鱼住在宫殿一样的房子里,为什么还总是板着脸,好像这个世界亏欠了它们什么。他想起胖墩墩的老板娘说的话,现在的人不愁吃不愁穿,不愁风不愁雨,就是成天脸上不见笑,把个城市弄得像阴曹地府。大娄,我们就喜欢你成天笑眯眯的佛爷样!这正是我们招聘你的原因,把笑送给了千家万户,还愁生意不好吗?

这样想着,他又迷路了,七拐八弯才绕到目的地。那辆白色婚车还在,大娄的笑被车身上喜人的红衬得生动有姿。不锈钢门关着,透过门楗隐隐约约看见那女人在客厅走台步、甩水袖,咿咿呀呀地传出一段哀怨的粤曲:

思缥缈、梦迢迢。空楼静悄,风寒料峭。暮暮朝朝,凭栏凝眺,但见冻云残雪阻长桥。烽火弥天鸿雁杳。愁对残山剩水，怕听管笛笙箫。两载伴我空楼唯冷月，夜夜君眠斗帐听寒刁，两地凤泊鸾飘。

大娄就那样定定地扛着桶装水站在门口听。唱曲戛然而止，换了一身乳白色连衣裙的女人打开门，大娄看到她的眼睑挂着泪痕，说，真好听！女人没回答。便径直把桶装水扛进客厅，倒立饮水机上。女人拿了个大水勺去接水，咕噜咕噜，咕噜咕噜，接满了，走向门前的凤凰树。哗啦，水洒在树下，泅开一层浮土。

大娄说，拿这么好的水去浇树啊？

女人破例说了一整句话，梧桐栖凤凰，凤凰落梧桐。没有什么水比梧桐泉更适合凤凰树了……

仍是一丝微笑也没有，倒是起了一阵微风。旁边车身上喜人的红簌簌飘落，原来是花瓣，这婚车便被揭去了面纱。大娄心里一阵喜悦，这女人不是新娘！想着她会在这别墅里长住下去，他就有了踏实感，往回开的三轮车特别平稳。路过文具店时买了一张红纸和林志玲挂画，顺便要了几张旧报纸。

大娄半躬着腰站在水店逼仄、阴湿的地下室，要是稍微把身子挺直一点，头就碰着楼板了。此刻，他心里很潮湿，他不知道女人住在那么豪华的别墅里为什么一点都不高兴，自己哪怕躺在这负一层的地下室喘气都是顺溜的。他看着墙上的世界地图，心里的潮湿发酵起来，幼稚地想，女人脸上的忧郁，会不会与这阴暗地下室里的世界地图有关？顺着老板娘的话说开去，这不是把整个世界弄得像阴曹地府吗？他要让世界上的人都挂满微笑，于是用几张旧报纸贴在墙上，把世界地图全盖住了，思谋着每天用红纸剪一个简洁的笑脸图形贴报纸上。轻轻剪下第一个红色笑脸，蘸了胶水粘上去。又把林志玲挂画贴在报纸旁，她明媚的笑映衬着报纸上的笑，地下室一下子有了阳光。

新的一天,老板又叫大娄给海公馆208送水。半路上,大娄掏出一个红色笑脸贴在了梧桐泉桶装水上。

门前的凤凰花如燃烧的火焰,树上的知了在使劲聒噪,把五月的气温吵上去了几度,空气里流淌着暖烘烘的湿热。女人坐在沙发上抽着烟,烟圈却在知了声里狼奔豕突般躁乱,才离开嘴便飘散开来。大娄穿过烟雾把桶装水倒立在饮水机上,那个红色笑脸正微笑地看着忧伤的女人。

大娄正要转身离开时,女人忽然递过一支烟来,幽幽地说,抽支烟吧!大娄怔在那,他不抽烟,但还是踌躇着接了。女人又递过来打火机,接了,握在手里一看,却是一把龙头刀。他浑身颤抖了一下,刀刃发着寒光,把大娄的笑照得刷白刷白。好像接了一只烫手山芋,慌乱地摆弄了几下,却找不着开关。女人把手伸过来,按了一下龙尾处的银色按钮,刀刃自动弹进了刀鞘里。再摁一下颔下的龙须,啪嗒一声,一团火苗腾地从龙嘴里喷出来。大娄并没有把烟凑上去,而是插在耳根处,躬着腰说,谢谢您的烟!

掏下烟耸着鼻翼闻了闻,另一只手握着三轮车手把,车子左摇右晃,迎面走来的男人失魂大叫,要不是大娄猛然一拐,准定撞个正着。哗啦一声,却连人带车掉进了一旁的水池里,水一下子淹没了头。大娄的意识也许正是这时从美好的幻想中切换回并不美妙的现实,他的笑也就僵硬了那么几秒钟,从水里探出脑袋时又粲然恢复。幸好水不深,吃力地站直双腿撑起身,像一只微笑的水獭抖着水珠。

也顾不得擦脸,伸手握紧三轮车,猛一用劲,右脚却一软,重又掉回水里,大娄手足无措。还好,岸上的男人往物业中心打电话叫来俩保安,他们卷起裤腿下水来,一人握手把,一人托后架,三轮车终于离开水面上了岸。大娄攥住浮在水上的空桶,刚一挪动才感觉右脚酸痛,俩保安伸出手,把他拉了上去。

疼痛感已越来越清晰,他强忍着爬上车,摁着电子打火开关,居然还能跑。在十来米处忽然停了下来,爬下车一瘸一拐地往回走,在俩保安和那男人不解的目光下,坐在池沿用两手撑住身子往池里探去,双脚好不容易触到池底,半个身体淹没在水里。用雪亮的眼睛搜寻着水面,待看到那根在水上漂荡的烟时,一把攥在手里,惊喜得双唇嗫嚅。对着烟轻吹几口气,插回耳根,忍着疼痛在保安的搀扶下上了岸。

自始至终,俩保安和那男人都是板着脸孔的。而大娄,却总是微笑着,好像掉到水里的并不是他。

老板不在,老板娘站在柜台后低头按着计算器。大娄缩起右腿跳到地下室,拧亮灯,墙壁上林志玲的笑带着一种嘲讽味儿,这才看到她两只眼睛上染了褐色的湿渍。大娄点燃打火机烘烤那支湿透的烟,火苗舔舐着烟根,白色慢慢变成焦黄,一股香味让大娄忘了右腿的疼痛。把烤干的烟捧在手里,久久不忍点燃,重新插回耳根。躺倒在床,湿衣服贴在身上黏糊糊的,蜷缩着爬起来换了一身干的,穿裤子时才发现右腿脚踝异常红肿,疼痛一阵接一阵。又顺势躺下,心里说,也许睡一觉就好了!哪怕再痛,在大娄想来都是美好的。把烟掏下来放在鼻尖深呼吸,眼前全是那女人忧伤的影子。睡眼惺忪中,大娄又变成一尾鱼,微笑着游向海公馆208,他多么想把笑传递给坐在客厅朝摄像头喷烟圈的女人……

大娄是在一阵刺痛中醒来的,摸了一下脚踝,痛得叫出声来。望了一眼墙上的笑脸和林志玲,说,大娄,你不能失业!把那根烟藏在行李袋的衣服口兜里,咬着牙沿台阶一级一级往上蹦,跳出地面时,却看到老板回来了,笑着说,老板,能借我两百元吗,我想去看医生！老板和老板娘这才注意到大娄的伤腿，大娄只淡淡地说送水时不小心摔了一跤。这件事的性质便基本等同于工伤了，老板递给他钱。

果真是脚踝崴了，上了药，用白胶布缠了好几重，医生交代他至少一个月不能乱动。心里有了一种要失业的恐惧，但他并没有把惊惶挂在脸上，还是一如既往地笑。

回到店里，老板递来一杯茶，说，来，喝杯观音笑！大娄接在手里，惶恐不定。他缩起缠着胶布的右腿，身体微微晃动。浅浅地喝了一口，完全不是味儿。

老板终于又说话了，大娄，这几天你休息一下，我来送水！

大娄一惊，忙说，老板，我行的，我还有左脚呢！

老板说，你是不是想把左脚也弄崴，我还指望你以后送水呢！

大娄算是吃了颗定心丸，浑身是劲地跳到地下室。用红纸剪了很多个笑脸，一蹦一蹦地跳出地面，往摆成墙一样的桶装水上贴。胖墩墩的老板娘说，大娄，这是干吗？大娄用老板娘说过的话回答道，把笑送给了千家万户，还愁生意不好吗？这正吻合了笑笑水店的经营策略，老板和老板娘听着很是受用。

只要回到地下室，大娄就会掏出那支烟，虽然有些干瘪，但仍散发着香味，放在鼻翼间，深深地闻了闻，觉得地下室憋闷的空气通畅了许多。大娄当然不会忘记每天早晨往墙上的旧报纸贴一个笑脸，他焦急地渴望脚快点好起来，已有三四天没见着那个抽烟的女人了。

大娄去医院换了药，右脚已明显没那么痛了，试着踮在地上轻轻用力，居然能走上几步。这天晚上，老板不在，三轮车停在门口，而老板娘站在柜台后按着计算器。大娄说，老板娘，我去送水！老板娘也许算账太投入，没听清大娄的话。他抱起一桶梧桐泉,所有重量基本靠左腿撑着,拖沓着右腿,一高一低地靠近三轮车。待老板娘反应过来,车已开出老远。

把梧桐泉抱下来,才发现宝马车不在。客厅亮着灯,大门紧锁,大娄按了好几次门铃,最终失望地坐回三轮车上。而那桶蹲在门口的梧桐泉,在灯光下发出晶莹的光,贴在桶上的红色笑脸,像弥勒佛一样呵呵地笑。

大娄沮丧地开着三轮车往回走。高楼群车道的一边一顺溜停着很多车,一辆白色宝马在路灯下异常扎眼。他停了下来,发现前座的车窗没关,探头瞧了瞧,粤曲声中看到了惊人的一幕:一男一女眼睛罩着面具在车上吸烟,那女的,穿着乳白色连衣裙。而那男的,鼻子里喷出一个个烟圈!

他大惊失色,赶紧开着三轮车逃离。这一晚,大娄怎么也睡不着。

老　板

笑笑水店的老板万万没想到新来的大娄上班没几天,会冷不丁摔跤崴了脚,要不是大娄有一张生动的笑脸,他也许就把他炒了。笑笑水店需要有一个活广告,大娄便是最好的广告代言人。没办法,再请一个人是不现实的,老板只有自己挺身而出,一户一户地开着三轮车送水。

在开水店之前,老板对市场做了深入调查,非常看好海龙湾这个大住宅区,里面有五十几栋楼和上百座别墅,住着一万多人。虽然小区门口已开了两间水店,但海龙湾这个大蛋糕足够让更多的水店一起分享。他还惊奇地发现海龙湾的人几乎都不开心,脸上乌云密布,好像阳光从来没有照耀过这个小区。他马上意识到,生活中客户除了需要纯净水,还需要微笑。于是,他的店取名为笑笑水店,一有空便练习微笑。老板本来是一个笑起来不太好看的人,哪怕再怎么练习,脸上的笑仍然很牵强。老板娘说,你不笑还好看一点,一笑要把客户吓跑了!他们便在店门口贴出了招聘启事,竟然没一个人符合条件。凑合着招聘了一人,脸上的笑很生硬,属于皮笑肉不笑的那种,给人的感觉是商场老手讹人的奸笑。只要一找到笑容真诚生动的人,随时叫他卷铺盖走人。果真,那天店里来了一个小伙子,老板一眼就看中了他的笑。就这样,他炒了原来的送水员,招聘这个整天笑得像弥勒佛的大娄。

大娄的笑可以一天二十四小时不间断,开始以为他是那种没心没肺的人,其实不是,他心态好,属于有一口饭就能维持一天,有一锅粥就能维持一个月的人。而海龙湾里的人恰恰相反,他们恨不能白天开着直升机上班,晚上躺在金矿里睡觉。

那次崴了脚,右腿脚踝又红又肿,换了常人早就拧眉皱脸了,但在大娄脸上却看不到痛苦的表情,仍旧呵呵地笑。那天,老板正是照着大娄阳光一样的微笑去给海公馆208送水的。门前停着一辆白色宝马,车身上落着凤凰花瓣。知了在头顶的凤凰树上吵翻了天,拉长了南方五月的闷热白昼。按了门铃,一个穿着乳白色连衣裙的女人手夹香烟拉开门,脸上满是忧伤,老板对这样的表情早已见怪不怪,但他还是脸挂笑意,尽可能笑得自然一点。倒是女人迷惑了,怎么又换了一个送水员?他的笑,远远没有上一个送水员的笑好看!她没说,这点小事犯不着说。

老板一眼就看到了饮水机的位置,走过巴西木,利索地换了水,那个红色笑脸异常灿烂。老板第一次发现,这笑脸在别墅里竟然如此好看。他的目光也被墙上的脸谱吸引了去,粤剧里的生、旦、文武、武生、公脚、小武、六分、拉扯,中间夹杂着几只西方狂欢节的男士和女士面具。

女人坐在皮沙发上抽烟,嘴里喷出的烟圈朝天花板飘去,一圈一圈,仿佛要套住那个神秘的摄像头。老板有二十年烟龄,这在他眼里是个小儿科,便笑着说,你会用鼻子喷烟圈吗?女人愕然,好像她从来不知道有这个高招,从烟盒里抽出一支递给他,老板接了。女人又递去龙头刀打火机,老板熟练地摁了一下龙尾处,雪亮的刀刃弹进刀鞘里。又按一下龙须,火砰地点燃。老板深深地吸了一口,再蓄着劲用鼻子呼气,只见一个个烟圈变魔术似的徐徐而出。女人看呆了,很快又恢复常态,看了一眼客厅的摄像头,轻悠悠地说,改天我们一起抽烟!

老板走出门时还热血沸腾,有这么漂亮的女人约他抽烟,当然求之不得。他老婆一天到晚站在柜台后算账,边按计算器边喝蓝荷,其实来来去去也就几百元,没什么好算的。她那半堵墙一样的身体老横在那,很影响他喝茶的心情。他曾喝骂,天生的水桶腰,减肥能减成黄蜂腰?喝那蓝荷还不如喝几杯观音笑!老板娘也不是省油的灯,红腮怒目地骂道,喝喝喝,一天到晚就知道喝,没听说铁观音有农药残留?难怪一到晚上就软成了狗塌皮!

观音笑真的是铁观音的弟子吗?老板不想考究,但老板娘却真的不是他喜欢的女人。

大约三四天后的一个晚上,坐在木雕茶几旁喝茶的老板接到一个电话,是个女的,问他今晚有没有空。老板的心都要跳出来,是她,居然是她,他激动得语无伦次,找个借口走了出去。

女人已坐在别墅门口的宝马车上,看到他远远走来,便把车开了过去,让他坐副驾驶座。老板心里犯狐疑,抽个烟怎么还要开车去,难道是去一个秘密的地方抽吗啡?老板想着就怕,但他还得保持一个男人的风度。

车绕海龙湾开了一圈后,停在了高楼群的车道旁。摁下前座的玻璃窗,把主副驾驶位调成仰卧状。女人递给他一个狂欢节男士面具,只罩住双眼,鼻子以下的部位像往常一样露着,一点都不影响抽烟。女人自己戴上一个狂欢节女士面具,拿出一包猫头鹰,用那把龙头刀打火机点燃一支。另抽出一支给他,他想伸手拿火机,被她挡住了。啪嗒一声,火苗亮了,他把嘴巴凑上来,深吸了一口,鼻孔喷出肆意的烟圈。两个猩红的烟头在夜色里闪闪烁烁,女人手里总握着那把龙头刀打火机,刀刃在路灯和烟头下发出鬼魅的光。

俩人就这样仰卧着抽,一个用嘴巴喷烟圈,一个用鼻孔喷烟圈。车载音响飘出红线女哀伤悱恻的粤曲《香君守楼》——

> 望断盈盈秋水,瘦损婀娜宫腰。夜夜枕边红泪泛春潮,楼门紧闭不许风情扰,待等候郎归日,再度花朝,怎奈马阮差人似狼嗥虎啸,欺我烟花弱女,欺我烟花弱女,薄命飘摇……

好像眼前秋水迷茫,寒烟渺渺,为这夜色徒添了几分萧瑟。

男的问,为什么要到车上抽烟,别墅里不是更好吗?

女的说,我喜欢外面的夜色,这样可以无拘无束。

男的问,你的男人呢,怎么不跟你一起抽?

女的说,他满世界跑,踪迹无常,却老是用眼睛盯着我!

男的问,那在别墅和在车上抽烟不是一样吗?

女的说,只有在车上的这半小时才是自由的,我可以不在他的视线里。别墅里的摄像头让我感到恐惧。

男的问,你爱他吗?

女的说,我抽的烟,都是他送的,这猫头鹰,是他从越南带回来的。我抽烟,还收藏烟盒,你说我爱他吗?

女的问，那个叫大娄的送水员怎么没来？他的笑很好看！

男的说，脚崴了，等伤好了后，还是他来送。

女的说，那就好，桶上的笑脸图形和他脸上的笑一样好看！

……

抽完一支，男的又从烟盒里抽出一支。拿打火机时摸了一下女人娇嫩的手，再凑上来，大着胆子往她胸前摸去。女人用龙头刀挡住了，说，别乱来，这刀是不长眼睛的！锋利的刀刃使男人不得不老实，女人啪嗒点着火，男的用力吸了一口，嘴巴憋了好长时间，烟圈才从鼻孔里喷出来。女人又说，有时寂寞是不需要其他方式的，就这样在夜色里吸烟，多好！

男人的烟吸得七零八落，一点章法都没有。他看着戴面具的女人，左手夹着烟，右手攥着龙头刀。烟圈正从她嘴巴里悠闲地喷出，往窗外飘得老远。

这时，男人从后视镜看到一辆三轮车远远开来，在车前突然停住了，一看，是大娄！他脸色大变，赶紧把憋在嘴巴的烟从鼻孔里喷出，要是呛着，一咳嗽就被他听出来了。他把戴着面具的脸转向一旁，幸好大娄很快就离开了，这家伙，腿还没恢复就跑出来送水。

女人其实也认出了大娄，说实话，她打心眼里喜欢他的笑。她加了男人的微信，说，今晚就到这吧！

老板回到店里，发现大娄和三轮车还没回来，而他的女人又站在柜台后一边喝蓝荷一边按计算器，好像水店的账永远也算不完。他问，大娄呢，去哪了？老板娘说，刚才接了几个客户电话，送水去了！从这天开始，腿还没恢复的大娄又开始送起水来。他的双腿高低不平，而脸上的笑却灿烂如常。

过了几天，老板接到女人的微信，约他一起抽烟。这一次，抽完半小时的烟后,女人递给他一张票,是本县古代仕女图展览的门票。

也就是那次,他看到了女人的男人老杜。一个近五十的人,梳着一头有点潮男的发型,却身穿一件浅黄色对襟唐装,眼睛非常有穿透力,说话中气很足。老杜在开幕式上讲话,台下是本县的父母官、书画家和应邀嘉宾,他表达了应本县文联主席之邀首次展览收藏的上百幅仕女图这层意思后,说了一番意味深长的话——

我去过很多地方,经常在外面跑,每到一个地方都想办法淘一些字画,这上百幅仕女图就是这样收藏起来的。但每一个仕女都不是脸带笑意的,全是忧思、伤感的神情。为什么呢?因为我常年在外,看过太多献媚和嬉笑的女人,早已厌倦了,唯独对忧伤的冷美人情有独钟,这算是我与众不同的审美取向吧!我又想,人生是一个又一个未知组成的,今天你春风得意,明天也许就成为风中的一粒微尘……

笑笑水店的老板听不进去了,一个男人怎么这么悲观,要是地球人都是忧伤的,这日子还有什么意思?便移步去看画,每一个仕女的脸上真的没有一丁点笑意,全是怨女,他打心眼里排斥。话讲完了,人流涌过来,竟然连观画的每一个人都是蹙眉哀伤的。老板觉得像在开一场追悼会,空气里流淌着一股腐朽的气味,他再也待不下去了,正想转身离开,迎面碰见了老杜和挽着他的女人。老板一阵心悸,老杜却递过来一支烟,面无表情地说,感谢观赏!说着又递去一张名片,老板也递给他一张名片。就这样,"笑笑水店"和"忧忧艺术馆"在展厅里戏剧性地相遇了。他们各自揣上名片,不动声色地擦肩而过,到底是背道而驰的陌路人。老板啪地点燃了烟,鼻孔里喷出一个个烟圈。影影绰绰中,仿佛看到所有观展的人脸上都戴着脸谱,在与上百个仕女们说着千百年前的话。

回到店里，不浅不淡地喝着茶，手机响起微信提示音，打开一看，海公馆208女人发的两张图片，一张是一包漫天游版黄鹤楼，另一张是几个摆满了国内外款式各异烟盒的大烟架。哪怕很想跟女人抽烟，他也知道今晚不是时候，老杜也许正搂抱着属于他的女人。

老板这晚辗转反侧，老板娘几次挑逗，都被他拒绝了，她狠狠地说了句——狗塌皮！凌晨六点半，老板迷迷糊糊有了睡意，跑车的巨大轰鸣声吓得他猛睁开眼，明显感到一阵飓风从门前飘过。

大约半小时后，睡梦中的他被警报器的鸣笛声吵醒了。这个觉算是无疾而终，索性起床，大娄已先他起了来。一群人从店门口急急走过，一打听，才知道前面国道拐弯处出了车祸，一辆疾驰的蓝色保时捷跑车撞上了大货车。他和大娄尾随着追上去，警灯闪烁，保时捷车头凹陷进去，而大货车侧卧在国道旁边的花圃上。好像开保时捷的男人还有一口气，一个女人嘤嘤啜泣地搂着浑身是血的他。走近一看，那女的是海公馆208的女人，而那男的，却戴着一只黑白相间的脸谱！

——他气若游丝地说，小雅，你一定很介意我在别墅里装那么多摄像头，其实只有房前屋后的摄像头在用，其他都是摆设，我是担心你一个人在家……

——他缓了缓气，又说，小雅，给我唱一段粤曲吧！女人做出一个甩水袖的动作，唱出满腔哀愁：

血痕一缕在眉梢，镜里朱霞残照。点点绯红留扇上，空有个闲情写照。添上枝叶夭夭，这桃花似我伤情，朵朵春风懒笑。这桃花如人薄命，片片流水浮漂……

——他翕张着唇,小雅,帮我把脸谱取下来……女人小心地摘下,他挤出一丝笑,说,我以前喜欢你忧伤的神情,在我离开时,还是想看看你微笑的样子……女人擦干泪,脸上居然绽放出如花的笑靥。老杜手一松,在她的微笑里走了……

大娄第一次知道她的名字叫小雅,也第一次看到她笑的表情,真的,她笑起来比林志玲还好看。他掏出女人那次给他的烟,已在衣兜里藏了好些日子,皱巴巴的,一直舍不得抽。啪嗒点燃,深吸了一口,喷出一团烟雾。早晨的太阳已在海龙湾的高楼之间升起,阳光穿过凤凰树叶,照在这片忧伤的土地上……

2014 年 11 月

空　窗

小　暑

跨出那扇窗时，蜷缩地上的安全绳缓缓蠕动起来，像一条响尾蛇。郭震牛紧了紧套在腰间的绳，扳住窗棂，一个俯身和猫腰，便钻进了窗台下面的凹槽里。

果真是排水管出了娄子，地板上已洇湿了一大片，一段白色管子如蜕变的蛇皮软不拉耷地散落着。背上濡湿的郭震牛抓在手里一扔，"蛇皮"晃悠悠地从八楼往下飘，眼神跟着下坠、下坠，却冷不丁停住了。一张结实的蛛网挡了去路，蛇皮躺在上面，像躺在吊床上一样悠闲。而一只蜘蛛，不知从哪里爬出来，对这个不明飞行物做试探性的访问。

郭震牛就是在这时接到王庭磊电话的。

兄弟，往你卡里打了两千元，带杜琳去把孩子做了，剩下的钱给她装台空调，狗日的，那屋子比微波炉还热！

——这缺德鬼，拉下屎橛子却要我帮他擦屁股，我哪辈子欠他的。尽管郭震牛一万个不情愿，但硬是把心里的气话咽了下去。

怎么说你好呢，舒服的事自己占了，遭罪的事甩给别人！

兄弟，我也是被逼的。你放心，嫂子这边我会管住嘴，谁叫我们是铁哥们呢！

——这狗日的，又拿这事要挟我，算是倒了八辈子霉。郭震牛心里愤愤的，要不是蜷缩在凹槽里憋闷，准会把他的破事一件一件抖出来。

你先管住下面的嘴，回去娶了媳妇就要对得住人家闺女！

兄弟，以前是满草地放牛，见草就啃。以后有人管着，只能吃她那垛草了！

——这狗改不了吃屎的，哪怕用牛绳拴住，心也还是野的。郭震牛早就看穿了这小子，总爱往女人堆里蹭的娘泡，哪有不擦出火花的道理？

兄弟我先恭喜你，礼我就不随了，帮你把这摊破事摆弄好，以后好好过小日子！

王庭磊一个劲地道谢。郭震牛收了手机，热劲一下子蹿了上来，浑身热烘烘的，背上、胸前、腰间已是黏糊的湿。换好了排水管，又用仪表测了雪种，明显低于标准刻度。征得主人同意后，接上那只煤气瓶似的雪种瓶，刚加好，天上就乌云压顶，越积越重，终于撑不住破了个大洞，洒下气势汹汹的雨来。

郭震牛定睛看了看对面楼顶，刚才那股袅袅上升的气体不见了。好像嘶啦一声，身上火辣辣的灼痛被雨浇灭，一阵清凉的风伸出轻柔的手指，在他厚实黝黑的皮肤上只轻轻一抚，他便感觉所有毛孔都张开了，饥渴地呼吸着这突如其来的问候。

郭震牛很想伸一下腰，但不行，他只能匍匐在这不足一平方米的逼仄空间里，只要一个闪失，就可能滚出这个窗台之下的凹槽，成为八楼飞坠而下的一颗雨滴，在一声声悲悯的叹息之后，很快就被这座城市和这些城里人忘记。探头看那张蛛网，在窗台和树木之间摇摇欲坠，随时都有被风撕破的危险。那只蜘蛛正仓皇地逃离命悬一线的网，沿着连接树枝的蛛丝步步惊心地过独木桥。而蛇皮似的白塑料管，却还躺在吊床上晃荡着。

郭震牛的心悬在嗓子眼上，风卷着雨袭来，心咯噔一声，蜘蛛倏地掉了下去，一张残破的网在风雨里飘成一面白色的旗。

就在那一刻，郭震牛决定跟曹娟娟买一份保险。

这天早早收了工，在电话里推掉了几个客户，半路上买了一大摞东西。

大约八点，曹娟娟打开房门，眼睛被一种青绿的颜色俘获了，脸上的笑如溪流之上伸展开的树叶，在风中轻轻地摇曳着。她感到了一阵柔曼的凉意，正从四面墙上沁出来，轻抚着被汗水濡湿的衣服。她微闭上眼，很享受这种怜爱的抚摸，仿若溪水漫过每一寸肌肤，每一个毛孔开成了一朵久旱逢雨的花。比郭震牛要轻柔多了，他总是粗犷、焦灼地占领她。这不是她理想中的爱的方式，但她知道郭震牛这人不坏，这就够了。在人来人往的城市里，要找个可靠的男人还真不容易，何况是他们这种上不了台面的感情呢！

轻轻转身，这才看到光着膀子的郭震牛坐在墙角的饭桌旁，朝她咧嘴笑着。桌上，摆着酱鸭脖、卤鸡翅、炒上海青和番茄蛋花汤，还有两杯冒泡的啤酒。都是曹娟娟喜欢吃的菜。她灌了铅似的腿一下子轻盈了，迈前几步，把脸贴在他古铜色的背上，那里有残留的汗渍和酸腐的汗味，而她却像伏在一根散发芬芳的檀香木上。

他说，墙，好看吗？

她说，好看。感觉屋子一下子凉快了，像吹着空调！

他说，早跟你说要买台空调的，这大热天……

她说，这租来的屋子，装了不合算。哪天回老家了，你把它拆下来背回去啊？

他说，我决定了，省下来的钱跟你买份保险！

她一时语噎,把手伸进右裤兜,掏出时手紧攥着,待挨到桌面时,一放手,哐当当,一堆硬币散落开来。有一枚向郭震牛那边滚去,不偏不倚地停在了手边。一握,便被他攥在了掌心里。

而郭震牛,也把手伸进裤兜,从钱包里掏出一叠邮票大小的纸片,放在啤酒杯面前。他们相视而笑,两只杯子用力一碰,白沫吸进嘴里。

曹娟娟每喝一口,便从右边那堆硬币里移出一枚,摆在桌面的左边。就像她每天上班前往左裤兜里塞进二十五枚硬币,按培训老师的要求,每见一个客户或打一个业务电话,便从左裤兜掏一枚硬币到右裤兜。培训老师说,业务员每天至少要见十个客户,打三十个电话。真的照此去做,还不把人累死!

郭震牛也效仿了曹娟娟的方法。他喜欢收藏火花,就是那种贴在火柴盒上邮票大小的装饰画。每安装或修理一部空调,便从裤兜的塑料袋里掏一枚火花装进钱包里。他给自己定的任务是每天至少安装、修理十部空调。

他每喝一杯,就从那叠火花里抽出一张,放在另一边。

待硬币垒成高高的一摞时,曹娟娟的脸已红成了桑葚。而郭震牛,却还往杯里咕噜咕噜地倒,仰起脖子,一杯转眼又见了底。那叠火花,整整十张,是郭震牛像蜘蛛侠一样攀爬在高楼之间把生命塞进裤裆换来的。

他指着硬币说,你是高楼,我这台空调只能攀附在你身上!

她笑得有点放荡,你这空调,把凉风都给了别人!

他说,今晚我要把清凉全都给你!

两个肉体翻滚在溪水和密林之间,清风抚摸着他们,鸟鸣愉悦着他们,一声紧接一声的粗喘和娇吟,带着山的厚重和水的轻柔。这床垫好似铺缀上了绿叶与鲜花,带他们沿着时光的河流步入了舒适的春天，草长莺飞，春烟杨柳，明湖泛舟，天地相合。然后，他们又逆着这条河往前跑，看到了山的逶迤和水的壮阔，两人朝茂盛的林荫奔去，那里开着火红的箭杜鹃花。忽然一只鸟扑棱着翅膀飞了起来，他们欢快地大喊一声，寻踪追去。那只鸟却飞进了溪水那边的深林里，两人又是一声高喊，转眼间一切又复归寂静。

两人身上已是大汗淋漓，好像刚从溪流里探出身体。一阵紧接一阵的热浪裹卷而来，似乎连鸿运扇吹出的风都是热的。看着四面壁上的墙纸——绿林、山岚、溪水、野花，简直把这十来平方米的空间放得无限大，他们躺在了清凉大自然的假想之中。

大　暑

郭震牛磨破嘴皮，道理说了一箩筐，好话软话硬气话磨叽话轮番攻击，杜琳就是不松口，非得把孩子生下来不可，哪怕一路讨饭也要带上孩子去安徽找王庭磊。郭震牛便在电话里责问他，你是不是许诺她什么了，人家缠着你不放！王庭磊说，那是逢场作戏的话，谁不知道现在厂里的男人都有几个女朋友？郭震牛说，问题人家是刚从农村出来的，还是个嫩丫头！王庭磊说，要不是看她长得俊俏，我还不想跟她处呢！

这浪荡鬼，到处惹狐狸骚，自己倒好，一拍屁股溜之大吉，留下个烂摊子给郭震牛收拾。要不是为了堵他那破嘴，谁有闲工夫帮他擦屁股？这杜琳也够犟的，说王庭磊答应过要娶她的，男子汉大丈夫说出的话就是钢镚儿，他怎么能在她怀下孩子时灰溜溜地跑了呢！

王庭磊是被家里逼着回去结婚的，听说还是一个小老板的千金。这娘皮，注定是个吃软饭的货色。

曹娟娟站在女人的立场上也跟她道理长道理短,但杜琳愣是不服软,郭震牛意识到了问题的棘手。这就像半空中的蛛网,高高地悬着,如蜘蛛巴望着有虫飞来,眼望穿了连一点动静也没有。客户的电话一个接一个地打来,郭震牛总不能丢下生意不管,依然习惯性地给客户亮出身份证。

身份证俨然成了他的活广告。他想,如今哪个行业不是削尖脑袋地人挤人,客户要的是质量。你不博得他们的信任,生意就做不起来。郭震牛想到了亮身份证这个办法,咱没有工作证,身份证总还是有的吧,敢把身份证给客户看的人至少是可信赖的。客户看了身份证后,很郑重地收下了他的名片。

然后他把工具袋和安全带系在腰间,工具袋里装着螺丝刀、管刀、活动扳手、压力表、雪种表、电笔、铁锤、胶带……安全带的另一头固定在房间的床脚上,确认牢靠后,便像一名勇士跨出窗户。每次做出这个动作时,他都有一种自豪感,好像奔赴属于他的战场,简直有点壮怀激烈了。

这大暑天,温度一下子蹿高,感觉身上潜藏着无数条火蛇,横冲直撞地寻找出口,热气便在体内汇流成一条滚烫的河,要融化掉五脏六腑。郭震牛早已适应了,他多年前便练就了抗热神功,汗水比任何人都排得多、排得快。一大片湿漉漉的衣服简直要嵌进皮肤里,而有些地方却已烘干,远远看去郭震牛身上像挂着一张世界地图。

一枚枚火花从裤兜掏到钱包里。哪怕生意再好,郭震牛也还是放不下杜琳那事。他觉得好像是自己鼓捣出来的,真有点替人背黑锅的滋味,但撒手不管的话,王庭磊那边也是一个大问题,毕竟自己有把柄被他抓在手里,要是捅了出去,准会和稀泥似的把事情搞得一团糟。

该说的话都说了,该用的法子也用了,杜琳还是咬紧牙关,说生是王家人,死是王家鬼,肚子里的血肉就是最好的见证!郭震牛没见过这么硬气的女人,心里有点犯怵,好像真的是自己成了负心汉,不但亲手横刀斩断了一段感情,还要狠心地掐死肚子里那个鲜活的生命。他听到哇的一声哭,尖厉地冲击着耳膜,碎裂了坚硬的心,身上起了一层鸡皮疙瘩,郭震牛感到温度骤然下降,像掉进了冰窟窿。

头顶,太阳炙热地烘烤着这个城市,郭震牛就是在这种冰火两重天的日子里煎熬着。

晌午,郭震牛蜘蛛侠一样趴在十八楼高空上修空调,接到杜琳的电话,声音很微弱,牛哥,我摔跤了……孩子!郭震牛喊道,你别动,我马上回来!风风火火地赶回去,杜琳软塌塌地趴在出租屋的楼梯上,一股鲜血沿楼梯往下流,如一条变异的蛇,延伸至门前的臭水沟,一群苍蝇嗡嗡哄哄地飞舞着。

郭震牛赶紧抱起脸色苍白的杜琳,拦了的士直奔医院。孩子流产了,杜琳的命保了下来。目的阴差阳错地达到了,但郭震牛却一点也高兴不起来,他打电话给王庭磊说,孩子流了,你可以跟那个老板千金高枕无忧地睡大觉了,但杜琳现在身体虚弱,医生说至少要住院半个月,我不是说钱的事,就是我自己垫几千元也愿意。她为你付出那么大的代价,你好歹过来看看人家,毕竟你们曾经好过!王庭磊狠心地说,跟我好过的女人多了去了,哪有像她那么固执的,就认一个死理。我要是去看她,肯定连回家的路都被她堵死了!咔一声,电话挂了,郭震牛愣愣地站着,他早知道王庭磊会这么绝情,但孩子说没就没了,怎么说也是一条命啊。郭震牛扇了自己几个嘴巴,到底怎么了,不是一直希望杜琳把孩子做掉吗,这当儿咋又心软了?

这两天,客户把电话打爆了,郭震牛有什么办法呢,只得先把生意撂下,成天在医院照顾杜琳,端汤喂药,梳头抹脸,像对待自己的女人一样。后来情况好了点,他和曹娟娟轮流着照看杜琳,郭震牛才能腾出时间去修空调。

第五天,杜琳坚决要出院,她知道自己出不起住院费,王庭磊寄的两千元已用完,郭震牛给自己垫付了三千。尽管郭震牛说身体要紧,不要计较钱的事,但杜琳硬是不肯,那股犟劲上来了,就是十头牛也拉不住。只得办了出院手续,回家慢慢调养。

当蜘蛛侠郭震牛又一次趴在高楼上时,意外接到了老家村委会打来的电话,催他交超生罚款,一个月内女人结扎的话交一万,不结扎两万,两个月内四万,超过两个月移交法院强制执行。悬在眼前的那根丝断了,他像失去依附的蜘蛛,一颗心从高空跌落,痛得满地打滚。郭震牛媳妇三年前生了个儿子,去年又生了个女儿,第二胎违反计划生育政策,得交罚款才能入户,他一直拖着没去办理。上个月村里打电话说年底全国都要放开政策了,超生的先登记,不用交罚款就能入户了。郭震牛为此高兴了好几天,没想到村委会来个先斩后奏,登记入户之后再叫你交罚款。这就由不得郭震牛了,不交的话法庭上见。法官可不是吃素的,可以封你的房子,冻结你的银行账户。

真是牛事未了,马事又来。这天当郭震牛从裤兜里掏出第五枚火花装进钱包时,手机响起杜琳的声音,牛哥,我好冷!蜷在凹槽里的郭震牛怔住了,这大暑节气,干坐着还会冒汗。他梗着心说,我马上回!

路上买了阿胶和乌鸡,赶回去炖了。推开房门,一阵热浪袭来,杜琳猫在床上,脸苍白如纸。她挣扎着想坐起来,却使不上劲,郭震牛拉着她的手,竟是透心的冰冷,一股寒气沿着他的手传遍全身。神昏气散的杜琳吃力地端着碗,总算把汤喝了下去。嘴角残留着汤渍，顾不上擦，便又躺下了。郭震牛拿了纸巾，帮她轻轻擦拭干净。杜琳冲他笑了笑，带着几分牵强和无奈。

这些天，郭震牛一早起床去买乌鸡，和阿胶一起炖了给杜琳喝后，便攀爬于高楼之间不要命地干活。没办法，为了早点凑够钱，他只能出卖自己的体力和技能。

这晚，当郭震牛回到出租屋时，曹娟娟正在厨房里忙活，桌上摆着一瓶红酒。菜摆上桌，曹娟娟说，去叫杜琳过来一起吃！杜琳的目光被墙上的绿林、山岚、溪水、野花吸引住了，她徘徊于墙纸之间，似乎在感受着迎面吹来的凉风，她用手揩了揩额上的汗，背后的衣服隐隐地濡湿了。

三张脸在红酒和灯光的映衬下泛着红晕，鸿运扇呱啦呱啦地吹着风，却感觉风也是热的。郭震牛这次破例没有光着膀子，反正身上的衣服在他眼里形同虚设，早已成了皮肤的一部分，成天湿乎乎地黏在身上。

曹娟娟高举起酒杯，说，告诉你们一个好消息，我今天签了个大单！

杜琳举起酒杯一碰，说，祝贺娟姐，能拿到好几万吧？

曹娟娟一笑，卖了个关子，说，国家机密，不便泄露！

郭震牛却迟缓地跟曹娟娟碰了一下杯，耷拉着头说，我想跟你买保险的事要泡汤了，家里出了点事！

曹娟娟并没生气，说，出啥事了，钱够不够？

郭震牛没说话。

吃完饭，曹娟娟去厨房刷碗。杜琳坐在郭震牛对面，低声说，牛哥，再过段时间我要搬回厂里去了。厂里把几个旧车间隔成一个个小房，免费供我们住，八成是想留住人，听说还会装上空调！

郭震牛说，也好，以后当心自己的身体！

杜琳说，牛哥，我会想你的！说完便扭着屁股水蛇一样闪了出去。

曹娟娟擦着手走过来，说，听过空窗期吗？像杜琳这样的失恋女人，就处在空窗期，直到她的下一段恋情开始，空窗期才算结束。

郭震牛笑着说，那像我们这样的，是多窗期吗？

曹娟娟轻轻捏了一下他的嘴角。

在进入火山爆发的轰动时刻前，曹娟娟说，深圳有个保险大咖，专门签那些大老板的保险单，几万元的保单他是不做的，起点都是十万元以上。他有一架私人飞机，为了节省时间，每次都开着直升机出去跑业务，年薪能拿到好几千万。经过京基100大厦时，很多窗户都打开了，那些女人频频向他飞吻。他突发奇想，要是能开设一种"空窗期"险种，也许会有卖点。这是培训老师在上课时给我们讲的，里面也许有些虚构的成分，但这个城市"空窗期"女人的确很多。

郭震牛说，空窗期的男人也不少！

闷热的小屋子里开始了大汗淋漓的床笫之欢，两人却感觉清风和溪水从身上漫过，山岚和野花把两人裹卷了起来，他们循着浓郁的香气奔向高山之巅。

处　暑

晚饭后，杜琳走过来，说，今晚我请你们放荷花灯！

曹娟娟眼睛扑闪扑闪地看着杜琳手里的纸扎荷花，中间插着一根蜡烛，一下子勾起了她的兴趣。三个人打了辆的士，直奔十公里外的东江。

原来今天是处暑,按杜琳老家的风俗,处暑节气的晚上家家户户到村前的河里放荷花灯,听说是为了普度那些在地狱里不得托生的孤魂野鬼,要是这天有个死鬼托着一盏荷花灯,就能重新来到世间。

曹娟娟和郭震牛不信这些神鬼之事,眼看着三盏亮着烛光的荷花灯在江面上闪闪烁烁地漂远。杜琳忽然掩面而泣,说,我为三个月大的孩子放一盏荷花灯,愿孩子能托生回到我的怀里!

郭震牛愣怔了,杜琳的这个伤疤,也许会伴随着她的一生。她心里到底还是忘不了王庭磊,孩子可是俩人的血肉啊。杜琳的这盏荷花灯其实是为王庭磊放的,他在她心里已经死去,但她却还期盼他能托生回到她的身边。

郭震牛说,杜琳,把那些事都忘了吧,你还年轻,以后找个好男人!

杜琳说,有些事不是说忘就能忘掉的。我对他多好,那段时间他被厂里炒了,我供他吃住了几个月,晚上还陪他开心。他却脚踏几只船,在外面的厂里还有相好的。我知道现在厂里的男人都有几个女朋友,她们白天上班累死累活,晚上需要男人消除寂寞。但王庭磊也太绝情了,一句话也没说就悄悄离开了我,好像我是站街女,想来就来,想去就去。我怀下了他的孩子,他倒好,一转身回安徽娶媳妇去了,甩下两千元叫我去把孩子做掉。我怎么会碰上这样狠毒的男人!

曹娟娟抚着她的肩膀,说,杜琳,想开点,其实我跟牛哥也是……

杜琳打断她的话,娟姐,你和牛哥是好人,过几天我就要搬回厂里去住了,以后我会常来看你们的!

那天晚上,曹娟娟到保险公司参加培训,十点才回来。郭震牛坐在房间里看那台二手电视。处暑节气，广东这地方热浪还是一拨接一拨地涌来。这租来的窄小房间，闷得像个蒸笼，郭震牛只得把房门打开，光着古铜色的膀子。鸿运扇调到最大挡，风如无头苍蝇在房间里翻滚，似乎反而把温度掀了上去，连裤裆都是湿的，能闻到一股异味。

门口圆溜溜地滚进一个东西，刚好停在郭震牛脚边，他弯腰捡起来，是清凉油。接着出现了杜琳的身影，她穿着薄薄的睡衣，一副慵懒的样子，说，牛哥，有没有看见那盒清凉油，刚才不小心掉地上滚走了。

郭震牛伸出手，亮出圆盒子。杜琳娇嫩的手按在他坚实的手掌上，还用手指轻轻挠了挠，抛去一个媚眼。

一股电流从郭震牛的手指传遍全身，浑身酥麻。鸿运扇的风像空调主机吹出的热风，身上无比焦热，郭震牛从来没有过的躁动。他的眼睛却越过杜琳，盯在了墙纸上。他说，杜琳，清凉油也不能抹多了，有些人能抹，有些人不能抹！

然后手一抽，郭震牛重又把眼睛瞄向电视。杜琳孤兀地站在那，手里攥着清凉油，却感觉握着一只烫手山芋，赶紧走出去，关上了房门。

翌晨起来时，对面的门敞开着，房间里空空荡荡。郭震牛走进去，那张床只剩下袒胸露骨的木板。郭震牛仿佛听见了一声婴儿的啼哭，那么凄厉，像一把匕首戳进了他的心脏，他抚住腹部，急急地抽身退出，却冷不丁看到四面墙上的十几朵荷花。青绿的湖面上，一片大莲叶中间托出盛开的粉红花朵，一边是袅娜的荷叶、荷蕾、莲蓬，一边是一只扇着薄翼的蜻蜓。

墙纸，又是墙纸！整个房间好像浮荡在莲湖之上，清风拂来，凉意袭人，满眼的莲叶荷花赏心悦目，隐约从湖的深处传来悠扬的采莲歌。杜琳什么时候贴上去的？王庭磊走后，她心里到底还是挂念着他，孤独的心，总是为他留着一池的碧水清莲……

桌上还有一截蜡烛，郭震牛掏出火机点燃，驱走了房间朦胧的暗影，墙纸的一角印着杨万里那首再熟悉不过的诗——

  泉眼无声惜细流，
  树阴照水爱晴柔。
  小荷才露尖尖角，
  早有蜻蜓立上头。

见到杜琳，是半个月后。虽说节气已转入处暑尾，但秋老虎正虎视眈眈地蹲守着，这种热相比之前还带上了一股辣劲。那天，郭震牛接到杜琳的电话，声音低弱，牛哥，我好冷！郭震牛颤了一下，这几个字又一次如炮弹击中了他。正蜷缩在凹槽里的郭震牛没多想，跟主家说了一大堆软话，便急匆匆地赶去。

厂子就在郭震牛租房的前面两条街，他第一次看到这么窄的房间，除了仅能摆一张床外，连个转身的地方都没有。还好，每个房间有一部空调，都是二手的，郭震牛一看就明白了。杜琳有气无力地躺在床上，脸色惨白，手脚冰冷。郭震牛二话不说抱起她，拦了的士跑去医院。还好，是感冒，医生说病人身体弱，要多休息和进补，不然身体会垮掉。

郭震牛叫杜琳住院，杜琳哪里肯，说回去休息一天就好了。

打了针，拿了药，郭震牛只得又把杜琳送回那间窄房里。

村委会又催命鬼似的催交罚款了。哪能一下子凑够钱？只得往家里打电话。

已经俩孩子了，以后咱就不生了，去扎了吧，扎了交一万！

结扎要动刀子，少说也得在床上躺几天，老的老，小的小，谁来照顾我？过年回来后到现在连个影都没见着，你就不想回家看看孩子？

整天拿命换钱，这空调生意现在是高峰期，一过中秋就转入淡季了，我也是想趁天热多挣几个钱！

我知道你为这个家没日没夜地忙，但我一个人怎么去结扎？

你，你就忍着点，我给你卡里转一万五，一万交罚款，剩下的钱多买点营养品补补身子！

第二天，接到媳妇的电话，说已扎了，痛！

郭震牛心里也痛了一下，只能说，忍忍吧，中秋我看能不能回来！

不到一个月就是中秋了，你不回的话到时我去看你，你住的地方我都跟王庭磊打听明白了！

他没跟你说什么吧，他对他媳妇好不好？

好着呢，捧在手里怕摔了，含在嘴里怕化了。他常常带媳妇过来串门，老是给我讲东莞的新鲜事！

郭震牛一时接不上话来，惴惴地挂了机，心里如十五个吊桶打水，马上拨了王庭磊的手机，却怎么也打不通。咬牙骂道，这嘴上不长毛的鬼，要是说漏了嘴哪天回去非打断他的狗腿不可！又转念一想，要是媳妇真的来了，住哪好呢？他甚至想着租下对面那个单间，但一想到一个月要五百元租金，便收了这个心，何况媳妇还没确定过来呢！

晚上回到房里，曹娟娟呆坐桌旁，桌上摆着两碗泡面。

郭震牛说，怎么了？

曹娟娟没回答，摆着个苦瓜脸。

郭震牛说，出什么事了，天塌下来有人顶着！

曹娟娟终于说话了,我家男人在老家处了个相好,跟我闹离婚!

郭震牛说,他十有八九只是嘴上说说。

曹娟娟说,他开了个半死不活的园林公司,大半年前就开始闹了,这次他是撕破脸要跟我离!

郭震牛不知说什么好,曹娟娟直愣愣地盯着他,郭震牛心里一阵发毛。

曹娟娟说,我离后就成了空窗女人,你愿不愿意跟你老婆离婚?

郭震牛僵住了,心里打翻了五味瓶。

秋 分

天气好像一夜之间凉了下来,郭震牛也不像之前那样忙得脚尖碰脚背。曹娟娟没有再提离婚的事,也许他老公回心转意了。这晚,郭震牛又买回了她爱吃的酱鸭脖、卤鸡翅,两个人就着啤酒边喝边唠。

曹娟娟每喝一口,便从裤兜里掏出一枚硬币。郭震牛每喝一口,也从钱包里掏出一枚火花。

郭震牛说,我答应过跟你买保险的,等过了中秋一定买!

曹娟娟说,我又没催你买。然后感叹道,这个社会有太多的隐患,就连婚姻也随时会出现危机,我很后悔当初没有买婚姻保险。

郭震牛说,你俩现在怎样了?

曹娟娟说,没有回头路了,明天他送离婚协议书过来!

郭震牛正不知怎样劝慰她,手机忽然响起了短信提示音,打开一看,是杜琳发来的——

牛哥，你看到这条短信时，我已经坐上了回老家的火车。厂子说倒闭就倒闭了，连最后一个月的工资都没领到。出来打工真的不容易，我很幸运认识了你和娟姐，你俩都是好人，我会一辈子记住你们，代我向娟姐问好。明天就是中秋节了，提前祝你们节日快乐！

郭震牛心里很堵，说，杜琳回老家去了，她很想念你！

曹娟娟仰起脸，眼睛久久地闭着。

一摞硬币和一叠火花不知不觉垒了起来，几瓶酒喝光了，天上的那轮明月也已经圆了，雪亮的月色洒满这个城市的上空。而他们的这间屋子却照不进一丝月光，曹娟娟只能用自己身上的月色照亮饥渴的郭震牛。他们又一次在绿林、山岚、溪水和野花之间一路狂奔。虽然他们注定不能一辈子这样走下去，也许明天，他们就成为了路人，他们却很快乐地享受着在一起的美好时光，彼此不用海誓山盟，不用花言巧语，不用口是心非，不用拖泥带水，但毕竟这样的感情，是见不得光的，哪怕月色，也是不属于他们的。

一阵狂风骤雨后，两人沉默地躺在床上。

曹娟娟说，明天中秋节，他会过来，你看找个地方对付一晚！

郭震牛心里像被什么绞住了，有点痛。对面那个房间，已经租了出去，听说又是附近厂里的一对男女。郭震牛想好了，明天，他给自己放一天假，晚上去公园闲逛，困了就在座椅上躺一个晚上。

中秋节这天，街上好像一下子从哪里冒出了很多人。工厂都放假了，那些年轻的打工仔打工妹手挽手走在街上，过节的欢快写在他们脸上。看着他们成双成对，自己却孑然一身，忽然很想家。其实他也想回去看看父母、媳妇和孩子,但火车票前几周就订不到了,而且一来一回得花多少钱,给媳妇卡里转了一万五后,兜里就剩下几百元了,吃喝拉撒哪样离得开钱?

他掏出手机,拨了媳妇的手机,却总是不通。满大街地瞎逛,如一只流落街头的丧家之犬,渴盼着有谁收留他一天。曹娟娟那肯定是不能去的,说不准寅时卯刻那个男人就出现在眼前。虽说他和曹娟娟的感情已走到头了,但在还没有离之前,他们还是夫妻,一个外人夹在中间算哪门子事!

好不容易挨到傍晚,忽然手机响了,是媳妇的声音,她说我到了你住的那条街,坐了一天一夜的火车,手机没电了,快来接我!郭震牛一惊,额上冒出细密的汗珠,感觉有点眩晕,也有点冷,这是入夏以来第一次出现的不适感。之前哪怕再热,他都能抵挡得住,身上不停地排汗,有一种酣畅淋漓的痛快。就像酒喝高了的人一样,虽然热烘烘的,但整个人有脚不着地的飘然感。郭震牛每次出工面对高温时,就是想着自己喝了高度酒,在高楼之上的窗台下,望见刺啦啦的楼群,脚下飘飘然的,有种飞翔感,耳畔响起飒飒的风声,即使汗水排得再多,他都感觉凉爽舒泰。这也许就是他的抗热秘诀。

是在一个便利店门口看到媳妇的,她提着个青绿色的帆布旅行包。郭震牛接在手里,嘴里嗔怪道,来之前也不打个电话!媳妇嬉笑道,给你个惊喜!郭震牛带她进了一个小饭店。

媳妇说,晕车,没胃口,来两碗米粉吧!

郭震牛说,今天中秋节,怎么也得像个过节的样子啊!

媳妇说,我带了老家的梅干月饼,这节,过的就是家的味道!

郭震牛像被什么电了一下,媳妇大老远赶来给他送家里的月饼,而他,却在别人的城市里跟别人的老婆同居一屋。他握住媳妇的手,她的脸上多了一层风霜,他说,还痛吗?

媳妇摇了摇头,说,再痛,也没有想你的时候痛!

草草地吃了米粉,住宿倒成了问题。郭震牛掂量着兜里的钱,忽然想起杜琳的那个厂子,便拉着媳妇出去。把媳妇扶上厂子的平移滑动门后,郭震牛攀住猛一用劲,跨了过去抱下媳妇。月光里,他们打开一间窄小的房间,还好,床还在,而墙上的空调不见了。这中秋的夜晚,有几分凉意,空调已没有多大意义。他抱住媳妇,两个人疯狂地吻在一起。郭震牛看见了老家环绕的梯田,金黄的油菜花和翠绿的树林,还听见了哗哗的溪流、清脆的鸟鸣和沙沙的风声。当郭震牛要进入的时候,媳妇挡住了,说,医生说扎后一个月不能做这事!郭震牛一下子蔫了,如霜打的茄子。

媳妇拿出家里的梅干月饼,俩人走到月色里坐了下来,相对无言地品尝着家乡的味道。她给他说安徽,他给她说东莞。她给他说孩子,他给她说日子。她给他说王庭磊,他给她说杜琳。她给他说哪家新娶了媳妇,他给她说哪个厂子倒闭老板人间蒸发。她给他说庄稼一年的收成,他给她说一天修了多少台空调……一个晚上他们几乎就是这样磨蹭着过来的。天上的月亮,陪着他们度过了一个特别的节日。

清晨,当郭震牛睁开眼时,媳妇还在熟睡。意外看到了墙上那扇敞开的窗,窗外有阳光和树叶,还有一只扑棱掠过的飞鸟。爬起来伸手一推,回应他的却是坚硬的墙壁。墙纸,又是墙纸!

床角,有一张纸状物,郭震牛捡起一看,是身份证,上面写着"杜琳"!他走出去,拨了个电话,好久才接通。郭震牛说,怎么把身份证忘在了厂里?杜琳打着呵欠说,是过期的身份证,送给牛哥留个纪念!郭震牛说,窗户,那窗户,是你贴的吗?杜琳说,那么窄的房间,没有窗人会憋死的,哪怕空窗也好!

郭震牛抬起头,那轮月亮黯淡地挂在天上,所有的光亮抽离而去,只留下一个苍白的外壳,空得让人不忍直视……

2015年8月

暗物质女人

梁宇峰

他是在晚上闯进明清时期的，喷着酒气在古旧的庭院里高喊——唐可妮！唐可妮！十几个房间和那高耸的阁楼转眼吞咽了这高分贝的噪音，如水溅在了海绵上，倏忽不见。夜，是一根浸泡在高度白酒里的千年老参，在这个古祠、庭院与厢房辟成的容器里散发出醇厚的陈香味，却看不清那条羽化登仙的参，眼前一片稠黑。他打开手机电筒，闪过月洞门，穿行青石板路，扳着木扶栏，掠身冰凌格花窗，七摇八晃，一步三颠，沿木梯攀援而上。

脚轻飘飘的，身晃荡荡的，怀疑自己也成了酒里的一根参。登上阁楼，眺到城市的灯火闪烁着多情的眼，才有了回到人间的真实。一趟路，仿佛穿越了几百年的时光，明清算不上太久远，前边还有唐宋元，再往前还有秦汉魏晋南北朝隋呢。唐可妮失踪的这些天，他每晚都在酒后闯进这座明清古建筑，他坚信，唐可妮回到了明清时期，他要趁晚把她找回来。据说，找寻丢失的女人，要在夜里，人有脸树有皮，夜晚才能顾全女人的脸面啊！

他是个喜欢热闹的人，就像这个时代的多数男人一样，热闹是他们的名片，走到哪里，就将名片派发到哪里，从而收获了接连不断的喧嚣和躁动,他们很享受这种麻醉。忽然有一天,他邂逅了一个安静的女子——唐可妮,他才发现之前的热闹是漫天裹卷的沙尘暴,而安静,安静的时光,却是一朵沙尘里绽放的玉簪花。

他决定开发这座古建筑,让来来往往的人一起帮他找寻唐可妮。

约来翟亮和马本松。

翟亮开了一间家居装饰公司,颇有实力,养了上百个设计师和师傅工仔。他正在研究如何把暗物质理论与家居装饰结合起来,甚至走火入魔地运用到女人身上,说这世上有一种女人是暗物质女人,比如唐可妮这样的安静女子。

马本松也混得不错,开了一间物流公司,业务范围覆盖全国,单在这个城市就有五间分店,工人养了几百个。他这人率直、仗义,貌似鲁莽、大大咧咧,却浑身阳刚气。

几个人驻足徘徊,好像在找寻一枚丢失的物件——后来,来了一群人,指手画脚,拿出图纸在一边低语一边描绘——之后,那群人搬运来砖石木料,噼噼啪啪地闹腾开了。

半年工夫吧,古民居摇身变为"清花夜宴"艺术坊,保留岭南风韵,对局部和室内进行艺术性的修整、装饰,增加了一些现代元素。说是私家庄园不为过,说是岭南古居也不为过,气韵摆在那,一个垂垂老矣的耄耋之人转眼间脱胎成风姿绰约、古韵犹存的曼妙女子,年轻人纷至沓来,或携带情侣,或呼朋引伴。就像交往了无数的都市女孩,某天邂逅了一位既有复古之风又具现代感的女子,谁会不为之倾倒呢?私宴、休闲、清赏、live band……所有的眼神、话语和情感都在这颇具韵致的气息里流转、升温。薄暮,那些灯笼和各式灯盏亮起来,真的怀疑闯进了明清时期,来来去去的都是来自几百年前的人。这感觉便很不一般,即使静静地坐在一隅,也有一种回溯时空的交错感。

特别是花膳创意,更是秒杀那些红男绿女。玫瑰金沙虾仁、百合鱼片、桂花鱿鱼圈、菊花鲈鱼羹、槐花豆腐、金雀花炒蛋、桃花炒腊肉、樱花糯米饭、玉兰花丸子、金银花水鸭汤……听听名字,就让人胃口大开,何况还坐在如此古雅的厢房里。每晚十几个房全爆满,很多时候连位都订不到。

几乎每晚,端着酒杯的梁宇峰从这个厢房穿到那个厢房,很多老友非得叫他唠嗑几句,一唠嗑自然就离不了酒。酒劲一上来便走到庭院中间,那是 live band 舞台,麦克风架、乐谱架和音箱定定地等在那,手弹吉他在夜色里七分醉意地唱起来。花膳佐酒,夜景迷离,歌声起处,伊人在眼,如此夜晚怎能不叫人流连?

每晚他都要这样热闹一番,疯过了,闹过了,梁宇峰也累了,他便会登上那座阁楼。所有的厢房都按复古风格考究地修整过,唯独这间房保留着原来的简朴。门前几平方米的小露台摆着唐可妮种下的十几盆花,君子兰鱼尾葵粉黛金皇后芙蓉百合,她独爱那株玉簪花,清雅脱俗,素净安闲。他替她精心养着,坚信有一天她会回来看看这些花儿。留声机的大喇叭里飘出的声音总有一种旧时光的味道,恰好吻合了杯里的陈年普洱。那张书桌,唐可妮上了一把铜锁,他不想叫开锁师傅打开,假若有一天她回了来,看到东西动了,一定会很生气。

此时,他总要泡上一壶普洱,年份要十年以上的,那种沉厚中带着淡涩的陈香味,能敛住他身上旁逸斜出的锋芒。气韵氤氲着,仿佛唐可妮就安静地坐在对面,与他一起品着陈年普洱。在这个房里,他是不允许任何一个女孩进来的,这是他和唐可妮的私密空间。当然了,翟亮和马本松可以进,他们都说,唐可妮是个好女人,在这个城市再也难找到第二个这样的女子了。

那时，他在酒吧驻唱，是那种跑场的，一个场子唱几首歌，然后又换下一个酒吧接着唱。后来，他在"繁花弄"认识了一个驻唱女歌手，她爱唱那些安静的歌曲，《蔷薇映画馆》《过期香水》《你就是我的风景》《白色羽毛》《那些花儿》《斯卡布罗集市》。很奇怪，她的气场一点都不亚于他的拉风歌曲，台下的人一个个很享受的样子，一曲唱完，给她送花送响哨的很多，男的争着送，女的抢着送。这就很说明问题，她的安静歌曲有一种以静制动的力量，能唤起那些粉丝心里柔弱的地方。于是，掌声和欢呼的潮水便形成漫漶之势，要把场子吞噬掉。

当然，他的拉风歌曲是另一种形式的喧闹，总是激情澎湃地唱，头、腰、四肢一起晃动，台上台下成为互动的海洋，潮水一浪高过一浪，一个个盖头浪从半空中掀下来，粉丝们简直要疯了，呐喊声、口哨声、掌声刺破耳膜。气氛越高，酒吧的酒水便卖得越好。老板要的就是这样的气场，他和她，被当成了台柱子，有他们撑着，这场子就很有看点和卖点。

他和翟亮、马本松最喜欢听她唱《那些花儿》，嗓音清婉中夹了点沙哑音，舒缓沉郁，动人心弦。

她的安静，在台上，也在台下。下了班，她也总是不太说话，眼睛里没有那些女孩子扑朔迷离滚烫灼人的光，那么的澄澈。肤色很白，是那种晶莹的白，肤如凝脂，面如白玉。脸蛋并不妩媚，有几分羞赧，偶尔泛起红晕，干净中带着如雪的素洁，让人很想画上两个图案，却又生怕毁坏了那片肃穆的宁静。因为这种不一样的感觉，此后他不再跑场，跟着她驻扎在"繁花弄"，整晚整晚地唱那拉风歌曲。每当她在台上唱，他和翟亮、马本松便会像骨灰级粉丝一样在台下拍掌应和，末了还会为她欢呼和献花。

梁宇峰和唐可妮的感情就是在这种惺惺相惜中升了温，她总是保护好最后一方净土，说不到那份上，就不能逾越那条红线！他知道她不是一个随意的女孩，往往为她的坚守而感动，甚至成为吸引他乐此不疲柔情蜜意赴汤蹈火的根源所在。

梁宇峰的背后有一个厚重的家族。他父亲开了几间茶叶连锁店，经营有方，他家在这个城里至少有五处房产，仅别墅就有两栋。

他是独苗，衔着金钥匙出生，在蜜糖里泡大。读书没多少天分，三天打鱼两天晒网的，倒是常常拉三凑四地泡酒吧，唱歌把妹，酗酒胡闹，十足的纨绔子弟。后来因屡屡逃课和闹事被学校开除，父亲威逼他到茶叶店学经营，否则就断了他的生活费。他对经商极为抵触，说以后自己挣钱花，不拿家里一分钱！便去酒吧驻唱，每天晚上混迹于灯红酒绿之间。

他什么女人没见过，她们不是盯着他的家财，就是一个个缠着他买名牌服饰和化妆品。独独像唐可妮这样的女子让他痴迷，她从来不主动向他索要什么，静若处子，超然物外。他已下了非她不娶的誓言，曾带她见过父母，他们极力反对，说你到那不正经的场所混已够伤脸面了，还想带回一个不正经的女人，这不是要损十八辈祖宗吗？你要是再跟她好，以后就别进梁家的门！他不管不顾，一意孤行，此生就唐可妮够格当他梁宇峰的女人！

但唐可妮却一夜之间在这个城市消失了……

翟　亮

这年头，生意能做得顺溜是件蒙着被子偷乐的事，但翟亮并不开心，特别是唐可妮失踪的这些天，他的心像发生了地陷，訇然一声出现个大坑，好像唐可妮就是从这个坑里掉下去的。他感觉世界塌陷了，似乎唐可妮是他翟亮的老婆，其实他压根只能算是她的粉丝，她是他的女神。

梁宇峰跟唐可妮的关系，明摆在那。但翟亮跟梁宇峰说，唐可妮是你的，这点我认，唐可妮也是我们大家的，这点你不能不认！梁宇峰不但不生气，还嘿嘿地笑，这不是在赞唐可妮是什么，赞她，其实也就是在赞他梁宇峰。

就像翟亮一直在沉迷暗物质一样，等某一天研究透了，把暗物质理论运用到家居装饰上，将会是装饰界的空间和视觉突破，能给他带来无限商机。他第一次听那个大学教授谈暗物质理论时，一点都不懂，那些名词术语把他搅得稀里糊涂，后来那个教授用了一种通俗的说法——宇宙中的大多数物质"失踪"了，科学家将这种"失踪"的物质叫"暗物质"。

这样一说，翟亮似有所悟，他便像暗恋唐可妮一样钟情于暗物质。一闭上眼，无数个光点闪闪烁烁，那些鬼灵精怪的暗物质就会来到眼前，一睁开眼，那些暗物质又消失了。再一闭上眼，唐可妮在光点里悄然出现，像一个披着光环的玛利亚。嘣地睁开眼，唐可妮随着暗物质烟消云散。于是他坚信，唐可妮也是个暗物质，准确地说，是个暗物质女人，这样的女人几乎在这个世界上"失踪"了。

他听那个教授说，2010年我国在四川雅砻江锦屏水电站建成了首个探测暗物质的地下实验室，沿十八公里长的隧道开车进去大约要二十分钟，实验室垂直岩石覆盖达二千四百米，是目前世界岩石覆盖最深的实验室。清华大学实验组和上海交通大学等研究团队已进驻实验室启动探测工作。

原来探测暗物质要深入地下室啊，他便心血来潮，在家里的地下车库摆了一张床，晚上就睡在那，巴望着有一天能逮到暗物质。

但是，探测工作一点进展都没有，倒是唐可妮的身影老是在眼前晃，他从她身上隐隐感到了暗物质的存在。

他至今仍能想起认识她的那晚，什么叫热闹中的宁静，宁静中的感动。

那晚，翟亮和马本松又去酒吧找梁宇峰。他们仨是中学同学，梁宇峰从学校退学后，他和马本松经常跑去给他捧场。记得那次是在"繁花弄"，梁宇峰弹着吉他唱那首《加州旅馆》，百分百的英文歌，不知道英语成绩常常挂科的梁宇峰怎么能把音咬那么准。那歌拉风得很，唱到激情处，梁宇峰又是扭腰又是晃身，把台下的气氛推向了高潮，掌声和欢呼声一起响动。翟亮和马本松最是卖劲，几乎把自个当成了梁宇峰，他在台上怎么晃，他们也跟着怎么晃。然后他们又带动旁边的人一起晃，最后整个场子的人都晃动起来。音乐的魅力实在大，可以把陌生人变成节律一致的团队。

下一个上场的是一位女歌手，穿着雪白的连衣裙，很娴静的淑女样，有点像女星舒畅，两只杏眼微微向太阳穴处翘起，眼神里带着几分不易察觉的忧郁，哪怕笑起来，也有一种波澜不惊的静美。皮肤，白得玲珑剔透，似乎一掐便能掐出水来。

她向台下鞠了一躬后，全场都噤了声。好像刚才汹涌的潮水一下子从沙滩上退去，海面重又复归平静。音乐声悠悠响起，又是一首英文歌，翟亮和马本松听不懂，梁宇峰说是《斯卡布罗集市》。

很奇怪，从开始到结束，台下的人都悄然无声，一个个仿若在回想往事，眼睛里闪烁着一种晶莹的光。喝酒的，举起杯子轻轻一碰，儒雅得很。抽烟的，挨近唇边轻吸一口，若有所思。摇骰盅的，早已停了手，把眼神投往台上……当女歌手又鞠了一躬后，台下才反应过来，歌结束了，但一个个意犹未尽的样子。谁高声喊道，再来一首！

这次唱的是《那些花儿》，原来清丽的声音带上了几分沙哑，沉缓的旋律，忧郁的曲调，把所有的思绪都撩拨起来，触动了每一个人的心弦。如果说梁宇峰唱的是一种气氛，她的歌却带着一种柔韧的力量，能叩开所有人的心扉，将心里的隐忧和郁结都掏出来，恨不得与台上的她一起倾诉。

歌声一止，掌声、欢呼声和口哨声雷鸣般响起，能感觉到来自内心的激越，一浪盖过一浪，似乎气浪远远地冲了过来，大伙都等着海水痛快淋漓地冲刷。就连梁宇峰也感动了，他带头给她献上一束花，翟亮、马本松也心甘情愿地给她献，后边还有很多人捧着花纷纷上台，她被围裹在鲜花丛中。场子空前热闹，潮水以呼啸之势来袭，猛烈地拍打着沙滩，简直是轰动了，一发不可收拾。

竟然有一个醉酒男抱着女歌手不放，还死皮赖脸地去吻她。台下的人敢怒不敢言，马本松一跃而起，冲上去猛地拉开他。那男的一拳挥过来，马本松侧身躲闪，对方趁着酒劲一个猛扑，把马本松重重地撞倒在地。马本松被激怒了，跟那男的大打出手，几个回合下来，终于把对方打翻在地，头破血流。他自己的门牙也磕掉一颗，满嘴是血。

事后翟亮笑他，没想到怜香惜玉是要付出代价的吧！

马本松豁着门牙，说话有点漏风，这算个鸟，眼睁睁看着女歌手被非礼你好受吗？操他娘的，下次直接剁了他的小弟弟，看他还敢不敢在爷爷面前逞威风！

梁宇峰和翟亮大笑，左右揽着他的肩膀说，有马哥在，我们都得多买几份保险！

马本松用力一推搡，说，你们这些怕死鬼，马哥就是你们的保险公司！

几个人嘻嘻哈哈消失在缭乱的夜色里。

大概是受梁宇峰的影响，翟亮和马本松紧跟着也退了学，在社会上闲游瞎混后，翟亮进了一家工程装饰公司学家居设计，马本松则跟一个亲戚进了他的物流公司。后来，他们都另立门户，招兵买马入主市场。那年头，这城市遍地都是商机，加上他们头脑活络，很快便摸着门道，生意风生水起。

翟亮不知怎么迷上了暗物质理论，当他在梁宇峰和马本松面前无限夸大暗物质的美好前景时，马本松迎面泼了一盆冷水，说，别整天五迷三道了，什么狗屁暗物质，科学家都还没破解，你一个高中没毕业的草头军能鼓捣出什么来！

翟亮最受不得别人激将，梁宇峰却在背后撺掇，说人最怕的是没想法，马云有想法创建了阿里巴巴集团，乔布斯有想法成立了苹果公司。这话说到翟亮心里去了，但苦苦探索几个月，连暗物质的尾巴都没摸着。倒是认识了唐可妮后，从她身上看到了暗物质的影子。他断定，唐可妮是暗物质女人！

她一个外地人，却偏偏租了本地一座明清古建筑的阁楼。那次"繁花弄"打架事件后，下班时梁宇峰不放心唐可妮一个人回家，他们仨便开车护送她回那座古建筑。

翟亮跟着进去过，长长的巷子尽头是一个宽敞的庭院，十几间旧房子楼上楼下错落有致地连缀着，是那种匠心独运的乱，却能把建筑的奇特章法勾勒出来，别具风格。他不知道在这样的房子里睡觉是什么感觉，一定很安静，隔离了烦俗和喧嚣，于红尘中独居这一隅落雪无痕的僻静处。明清的脚步曾经在这里来来去去，都不知经历了多少代人，也不知埋葬了多少故事，却总能找到一些情节的身影或魂魄，在沉静的夜晚悄无声息地还原，真实地重现在某个梦境里。而唐可妮租住的屋子，是最偏僻处那个高高的阁楼，十几盆花，一台留声机，一张书桌和单人床，简洁地构成了她生活的全部。站在门前的露台，一眼就能俯瞰整个庭院，有点纵览全局的气势，大概在这高处更能体味来自明清的寂静吧。

后来翟亮想，难怪梁宇峰会被唐可妮迷倒，她身上真的有一种与众不同的气质，就像这古建筑，在喧嚣的城市里独显清静，正适合唐可妮这样的暗物质女人。

但是，有一天梁宇峰的父亲找到翟亮，说你要帮我劝劝阿峰，不能眼看着他往泥潭里陷，他怎么能爱上这样的女人呢，她还住在那座闹鬼的古建筑里！

翟亮不解，梁宇峰的父亲给他讲了一个有关那古建筑的传说——

大约明末清初，古民居的主人张道衍靠贩盐发家，是个大盐商，生意覆盖广东多地，还做到了福建、湖南、江西等附近几省。他一年有半年时间在外打理生意，过年必定要回来与家人团聚，几乎每年都带回一个年轻女子。四年过去，他娶了四房太太。据说这第四房太太肤色白，身材好，易害羞，还特别的安静，一天到晚可以不说一句话，却善解人意，颇得主人欢心。那座高高的阁楼，是张道衍专门为她建的。年后张道衍又要离家远走，叫她等着他回来过年。张道衍出去后忙于生意，对那三房太太谁也不上心，只对那安静的女人日思夜想，总算挨到了过年，这一次破例没带回新的女子，然而阁楼上却不见了她的身影。梁上新筑了一个燕窝，一只燕子在阁楼飞进飞出，见着主人会动情地鸣叫两声。

原来张道衍走后，附近有个单身汉老是在深夜潜进去，想摸上阁楼骚扰她，而那三房太太嘴里挂着一把刀，把这事添盐加醋大肆渲染，这第四房太太想不开，便在阁楼里悬梁自尽。张道衍又悔又恨，深有感慨道——这个世上再也找不到如此安静的女人了，有些女人是用来思念而不是用来厮守的！据说后来那阁楼老是闹鬼，把三房太太弄得神经兮兮,整个屋子鸡犬不宁……

翟亮听了,头皮一阵发麻,难道唐可妮是那第四房太太转世?他不能在梁宇峰面前说,只可信其无,不可信其有。

后来,据说唐可妮老是收到恐吓电话和短信,警告她不在这个城市消失,就让她从这个世上消失。有一次他们仨护送唐可妮回家时真的被一群挥刀舞棍的社会混混围住,幸亏马本松带着他们突围出去,才保住了命。自那以后,唐可妮便失踪了。翟亮想起来就后怕,他一直想,肯定是梁宇峰的父亲指使的,这老爷子也够狠毒的!

马本松

令人不解的是,唐可妮消失后,马本松到电脑店制作了一大叠寻人启事,上面有唐可妮的彩色照片,标注了梁宇峰、翟亮和他的手机号码,还许下了重酬的诺言。他的物流公司业务遍及全国各地,是一个很大的"互联网",他安排员工在寄件时把寻人启事夹上,一件一件地发往全国大中小城市。意想不到的是,他们仨的电话被打爆了,一个个都说找到了唐可妮,有的还主动跑来找他们。不用说,那些"唐可妮"都是冒牌货,为了重酬什么谎言都编造得出来。

唉,世风如此,还有什么话说呢?

马本松这人大大咧咧,遇到事情想得开。他入睡后总是打呼噜,动静很大,刚刚还是轻雷闷响,转眼间便急雷猛电。就拿在"繁花弄"教训醉酒男被打落牙齿那事来说,下班后梁宇峰请他们去吃夜宵,主要是给马本松压惊,岂料才喝了两瓶啤酒,马本松就靠在凳子上睡着了,呼噜打得山响。翟亮朝他怀里扔去一个矿泉水瓶，呼噜声才小了下去，但依然睡得香。换了别人，或许心脏还在剧跳。

翟亮当着马本松和梁宇峰的面给唐可妮讲了一个现实版的故事：在学校住宿时，他们仨同一个宿舍，翟亮和梁宇峰都自备好几个空矿泉水瓶，这用处大着呢。因为马本松睡觉时呼噜声很大，他俩根本无法入睡，这时便往马本松身上扔去一个矿泉水瓶，马本松不会醒来，只是转个侧，呼噜声减缓。但没过多久，呼噜声再次大起来，又朝他扔去一个矿泉水瓶，直到他俩睡着为止。等第二天早上醒来，马本松的床上至少有十个以上的矿泉水瓶和各种纸团。还有他床上的闹钟，对他一点作用都没有，他的闹钟为的是把翟亮和梁宇峰吵醒，然后让他俩把他弄醒。

故事讲完时，唐可妮嘴里正呷着一口水，忍不住扑哧一声，恰好喷在马本松脸上，他居然依旧睡得很熟，几个人笑得前俯后仰。当唐可妮用纸巾帮他擦脸时，马本松却嗲地睁开眼，说，我梦见下雨了，一个女人为我撑起一把伞！众人又是一阵大笑。

马本松这么一个天塌下来当棉被盖的人，却在唐可妮失踪这事情上，失落了好些日子，这半个月来每晚都没睡过一个好觉，一副恹恹缩缩的样子，一点都不像浑身阳刚气的马本松。

对女人，他不怎么上心，属于慢热型的那种，但对唐可妮，他却情有独钟。她是第一个让他愿意挺身而出的女人，虽说她是属于梁宇峰的，马本松也从来没想着要夺为己有，但他在心里把她当作女神供着，几次在她遇到麻烦和危难时，马本松都豁了出去，哪怕付出血的代价也在所不惜。

那次，应该是在他和翟亮的公司运营起来后的某个下半夜，他们仨又护送唐可妮回家。在快到古建筑的巷口时，一群人气咄咄地簇拥过来，手里挥着棍，舞着刀。马本松赶忙把车停在一边，拉下唐可妮便走,梁宇峰和翟亮也没命似的狂跑。但已经来不及了,那群人兵分两路,把他们堵在了巷子里。就像港台电影黑帮片的镜头那么惊悚,他们几个被逼得无路可逃,只有豁命了。马本松叫梁宇峰和翟亮保护好唐可妮,自己空拳迎战,在对方一刀挥来时一个腾挪躲闪,反手把刀夺过,手持武器的马本松顿时有了底气,呼呼生风地挥刀,把对方人马打得纷纷后退。谁叫马本松长得高大威猛呢,在那一站,就能唬住人。倒是梁宇峰和翟亮两个掩护唐可妮很被动,马本松只能两边兼顾,没少挨刀,伤口滴着血。幸好又夺了对方刀棍,丢给梁宇峰和翟亮。马本松看准巷口一端的那队人马相对弱一些,便决定从那突围出去,铆足劲使尽十八般武艺,刺扎斩劈扫撩推,终于冲出一条路来,让他们掩护着唐可妮先撤,自己忍着痛跟那群人拼命。见他们已走远,马本松眼疾手快地从对方人马中夺下一个人质,把刀架在他脖子上,边后退边咬牙问他,谁是幕后指使?那人惧怕他的刀,说了名字——袁公子!

还好,唐可妮没受伤,梁宇峰和翟亮的肩膀、腿部划伤了,马本松伤势最重,手、腿、腰、背上都挨了刀,但他无所谓地说,吉人自有天相,等于是给皮肉搔了痒痒!医生换药后,他又靠在床上睡着了,那呼噜比之前打得还响。梁宇峰和翟亮这次破例没向他扔矿泉水瓶。

出院后,马本松到圈子里打听袁公子,说是袁副市长的相公。马本松顺藤摸瓜找到那人,一看,是上次在"繁花弄"时被他教训的醉酒男。袁公子说,兄弟,不打不相识,决斗也好,复仇也好,随时恭候。但我要问你一个问题,凭什么你们把唐可妮占着,她那么好的一个女孩子,是属于我们大家的!就凭这句话,马本松饶了他,说,以后井水不犯河水!他与袁公子干了满满一大杯白酒,这账算是一笔勾销。

后来翟亮说起这事，怀疑是梁宇峰的父亲指使的。马本松交了底，才消除了他的疑虑。

又一晚，他们伫护送唐可妮回去后，困极的马本松到家便很快打起了呼噜。第二天起来时，发现手机有几个未接来电，一看全是唐可妮打的。马本松颤着手按键回拨，语音提示"你拨打的用户不在服务区"。

紧接着，便传来唐可妮失踪的消息，马本松像被谁用力剜了一刀。再打唐可妮的手机，却已停机，但他还是一遍又一遍地打，以致整夜整夜地失眠。他还印制了很多寻人启事，随物流寄往全国各地，没用，唐可妮就像一朵云，不知飘往何方……

马本松早就看出来了，梁宇峰把古建筑打造成"清花夜宴"艺术坊，是醉翁之意不在酒。梁宇峰渴盼着某个夜晚唐可妮在这座古建筑现身，但她却迟迟没有出现，就像翟亮研究暗物质一样，弄得形销骨立也没摸着暗物质的影子。

一次趁梁宇峰不在，翟亮跟马本松说了阁楼闹鬼的事，马本松不信，说那是大白天说梦话，那么干净的地方怎么可能闹鬼，我俩今晚去那住一晚，你敢吗？

翟亮说，别瞎掺和，那是梁宇峰和唐可妮的婚房。假如有一天唐可妮真回来了，峰哥一定会在那个阁楼里跟她圆房的。

马本松说，我看你是研究暗物质脑子发烫了，先把自己整迷糊，再把别人也给整迷糊！

就像以前经常去"繁花弄"给峰哥捧场一样，翟亮和马本松也常去光顾"清花夜宴"。每次去，翟亮都会带上一位不同的美眉，按他的话说，他不停地变换女友，为的是找寻像唐可妮一样的暗物质女人，但一直都很失望。马本松呢，不是不想带，而是觉得没合适的，现在的美眉，没一个能对上他的胃口，漂亮是漂亮，但没女人味,或者太张扬,或者太肆意,或者太闹腾,或者太势利,总之没一个像唐可妮一样娴静、淡定,坐着或站着,都有一种迷人的姿态。就像她养在阁楼露台上的玉簪花,静静地开着,总是不争奇斗艳,也不发出一丝香气,一点都不张扬,也不媚俗。马本松发自内心地喜欢。

当翟亮责怪他不够朋友时,马本松手一挥说,你负责带女朋友,我负责买单!

他就是这样的人,宁愿自己吃亏,也不想做自己不愿做的事。

电话里,梁宇峰说他请客,今天是唐可妮失踪一周年的日子。"清花夜宴"依旧是来来往往的脚步,年轻人的身影带着几分醉态。明清的夜夜实迷人,灯笼和各式灯盏的光晕投射在瓦楞、砖墙、花窗、廊柱、石阶和月洞门上,倏忽间便穿越回了几百年前的明清时期。

这一次,翟亮没带女朋友,梁宇峰电话里说了,就我们仨,谁也别掺和。这就有点像集体追忆了,在这样的场合带上格格不入的女人,那不是对唐可妮的亵渎吗?

花膳上了桌,玫瑰百合汤、菊花虾仁、雪梨百合熘鸡片、冰糖丁香酱鸭、木槿花余肉片、槐花蜜饮……

摆了四个位、四只酒杯,他们要跟唐可妮一起喝酒,没有她,这酒一点滋味都没有。

已显醉意的梁宇峰说,唐可妮,你怎能那么狠,走了一年才回来看我们!

碰杯,哧溜一声,干了。

两腮酡红的翟亮说,你是我们共同的偶像,你一走,这世上再也找不到暗物质女人了!

碰杯,哧溜一声,干了。

醉眼惺忪的马本松说，你不在的时候，我浑身痒痒，总盼着再跟袁公子来一场搏斗，多过瘾！

碰杯，哧溜一声，干了。

深一杯浅一杯地喝，才半瓶，三个人已醉得不成样子。梁宇峰趴在了桌上，翟亮和马本松搀扶着他上阁楼。留声机播放着一首老歌，大喇叭里飘出一种古旧的时光，茶几上的那壶陈年普洱，汤色深褐，散发着光阴的陈香味。仿若唐可妮真的回来了，泡了茶，开着留声机在等他们。

翟亮和马本松竟也不知不觉地靠在沙发上睡了过去。

不知到了几点，忽然啊的一声，翟亮惊醒了，他推醒梁宇峰，说，刚才他梦见唐可妮悬梁自尽了，就在这阁楼，她上吊之前喊了我们三人的名字，说来世再见了，这世上没有容留她的地方！

有人急急跑来说，刚才有小偷潜进来，撬了几个房间的抽屉！梁宇峰意外发现阁楼那只抽屉的铜锁也被撬了，打开，满抽屉的白色干花，皱巴巴，白兮兮的，仔细辨认，是玉簪花。

梁宇峰用手捧起，眼里噙着泪。凝重地走出露台，扬手一撒，干花像一只只来自明清的白蝴蝶飘舞在迷蒙的夜色里。

翟亮朝打着呼噜的马本松扔去一个矿泉水瓶，马本松歪了下头，鼾声小了几许，又沉沉地睡了过去。

2015 年 10 月

嚣　声

一

　　男人的那个怪癖越来越折磨人，郭颖彤扯下棉签上的棉花塞耳朵，用被子蒙住头，但没用，那哒哒哒的声响还是不可抑制地从每一个缝隙钻进来，如无数条草花蛇，顺着耳根往里钻，直捣五脏六腑。郭颖彤的体内，蛮横地被霸占成了蛇窝。空调咝咝咝地吐着蛇信子，连呼出的气都是凉飕飕的。男人坐在床沿上边吸烟边欣赏她蜷曲的睡姿，说，你像一条蛇！

　　郭颖彤被男人捕获在掌心里。

　　她说，把音响关了，不然我不给！

　　男人急促地呼气，带着难闻的烟草味，说，关了，我就没劲了！

　　哒哒哒的声音穿过她的胸膛，男人的手爬上她的双峰。

　　眼前忽然出现挖掘机的那只巨臂，正迎头砸过来，她侧身躲闪，男人粗大的手兀自伸展着。

　　郭颖彤说，我怕你的手，好像要把我的身子拆了！

　　男人怒不可遏，大声咆哮，我不拆房子，你有房子住吗？你能去香港扫货吗？你能菩萨一样成天供在家里吗？

郭颖彤已翻身下床,抱着枕头夺门而出,躲进熟睡的果果的被窝里。但那只粗陋的手拧大了音量,哒哒哒的声音穿过墙壁坚硬地撞击耳膜。蛇简直是追着郭颖彤去的,哪怕她走得再远,那只手还是会调遣草花蛇去折磨她。

夜晚对于郭颖彤来说,变得无比冗长和颓败。她常常在夜幕与梦境的边缘挣扎,刚要踏进梦的桃花源,却被一只手猛地拽了出来,那哒哒哒的声响仿佛飘着石灰、砖块、水泥混合的粉尘,呛得她窒息。她就那样眼睁睁地看着白墙,悲哀地企盼着挖掘机的巨臂把墙砸穿,让那些砖石碎块将她活生生地掩埋。无数次的欲生欲死之后,郭颖彤爬了起来,悄悄推开那扇沉重的门,噪音像强大的气浪扑来,她本能地躲闪开。台灯的光晕里,男人正不可一世地打着呼噜,很有节律地应和着这哒哒哒的声响。床头柜上的烟灰缸里,杵着好几个烟蒂。

她轻轻地把音量拧小,退了出来,贼似的站在门外,好像背着男人做了一件伤天害理的事。

郭颖彤的每一个夜晚,被挖掘机巨臂和草花蛇搅得稀巴烂,她的憔悴,哪怕用香港最好的护肤品也掩盖不了。在去香港购物时,闺密笑她,是不是你家男人在床上把你拆成八大块,再一块一块地拼装起来?她笑了,带着苦意,恍惚地看着车窗外环球贸易广场那栋最高楼,忽然从半空中伸出一只巨臂,她高喊一声,不,不能这样!

真的,再这样下去,她要崩溃了。有一次,果果在灯下做作业,她冷不丁看到他的后背伸出一只巨臂,她吓得失声惊叫,手里的杯子啪地掉地上摔碎了。她偷偷去过医院,医生说你患有紧张型精神分裂症,再不调养缓解,极有可能加剧为重度病症。

但有什么办法呢,男人睡觉还是要依赖那万恶的哒哒声才能入睡,两人已经分床了,那噪音仍然搅得她神经衰弱,整晚整晚地瞎睁着眼,巨臂和草花蛇无时无刻不在眼前晃。她有时会无端地想男人粗犷的胸膛,还有那乌黑的胸毛和宽大的手掌。男人恁耐得住性子,一月半月了,也不把她擒在掌心里……

唯一让男人开心的是,六岁的果果喜欢炭笔画,在少年宫读兴趣班,每周末总会画一张讨他爸欢心。男人请那个老师吃过饭,老师自然对果果用心一点。一次画了一只葫芦型酒瓶,男人眼睛一亮,说,这是古河洲,刚好有朋友送我一瓶!当听果果说老师喜欢收藏酒瓶时,他决定把这瓶酒送给他。

那天他提着酒出去。回来时满脸铁青,打开保险柜慌乱地找银行卡,然后又急匆匆地摔门而出。郭颖彤预感到发生了什么事,但她没问。两人已经半个多月没说过话了,她不会主动打破僵局,她对婚后生活早已厌倦了,用一种无声的方式反而更显意味。

男人晚上回来时,果果坐在客厅的茶几上画炭笔画,眼前的地板上摆着一只长脖颈的恐龙。男人突然喝骂道,别画了,这招邪的炭笔画,以后那个老师不会教你了!果果一脸惊愕,郭颖彤牵着孩子回房间去。那晚,隔壁房间的哒哒声音量很大,郭颖彤又熬过了一个无眠之夜。

一天,果果竟然毛手毛脚地拿着炭笔,把家里的白墙当画纸,呼啦啦画了几个人头像。等郭颖彤系着围巾从厨房走出来时,端着菜盘的手僵住了。虽然这三个人像画得有模有款,但她知道要惹祸了。

她有时拿着硬物不小心磕破墙角,或不经意弄脏了墙面,男人看到后准会破口大骂,还打电话叫来管理处的师傅,把墙角补好,把墙面抹净,对房子简直比老婆孩子还疼惜。

男人回来时果然大动肝火,把果果拉过来掌掴了几个耳光,小脸都给打肿了。还边打边骂，以后再也不准画这邪门的炭笔画，老子为你画画垫了几万！

郭颖彤以为他脑神经搭错了，尽说胡话，赶紧把哭得稀里哗啦的果果护在怀里，男人的声音哒哒哒地扫过来——离婚，没法过了，连房子都看不好，我提着脑袋在外面打拼，你们却在家里糟蹋房子！

婚就这样离了，房子和孩子判给了她。男人还有一套大房，他开了一间有规模的拆迁公司，还愁房子吗，但他总是将房子视为己出，不准谁伤一根毫毛。不知道为什么，睡觉时他要听着录制的拆房子的声音，哒哒哒，哒哒哒，这嘈杂声对他来说像催眠曲。没有了这声响，他无论如何也睡不着。

冷静下来的郭颖彤想，再不用受那噪音的折磨了，未尝不是好事。才三十来岁，还可以赌一把青春，也许明天过得还要有姿有色。再不能像温室内的花草一样在家里待着了，与闺密们一合计，便在东城开了一间港货行。卖那些香港品牌的食品啦，护肤品啦，保健品啦，什么嘉顿牛奶夹心饼干、UFO牌手撕牛肉干，什么草本365柠檬洁面乳、玻尿酸Q10基底补水面膜，什么念慈庵川贝枇杷膏、黄道益活络油……内地人都想着香港检验检疫制度严格，卖的东西省心放心，不像内地时不时曝出这种食品添加剂超标那种化妆品含致癌物，弄得消费者把心提在嗓子眼上。港货便成了内地人的抢手货，特别是珠三角的人成批成批地到香港扫货，还催生了港货代购行业。

港货行开在主干道旁的繁华地段，郭颖彤满以为生意不会像男人一样辜负她，但偏偏开张时，酝酿多年的地铁开工了，正好从店门口经过，而且规划了一个站台。机动车道两旁被一人多高的板块围蔽了起来，一直扩展到门口的停车场，只留下一条窄窄的人行道，自行车和行人都绕道而行。这样一来，港货行和旁边的湘菜馆、沐足店、宠物医院都成了偏僻的角落，生意出奇的惨淡，每个月昂贵的店租压得她喘不过气来。但想着店门口正对着地铁站，开通后人流会像放闸的洪水倾泻而出，这倒是有钱难买的地理优势。还是先挨着吧，到时一天的生意顶现在一年，狠狠地把亏损捞回来。为解眼下的燃眉之急，她也做起了港货代购，开通一个微信公众号，三天两日地发送商品图片和价格。闺密们很给力，订单自然少不了，等攒够了单，便去香港扫货，大袋小包地往回扛。好歹能赚点劳务费，稍稍减轻店租的压力。

她到底没有三头六臂，无奈之下，便把果果送回三百公里外的娘家读农村幼儿园。等挨过了难关，再把儿子接回来加倍地补偿缺位的母爱。

这个城市的交通本就日见拥堵，这几年修地铁，道路更是鸭子赶趟似的堵上了。她的店在东城，而房子却在南城，上下班高峰期开车要一个小时，人累得散了架。某天转念一想，何不把南城的房子租出去，少说能租个三千，在店附近租一套便宜点的房子，既免了堵车之苦，又可补贴生活。

她苦笑了一下，自我揶揄凤凰变成了山鸡。想当初新婚时，自己哪用为钱操心，男人每个月给她大把大把的票子。有几次，她跟几位阔太太去香港购物，最多的一次消费了五万元，以为男人会骂她败家，谁料他说，等生意做大了，我们去旺角买栋别墅。她想，哪怕她说要上月球，他也会用钞票架个云梯给她。但想不到男人在她患上精神分裂症时，跟一个高官的千金混到了一起，他把房子、车子和儿子留给她，跟那个女人走了。至于是留在地球还是上了月球，她已管不着，她得把儿子养好，把日子过好，活出一种姿态给他看——我郭颖彤离了你照样能过得风生水起！

但是，生活老跟她作对，她退让了一次又一次。先是委屈做了港货代购，再是把儿子送回乡下娘家代养，后来又四处寻便宜的房子。她已做好了最坏的打算，哪怕把自己抵押给银行，都要咬牙撑下去，撑到地铁开通的那天，她的好日子就会拨云见日。

然而，晚上哪怕一个人躺在床上，音响已被男人拿走，那哒哒哒的噪音还是不可阻挡地钻进耳朵，如千万条草花蛇，噬咬得她体无完肤。那只巨臂在眼前肆意地挥舞着，把属于她的夜晚捣得粉碎。

二

也不知从哪一天开始，冯海勇的夜晚被调换了频道。安静对他来说是种折磨，他躺在床上翻来覆去烙大饼，白天挖掘机拆房子的声音哒哒哒地传来，这反而让他很熨帖。但这声音很快又消失了，他将要合上的眼唰地睁开，再也睡不着，夜晚如一间间空房子横在眼前，那些挖掘机的巨臂全都动弹不得。这很要命，他这个拆迁公司的老总，挥动的巨臂对他来说有多重要，马达一响，黄金万两。但这安静的晚上，仿佛所有的挖掘机都冻僵了，空房子发出回音粗粝的尖笑。

他录制了挖掘机的哒哒声，睡觉时便拧开音响，哒哒哒，哒哒哒，多好听的音乐。他听谁说过鸟鸣虫唱是人间天籁，但对他来说，那都是噪音，只有这哒哒声才是真正的天籁之音。只要听着这曲子，他便很快进入梦乡，打起惊天动地的呼噜。

但麻烦事也来了，女人很抵制这声音。她用棉花塞住耳朵，用被子蒙住头，还神经过敏地说，再不把这噪音关掉，我迟早要进精神病院！这女人，大把大把地花着我拆房子换来的钱，开好车，用名牌化妆品，去香港扫货，全依仗那些挖掘机挖出真金白银来。要是哪天没房子拆了，看你还怎么人前人后地炫富比阔。

这么好听的声音你不把它当音乐听，对得起那劳苦功高的挖掘机吗？但女人就是不听，听不进去，跟她做那事时还叫关了，不关提不起兴致。而冯海勇听着这声音却像吃了伟哥，浑身的气血都涌了起来，恨不得把女人当房子拆成砖石碎料。女人终于忍耐不住甩开他，在他的骂声里躲到果果房间里去了。这一躲，就是一月半月，两人连话都没说上一句。女人渐渐失去了以前的姿色，那些日子，越看越像一套二手房，脸上没了血色，熊猫眼圈都浮现了，身上的骨架也似乎松松垮垮，随时可能坍塌下来。

还好，果果这孩子不像他小时候那样野，爱上了画炭笔画。周末都是冯海勇开车送他去，每到那天他给自己放一天假，好好地陪陪孩子。果果画啥像啥，老师很喜欢他，说这孩子有潜力。冯海勇几次请老师吃饭，觉得他跟孩子很是投缘。有一次，果果画了一张葫芦型酒瓶，他一看便知道是古河洲，曾有朋友送给他一瓶，还搁在酒柜里。他听果果说老师收藏酒瓶，便提着去送给他。

但没想到这瓶酒闯下了大祸。

那次他打了老师的电话，老师太高兴了，说家里已经有一只古河洲，找了好长时间没找到配对的另一只。当老师从他手里接过酒瓶如一只袋鼠横穿马路蹦跳而过时，一辆跑车疾驰而来，随着那声急刹车，酒瓶碎了，他的一只腿也断了。他紧攥着古河洲的一块碎片，像握住了一根救命稻草。冯海勇大惊失色，赶紧打120。医生在他昏迷的时候怎么也打不开那只握成拳头的手。

虽然那位肇事者会承担所有医疗费，但冯海勇心里无比自责，要不是自己送酒瓶给他，就不会闯下大祸，他取出五万元送去。那老师是在两天两夜后醒过来的，他的母亲背对着他低声啜泣。

醒来后的他动了动脚，发现一只脚像被什么钉住了，动弹不得。当看到重重纱布裹着的半截腿时，他的眼神僵直了，本来煞白的脸像盖了一层严霜，眼里的光渐渐黯淡。也许他从母亲苍老的背影里看到了什么，咬紧嘴唇，眼角流出清泪，动了动紧攥着的右手，却像锈住的铁器，怎么也打不开。他甚至动用了左手，吃力地掰，费了好大劲，才掰钢筋似的慢慢展开，亮出一块古河洲碎片。

异常烦躁的冯海勇回到家，看到果果对着地板上的恐龙画画时，忍不住大声骂道，别画了，这招邪的炭笔画，以后那个老师不会教你了！女人把惊吓的果果带回房间。冯海勇一个人躺在床上，满脑子的车祸场面，血泊、断腿、酒瓶碎片，还有那声凌厉的急刹车。他把两手插进头发，恨不得一根根拔下来烧成灰，他狠狠地掌掴了几下自己的嘴巴，连说——混蛋，惹祸的混蛋！

尽管他很困，但睡不着，便拧大了音量，哒哒哒，哒哒哒，想象着挖掘机拆房子时气势磅礴的场景，他才慢慢变回原来那个冯海勇。

要不是变着法子巴结那些官员，能拿下政府的拆迁项目吗？像冯海勇这样的拆迁公司，在这个城市不少于三十家，你不挖空心思跑项目、竞标投标，项目便溜开被其他公司抢走了，大把人虎视眈眈地盯着这块肥肉。拆迁补偿说是走公平竞争程序，但里面水很深，只要跟掌权的官爷打好关系，他说给你做，自然就有办法让你竞标成功。

他在分管拆迁的副市长身上花了不少心思，两人的关系像出锅的麦芽糖，慢慢由软变硬。这就好办了，变硬的麦芽糖香甜而有口感，还黏牙齿，黏上了，谁也离不开，时不时舔上一口，咂巴下嘴，那感觉没法说。

想不到这颗糖还黏上了副市长的千金，那女人，标准的白富美,不知怎么对冯海勇一见如故,大有相见恨晚的倾情。两人便暗地里泡在了一起,他的女人不是跟他分床了吗,这正好,他还有一个比她年轻漂亮的女人共度春宵。

但这只能是地下活动,见不得光,他还有家庭,女人近来不太合他意,果果却还是蛮讨人喜欢的。要不是因为送酒瓶给老师闯下车祸,他的脾气不会那么大,也就不至于跟女人闹离婚。

那天回到家,他看到墙上画了几个人头像,把墙糟蹋了。他这人拆人家的房子毫不手软,对自己的房子却爱到了骨子里。怒不可遏的他狠狠打了果果几个耳光,脸一下子红肿起来,嘴里还喋喋骂道——以后再也不准画这邪门的炭笔画,老子为你画画垫了几万!

女人走过来护着号啕大哭的果果,气昏了头的冯海勇把话重重地撂下——离婚,没法过了,连房子都看不好,我提着脑袋在外面打拼,你们却在家里糟蹋房子!没想到女人那么果决地同意了,或许她在外头也有了男人。

房子、车子、儿子全判给了她,冯海勇觉得自己对得起女人了,以后你走你的阳关道,我走我的独木桥。

他跟副市长的千金混到了一起,但那女人不同意结婚领证,说这样不挺好的吗,不要给那紧箍咒套死了!奇怪的是,那女人很适应哒哒哒的声音,说听着很刺激很舒坦,像在跳踢踏舞,非常得劲,感觉睡在美国百老汇,与爵士一起享受着音乐盛宴。两人在床上也得劲得很,哒哒哒的声响为他们助威。冯海勇把女人拆成一块又一块碎片,女人把男人当作扫机关枪的猛男,肉体的盛宴成了夜晚的一道极品菜肴。

把对方都吃成残汤剩水时,男人对女人说,这间大房以后要好好爱惜!

女人戳着他的鼻子说,小气,我爸给你那么多项目,随便一个项目就能买一套房！

男人说，我给你说件事，你就知道我为什么那么在乎房子——

小时候家里穷，盖砖瓦房时连屋瓦买的都是那种便宜的劣质货，盖得稀稀拉拉，站着都能看到阳光从缝隙里渗进来。一到下雨天，母亲要戴着斗笠站在厨房炒菜，我用一把旧雨伞撑在锅的上方，雨水才不会掉进锅里。房间里同样漏雨，父亲用尼龙纸铺在蚊帐顶上，雨水越积越多，蚊帐承受不了重量，哗啦侧漏到床上，一家人被淋成了落汤鸡……

女人说，在编故事吧？

男人说，信不信由你！

冯海勇到底放心不下果果，曾悄悄溜回三百公里外的农村去看他，发现他还在画炭笔画，画了门前高高的苦楝树、田野盛开的油菜花、空中飞过的大山雀……

冯海勇摸着他的头说，想不想回去？

果果头也不抬，说，不想，姥姥家安静，没有哒哒哒的噪音！

冯海勇说，迟早你会喜欢上那声音的，再过几个月我来接你！

果果大声说，不，我不回去，妈妈说你的手是魔掌！

三

长长的巷子把街市的喧闹隔远了，这旧式房子便异常静谧，骆铭聪在院子的菩提树下画着炭笔画，沙沙沙，沙沙沙。树叶也在风里发出沙沙的轻响，很协调地应和着骆铭聪。

大概有一年了，骆铭聪没有走出过这条老巷，成天在院子里画画。很奇怪，他只要听到汽车的发动机声和喇叭声就会惊慌失色，甚至用手摩挲起头发，撕心裂肺地吼叫。一次，邻居的孩子跑来看他画画，末了在院子空旷的地面玩起汽车玩具，嘟嘟嘟地响。骆铭聪脸色大变，把手掩住耳朵，嘴里发出尖厉的叫声，那孩子吓得赶紧跑开。

母亲从屋里走出来，说，吓着孩子了，你就不能忍忍？你想一辈子蜗在家里吗！

骆铭聪没说话，脸涨得通红，像刚经历了一场飙车，惊魂未定的样子。

母亲决意把三楼的空房子租出去，但定的条件很苛刻，只租单身女性。那些天，一个又一个年轻女人来来去去，母亲用挑剔的目光浑身打量，总算看上了一个，同意每月五百元租给她。

他的眼神与她对上了，从她的脸部移到腿上，重又盯向画架，炭笔在素描纸上疾走，沙沙沙。她也从他的脸部瞄到腿上，发现他坐在轮椅上，一只腿装着假肢。她的胸口咯噔一声，走过去，看见纸上画着一双美腿。

她说，画得很美，能送我吗？

他说，等你不在这里租住的那天吧，我先替你保管着！

好像另一种生活刚开始，便被他无情地推向了结束。她的胸口莫名地痛了一下，似乎有一颗不明来处的子弹击中了她。

那天，郭颖彤接到房产中介的电话，说有一处旧房子，环境幽雅，性价比高，才五百！

第一次看到这么长的巷子，巷口的蓝色牌子上写着"三道巷"。这头看去，那头是米粒大的一个光点，她不知怎么想起了火车站的信号灯。两边高高的青砖墙仿佛飞速行走的蒸汽火车，一阵阵风从耳边擦过。脚下是青石板路，滑溜溜的。她似乎感到地面在颤动，两边的火车皮不知要开往哪里。巷口就是闹市，而巷尾呢，是不是这个城市的尽头？

高墙上的古老檐角如微微翘起的佛指，在她的太阳穴上一点，时空感便错乱了。迷迷糊糊地往前走，也不知走了多远，走进了哪个朝代，腿脖子酸软起来，便停下扶墙小憩。再前行，又停留了一次，方才走到尽头。中介说，知道为什么叫三道巷了吗？一条巷子分三次走，够长吧，也许是这个城市最后一条老巷子了！

出租的是一家老宅的三楼，一楼和二楼主家住着。女主人约莫六十岁，全身上下打量她，反复瞄着她的脸部，问了年龄，还问她来自哪里，像个居委会大妈。

院子里的树长得比三楼还高，树叶如宽大的巴掌，一阵风吹来，好像拍着无数双手在欢迎她。古旧的院墙上辟有两个菱形花窗，里面的冰凌格别有韵致，杜鹃花和吊兰垂下来，恰好衬托了这独特的气质。这三层小楼，是旧式建筑，她说不上什么风格，应该不是明清的，还不至于那么久远，少说也有上百年了吧，有点像民国的。但那些古式窗棂和雕花却明显是古建筑的传统设计。

第一次住在城中村，站在廊檐上望去，眼前黑黢黢的，这样倒好，幽暗、安谧，正适合深睡。她躺在床上，脑子里哒哒哒的声音好像一下子离她远了。跟男人离婚后，晚上一个人住在南城的那套房里，哒哒哒的声响还是从哪个角落冒出来，阴魂不散，惊心摄魄，她仍然整夜整夜地失眠。晚上一回到家，她就感觉闯进了魔窟，房间、厨房、走廊、卫生间里哒哒哒地挥动着无数条巨臂，草花蛇嗖嗖地窜进耳朵，她头疼欲裂，夜晚恐惧症害得她比以前更加瘦削。

神奇的是，这旧式房子似乎隔绝了所有噪音，心特别安静，好像南城那套房和那些陈芝麻烂谷子的事随流水漂到了一个孤岛上。想着明天还要去香港，巴士地铁动车出租车不停地转车赶趟，累人得很。正恹恹欲睡时，听到楼梯上有动静，仔细辨认，是拐杖碰击地面的声音,咯——咯——咯!稍停片刻,愈来愈响,咯——咯——咯!她断定他已拄着拐杖上到了三楼,心里紧张起来,万一他敲门,该怎么办?但等了片刻,门外一片寂静,沙沙声不可抗拒地传来,是树叶的摩擦声,还是他在门外画炭笔画?

又过了好一会,咯咯声再次响起,他在下楼梯,她能辨听出来。刚才的声音带着韧劲,音长的时间稍长。现在却蓄着劲儿,音长变短促了。咯、咯、咯!

……

入住的这晚,郭颖彤在老宅里很安静地睡着了,还做了一个美好的梦。她梦见儿子在乡下的娘家与小伙伴爬上一棵高高的树,把小手伸进鸟窝,掏出几只蛋,猴子一样滑下树递给她,一看,是几只金蛋!

翌晨起了个大早,脑子从未有过的清醒,眼角挂着笑。拖着拉杆箱走到院子时,又听到了沙沙声,炭笔在素描纸上飞快地划拉。

他停笔问,出远门吗?

她说,去香港,做代购!

话一出口才觉得说多了。

他说,帮我买一盒飞鸟牌鞋油!

他看着她走出院门,一手拖着拉杆箱,一手提着小挎包,沿长长的巷子袅娜而行,晨光从青砖墙上斜斜地照射过来,她的身影被拉得老长。那两只腿,像长脚圆规,在巷子里画着一个个稍纵即逝的圆,骆铭聪想伸手抓住,圆规却越走越远,高跟鞋"咯咯咯"的声响动人心魄地传来。他颤了一下,跟拐杖碰击地面时的声音如出一辙,他看到青石板路上走着一个陌生的骆铭聪,一瘸一拐的身影在阳光下异常别扭。那双康奈皮鞋搁在橱柜里有一年了吧?

回到三道巷,已是晚上九点。当郭颖彤把大袋小袋从出租车尾箱提下时,意外地看到谭姨等在巷口。

郭颖彤心里一热。转了一趟又一趟车,累得浑身酸痛的郭颖彤终于坐动车回到高铁站,又从高铁站坐出租车往市里赶。在过关和换乘车时,她恨不得变成千手观音,但没有谁能帮她,她只有手提肩背斜挎包,气喘吁吁,像个投奔远方亲戚的难民。

打着手电的谭姨帮她提袋子,郭颖彤感觉轻松了许多。

谭姨说,阿聪出车祸后,再也不肯走出巷子,整整一年待在家里画画。再这样下去,我怕他得自闭症。要是可以,以后带他走出这条巷子!

郭颖彤缄默无语。

谭姨说,这条三道巷有一百多年历史了,政府前几年说要拆掉建广场,后来有专家建议保留。但今年政府又说要拆迁,也不知什么时候动工。

郭颖彤终于开了口,那万一拆迁的话,阿聪怎么办?

谭姨说,这孩子,命苦!只有想办法让他走出这条巷子,不然他就只能一辈子困在里面。政府真拆迁的话,就是神仙也挡不住。这孩子,可怜啊!

郭颖彤心里被什么揪紧了。

回到屋里,桌上摆着一碗濑粉,还加了两个荷包蛋。谭姨说,快吃吧,肚子早饿过头了!

郭颖彤强忍着泪水,风卷残云地吃完。没冲凉便躺下,浑身腰酸腿疼,感觉身上的有些部位已僵硬,就那样直挺挺地躺着。半个身体成为了机器人,能闻到硬冷的铁锈味。

眼皮快要架不住的时候,楼梯上又传来咯咯的声响。似乎比昨晚要有气劲,咯——咯——咯!如打了铁钉的皮鞋磕在地板上,郭颖彤睁开眼,这声音既熟悉又陌生,心里竟有了几分期盼。

咯咯声收住后，外面又恢复了树叶的沙沙声。然后便是骆铭聪拄着拐杖下楼梯的声响，咯咯咯，慢慢地，愈来愈弱，直至悄无声息。郭颖彤怎么也睡不着，哒哒哒，咯咯咯，两种声音在她的耳畔交替回响，她又看到了挖掘机的巨臂和草花蛇，在城中村和三道巷疯狂地舞动。

第二天，当她提着大袋小袋下楼时，骆铭聪没画画，手握鞋刷在皮鞋上划拉，地上的那只鞋已刷得锃亮。旁边放着她买回的飞鸟牌鞋油。

那次，看到骆铭聪画室的门敞开着，她不由得走了进去，一面墙挂着多幅炭笔画，对面墙倚着几个酒柜，全是成双成对的酒瓶：披旗袍女人身段造型的古井贡酒、京剧脸谱造型的京爷二锅头、鼻烟壶造型的青花红郎、玉壶春瓶造型的茅台、柳叶瓶造型的特宣贡酒、天球瓶造型的汾酒、梅瓶造型的古越龙山……而那只葫芦造型的古河洲却形单影只，在那些拉双凑对的酒瓶中孤独无依。

院子里，她看到墙上贴着一张政府公告。这城中村的老房子和三道巷列入了政府"三旧"改造范围，必须在今年元旦前搬迁。右下角盖着一个大红印章。

咯——咯——咯！她听到熟悉的声音，骆铭聪正从屋里一瘸一拐走出来，脚上穿着那双油光锃亮的皮鞋。

郭颖彤说，我推你出去转转！

骆铭聪迟疑着坐到轮椅上。

她推着他走出院门，走向三道巷。

轮子碾过青石板路，咯吱咯吱响。郭颖彤又看到两边高高的青砖墙如快速前行的火车皮，发出呼啸的风声，不知要开往城市的哪个方向。骆铭聪忽然浑身颤抖起来，嘴里喀嚅着，低声说着什么。郭颖彤好像在火车呼啸的站台上护送着一个怕车的男人上火车。

郭颖彤说，不用怕，坚持住，我们很快就能到巷口！

走到巷子中间时，耳边传来那声凄厉的急刹车，接着是骨头的断裂声和瓶子的破碎声。骆铭聪抖得更厉害，两手插进头发，发出几声怪叫。

郭颖彤停了下来，贴耳安慰他，生活必须面对，勇敢点，坚持一下，前面就是巷口了！

骆铭聪紧紧地闭上眼⋯⋯

郭颖彤说，你看，有人拍婚纱照！

骆铭聪睁开眼，果真看到一对新郎新娘靠在青砖墙上摆着Pose，摄影师边调焦边做手势，一道镁光闪出，他们便永远地定格在这条有上百年历史的三道巷。

不知不觉到了巷口，城市喧闹起来，汽车喇叭声此起彼伏。过了好久，骆铭聪身上的颤抖平息了，捂着耳朵的手慢慢松开，他又看到了这个城市车水马龙的街道。

地铁终于通车了，港货行的生意奇迹般好了起来。郭颖彤再也不用脚尖碰脚跟地赶去香港代购，便想着快点把孩子从乡下的娘家接过来。她提前跟南城那套住宅的租客解除了合同，谭姨这边也说好了。

冯海勇曾去港货行找过她，说他以前不该那样凶她，早点把果果接回来吧，不然会毁了孩子的。

郭颖彤爱理不理，说果果是她的，不用外人瞎操心！

后来她得知那个副市长的千金把冯海勇甩了，跟着一个富二代当了新加坡移民。

她是在晚上从三楼下来的，谭姨帮她提着大袋小袋。却没看到骆铭聪，心里如塞了一团棉絮，很堵。

踟蹰着走向巷子，眼前一片通明，沿墙根一排儿点着蜡烛，她的眼睛湿润了。巷风摇曳着烛光，烛光摇曳着青砖墙，青砖墙上的光影摇曳着郭颖彤。她感觉自己走在摇摇晃晃的火车车厢之间，一步三颠，双脚凝重，高跟鞋的咯咯声如重锤击打在身上，这条巷子便无比漫长。中间倚墙停歇了两次，渴望能看到一个熟悉的身影。但没有，整条巷子除了飕飕的巷风和颤动的烛光，便是墙上用红漆写成的"拆"字，外头画一个圆圆的大圈，像公告上的红印章。

谭姨感叹道，这三道巷和老房子，到底要跟城市分开的！

郭颖彤胸口一疼，好像一颗子弹击中了她。

谭姨又说，感谢你把阿聪带出了巷子，拆迁后我们会搬到安置房，听说是几栋高楼！

郭颖彤望了望前方的高楼群，眼睛晕眩，却兀地看到骆铭聪拄着拐杖站在巷口，脚上穿着锃亮的皮鞋，手里拿着炭笔画。

她接过来，展开，是那幅美腿图！

一辆车停在巷口的街道边，车门推开，一个小孩跳了下来，说，妈妈！妈妈！

郭颖彤惊喜地看见是果果。

骆铭聪也认出来了，他说，果果，你还在画炭笔画吗？

……

车上，冯海勇猛地吸了一口烟，把车窗摁了上去，生怕骆老师认出他来。这个城中村拆迁项目，是他竞标拿下的！

2015 年 12 月

慢 光 阴

一

一打开电脑,仿佛无数只蚂蚁蠕动,赵绮婷手一颤,心跟着塑料杯里的西米沉浮不定。这统计,就像一根环环相扣的链条,一断链便会稀里哗啦地全盘皆毁。因此,保持一份好心情和职业习惯,对她来说太重要了。但偏偏赵绮婷身后坐着单位的"多疑女神",常常因为一些鸡毛蒜皮的小事莫名其妙地猜疑同事,弄得整个办公室乱云飞渡。

比如今天上班时,摆在葛姨桌面的宝葫芦不知怎么掉到了赵绮婷靠背椅后的地板上,葛姨唾沫横飞地大骂一通,每一句都像一支利箭射向赵绮婷。无辜的赵绮婷看着婴孩一样痛苦地在地上挣扎的葫芦,真想弯腰捡起来,但还是理智地克制了,生怕从此成为葛姨定向指责的靶子。

葛姨负责银行系统的人力资源管理,全系统的档案资料全在她手里,还管着人事调动,这就等于捏住了所有人的命脉,谁也不敢得罪她。但她的多疑症却让很多人受不了。赵绮婷恰恰坐在她前面,她改变不了上帝处心积虑的安排,便只能蘸着番茄酱吃炸薯条。往往在葛姨莫名其妙生气的当儿,泡一壶陈年普洱,那种带着光阴的陈香味很好地压住了葛姨心头的火气。赵绮婷总算掌握了"一物降一物"的秘诀——糯米治木虱,和尚治大佛,而葛姨得用陈年普洱来治。

这种纠结的服务让她实在受不了,便很想换个岗位,哪怕由现在的中台调到前台去,她也一千个愿意。但谷经理怎么会同意呢,赵绮婷是厦门大学统计系毕业的,那可是在全国都响当当的牌子,更重要的是她的统计干得滴水不漏。她几次要求换岗时,谷经理便拿这顶帽子往她头上扣,好像离了她,地球就不会转了。

她只能每天巴望着早点下班。在更衣室换了呆滞的工作服,穿上那套浅蓝色上衣配深紫色短裙,提上一只赭黄色韩版小猫包,整个人完全换了气息,青春靓丽的邻家女孩模样粉碎了规整的职业女性形象。但眼前仍然蠕动着千万只蚂蚁,哪怕下了班,也鬼魂一样死缠着她。

碰巧的是,她在电梯里撞衫了。前台柜员米丽居然也穿着同样款式和颜色的套裙,两个人并肩站着,简直成了姐妹花,彼此不太熟络的她们索性把手揽在对方肩上。米丽约赵绮婷去她的茶室,很近,就在银行一百米远的写字楼里。

这是一间透着浓郁茶文化气息的会客室,迎面的墙上是一个大茶柜,摆放着不同年份的茶饼。左边那面墙上挂一幅"归去来兮,品茶入禅"的书法条屏,而右边靠墙处,突兀地横着一张仿古式布艺沙发。正中便是茶室的主角——造型如古筝的木雕茶几,连琴弦也雕得清晰可见,仿佛天籁之音隐隐于十指之间弹响,品茶的人都成了知音。米丽拧开音响,一曲《高山流水》如淙淙清泉甘洌地漫过心间。赵绮婷提裙抚袖地坐在古筝旁的黄花梨木椅上,猛一激灵,办公室里猜疑、诡异的迷雾迅疾地离她远去,她乘一片云岚来到一处"弄时临溪坐,寻花绕石行"的深山老林里。

爬在眼前的千万只蚂蚁早已了无踪影，赵绮婷感到从未有过的惬意。当她从缥缈的世外桃源里回到现实之中时，米丽已泡好了一壶陈年普洱。大荷叶造型的托盘上，摆着一把荷叶壶和几个荷叶杯。青绿色的壶身衬着粉红色荷蕾的壶嘴，而壶耳，却是两支缠绕的荷秆。轻提起壶，深褐色的茶顺着荷蕾注入杯里。

其实赵绮婷像众多年轻女性一样，喜欢进星巴克喝咖啡、进大卡司喝珍珠奶茶、进芭贝乐吃冰淇淋，还喜欢吃闽南著名小吃烧仙草。她至今很怀念厦门大学的浪漫时光。从来就没有兴趣去品一壶茶，在她眼里，茶是上了年纪的人才喝的，尤其是陈年普洱，那种从光阴中浸淫过的陈香味让她提前品咂到岁月将老的滋味，她从心里抵触。年轻人应该品味酸甜苦辣，哪怕呛鼻的芥末，也总比温软中带点涩味的茶要好。慢光阴，年轻人才不喜欢呢！

但米丽说，茶养身、养颜，也养心！

哪怕赵绮婷不相信所有关于茶的冠冕堂皇的理由，她也不会拒绝心与心的靠近。在古筝的袅袅音韵里端起荷叶杯，像喝卡布奇诺一样轻吹气泡，仿佛要把茶面的污秽吹到尘埃里。红唇轻启，象征性地抿了一口，还是那种抵触的陈年味。她不想回到遥远的年代，但又不愿身陷现实的泥淖。于是，强迫自己深喝了一口，她真的不想失去与米丽成为闺密的机会。毕竟，在那个飘荡着钞票油墨味的银行里，没有一个能说上话的知音，似乎所有的人都在猜疑和防范，每一句话的背后都深藏着玄机。

米丽直率地问，味道怎样？

赵绮婷要了个太极，比想象中的要好！

米丽当然不知道赵绮婷想象中的茶味是怎样的，又追问道，知道是什么山的吗？

这个问题太过专业，哪怕赵绮婷脑子再活络，也难以自圆其说,一时怔住了。

米丽说,巴达山!

对于这么一座八竿子也打不着的山,赵绮婷似乎来了兴致,说,卖多少钱?

米丽说,像我们这样的女性,还是喝熟茶养胃。要是2005年的巴达山熟茶,大概卖五百元。2014年的话,只卖两百元。

2005年,赵绮婷还在粤东的县城里读初中,她不想回到那段青涩懵懂的岁月里。至于2014年,年份太新,全身带着戾气。她要了一饼2010年的巴达山,不新不旧,刚好,三百元。

她左手提着赭黄色韩版小猫包,右手提着褐色茶盒,跟米丽并肩走向电梯间。猩红的"25"在显示屏上一闪一烁时,赵绮婷才知道自己刚刚在"危楼高百尺"的茶室里品茶,那座巴达山也许比这个楼层还高。不知为什么,赵绮婷忽然有了向往一座山的冲动。

一切是那么自然,米丽回家,刚好要经过赵绮婷租住的小区。刚毕业的赵绮婷还是无房无车一族,米丽乐得捎她一程,那段路的闷骚,便有了打发的理由。

俩人竟可以一下子亲密无间到说男荤女素的分上。米丽说,昨天有个VIP客户找我存五十万现金,在柜台上码成一堵墙。本来那人个子就高,如一根水泥柱立在柜台前,戳得我气都喘不顺溜。没想到,存好后他递给我一张名片,还要了我的手机号,说有空请我吃饭,我说帮客户存钱是银行的义务,他说说不定过几天又要找你存钱!我一听晕乎乎的,真想把下半辈子托付给他。两个美眉笑得满车找牙。

就在这时,手机响了,米丽一看是陌生号码,蹙眉未接,一会对方又固执地打过来,米丽的耐心终于投降了。接听,竟是那个VIP客户,他说,美女有空吗?请你吃个饭!米丽迟疑了,一副举棋不定的模样,向赵绮婷投去征询的眼神。赵绮婷催她快去应约,还点了点头。米丽便答应了,他说了个地点,米丽便在前方红绿灯处掉了个头。赵绮婷说,米丽你这是唱的哪一出,把我回家的方向给弄反了!米丽说,我刚才是问你参不参加那个VIP客户的晚餐,你不是点头了吗?赵绮婷说,会错意了,以为是你男朋友,我的意思是你快点去约会!米丽哈哈一笑,上错花轿嫁对郎,将错就错吧,给我壮个胆!

二

赵绮婷几乎是以陪衬的身份出现在"上层楼"酒家的。两片云梨花带雨般地飘进包厢时,一个手拿iPad的男人坐在沙发上刷屏,直到米丽轻咳了一声,男人才欠着身子站起来,果真身材颀长,看到米丽身边多了一个女人,欣喜的目光掠过一丝意外。这个眼神被赵绮婷敏感地捕捉到了,她轻风细雨地坐在米丽身边,不苟言笑,很好地充当了她的影子。高个子给赵绮婷递去一张名片,说,我叫韩图!米丽向他介绍赵绮婷,我的美女同事婷婷,统计学专家!韩图说,我也介绍你们认识一个朋友,性情中人!打完电话,眼睛便瞄向iPad,屏幕上全是红红绿绿的K线图。米丽莞尔一笑,说,难怪能赚大钱,休市了还这么投入!韩图笑了,嘴角的那根毛一颤一颤。赵绮婷听人说过,嘴角长毛的人有横财运,也许是真的。

谈笑之间,门口闪进一副眼镜,紧盯着手机屏幕,镜片反照着荧光,像一个走进密室的侦探者,脑袋滑稽地往里探了探。听到韩图喊他,才不紧不慢地踱着方步进来。眼睛并没有离开手机,边走边说,这股市真他妈疯了,跌的时候往死里跌,涨的时候一个劲往上涨,弄得人神经兮兮,心理不出问题才怪!韩图揶揄他,你在说自己吧，心理咨询师还过不了心理这一关？那人头也不抬地说，你这话就不专业了，人在江湖飘，哪有不挨刀？自己都承受不了，还配做心理咨询师？说着挨韩图坐下。韩图说，也不跟两个美女打下招呼？他这才抬起头来，朝米丽和赵绮婷抛去两个笑眼。赵绮婷身上起了一层鸡皮疙瘩，那双眼睛射出扫描仪似的光源，迅疾从她们身上扫过，似乎她们赤裸地坐在对面，一眼被他看穿了。

这饭，便吃得有点惊惶，要是没有韩图和米丽在，也许赵绮婷早借机溜了。按照韩图的安排，赵绮婷挨着眼镜坐，米丽挨着韩图坐，这个席面颇有点双宿双飞的怪味儿。虽然韩图为她们点了鱼胶炖盅，赵绮婷却感觉味同嚼蜡。韩图和眼镜点的是乳鸽炖盅，他们倒吃出了一派俯瞰天下的气概，好像她们是游在水里的两尾美人鱼，而天上的鸽子正高踞半空伺机下手。韩图和米丽之间的距离近到手肘相碰，韩图不动声色地给米丽夹了秋葵炒墨鱼仔，说，这菜美容养颜！眼镜不能没什么表示吧，于是也给赵绮婷夹菜，在接近碗的上空时，啪！那块淮山不偏不倚地掉在了红酒杯里，几滴酒液溅到赵绮婷的浅蓝色上衣，其中一滴刚好落在左胸上。赵绮婷脸唰地红了，一只手接了眼镜递来的纸巾，一只手接过服务员递来的酒杯，说，虚惊一场，大家碰个杯！哐当！四只酒杯勉强打破了一场意外的尴尬。

至于后来眼镜滔滔不绝高谈的言论，赵绮婷听得心不在焉。饭后，韩图又张罗着去K歌，赵绮婷早已生厌了，正想找个托词开溜，但米丽紧拽着她的手，轻声说，不能丢下我一个人！她只得硬着头皮继续充当她的影子。K歌厅明明暗暗的光影附和着波浪起伏的旋律，就像此时醉意蹒跚的舞步，韩图和米丽已跳起了伦巴。赵绮婷坐在角落里，默默地看着两个一高一矮的身影时而重叠，时而夸张地拉开，时而又紧紧黏糊在一起，仿佛两个醉酒之人举着跳舞的幌子在帷幔里进行肉体的摩擦。对面的眼镜坐不住了，伸出手邀请她跳舞，赵绮婷本想推托，但觉得有计较前嫌的小家子气，便极不情愿地走进舞池。腰肢慵懒，舞步疲沓，如脚戴镣铐的小企鹅。眼镜一脸歉意地说，刚才真的不好意思！赵绮婷淡淡地说，没什么！眼镜瞄了一眼她的左胸，好像那里还残留着他的气味，他扫描仪似的目光紧盯着胸部，然后往上走，要擒住她的眼神。赵绮婷猛一躲闪，眼镜扑了个空。但他没放弃，亮出了专业技能，说，刚才饭局上的意外，可以看出你的心理素质超强！赵绮婷不想接话，觉得已经够给他面子了，不能让他得寸进尺。他幽幽地说，别看韩图外表光鲜，其实他的心理素质很差，晚上经常失眠，还梦游到银行去，要不是我反复对他进行心理开导，也许早已犯上深度抑郁症了！这一句，赵绮婷听进去了。旋律戛然而止，另一支舞曲响起，米丽走向眼镜，而韩图却邀请赵绮婷跳舞。也许，这又是韩图的安排，他不想冷落他的心理咨询师，也想对赵绮婷多一些了解。

在韩图伟岸的身材前，赵绮婷的头刚好与他的肩膀齐高。不知怎么，赵绮婷感觉酒劲越来越大，竟然有了羊群看见草原的冲动，很想靠在他肩上眯一眼。但她竭力克制着，她不想在米丽面前有丝毫的逾越。而米丽，也用欢快的舞步来安慰失落的眼镜，这个夜晚才算达到了平衡。就像眼镜在饭局上说的——心理其实就像天平，一边是放大的欲望，一边是残酷的现实。当两边失去平衡时，心理便很容易出问题，我干的工作就是调节人的心理天平。

而眼镜并不知道，他的出现对赵绮婷的心理天平是起反作用的。幸好有了韩图这个砝码，才稍稍平衡了赵绮婷的心。

韩图的眼神不像眼镜的那般凌厉，倒透着几分熨帖。他终于说话了，今晚你的眼神有点忧郁，有什么闹心事吗？

赵绮婷避开他的眼神，歪了一下头，说，只有遇到闹心的人才会有闹心的事!

韩图说,也许我不应该出现!

赵绮婷说,跟你没半毛钱关系!

韩图说,说的是温嘉明吧,不要计较他,都说他是性情中人!

韩图又说,也许性情中人比较看得开,像我这样的人却总是失眠!

赵绮婷说,这是件痛苦的事,听说还梦游到银行?

韩图苦笑道,一定是温嘉明泄的密,这已经是公开的秘密了。温嘉明教我失眠的时候沿一元硬币的轮廓在纸上画圆圈,几百上千个圆圈倒像无数只眼睛盯着我。直到画累了,才勉强睡过去,没想到犯梦游症时去了楼下的银行,然后又乖乖地走回家里……

赵绮婷抿嘴笑了,觉得他是个有故事的人。

回家路上,握着方向盘的米丽无比洒脱,说好长时间没这么放肆了,该行乐时则行乐。上班时过手的几十万上百万全跟自己无关,那时钱在眼里就是一张张纸。但到了晚上,那些纸又复活了,变成一片片刀刃,割得我浑身伤痕……

赵绮婷完全理解米丽的心,她有时在庞大的数据面前也会心理天平失衡。米丽又掏心掏肺地道出了心底的郁结,最可恨的是,银行是个旋涡,人人都在互相猜疑,活得很累!这句话让赵绮婷如遇知音,她毫无顾忌地说起葛姨,我处在银行这个旋涡的中心,只要葛姨的桌上有个风吹草动,我就成了第一个怀疑对象!她还说起今天早上的那只宝葫芦。

米丽跟她讲了有关葛姨的一段往事——

两年前,葛姨的女儿大学毕业,在上海一家国企上班,处了一个男朋友。当年就带他回家过年,葛姨看着人蛮周正,也蛮靠谱,便没反对。她女儿回上海后就在电话里央求葛姨按揭买房,说现在上海的房价是一天一个价，等我们凑够首付再下单的话都涨到东方明珠塔的顶端去了。葛姨爱人十年前因公殉职，单位赔了一笔钱。女儿成了她这辈子唯一的依靠，她女儿就是说上天揽月，她也会想尽法子乘神舟十号去圆梦。为老成起见，葛姨飞了一趟上海，女儿和她男朋友带她转了好几个楼盘，最后在浦东区看中一套两居室。回来后便往女儿卡上打去五十万元。后来女儿哭丧着说钱都给她男朋友骗走了，报案后公安局的说又是一个感情骗子，虽把他列入了通缉名单，但一直找不着人，像在人间蒸发了。葛姨听后当场晕厥过去，五十万转眼间打了水漂，这可是她下半辈子的养老费啊，她恨死了女儿，也恨死了像她女儿这个年纪的女孩子。后来葛姨变得疑神疑鬼，经常去烧香拜佛。她听信大师的话祈求了两个宝葫芦，还在菩萨面前开过光，一个放在家里，一个放在办公室……

赵绮婷心里不知是什么滋味，好像一下子找到了葛姨猜疑的正当缘由，她以往的所有不对，却反衬出她的哀怜。赵绮婷甚至做好了默默承受她变本加厉猜疑的心理准备。

翌日上班时，赵绮婷泡了一壶巴达山，手端金灶茶壶带着几分虔诚地走到葛姨身边，说，葛姨，喝杯热茶！她却用狐疑的目光乜斜过来，好像赵绮婷手上的茶壶盛着不明液体，那双眼睛如实验室里的化验仪放射出两道冷光。微笑遭遇了寒流，一下子冻结，赵绮婷的表情便着实令人怀疑了。葛姨冷笑道，好殷勤的妹子，以后一定能嫁入豪门！赵绮婷脑子嗡地一响，手不小心碰到茶壶壁，烫得手指蚱蜢似的弹跳开来。忙转身走到自己桌前，轻轻倒入杯里，噘嘴吹气，浅浅地喝了一口，才又挪步走向葛姨，往她杯里倒了满满一杯茶。葛姨抹不开情面，摇着头呼出一长溜气，咽下一口，品咂着，颇为肯定地说，大约五年的普洱，哪个山头的？赵绮婷说，巴达山！葛姨触电似的抖了一下，又仰起杯喝了一口。赵绮婷的目光划过桌面时,看到那个银色宝葫芦蹲踞在电脑显示屏背后。而前面,正是赵绮婷的靠背椅,只要她坐着一仰身,头便能碰到那个葫芦。她的头皮一阵发麻,里面会不会藏着符咒或蛊毒?

赵绮婷坐回椅子上,后脑勺凉飕飕的,电流似的瞬间传遍全身。这天的工作全不在状态,表格上的蚂蚁好像长了翅膀飞到她身上,噬咬着每一寸肌肤。她的统计链条断裂了几次,只得重新开始。这种鬼倒路似的迷糊让她头昏脑涨,赵绮婷很渴望到米丽的茶室听一曲《高山流水》。

三

挨至下班,赵绮婷给米丽发了个微信,久久没回复,便一个人悻悻地走出银行,本想到公交站坐车,一团乱麻的脑子极力抵制公交车里拥挤的人群和混杂的气味,想想还是散步吧。沿着街道一路走去,一间店铺的玻璃橱窗上摆着很多普洱茶,像极了南海西樵山大饼。抬头一看,是一间茶叶超市,赵绮婷抬脚走了进去。眼睛在一座座"山"之间巡睃,恍惚间却有千万只蚂蚁在蠕动,她拍了拍沉重的脑门,蚂蚁们才烟消云散。易武、老班章、布朗山、巴达山、勐宋、南糯山,赵绮婷完全迷失在普洱茶山重水复的围城里了,幸好看到了"巴达山"三字,如抓住了一根救命稻草,弱弱地问,2010年的巴达山多少钱一饼?一个服务员走了过来,说,生茶六十元,熟茶八十元。赵绮婷以为自己听错了,又重复道,我说的是2010年的巴达山。服务员肯定地说,就是这个价!

赵绮婷的心凉了半截,好像六月天下了一场冰雹,噼里啪啦砸碎了她与米丽之间撑起的雨棚。本来赵绮婷很期待这份感情,在银行互相猜忌的阴雨天里,她多么渴望有个能说上话的人与自己一起在某个角落避雨。在她与米丽愈走愈近时,终于看到了天空的亮色。没想到米丽原来也是有城府之人,一饼同样年份的茶人家仅卖八十元,而她却以三百元卖给我。简直是想钱想疯了,还说上班时眼里的几十万上百万全是一张张纸呢,原来是拿不到客户的钱,就在同事、朋友身上割肉。米丽心里藏着尖刀!

赵绮婷对这个世界失望透顶了。步履踉跄地走上街时,微信响起了提示音,一看,是韩图发来的——美女,能否单独请你吃个饭?赵绮婷像被谁点了太阳穴,瞠愕了一会,决意要报复米丽,便回了一行字——不怕米丽吃醋?韩图很快回道——哈,误解我们了吧,我们三人可都是第一次见面,什么叫一见钟情,这就是!赵绮婷本来就对韩图有好感,"这就是"三字让她打了个颤,但赵绮婷很清醒,她可不愿跟梦游的人在一起,还梦游到银行呢!除非韩图能把这病治好。赵绮婷狠狠掐了一下手心,想哪去了?韩图明明是米丽的,自己瞎掺和算哪门子事!但一想起米丽宰了自己两百元,心里便膨胀起来,就是要以其人之道还治其人之身。随手回了一条——OUT,都什么年代了,还一见钟情呢?韩图回复道——那准是一见如故,到"台北小站"如何?赵绮婷回了一个字——中!

半小时后,赵绮婷便到了约定地点。这是一间颇具特色的西餐厅,进门摆放着一辆阿里山蒸汽火车,对面墙上挂着几盏铁道信号灯,隐隐从哪个角落传来火车鸣笛,然后是轰隆轰隆的发动声,小站的意象和味道一下子出来了。赵绮婷感觉正往车厢里挤,人还真是不少,倒是悠闲地坐在靠窗的座上,成双成对。这样一个小站,正适合红男绿女耳鬓厮磨。虽然都是火车硬座的设计,但座位之间用花纹艺术玻璃隔开,每个空间便有了私密感。而且硬座靠背都是清一色的中式雕花腰线古纹装饰,与玻璃花纹恰成一体,这种怀旧色彩和浪漫主义的古典气息把你带进时光倒流的隧道里。下一站,会是哪里呢？

　　看到那个高大的影子时，韩图并没有她意想中的那样在刷屏，而是捻着嘴角那根毛，好像那是孙大圣身上的猴毛，说一声变，便能变出一沓沓钞票来。韩图起身欠了欠腰，赵绮婷就在他对面娉娉入座，中间隔着简易的条形桌。赵绮婷挤出一丝笑容，说，好像真有时空转换术，一下子就到了台北！韩图的脸也舒展了，说，未来的世界，也许就是这个样子！赵绮婷说，有钱就是任性，也许你是第一批自由穿越时空的人。韩图的笑有点牵强，说，钱有时是高铁票，能飞速地搭载你到理想国，但有时却是纸符，把人推到地府门前，求生不成，求死不得！大概戳到了他的痛处，赵绮婷不想再沿这根藤蔓攀援而上，竟一下子怔住了。这时，手机正合时宜地响了，却是米丽！亲，刚在忙，在哪偷欢？赵绮婷答得顺溜，没你在偷欢不成，就等你了！说了地点，米丽也没多问，便直头直脑地来了。待看到赵绮婷和韩图时，竟不知怎样收拾脸上狰狞的表情。韩图也僵住了，好像他们本来就是同路人，而一次突如其来的时空转换，使他们成为了陌路人。就在米丽不知所措时，韩图站起了身子，说，街上巧遇的，我们正愁两个人怎么点菜呢！米丽到底能抹开脸面，重重地坐在赵绮婷身边，用劲揽了一下她的肩，朝韩图说，我跟婷婷有心灵感应呢，你要是对她使坏，我马上冻结你的账户！说着一阵坏笑。

　　都是台北风味小吃，蚵仔煎、台湾三杯鸡、咖喱牛肉、卤水鸭肾。好像窗外就是101大楼和台北璀璨的灯火，在一个陌生的城市里，三人并没有惺惺相惜，而是咀嚼着各自的心事，小吃在他们的嘴里只是一种避免尴尬的掩饰罢了。这顿饭便吃得零乱如雪，深深浅浅地覆盖了刚开始的一段旅程，未知的前路雪花纷飞，路面留下飘摇的足迹。

他们走出这个满是悲欢离合的"台北小站",赵绮婷上了米丽的车,韩图一个人开着车消失在寂寞的长夜里。或许他今晚又要失眠吧,会不会仍然要沿一元硬币的轮廓画几百上千个圆圈才能入睡,然后又四肢僵硬地梦游到楼下的银行。

一路上,两人缄默着。米丽的猜疑、赵绮婷的猜疑,仿佛是车厢里的两支烟头,一明一暗,呛人的烟草味"挤兑"了新鲜空气,两人都在疑惑中张着嘴巴大口呼吸。还是赵绮婷打破了僵局,说,喝了巴达山,晚上睡觉安稳多了!米丽浅笑道,是吗,如果你会失眠,我还有更好的秘方!赵绮婷说,总会用得上的!

回家冲了凉,打开电视,是江苏卫视的《非诚勿扰》。赵绮婷早已看腻了,不就是女人喜欢高富帅,男人喜欢白富美吗?而叽里呱啦耍嘴皮的光头孟非,就是一个职业男媒婆,在滑稽地撮合新经济时代的速配式爱情。唰地换频道,不是宫廷剧,就是谍战片,累了一天的赵绮婷竟不知不觉靠在沙发上睡着了,遥控器歪在肚子上微微起伏。

不知过了多久,手机响起一阵尖利的铃声,赵绮婷醒了,电视上正播放着《爱情公寓》。是韩图打来的——我在你家楼下,有件东西要送给你!已经是深夜一点了,这个失眠的韩图不是梦游到我家楼下来了吧?她急急穿好衣服走出去,楼下停着一辆英菲尼迪。主驾驶座的车窗开到一半时,伸出一只手来,捏着一枚硬币,赵绮婷没接。那只手又往前伸了伸,露出韩图苍白如纸的脸,赵绮婷只得接在手里。她刚要说什么,车呼地一加油门,窜出了小区。

赵绮婷把硬币掂在掌心,笑了,这韩图,难道真是梦游症犯了,还送我一元硬币,不如送一束花呢!随手放进皮夹里,这一晚竟也意外地失眠了。如溺水的人在广袤的海面漫无目的地漂浮,双手想抓住前方的浮木,却怎么也够不着,你往前游,浮木却往前漂。就这样折磨到凌晨，才恍恍惚惚地眯了一觉。

太阳每天都是新的，而办公室每天都是黯淡的。昏昏沉沉的赵绮婷赶到银行时，桌面上的蚂蚁好像在啃噬着纸张，发出坚硬的咀嚼声，赵绮婷两脚一软跌坐靠背椅上。背后的葛姨却又发飙了，怒不可遏地骂道，谁偷吃了我的曲奇，臭不要脸的！原来她拉开抽屉时，发现曲奇饼干盒盖打开了，饼干碎末到处都是，办公室里的十几个同事全成了嫌疑人。当葛姨蹲下腰从赵绮婷椅子下捡起一小块曲奇饼时，怒气冲冲地说，要吃怎么不光明正大？赵绮婷就是有一千张嘴也说不清。幸好接着有不少同事发现藏在抽屉的零食被谁动了，还有几颗绿豆大小的老鼠屎，这事才不辩自明。

一整天，赵绮婷都是在担惊受怕中度过的。虽然她给葛姨泡了一壶巴达山，暂时用陈香味压住了她多疑的心，但也许葛姨一个喷嚏，便又怀疑是谁把空调调冷了。在这种"阴雨天"里，赵绮婷宁愿任由蚂蚁噬咬，毕竟蚂蚁给她带来的只是轻微的痛，而葛姨给她带来的却是心灵剧痛。赵绮婷就这样忍痛挨到了下班时间，走出银行时，看到葛姨朝旁边的写字楼走去。已有好几天没去米丽的茶室了，其实赵绮婷还是很向往那种幽静雅致的环境，她一天里绷紧的神经能在那里得到最好的放松。便后脚跟了上去，眼看着葛姨闪入一号电梯，赵绮婷忙走进二号电梯。到二十五楼时，葛姨竟出现在走廊前面，径直进了米丽的茶室。赵绮婷踟蹰了，是她跟米丽关系好，还是她本来就喜欢喝巴达山？

赵绮婷在走廊上进退两难，到底还是被那曲《高山流水》缠住了脚，她疲累的心太渴望天籁之音了，哪怕鸟鸣虫唱、蝉噪蛙鼓她也会很享受。兴许在那种闲逸的气氛里，还能跟葛姨说上几句掏心窝的话，进而改善两个人的关系。双脚便带着几分坚决地走了进去，茶室竟空无一人。

古筝式木雕茶几上摆着荷叶壶和荷叶杯，两个杯子里盛着褐色的茶，赵绮婷用手碰了碰茶壶，马上缩回手指，壶壁烫人。《高山流水》汨汨流淌，更烘托出一座山的幽深和诡秘。看了一眼"归去来兮，品茶入禅"的书法条屏，似乎藏着很深的禅机，赵绮婷却怎么也参不透。忽想起变态的葛姨，会不会她跟米丽结了梁子，把她从窗口推了下去，然后自己也一了百了。忙去推窗，窗户却关得紧紧的。难道真有时空转换术，她们切换到另一个时空里去了？赵绮婷这样想着，浑身起了一层疙瘩，忙抽出脚，奔向电梯……

大约过了一个钟，回到家的赵绮婷放不下心，颤巍巍地拨响了米丽的手机。真实的声音从听筒清晰传来，亲，怎么不来喝茶？赵绮婷愣了半晌，说，没看见你啊！米丽说，我一直在茶室的，下次来发个微信！赵绮婷兀地坠入云雾里，怀疑自己是不是因昨晚失眠，刚才在梦里去了米丽的茶室。实在走不出那座云遮雾罩的"巴达山"，疲累至极的赵绮婷倒在沙发上睡着了。

四

很奇怪，韩图自从那次给了赵绮婷一枚硬币后，就马航一样失联了。而米丽，也没有主动跟赵绮婷联系，好像他们一起商量好要撇开她，就像挑开路上的一丛荆棘。直到半个月后的一天，上班时米丽用微信发来一张图片，那个身材颀长的人不是韩图又会是谁，他手里提着一袋子钞票，砖块似的码着，正转身往柜台外走。赵绮婷猜到了八九分，果然米丽又发来一条微信，韩图把上次存进去的钱全取出来了，而且表情有点反常，嘴里老说胡话。赵绮婷在微信上问，他做生意亏了，还是家里出了什么事？米丽说，不清楚，要不我们邀他到茶室喝茶？这正合赵绮婷的意。

下班后，因为谷经理就统计的事约谈赵绮婷，大约耽搁了半个钟。待急急地赶去米丽的茶室时，那曲古雅的《高山流水》依然在室内空灵地回旋，带着绿野山风的轻快和淙淙流水的清响。古筝式茶几、荷叶壶、荷叶杯、书法条屏、巴达山茶饼，该在的都在，就是没有一个人。赵绮婷如走进了一座岚雾缭绕的空山，有山鸟的影子和骀荡的山风从头顶掠过，偶尔的几声清鸣，愈加衬托出了山的空、心的空和世界的空。赵绮婷头皮一麻，再一次陷入了无以复加的惊恐之中。她正想拔腿逃离时，从哪儿传来一声吼叫，声嘶力竭，像空山里一声凄厉的呼救。赵绮婷屏息静听，好像从挂书法条屏的那面墙又一次传来模糊不清的声音，她伸手碰了碰条屏，晃动之间，露出一扇门来。

　　门虚掩着，赵绮婷轻轻一推便开了，提着心走进去，眼前的一幕吓得她差点失声惊叫。五六平米的内室摆着一副欧式棺材，米丽正揭开盖，说，起来吧！只见一个头发凌乱的男人从棺材里坐起，覆在身上的硬币稀里哗啦掉落地面，铮铮作响。韩图好像睡了一个多世纪的觉，眼神直直地盯着白墙，带着恍如隔世的空洞感重新来到这个世界。

　　在《高山流水》的音韵里，三人就那样静默地坐着，好像从两个不同的世界里走来，完全陌生地聚在茶几旁，端着荷叶杯品着一段慢光阴。而那褐色的茶，仿佛是几百上千年前时光的颜色，轻轻一啜，便回到了久远的年代。赵绮婷的目光无端地游移起来，从书法条屏移向茶柜上的巴达山茶饼，又从茶饼移向米丽，米丽含着笑，似乎什么也没发生，她一直坐在茶几旁泡那壶巴达山。她又把目光移向韩图，韩图比上次憔悴了，完全没有了以前的精气神，眼球似乎飘着一片阴云。也许是从冥界带来的吧，赵绮婷这样想着，却看到他嘴角的那根毛依然挺拔。她怎么也想不明白为什么要在这么幽雅的茶室背后摆一副恐怖的棺材,而好端端的一个人要躺进去,并且掩盖上密匝匝的一元硬币。

赵绮婷忽然想起那天深夜韩图送给她的硬币,是不是从棺材里拿来的?她全身的血凝住了,本想把藏在皮夹里的硬币还给他,但米丽在,她怕她猜疑,还是收了这个心。

韩图没有请她们吃饭,走的时候神思恍惚,扔下五百元拿走一饼2005年的巴达山,也没有给赵绮婷投去一个多余的眼神,好像他又要回到属于他的世界里去。听着古筝,坐在深山一样的茶室里,不再是山色空蒙、鸟悦人心,赵绮婷只觉得两个人在守坟,守着一座年代古远的老坟。而陪葬品,就是无数个一元硬币。

米丽轻松地说,你觉得恐怖吗?其实这是为了更好地活着。你不知道在银行前台工作的压力有多大,每天几十万上百万从手里沙沙流过,却全是别人的钱,而到了晚上,那些钱便在脑子里一遍一遍地过钞,大脑成了验钞机。再这样下去,迟早会精神失常。我在杂志上看到物理反证法对治疗精神分裂症很有效,便开了这个茶室,一边销售巴达山,一边缓解精神压力。棺材是人类最后的归宿,也是世界上最安静、最高贵的灵魂安放之所。躺在里面,用冷冰冰的一元硬币覆盖在身上、头上,你会对金钱产生强烈的排斥感,觉得外面那个喧嚣的俗世与自己无关,终于找回了安宁的灵魂。在这里,我接待过银行的很多同事,葛姨和谷经理经常来。认识韩图后,我才知道他是靠炒股票赚钱的,这也是造成他晚上失眠和梦游的原因。那个心理咨询师温嘉明教他用硬币画圆圈的方法后来对他完全失效,我便叫他来茶室,没想到试过后效果出奇的好。可惜这些天他的股票输得很惨,赚的钱赔进去了不算,还借了朋友不少钱,你看他完全变了一个人,如果不来茶室,也许早就疯了!

你知道吗,我收藏一元硬币,花了三年时间,后来才知道这也是一条生财之道。比如1986年版长城图案的一元硬币，市场价可以卖到十几万元；1985年版的精制套装币，市场价能卖到四五千元；2000年版的牡丹一元硬币，升值空间很大。

在米丽去内室收拾硬币时，赵绮婷端着荷叶杯站在这二十五楼的窗台前，凝望着暮色里高楼凌空的城市，密实的窗口透出金黄的灯光。这样迷离的夜晚，究竟有多少人会像韩图一样失眠和梦游。她深深地喝了一口茶，陈香味竟让她无比感动，光阴从她身上蔓延开来，她看到一滴浓墨在生宣纸上洇开一团墨渍，生成了一朵素淡的花。也许在这群山高耸的城市里，真的需要有一个地方安放躁乱的灵魂。

回家后，赵绮婷从皮夹里掏出那枚硬币。天哪，竟是1986年版长城图案的一元硬币，手颤抖起来。这一夜，她彻底失眠了。

补　记

某天下班时，米丽发来一条微信：韩图崩溃了，住进了精神病院，我们去看看他吧！赵绮婷一直在担心韩图，她打过他的电话，关机。发过微信给他，不见回复。问过米丽，也说联系不到他。而这一次，米丽是从温嘉明那里打听到他的消息。韩图的天平彻底失衡了，心理疗法对他已不起作用，红红绿绿的K线图如一张巨大的捕鸟网，韩图完全坠了进去，越是挣扎，便越陷得深。而他脆弱的神经承受不了股票的风险，一崩盘，整个人就不可阻挡地溃败了。

精神病院在一座蓊郁的大山里，车子沿盘山公路绕行。米丽关了空调和音响，摁下车窗，清凉的山风吹拂着长发，清脆的鸟鸣歌唱着自由。赵绮婷深深地呼了一口气，嗅到一股熟悉的气味，那是普洱茶的陈香味，一段慢光阴在身上伸延，时光一下子倒流，她仿佛看到了人世间最初的美好——没有喧嚣,没有浮华,没有猜疑,没有险恶,没有野蛮,没有狭隘,没有嫉妒,没有暴躁,没有污秽,没有危机四伏,没有视钱如命……

半小时后,她们见到了韩图,这位身材颀长的男人,穿着蓝色粗线条病号服,在护工的陪同下坐在水池边的休闲椅上,眼睛直直地盯着水面。米丽和赵绮婷轻声喊他,韩图目光呆滞,傻乎乎地笑了。

赵绮婷从皮夹里掏出那枚1986年版"长城币",放在他掌心里。韩图用手指捏起,举在眼前木木地看了看,忽然触电似的甩臂扔到水池里,水面漾起圈圈涟漪。

韩图忽然惊叫起来,圆圈,圆圈!嘴角的那根毛惊悸地颤动……

2015年3月

语言隧道

蔡晓芸

一觉睡到八点,用薄陶瓷杯倒了温开水,把一只腿架在另一只腿上,以主人的姿势悠闲地坐着。仰头看那高贵而傲慢的水晶大吊灯从天花板垂下来,经过三楼、二楼,在一楼和二楼之间拴住了,像一座倒立的塔。

女主人在我第一天来的时候就说,晚上千万要记住亮着客厅的吊灯,哪一天要是忘了,你就卷铺盖走人!于是,我对这大吊灯像供奉菩萨一样虔诚,丝毫不敢有半点冒失。每天傍晚天还没黑就拉亮,让高贵的金黄色洒满整个客厅。我不知道长得高大瓷实的女主人怎么那么怕黑。与她一同起居的,还有一条壮实的牧羊犬瑞奔。我不知道它是跟着主人睡在同一张床上,还是让它睡别的房间。

呆坐沙发上,那只欧式孔雀壁钟响起了音乐声,时针指向八点半,我竟然在醒来后慢条斯理地浪费了半个钟,一点都不像一个保姆的节奏。但不要紧,真的不要紧,主人通常会在十点钟上下醒来,时间还很宽裕。

半个钟内,我便做好了葱香蛋饼、黑米粥,蒸了几个小花卷。闻着绵软的香味,觉得很适合这个充满阳光的早晨。另外煎了几块牛排，烘烤了两个鸡腿，这是瑞奔的早餐，简直要比主人的丰盛。

踱出客厅，我坐在沙发上喝起了水，一种空洞感如一只铁砂掌罩在胸前，仿佛要摘走我身体里的某个器官，呼吸急促起来，站起身，抬脚往二楼走去。一路顺手关了楼道灯，关了小客厅的吸顶灯，又关了走廊的壁灯，在一个亮着灯光的窗前停住了，这是女主人的房间。我绝不能惊扰她，脚步异常轻缓，像走过一个明亮的夜晚。我实在不能理解女主人要开着灯睡觉，要是我，在灯光里肯定得眼睁睁地苦挨到天亮。

又走上三楼，一路关了那些名目繁杂的灯。返回一楼客厅，坐了一阵，掐算着时间，还有半个钟呢。正想去餐厅享受早餐时，地下钻出一个人来，我失声惊叫，你是谁，怎么进来的？那男人挺直胖墩墩的身子，不慌不忙地说，新来的保姆？她没跟你说过我？我愣住了，大概他是她的什么人，我不敢胡乱猜测。这社会是个大迷宫，你以为谁是谁的谁，他却谁也不是。我支吾着，反被推到了被动的边缘。

他却极其镇定，一字一顿地说，你的钱是她发的，她的钱是我发的！这句话像窗外的阳光打在客厅的地板上，我在亮光的反照下看到了楼梯与地板的连接处，有一个楼道口黑黢黢地通向地下。

在我疑惑时，男人又说了一句，以后你不能只听她的，她只住在这别墅里，而这别墅是我一手建起来的！

我终于温顺地说，早餐做好了，放在餐桌上！

他故作没听见，径直走向沙发，掏出一支烟点上，烟雾一点都不像窗外穿过树叶的阳光一样零乱，异常镇定地从那张嘴里升腾而起，开出一朵朵硕大的棉花，在这天空一样宽敞的客厅里轻盈地飘浮。我一向讨厌吸烟的男人，在这个美好的早晨却意外发现了烟雾的美。走过棉花丛，拿出薄陶瓷杯倒了一杯温开水，小心翼翼地放在男人面前的白玉石茶几上。我走路的姿势像极了一个专职保姆，呼出一口气，我生怕自己在男主人面前表现得像女主人。

事实上，我及时地拿出滚筒式拖把，从客厅一头拖到另一头。就在这时，我听见瑞奔的嗷嗷声，一个高大的身影从楼梯忽高忽低地走下来。还没到一楼地面，便响起女主人干涩的嗓音，阿芸，谁叫你关了楼上的灯，以后不许关！

男主人站起身，自顾闪进洗手间。我给女主人倒了杯温开水，等男主人走出来时，她拉着瑞奔坐到餐桌旁，捏起一块牛排往高处扔，瑞奔昂头跳起来，肉就被它准确地叼住了，嚼得啪哒有声。女主人就着葱香蛋饼喝黑米粥。而男主人，似乎对餐桌上的一切不感兴趣，仍然云里雾里地抽着烟。

那天傍晚，我照例在天黑前打开客厅的吊灯和所有该亮的灯，别墅金碧辉煌，好像要举行灯光盛宴。饭后女主人一个人开着车出去了，把瑞奔留在我身边。我不太喜欢一条流着外国血统的狗，何况它的日子过得比我还滋润，我决定疏远它。便掏出手机给颜通发微信，等了许久也不见回复，我实在无聊透顶。颜通从来不明说他在哪上班，只说上晚班一直到下半夜，白天睡一个上午，下午的时间任由自己支配。而我呢，这个事那个事占据着整个白天，晚上却闲得慌。都是青春萌动的年龄，这样的夜晚如水一样漫长。老天实在不公平，把我俩的时间这么无情地错开，还没有一个期盼。倒是在别人的家里，安排了一条浑身散发荷尔蒙的外国犬守在我身边。

在狗面前，我不愿是一个保姆，尽量表现得像女主人。坐在女主人经常坐的那个单座沙发上，把一只腿架在另一只腿上。瑞奔在面前转着圈圈，我爱答不理，继续低头刷微信，手指滑过生活资讯、娱乐八卦、健康指南、时尚消费，一点都没有点开浏览的冲动。目光跟着手指上滑，一个"城市新聊斋"的链接吸引了我，点开,才知道这城里有一种新的职业——陪聊!有男陪聊员和女陪聊员,跟客户聊暖心话,还兼心理疏导,一律按小时收费,每小时一百元。大体浏览了一下,马上退了出来,又是挂羊头卖狗肉的勾当!表面说陪聊,还不是聊着聊着陪到床上去?

但不知道为什么,我忽然也有一种想找人聊聊天的念头,这么大的别墅,连个说话的人都没有。颜通也太无情了,居然不搭理我,上班是正事,但也不能把女朋友晾在别人家里。

瑞奔跑过来用尾巴蹭我,本想呵斥,但它蹭得很是多情,我正眼看了一下。它嘴里竟然叼着一根香蕉,调转头松口放在我的双膝上。我有了女主人的真实感,而瑞奔是我的保姆,我们的关系一下子拉近了。我伸手摸着它毛茸茸的头,决定要牵着它溜达溜达。在我站起身来的时候,目光落在了通向地下的楼梯口。我们一前一后沿着台阶往下走,摁开室内灯,光亮瞬间把潮水一样汹涌的黑暗驱走了。这是一个配有洗手间的地下室,大约三十平方米,虽然靠墙处摆着一张圆形大床,却仍然显得空空荡荡。挨着床的桌上放着一个烟灰缸,黄黄的烟蒂像一茬茬收割后的禾苗秆竖在田里,淡淡的烟草味伸出一只细长的手指轻挠着鼻子,痒痒的,我受不了,瑞奔也嗷叫了一声。转身摁灭灯,凶猛的黑暗海浪似的涌进来,一下子恢复了原来的死寂。

这是男主人的卧室?早上明明看他从这里走出来。不可能,一楼到三楼共有十几个房间,他住哪一间不行,干吗要委身这个地下室?有钱人的生活,我一个保姆怎么能搞得懂!

我无处可去,只得抱着瑞奔在客厅看电视。它很享受在我怀里的温暖,我摩挲着它光滑的毛身,比刷微信好多了。墙上的孔雀壁钟响起音乐声,时针指向十一点,难怪眼皮有点架不住。关了电视,客厅辉煌的灯光抵挡住窗外黑夜的巨浪,整个别墅犹如一个水晶宫。瑞奔紧跟着进了卧室,我很恶心一条外国犬跟我同居一室,但没有办法。啪嗒关了房间的灯,瑞奔嗷叫了几声,好像在反抗黑暗。我坚决拒绝它开灯的要求,它无奈地在我的恐惧中钻进了被褥,紧紧蜷缩在我怀里,它柔顺的毛发坚硬地竖起来,刺得浑身不自在。我根本无法入睡,但又不敢踢它下床,便只能把它想象成颜通,我们正在抚摸着彼此的肉身,不顾一切地抵达某个兴奋点。身上的那个地方已经蓬勃起来,在暗夜里开成了一朵怒放的花。我在这种美好的向往中进入了梦乡。

房门被急促地敲响,我以为是梦里的声音,只侧了个身。直到听见那个干涩的声音大嚷道,阿芸,给我起来!怎么没开客厅的吊灯?我猛睁开眼,搡开怀里的瑞奔,急匆匆地走出房门。客厅一片乌黑,吊灯颓丧地垂在头顶。

女主人打开手机电筒怒气冲冲道,不想干明天就捡包袱走人!

我战战兢兢地说,主人,我向你发誓,天没黑我就开了吊灯!

女主人反问道,难道吊灯自己关了?

我无言以对,颤着手去摁开关,啪一声,金黄的亮光溢满整个客厅,黑暗潮水一样挤退到窗外。

女主人依然不屈不挠,嘴里骂骂咧咧,主人是不喜欢任性的保姆的,你必须按照我的意愿去做,要是觉得委屈就别干了!

她一步一步把我往绝处逼。

这时,穿着睡服的男主人从地下楼梯口走上来,说,别吵了,灯是我关的,都几点了还亮灯,叫人怎么睡觉!

女主人气咻咻地说,我开灯就是要驱赶你这样的孤魂野鬼!

说着转身走上楼梯,瑞奔不知什么时候走了出来,摇着尾巴跟着她上楼去了。

孔雀壁钟再次响起音乐声,在这退潮后的黑夜里异常刺耳,时针已指向两点半。我擦着困倦的睡眼,心情如海水一样激荡。

宽大的睡服把男主人衬得更加臃肿,他像一只海豚晃向楼梯口。我倒在床上反复烙着大饼。男主人为什么要独自一人睡在阴暗的地下室,而女主人为什么要在夜晚亮着整个别墅的灯?

此后的几个晚上,女主人总是一个人开着车消失在城市暧昧的夜色里。我的心一下子抽紧,要是她深夜回来看到吊灯又关了,我可怎么解释?只得开启了手机闹钟,响铃时间设置为下半夜两点。我掐准了她在两点半这个时间点回来,只要闹铃一响,我就从梦里挣脱出来,起床看看吊灯是不是亮着,一直等到一辆红色轿车开进院子,瑞奔跟着那个高大的身影上了楼,我才安稳地接续断裂的梦。

有一天晚上,女主人开着车出去后,男主人神不知鬼不觉地从地下室走上来,我本能地后退了一步。

他坐到沙发上,说,阿芸,帮我倒杯水。

我心里七上八下,水差点溢了出来,忐忑地把薄陶瓷杯放在他面前的茶几上。

他说,坐,以后就当她不存在,你的钱是她发的,她的钱是我发的,她不敢对你怎样!

我有点不大自然地坐在女主人坐的那张单座沙发上。

他点燃一支烟,说,她脑子有问题,夜晚总是要开灯,前世也许是瞎鬼!

我不能老是沉默着,便应付了一句,可能女人天生怕黑。

他马上推翻了,怕黑还这么晚回来!

我想起吊灯的事,说,老板,晚上回来时能不能不关吊灯,不然我会被炒鱿鱼的。

他说,我可以答应你,但你得跟我做一件事!

我的心敲起了一阵乱鼓。他从皮夹里掏出五百元，从茶几上推到我面前，说，拿着！

我不敢接，可怕的事情终于来了！

他说，明晚你跟踪她，看她去什么地方，做什么事情！

我像在高空上走了两回钢丝，额头沁出汗珠，心咯噔了一下才回到腹腔里。我非常明白跟踪女主人万一被发现是什么后果，但我也明白吊灯在晚上被关是什么后果。

他又说了一句，我还从来没有这么信任过一个人！

被男主人信任了，我有点受宠若惊。我怎么能不答应他的要求呢？

那天晚饭后，大约九点，女主人又挽着挎包出去。我赶紧牵出瑞奔，在那辆红色车缓缓开出院子时锁好门，拦了辆的士，拉着瑞奔上了车。

七拐八弯地穿过明亮的大街，红色车在酒吧街停下了。我尾随着走进一个地下室入口，仰头看见"城市新聊斋"几个字，在霓虹灯的光影里闪着幽蓝诡异的光。我的心猛然一颤，用手机拍了个图片。

牵着瑞奔进去，一股阴气逼来，我抖索了一下。穿过阴森的敞开式大厅，便是一顺溜排开的厢房。一路看过去，厢房门上写着"王六郎""叶生""贾儿""董生""柳秀才""狐女""聂小倩""苏仙""花姑子""莲花公主"……

天哪，这不是《聊斋志异》里的神鬼狐妖吗，怎么都到这里来了？在幽暗的碎影里，我有一种闯进冥界的错觉，仿佛影影绰绰的人都是鬼怪变的。正要转身逃离，瑞奔却挣脱了绳子，奔向一个写着"柳秀才"的厢房，爪子在门上抓挠，门打开了，我连忙躲在那盆绿萝旁。女主人从里面闪出来，把它牵了进去。隐约看见里面坐着一个男人，大概那就是柳秀才吧。

我举起手机拍了一张图片，用微信连同刚才那张发给了男主人。

池　曼

每晚我都在灯光里入睡，要是房间黑咕隆咚，我无论如何也睡不着。好几年来都是这样，怕黑，见黑就晕。吴宏磊叫我去看心理医生，我坚决不去，我觉得这不是什么病。晚上我还要亮着客厅的大吊灯，让屋子盛满光芒，心里才会被一种温暖的东西包裹。

这天我牵着瑞奔下楼来，保姆阿芸递给我一杯温开水，我坐在沙发上深喝了一口，还没下咽，忽然看见窗外的阳光像放映机的光柱投射在客厅的墙上，光圈一下子拉大，像在放一场电影。衔着一嘴的阳光，感觉温度上升，赶紧下咽，喉咙蛇一样滑动，一咕噜滚到了小腹里。体内有一股暖暖的流体在蠕动，我听到血液与阳光窸窸窣窣的摩擦声。风穿过树叶，零碎的影子任意摇摆，那个闪烁不定的屏幕让我想起自己虚无的人生。我像一个外人，把一只腿架在另一只腿上，端着薄陶瓷杯盯着墙上电影的开演。

我更愿意把自己说成她，因为这些年我对自己越来越陌生，好像身体里住着一个别人，所有发生在身上的事都是别人的事。好吧，我就说说她的事吧——

她是堂堂副省长的千金，在亲戚朋友艳羡的目光里长大，这个不用多说。读大学时已经出落成一米七的"高富美"，哪怕走过校园最僻静的角落都能听到树叶哗哗掉落。她简直成了学校的两面人物，女生对她羡慕嫉妒恨，男生对她迷恋崇拜爱。她融不进女生圈里，男生圈又隔着一条河，便只能在此岸的芳草地里徘徊，哪怕满眼芳华，心也是寂寞的。

那个其貌不扬、五短身材的吴宏磊就是在她如此纠结的心境里闯了进来。他读大三，路桥工程系；她读大一，法学系。他来自农村，身高一米五几；她是高干子女，身高一米七。他出现在她面前时总是手足无措，说，我……我……想和你……说说话！他的矜持却使她的眼眸潋亮起来。

想起他追她的一些情节，她就觉得有点像拍电影。

镜头一：放学时人群拥挤，教学楼门前的玉兰树下拉着一条鲜红的横幅：不管你是池曼还是任盈盈，我永远都是你的令狐冲！横幅的一头系在树干上，另一头举在吴宏磊手里，他个子矮，那只手举得高高的，像在庄严地宣誓。其他同学笑得喷饭，她的心里却被感动充溢着，从此改变了对他的偏见。

镜头二：学校规定六点半起床，七点到班里早自习，学生会干部例行检查。每天六点半都会有一个电话准时打进来，摁下接听键，那个男中音说，亲爱的，又是新的一天，我却不能代替你起床！八点排队买早餐时，只要她急匆匆地从教学楼赶到队伍的长龙里，前面便有一个男生走过来，把她牵到他的位置上，而他却站回她的位置。

唉，这一切都是命中注定。毕业后，她顶着家庭的压力嫁给了他，她那当副省长的父亲一万个反对，她知道他想把她嫁给一个高官的儿子，以后在官场上更加如虎添翼。她见过那人一次，完全不是她喜欢的类型，吴宏磊才是她生命中的令狐冲。既然生米煮成了熟饭，她的父亲也没办法。而吴宏磊善于笼络人心，时不时给喜欢藏茶的岳父送几饼市面上很难找到的普洱茶纪念版，俩人的矛盾日渐消弭。在一家建筑公司当部门经理的吴宏磊在跟岳父品茶时，说出他想另起炉灶组建路桥公司的想法，分管全省交通公路的池副省长跟女婿碰了一下杯，并没反对。

　　一番费尽心思的捣腾，路桥公司终于组建了起来。吴宏磊没有开口向岳父大人借一分钱，他硬是通过自己的关系借钱贷款，把所有资金摆平了。至于工程，对池副省长来说是翻手为云、覆手为雨的事。刚好那年省里要新修一条跨省高速公路，按设计要挖掘八条隧道，吴宏磊轻而易举地拿下了全部指标。宏磊路桥工程有限公司在同行眼里成了一条深不可测的隧道，他们从外面看不清这个公司的内里，而吴宏磊董事长却可以在幽深的隧道内眼观六路，耳听八方。

　　我坐在沙发上呷了一口水，斑驳的光影在客厅墙上胡乱地烁动，好像一部电影到了换胶卷的时候。我满以为我的人生会从一个精彩转换到另一个精彩，但人生这部电影有时却拿命运开玩笑。我真的觉得自己很陌生，我是另一个自己，那就继续讲她的故事吧——

　　像她这样的人生，本该羡煞无数人。父亲是一呼百应的副省长，丈夫的事业正春风得意，而且势头很猛。掘到第一桶金的吴宏磊在市区买下一块地皮，不到一年时间便盖起了一栋三层上千平方米的别墅，单房间就设计了十几个。她反对建地下室，他说这是未来私家别墅的趋势，地下室的作用大着呢，可以当酒窖、杂物间、棋牌室、茶室、影音视听室。但她万万没想到后来他却拿它当了寝室。

　　吴宏磊应酬越来越多，回家也越来越晚，有时干脆在酒店开房。她晚上一个人睡在这么大的别墅里，难免心里发虚。尽管别墅内外的关键部位安装了摄像头和警报器，她还是得每晚打开客厅的大吊灯，二楼三楼的楼道灯、壁灯也一一亮起，好像黑夜从来不曾光临过这座别墅。只有这样，她才能安心地在QQ、微博、微信上海侃神聊。哪怕再困,睡觉时也得拧亮房间的台灯。

有一晚,她强迫自己关灯睡觉,竟然梦见一个强盗潜进了别墅的地下室,解开身上的麻袋,露出一具无头死尸,用匕首切开一块块肉,一手举起酒瓶猛喝,一手用匕首挑肉下酒。待尸体只剩下一具骨架时,强盗砍下死尸的手掌走出地下室,一个房间一个房间地敲门。最后打开了她睡觉的房间,拧亮灯用死尸的手掌在她裸露的背上挠痒痒。她猛一惊醒,从此睡觉再也不敢关灯。

唯有一次关了灯却睡得特别香的是在苏州花山。大概吴宏磊发现了她的这个病,左右劝说她去看医生却遭拒后,他不得不从杂务中抽出身带她去游风景如画的苏州,想以此驱散她心中的郁结。那天他们登了花山和天池山,晚上住在一处叫"花山隐居"的山间客舍。院落清幽,山野静谧,确是养心佳所。而房间里没有电话、电视、wifi,一切都是世外桃源般的原生态。他们静默地、酣畅淋漓地做了一场爱,她沉醉地睡在他怀里。半夜醒来,发现房间黑黑的,吴宏磊打着轻鼾,她竟丝毫没有惧怕感,又微醺地睡了过去。

但回到家后,一到晚上她又得开亮那些灯,睡觉时照常拧亮台灯。吴宏磊下半夜回到家时,一头栽倒在床上,毫不分说地把灯关了。只要灯一关,哪怕她睡得再熟也会惊醒。她在黑暗里会做噩梦,即使丈夫在身边,她也会不可阻挡地掉入那个阴森的魔窟。但困得睁不开眼的吴宏磊却怕光,一开灯眼睛就抵抗,怎么也走不进近在咫尺的梦乡,这也是很痛苦的事。而她坚决要开灯。他们之间越来越不可调和,开始只是拌拌嘴,后来双方毫不妥协,居然动起了手脚,吴宏磊一怒之下用枕头砸向台灯,台灯啪地掉地上摔碎了,房间一下子切换到黑暗之中。她怒不可遏地摸过床头柜上的迪奥化妆盒砸他,头上起了一个包。这样倒也罢了,她还说了一句刺耳的话,整天在外面鬼混,回来还要跟我作对,从哪来滚回哪去,以后别进我的房间！吴宏磊一句话也没说，睁着布满血丝的眼睛摔门而去。

翌晨醒来时，她发现二楼的楼道灯和壁灯全关了，就连客厅的大吊灯也没亮，她更来气了。看见他从地下室钻出来，劈头盖脸地骂道，以后就住地狱去，变成鬼了我也不给你烧纸钱！怒气未消的吴宏磊终于忍耐不住，说，这是我的地盘，由不着你指手画脚！她一下子成了外人，声音貌似低了几分贝，却明显藏着刀锋，说，要不是我爸罩着你，你还不是一个穷打工的？这话戳到了吴宏磊的痛处，他噎住了，比吞了一百只苍蝇还难受。

从此晚上回来，吴宏磊报复性地关了客厅的大吊灯，然后直接钻进地下室。他们之间的冷战在持续升级。晚上她便更加拼命地玩QQ、YY语音、微博、微信，直到玩腻了，她买了一条牧羊犬，取名瑞奔。

即使到了这样的境地，很多人还是很羡慕。他们不懂我心里的寂寞，我就像失宠的后宫妃子，过着冰冷的生活，特别渴望暖烘烘的灯光。一如此时客厅的阳光，我很感激上天的赐予。倒是坐在沙发上，像观众一样观赏这部都市情感电影，里面的主人公既熟悉又陌生。我为你继续讲述关于她的那些事吧——

瑞奔是一条颇通人性的外国犬，身形威猛，毛发油亮，浑身发出雄性的光泽。自它来到家里后她就有了踏实感，瑞奔一天到晚缠着她，像她的影子。就连睡觉也非要跟她一起睡不可。她好长时间没与异性相拥而眠，哪怕是一条雄犬，她也有一种莫名的感动。她在灯光里亲昵地抱着瑞奔，它烁亮的眼睛盯着她浑浊的眼眸，她不闭眼，它也不闭，就那样互相安静地看着，好像它是一个人，它懂得她的心思。她听着它粗重的呼吸，也许瑞奔睡着了会打起呼噜，像吴宏磊一样。新婚时，她厌烦他的呼噜，捏住他的鼻子让他猛然惊醒，但睡着后还是呼声震天。后来他事业有成，成天在外应酬，她的晚上便一下子拉长，她很渴望听着他的呼噜声入睡，但他不是在她熟睡时才回来，就是干脆住在酒店里。很多个深夜，她都在怀想那次在"花山隐居"的夜晚，却只会陡增几分落寞。瑞奔的呼吸，使她有了安全感，她不由自主地抱紧它，就像抱着她的令狐冲，它的前世一定是个男人。"前世的五百次回眸才换来今生的擦肩而过"，她就那样深情地看着它，它也那样热切地看着她。一个又一个夜晚，她和它相拥而眠。

但是，她还是很渴望有谁跟她聊天。阿芸是个保姆，她们之间隔着一条鸿沟，总是说不上话。她除了在QQ、微信、语音上说话外，很少当面和人交流，她曾一度怀疑自己是不是犯了自闭症。一次在微信圈里看到"城市新聊斋"的链接，点开一看，这城里还真有人做陪人聊天的生意，一小时收费一百元。反正她不缺钱，于是找到了那个设在地下室的"聊斋"。

她对那些"王六郎""董生""柳秀才""狐女""聂小倩""花姑子"等神鬼狐妖的名字不感兴趣，她想找到一个能说上话的男人。服务员递来一张名单，她在众多名字中点了"柳秀才"。

走进只亮着壁灯的昏暗厢房，她要求拉亮大灯，她不喜欢这种恐怖的氛围。灯亮得刺眼，柳秀才坐在一张摆着夹竹桃的圆形咖啡桌旁，很有礼节地邀请她入座。他气质儒雅，很适合扮演"柳秀才"。

柳秀才说，心灵寂寞是现在的城市病，"城市新聊斋"竭诚陪您聊天，为您的心灵疗伤！

这话有点像广告词，但从他嘴里说出，听着却很舒坦。她坐在他对面，却不知道说什么好。

柳秀才说，就当我们是朋友，想到什么说什么，漫无目的地聊，天南海北，街谈巷议。涉及您的个人隐私我们绝对会保密，这是公司的规定。

于是，她打开心扉，说现在楼房高了，房子大了，人反而比以前空虚。

于是，她说城市人流量大了，朋友多了，能说心里话的却很少。

于是，她说男人的结婚观念带着功利性，恋爱时甜言蜜语，结婚后沉默羔羊。

于是，她说夫妻之间日子平淡时走得近，生活奢侈了反而隔得远。

于是，她说是不是真的如曲泉丞唱的那样"男人有钱就变坏，其实你比谁都明白"。

于是，她说不知道为什么自己晚上要开灯睡觉，这到底是不是一种病。

柳秀才一个接一个问题地回答，分析得入情入理，知识面很广，逻辑性很强，简直就是这个时代的精神医生。他回答她的最后一个问题时说——

开灯睡觉至少是一个不良习惯。大脑中有个内分泌器官叫松果体，它在人睡眠时会分泌大量的褪黑激素。而褪黑激素的分泌能使心跳减缓，心脏休眠，增强人体免疫功能，甚至还有杀死癌细胞的效果。开灯睡觉等于是慢性自杀，这并非危言耸听。

这引起了她的警觉，回家后尝试着睡前关灯，但不行，一合上眼那个强盗又潜进地下室，打开背上的麻袋……她想睁开眼，但怎么也睁不开，像被谁扯住了眼皮，嘴里嗫嚅道，瑞奔！瑞奔！却感觉聊斋里的神鬼狐妖全附在自己身上。她又张嘴念到，柳秀才！柳秀才！这一次，终于睁开了眼，马上打开灯，重新回到她明亮的夜晚里。

吴宏磊

那天早上,我从地下室钻出来,精神劲忒好。地下室真的是睡觉的天堂,一点声息都没有,与外面躁乱的世界完全隔开,一夜无梦,醒来特别的清醒。保姆阿芸递来一杯温开水,我喝了一口,然后点着烟。窗外飘来一阵香味,我耸了耸鼻翼,扭头看去,院子里的玉兰花开了,一朵朵洁白的花蕊,如飘在空中的白蝴蝶,竟然勾起了我对一段美好岁月的回想。但多年后的今天却如一把网兜,把这些白蝴蝶无情地捕获,只剩下干枯的枝丫在风中乏力地摇摆。

昨晚又喝高了,都是一些对生意有照应的朋友,酒后去K歌,当然叫了小姐,陪聊天,陪喝酒,陪唱歌,陪跳舞。我对这样的应酬早腻味了,但没有办法,有一句话说"出来混,就必须是光棍",这话有点地痞气,却一点也不虚假。逢场作戏嘛,大伙玩开心了,生意便顺风顺水。我不能仗着有个当副省长的岳父,就脱离圈子。如今当官是风险行业,三十年河东三十年河西,谁也说不好。但要是你在圈子里混不开,那就完了,一些宝贵的资源便绕开你去找那些有气场的人。

昨晚我是深夜两点回到家的,客厅的大吊灯亮如白昼,便顺手关了,我不明白池曼为什么晚上要亮着大吊灯和二楼、三楼的灯,就连睡觉也要开着台灯,好像别墅里会闹鬼。我们之间的感情就是从她要开灯睡觉时开始出现裂痕的。为了刚开局的事业,我哪一晚不是拖着疲惫回到家?挨到床就想睡觉,她却开着灯,我的眼睛实在受不了。我们自从那次闹僵后,我就钻到地下室去睡了。在那里,我睡得异常安稳。后来她买了一条牧羊犬,晚上抱着睡觉,我恶心得要命，从此不再沾她的床，让她和狗同床共枕吧！

昨晚我冲凉后正要入睡，听到刚回来的池曼在客厅呵斥阿芸。我走上去，她在责怪她关了大吊灯，我说是我关的。她跟我拌了几句嘴，总算没有深究下去。

一连几晚，我发现池曼比我还迟回到家，她究竟在外面搞什么秘密活动？我便叫阿芸跟踪她，阿芸用微信给我发来两张图片。我咨询了一下朋友，他们说"城市新聊斋"说白了就是陪聊，男陪聊员陪女客户聊天，女陪聊员陪男客户聊天。听说那里的女陪聊员一个比一个吸引眼球，男客户嘛，都长得英俊威猛。我大概忖度到了这个"城市新聊斋"的幕后真相。

刚好那天池曼感冒发烧，去医院挂了点滴，晚上只能待在家养病。我便一个人开着车去"城市新聊斋"。惊奇地钻进地下室，我倒很适应那种阴森感，那股寒气带着沉静的力量。点了"花姑子"，一个美若桃花的女子，穿得时尚，笑得迷人，说得动听。我本来就不是来聊天的，在幽暗里胡扯了一会，我说，美女，除了聊天，还有什么特殊服务？花姑子说，先生，聊天是"城市新聊斋"的唯一服务项目！我从皮夹里甩出一叠钱，说，不够的话还可以加，今晚可不可以陪我出去？花姑子正色道，先生，您找错地方了，我们都是职业陪聊，只卖艺不卖身，这是公司的规定！我又掏出厚厚一沓钱，说，现在够了吧？花姑子站了起来，说，你再这样我要叫保安了，请把钱收起来！我只得见好就收，付给她一百元陪聊费后溜了出来。另外点了"狐女"，她在壁灯下有几分妖媚，说话也放得开，但当我说明来意后，她说，这里是聊斋而不是妓馆，请您不要玷污了我们的名声！

我又点了"柳秀才"，这是一个有几分文气的男人，说话能捉心理，反应也快，还有点见解。感觉跟他聊天像遇到多年不见的老朋友，入心入肺，心灵在瞬间安静下来。他为你打开另一扇门，你发现了桃花源似的往里走……

以前在酒桌上、卡拉 OK 厅聊的都是什么啊，荤段子、八卦、艳遇、情长情短、鸡零狗碎，与柳秀才的聊天完全是两个档次。

不知怎么聊到了自己挖掘隧道的工作，他竟然知道挖隧道有一种工具叫盾构机。我像遇见了知音，说，这是一门技术活，有人却笑我们是穿山甲。

柳秀才深有感触地说，穿山甲有什么不好，至少它有隐蔽的一面，这在当今透明的时代是难能可贵的。

我不太明白他要表达什么，他接着说，你打开手机看看有没有信号。

我掏出手机，拨了一个电话，却拨不出去，我摇了摇头。

柳秀才说，公司把手机信号屏蔽了，也不提供 wifi 服务，这是陪聊的协定。所有来这里聊天的人都暂时告别手机、QQ 和微信，在虚拟世界里消失几个小时，把自己隐蔽起来，一心一意地聊天。

他接着我之前的话题说道，现在城市像一个大型动物园，各种动物群居在楼房里，通信、资讯的发达，使得每只动物越来越透明，直至失去了遮蔽自己的那片树叶，最后全都成了一丝不挂的裸身。而穿山甲生活在山里，具有很强的隐蔽性，生活反倒有安全感。人类的祖先本就来自山里，只是随着时代的快速发展，人们慢慢远离了深山，聚集到城市这个大动物园里。

他的这番话让我感触很深。我又说，不知道为什么，我会喜欢睡地下室，睡在那里我感觉特别安稳，这是不是一种病？

柳秀才眼睛一亮，说，我们公司选择在地下室聊天，就是因为这城市的地面太喧嚣，而地下是一个相对安静的空间。而且聊天时只亮着微弱的灯光，因为按生物学理论，人体褪黑激素在黑暗中更容易分泌，有利于健康。而现在的城市人，却适应太过明亮的灯光，甚至很多人睡觉时还要开灯，说明大多数城里人生活在恐惧或寂寞之中。

他的这句话让我想起了喜欢开灯睡觉的池曼，在此之前我从来没有深究过里头的真正原因！

晚上玉兰花的香气浓了几分，如青春期女孩身上的迷迭香。我走下车时就被轻而易举地俘获了，捡起落在院子地面的白蝴蝶，凑近鼻孔，浓郁的芬芳把我一拽，我便掉到了时间的倒流河里，拨开波浪畅泳，一下子回到了青春岁月里。前面的灯影下走着一个身材高挑的女人，穿着连衣裙，白袂飘飘。

我迈着有点卑微的步子追上去，却被客厅的大吊灯刺亮了眼。眯瞪着走上二楼，穿过楼道灯和壁灯的光辉，在一间亮着灯光的房门前停住了，我举起激情澎湃的指节敲了敲门，没有声响。轻轻推门，开了，台灯的亮光里，池曼紧紧地搂着瑞奔，脸上有一种扭曲不安的神情。她也许在梦里误入了古代的聊斋，正竭力挣脱那些妖魔鬼怪的纠缠……

我不知怎样去解救，想喊她，又打住了，怕惊扰她休眠的灵魂。伸手摸了摸她的额头，微烫，猛缩回手。这时，我看见瑞奔的眼睛睁开了，透出锐利的光，那是一个男人眼睛里才有的光，我一阵颤抖。好像自己成了第三者，在这深夜里潜进了属于两个人的私密世界。

瑞奔嗷叫了两声，池曼醒了。我反倒手足无措，竟嗫嚅着说，我……我……想和你……说说话！池曼没作声，眼眸却澈亮起来。她转了个侧，脸朝里面，背对着我。我往杯子里加了开水，说，起来喝杯水吧！她还是沉默着，身子却一抽一搐地耸动，还吸着鼻子，她哭了。瑞奔又嗷叫两声，下了逐客令，眼睛里射出凶光。我不知怎么是好,好像我真的不应该出现在别人的世界里,悻悻地退了出来,拉上门,把自己袒露在刷白的灯光下。

第二天晚上,我破例在家里吃晚饭,其实是我跟阿芸俩人在餐厅吃。之前我几次想跟池曼说话,她都不搭理。她的烧退了,但精神委顿,不愿下楼来,便叫阿芸把汤送上去。阿芸下来时,牵着瑞奔,一定是池曼叫她陪陪它,它一整天没下楼了。

饭后我坐在客厅看电视,窗外的玉兰花香被风送进来,满厅子的清香,我忽然很想找个人说说话。池曼已好长时间没跟我坐下来说话了,似乎还是在读大学时我们才那么闲逸那么贴心地说过话。结婚后,忙工作,忙应酬,忙攻关,忙斡旋,忙工程造价,忙成本费用和最大利润值……一张嘴就是兄弟、哥们、情儿、妹儿,几乎一半以上的话都是违心的。但你不这样逼真地演戏,就打动不了上帝,你的工程便赶不上趟儿。

各个频道都是相亲节目、肥皂剧、情感剧、古代宫廷剧,太腻味了,便掏出手机刷起屏来。阿芸刷完碗也坐在餐厅刷屏。瑞奔蹲在旁边,眼睛里闪烁着手机的荧光。两个寂寞的人和一条寂寞的狗悄无声息地沉浸在网络世界里,如果瑞奔会用手机,也一定在饶有兴味地刷屏。

微信里五花八门的链接一点都提不起兴趣,我真的很想和谁说说话,便想到了柳秀才。站起身,说,阿芸,我出去一下!阿芸在专注地刷屏,没言语。院子里,酣畅地呼吸着浸染玉兰花香的空气,我响亮地打了个喷嚏,脑子里忽然蹦出一个想法。

我打了个电话给一位开店的朋友,然后开着车直奔"城市新聊斋"。走进幽暗的地下室,推开"柳秀才"的厢房,我们很快就进入了聊天状态。

期间,柳秀才又谈起了隧道,说,要是有可能,把市郊龙蟠山上的防空隧道打造成一个主题聊吧,所有的人都不能带手机、iPad、笔记本、MP6等电子产品,与外面的世界隔离,跟家人、朋友敞开心扉聊天,一定会吸引很多市民。长此下去,这个社会的信任危机将有所消解,而亲情、友情将得到重新建构,幸福指数会大大提升!

我心里想,这个想法的确很有创意,但毕竟不现实,只是一种美好的奢想而已。但我还是附和了他的观点。

他说,不要以为这是白日做梦,苏州、三亚、厦门等地几年前就开有隧道酒吧,但隧道聊吧在全国也许还是首创!

然后,他说上趟洗手间,出去时忘了掩门。这时,一条狗闯了进来,我吓了一大跳,狗嗷叫了两声,是瑞奔!我赶紧走出门,却没有看见熟悉的身影。我一定被跟踪了!

当时很恼火,慢慢地,心里那块火炭才冷却下来。柳秀才返回时,后面跟着一个高个子,柳秀才介绍说,这是我们的老板冯总,想认识一下您!我跟他握了手,瑞奔总是在我们之间绕来绕去,谈话时断时续。冯总说,要不我带您去一个地方,您一定会喜欢的!

我、柳秀才和瑞奔坐上冯总的车,拐上环城路,直奔市郊而去。大约半小时后,车到了龙蟠山,沿盘山公路蜿蜒而上,停在了半山的一处空地。我看到这座城市的夜景是如此壮观,灯光熠熠的高楼群荧光棒似的在半空中闪烁。我忽然有一种登台亮相的感觉,台前的高楼群是观众的海洋,挥着荧光棒,高声呐喊,我不知道自己要表演什么。轿车大灯射出两束强光,一个用铁丝网罩住的防空隧道出现在眼前,我惊呆了。

冯总说,这隧道以前是用来当防空洞的,已闲置了几十年。我们公司有意向把它打造成一个隧道聊吧,这个创意酝酿已久,只要善于经营,一定能把生意做强做大,只是没有过硬的关系去打开那层铁丝网。吴总年富力强，人脉很广，听说池省长是您的岳父，如果可以帮这个忙，我们给您百分之十的干股！

我的嘴巴张成了一条隧道，好一会后，说，试试看吧！

回到"城市新聊斋"，我载着瑞奔绕道去了朋友店里，拿回一件东西。

又是新的一天，我做好了所有的准备——大约十点，池曼终于从楼上走下来。她高挑的身影还是让我怦然心动，虽然过了好几年，她的青春气息仍在——我本来不想这样做，但已经没有办法了，只能冒险一试。

她的脚步踩到一楼地面时，被穿过树叶的阳光照亮了，像站在舞台的聚光灯下。她的眼睛很自然地往窗外看，脸上涌现一阵惊喜——

身材矮胖的我站在玉兰树下，像宣誓一样用一只手高高地举起横幅的一头，另一头系在树干上。那条鲜红横幅上的字池曼再熟悉不过了：不管你是池曼还是任盈盈，我永远都是你的令狐冲！

她走出客厅，深深地呼吸着玉兰花香。她说，这花太熟悉了，当年在大学教学楼前种的好像也是玉兰树！

我颤抖着声音说，曼，我们……重新……开始吧，我……我……想和你……说说话！

我给岳父送了一饼老同志普洱茶红太阳纪念版，池副省长虽然不苟言笑，但眼睛里的亮光很是生动。我趁机说了那个事，加上池曼在一旁撺掇，池副省长终于答应帮这个忙。

一个月后，我们就拿到了经营防空隧道的许可权。又经过一个月的装修，主题聊吧便开张了。宣传广告到处都是，电视广播、报纸网络、微博微信，还上了T形LED大型户外广告。冯总果然说话算话，给了我百分之十的干股。

生意比意想中的还要好,一拨又一拨车在龙蟠山上来来去去,在夜晚连成了一条蜿蜒的火龙。这晚,我带着池曼、阿芸和瑞奔去体验隧道聊吧。

　　隧道隔成一个个相对独立的小格子间,当然也像"城市新聊斋"一样设有厢房,厢房有陪聊员专门陪客户聊天,按协定每个人的手机、iPad、笔记本等电子产品关闭后全部由服务员保管。我们去得晚,只能穿过幽暗的隧道坐在另一端的洞口,正好边聊天边欣赏城市夜景。看到通明的灯海,瑞奔惊喜地嗷叫了两声,我们全都笑了,漫无边际地聊着。

　　灯光黯淡,这样的亮度很适合聊天。阿芸却无所适从,想说话却又插不上嘴,便只能逗瑞奔玩。前面有个人影闪过,瑞奔窜了上去,用嘴拖住那人的裤腿,那人慌张地挣扎,阿芸赶紧跑去喝住了瑞奔,却惊讶地说,颜通,怎么是你?

　　当颜通出现在我和池曼面前时,我们几乎同时说道,柳秀才,是你呀!

　　成双成对的人面对面坐着,总算理清了交叉缠绕的关系。

　　阿芸突然大声说,我决定辞职不干了!

　　池曼意外道,干得好好的,怎么要辞职?

　　阿芸说,在你们家里,我是外人,没人陪我说话。就连我的男朋友,也在陪别人聊天,只能每天用微信跟他说上几句。其实我跟踪了你们,在"城市新聊斋",我意外地发现那个柳秀才是颜通,我一直憋在心里。他跟你们职业陪聊,而我呢,谁跟我聊天?我要换一个工作,有更多的时间陪在颜通身边,我好想和他说说话!

　　颜通把头深深地埋了下去。这时,瑞奔朝着洞口吠叫两声,半空中神奇地升起一轮圆月,这个灯火通明的城市又多了一层光辉,把眼睛灼得生疼。池曼伸过手来,握住了我冰凉的手,我的心里忽

语言隧道　143

然很空。颜通说过,城市是个大动物园,而穿山甲却有很强的隐蔽性。此时,我觉得自己披上了穿山甲的鳞片,坐在隧道里观赏城市这个大动物园里各式各样的圈养动物。

好长一段时间,大家沉默不语。山脚下那个 T 形 LED 大型户外广告牌亮出一行红色大字:

隧道聊吧——让您敞开心扉与亲人、与朋友、与世界对话!

2015 年 5 月

指　　雀

那张嘴是踏入玄关时戛然而止的。客厅一大群鸟向她扑来,发出啁啁啾啾的鸣叫,她本能地后退了一步。待看清那其实是一幅画时,才笑着说,以假乱真了,难怪谈不上女朋友,这鸟在替你逐客哩!他没说话,持壶去厨房烧水。出来时,她在画前作沉思状,此时就是再有演讲天才,在一百只雀面前也是小巫见大巫了。良久,她轻轻地问,这是雀吗?他说,嗯!其实她这一问也是多余的,画的题签上不是写着"百雀图"吗?是她太专注于那些姿态各异的雀了,压根就没来得及看题签。还是看到了,想打破她极不适应的沉默,来证明两人的存在。

他的家成了雀的展厅,房间挂满了雀画,五六米的走廊两边各挂着三幅,甚至洗手间这么私密的空间也挂上了。雀飞进了他的生活,他把自己完整地交给了雀。

不知为什么,她偏偏喜欢洗手间的那幅双雀图,却一句话也没说。厨房里的嗞嗞声愈发响了,嗒一声,响声弱了下去,他踩着她的静默,持壶到客厅冲茶。

茶香到底把她从洗手间引了出来,两腮鼓动着,好像里面充塞着太多的话。终于开了口,却只说出一句,我想看看你的画笔!就像听见《二泉映月》的温婉幽怨,迫不及待地要看看演奏这曲子的那把二胡。他回答得很淡约,不急!斟了一杯茶,移到她面前。

她翘着兰花指轻轻端起,浅饮一口,说,真香!这是她这天里给他留下的最美好的动作和话语。就两字,却顶得上十万字,好似她之前唔里哇啦说过的一火车皮话全是废的,没有一句能进耳根。

提壶斟了茶,热气缥缈成白蒙蒙的烟云,五个指头平伸着,像云遮雾罩的五指山。他说,这就是我的画笔!她惊呆了,握起他的右手,轻柔地摩挲着那五指,久久未放。仿佛她进了五指山,却迷了路,怎么也出不来。

他说,这些年你们过得还好吧?

这句话像藏在林间的一窝蜂狠狠地蜇了她一下,却为她找到了路的方向,终于走了出来,面无表情地说——

他养了一只金丝雀!

这个春天沿用了南方毫无新意的回南天传统技法,把日子卷入了国画泼墨法勾勒的意象里。

她昨天打来电话,说明天到东莞讲课,老同学可得来捧场!牧笛嘴上说一定一定,但很快就把这事忘了,只要灵感一现,这个世界便被他当作一块平铺在墙上的画布。昨晚画到子夜一点,喝了杯浓茶,接着画到了三点。他的能量,已交给了画,只有用力沉睡,才能恢复本来的元气。

但梦里飞进了千万只鸟,叽喳个不停,那鸣叫并不是随心的欢悦,真切地带着惊惶,好像一个持枪或张网的捕鸟人就站在梦里的某个角落。

牧笛是美术老师,不知为什么业余偏偏喜欢用手指画雀,一天不画便寝食难安。双休日总往山里跑,谢岗银屏山、长安莲花山、樟木头观音山……鸟鸣声成了他的方向,哪怕深壑有鸟鸣,就是爬岩攀藤也要下去。

雀们掠过俗世的烟云和俗艳的阳光，越过东莞成片的厂房和千人一面的高楼，扑棱一下飞上了牧笛轻巧的指端。超逸之姿在扇面、斗方、尺牍之间来回穿梭，变幻成一幅幅姿态万千的竹雀图、梅雀图、松雀图、雀石图、戏雀图、闹雀图、春雀图、寒雀图、双雀图、百雀图……而昨晚，他独辟蹊径地画了一幅猫雀图——遒劲的松树枯干上，两只猫盯圆了眼看着眼前嬉闹的双雀，似歆羡飞舞的自由，又似垂涎人间美味。牧笛画完是带着满足感入梦的，梦里步入了猫和雀和谐共处的图景里。

但清晨的鸟鸣声，却是惊悚的。尖叫中夹杂着被胁迫的凄惶，牧笛的心好像被针刺了一下，他想看一眼挂在墙上的猫雀图，却再怎么用力也睁不开眼。他非常痛苦，额前的皱纹使劲拉扯，两边的嘴角向外鼓凸。似乎窗外受惊吓的鸟叫全是他一手造成的，良心受到了谴责，他想做点什么，却游不出梦境的泥沼，任你怎么用劲也拔不出来。不知哪来的力量猛扯了一下被子，埋住了头，但终于受不了憋闷，忽一下睁开眼，看到两只猫正用锐利的眼睛盯着自己，瞬间不寒而栗。

而那两只飞舞的雀，目光哀怜，仿佛是饕餮之物利爪下的美食。他为自己的这幅构图感到深深自责。他早已听出来了，窗外香樟树上的鸟全是雀，他不知道这个春天一下子从哪飞来了这么多雀。它们的哀鸣的确是惊悸的，越听，心里越乱。

双手插进头发里，带出了几根长发，他决定在小区外吃份肠粉，然后把头发交给电推剪。洗手盆前，他沿用了一贯潦草的洗刷法，牙刷在满是白沫的嘴里抽拉着。待眼睛盯在镜子上时，才发现缀满了密麻麻的水珠，用手摸了摸贴着瓷块的墙壁，湿润得像抹了一层面油。他惊呼一声——回南天！就那样满嘴白沫地跑出，把每个房间的窗户和阳台落地窗拉紧，也把一群雀的惊叫声关在了外面。

穿过楼道和电梯间的湿气,像走过梦里的一片沼泽地,深一脚浅一脚地走出小区,走向人头涌动的肠粉店。用两分钟吃完一份,又点了一份。走出店门,眼睛巡睃着哪间理发店开了门,居然还真看到一间"原点发屋",门前的扭纹管转个不停。牧笛想不起来之前有没有这间叫"原点"的发屋,从没光顾过。

扛着困倦的眼睛走进去,忽然一亮,一个轻盈的女孩向他微笑,停下手里的美甲工具,站起身翩翩走前来,仿佛在走太空步,从云端飘落眼前,用风铃般的声音说,老板,洗头还是剪发?牧笛说,都要!她喊出了一个女孩,说,让青青帮您洗发,我正做着美甲。说着把手指晃了晃。牧笛笑了,一个洗发剪发的,为啥要在指甲上花那么多心思,简直像在做一幅画。

牧笛与美甲女的位置在镜子里形成一个三角形对等的两角,只要一抬眼,牧笛便毫不费力地把她从镜子里拉来跟前。他瞥见她坐在沙发上一板一眼地剪甲、锉甲、磨甲、上油……他甚至觉得她修甲的每一个动作都是轻盈的,带了一种考究的手法,简直吻合了他作画时的一点染一皴擦。

终于合上了盒子,轻轻晃动着手指,然后惊艳地站起来,似乎把一群山雀惊得扑棱而飞,轻盈地迈着太空步走进里间。出来时手里夹着一根烟,樱桃嘴吐出一团薄雾,这个发屋就铺上了一层水墨画的浅淡底色。

她的另一只手,也没闲着,手指在手机屏幕上写着什么,不时响起叮咚的水滴声。慢悠悠地喷一口烟雾,又写一句,水滴声越响越频密,仿佛手机里有一汪深潭。后来,手机响了,也许聊微信或QQ的人等不及了。她把手机凑到耳边——

亲，聊得好好的，怎么要浪费话费呢？

……

你们男人都是油腔滑调，嘴巴抹了地沟油！

……

行啦，行啦，我在做生意呢！

……

告诉你，本小姐现在改邪归正了，哪天看你老婆不罚你跪搓衣板！

……

要是真想本小姐，以后别来邪门的，多来帮衬我的正经生意！

……

洗好了头，牧笛像阿拉伯人一样头上裹着白毛巾，他从镜子里看到她摁了手机，把半支烟捻灭在烟灰缸里，风姿绰约地站起身，迈着太空步走来。牧笛觉着她从半空中飘落、飘落，拿眼仰望着，心里却莫名的紧张。就那样佯装微闭着双眼，感受着她梳发的轻柔，然后下了第一剪、第二剪、第三剪……她握电推剪的手白嫩如藕，而那纤细的手指上，果真描着一幅幅彩画——每一个涂着桃红色油彩的指甲上粘着一片彩色羽毛，轻盈地浮现在甲上，每一片羽毛都朝着同一个方向呈30度角倾斜着，随时要御风飞翔起来。

她身上的迷迭香味夹了淡淡的烟草味，模糊了牧笛的嗅觉。牧笛在不断响起的水滴声里感觉朝着一个山洞走，那里巉岩峭立，雾霭迷蒙，愈往里走愈能清晰地听到水滴清潭的彻响。忽然一群山雀呼啦啦飞出来，牧笛本能地低下头，雀们从头顶掠过，飞出山洞，刺向了辽远的苍穹……

这让牧笛灵光一现，回小区的路上，他一直在补充着一幅构图的微妙细节。手机在兜里振动起来，这是他一向喜欢的来电状态，只有振动，才能让艺术与生命找到共振。一看，是丁小可，他才想起她今天要来东莞。她说，我到东莞了，下午在国际会展酒店讲课，大画家看来是不会赏脸了！牧笛嘴上说，来，一定来！

合上手机，也把这事一起合上了，眼前打开的，仍是那幅构图。

踩着楼道和地板的湿气，就像走进那个意象之中的山洞里，山泉从岩缝叮咚滴落，到处都是冷峻的潮。一群山雀高鸣着飞出阴鸷的洞口，天空一片蔚蓝……走进画室，他把那幅猫雀图移到了画墙的一端，用磁块在画布上固定了一张斗方宣纸，打量着黄金分割线，脸上露出了笑意，仿佛是时机弥补那幅猫雀图带给心灵的自责了。

画作即将杀青时，手机急促地振动，丁小可！她舌赛莲花说了一大串，最后一句才扣到主题——培训课结束了，效果出奇的好，你这大画家连个薄面都不给！牧笛忙说，一忙起来忘了，今晚为你接风洗尘！

看了时间，已是下午四点半。他定神看着这幅出雀图，又看了看画布一端的猫雀图，两只猫眼里的凶光分明柔和了许多，它们看着出洞的雀们，满是匪夷所思的表情。

大约五点半吧，牧笛完成了这幅杰作。拨响丁小可的手机，她说出来了，说出所在的位置后，牧笛惊呆了，说真是太巧了，你就在我住的小区门口！

牧笛在原点发屋找到了丁小可，正手持剪子在一个模型的头发上捣弄着，那个美女店主站在一边，看来是把她当导师了。丁小可说，我同学，就住在对面小区，是个大画家！美女店主与他的目光相碰时，笑了，说，你上午才来光顾我们店呢，还是我亲手剪的发。牧笛说，无巧不成书，见个面还带上戏剧性！

饭桌上，她主动介绍自己，我叫婉玉，以后请多帮衬原点发屋！她的美甲羽毛随着手指的移走飞翔着流畅的曲线。

饭毕，牧笛带她们去他家，一室指雀正待美人归呢。丁小可眼睛定定地打量着画。而婉玉，却心事重重，后来说店里青青一个人忙不过来，得赶回去帮手。

婉玉一走，这两人空间便暧昧了许多。而牧笛，不知是不是有意要搅乱这种暧昧，不合时宜地问，你们现在过得怎样？

仿佛一窝蜂嗡嗡飞出，蜇得丁小可满脸肿胀，捂着脸说，离了，长痛不如短痛！她是个不善隐藏自己的主，正是这个天生的弱点，使她收不住嘴。果然，啜了一杯茶，她又补充了一大摞细节——

他是个没血性的男人，追我时说我口才好，这样的女子上辈子不是说书人就是百灵鸟。嫌弃我时说我嘴巴漏，整天呜里哇啦没个收停，前世不是乌鸦嘴就是烂铜锣。我常年在各个城市巡回讲课，靠一张嘴吃饭，像一头会演讲的老黄牛，吃进去的是草，挤出来的是奶，容易吗我。总算回了趟家，他却老说我多嘴，从哪个林子里闯出来的尖嘴雀，吵得耳朵发炎。他以前可是把我当菩萨供着，连饭都替我盛，连内衣都替我洗，连被子都替我拉好。我说天他不敢说地，我说春天他不敢说冬季，我说新时代他不敢说上个世纪。反了，彻底反了，男人变起来咋这么快，简直就是股市曲线图，说变就变，不是变好而是冷不丁地变坏。那次我故意熬他，请了一个星期假，也把他晾了一个星期，我就是要悬着他，不要以为老娘是好惹的，想甜食我偏要给撮盐，想坐飞机我偏要给绿皮火车票。那天我说要去深圳讲课，这当然是个幌子，半路上杀了个回马枪，果然跟我想的一样，他把她带到家里，活生生的现代版西门庆与潘金莲。但我挠破脑袋也想不通,一个八棍子都打不出个闷屁的小女子,他却把她当成了金丝雀!

她又说,这些年像个转陀螺,过得很累,心里从没宁静过。在这么多指雀面前,心灵才像回到了家……

不知怎么,她又聊到了东莞扫黄,像电视里的时事专家慷慨激昂地发表了一通言论。她后来把目光移到墙上,说,你这两幅画,折射了东莞扫黄后那些桑拿女的遭际,其实是有积极意义的!

牧笛作画时,压根没与东莞扫黄联系在一起,他只是喜欢画雀。哎……他长长地叹了口气,嘴里嘟哝着,妾——雀——雀——妾!

啜了口茶,又不知疲倦地聊,什么《爸爸去哪儿》啦,文章出轨啦,雪龙号破冰啦,马航失联啦,还聊了一大堆陈芝麻烂谷子的事,后来实在没啥好聊了,牧笛趁机走进厨房,不知煮了第几壶水,一泡金骏眉早淡了茶色。接着又上了趟洗手间,出来时,丁小可在指甲上涂抹着什么,晃动着手指说,你看,婉玉送的美甲羽毛,今晚我像不像一只雀?牧笛是个慢热型男人,哪怕领会了丁小可的言外之意,也未必会从心底接受一场风花雪月。他说,太晚了,送你回酒店吧!

清晨,梦里,还是窜进了一群雀,它们的鸣腔幽怨悱恻,似在唱一首《长恨歌》。牧笛到底还是醒了,窗外香樟树上的一群雀正躁乱地鸣叫。为什么一下子飞来这么多雀?牧笛想,这雀跟那妾有关?

牧笛拿起手机想约丁小可一起喝早茶。翻开盖,是两条微信:又梦见雀了吧,你心里只有雀。我走了,我在你的画上贴了一片美甲羽毛,听说那是雀的胸毛。

牧笛往画上看去，出雀图的一只雀上果然贴着一片羽毛，艳丽的色彩，与浅淡的墨色形成强烈反差，简直是在闺秀的乌发上黏了一撮水性杨花的毛。牧笛伸手捏起扔向窗外，美甲羽毛轻轻悠悠地飘落、飘落，飘到春天浅绿的怀抱里……

昨晚的一股寒流驱走了回南天，地板一下子干爽了，镜子不再写满朦胧诗。牧笛背上相机，去了一趟南郊的水濂山，拍下一张张山雀图。回到小区已是晚上八点。

他用散淡白天的散淡目光瞄了一眼原点发屋，门前停着一辆奔驰。宛如在散淡的韵律中拨响了一记重音符。那个啤酒肚男人就是这时走出发屋的，他强硬地拉着一双手，那是婉玉的手，婉玉往后扯，啤酒肚却使劲往前拉。这一拉一扯间，步伐便踉跄起来，到底还是啤酒肚力气大，简直是在拖曳了。婉玉忽然抓住了门前的旋转扭纹管，砰！玻璃碎裂声引来路人的目光。婉玉发出一声凄厉的尖叫，啤酒肚只得松了手，僵愣地看着破碎的扭纹管，躺在地上还固执地旋转着，就像犟劲的婉玉。啤酒肚喷着浓烈的酒气，钻进奔驰车里，气恼地绝尘而去。

不知谁说，流血了！流血了！婉玉这才看到手指上沁出一团血渍，把手按在裙上，翡翠绿的裙子瞬间绽开怒放的花朵。谁说，快，赶紧去对面国药！

牧笛拖着凝重的脚步回了家。拉开阳台的落地窗，让阻挡了一天的空气漫进来。把照片拷贝到电脑里浏览，蓦地手停了，一只扑翅飞起的雀，好似发出一声尖厉的鸣叫。他把它当婉玉了，一只在现实里孱弱如泥的雀，随时要躲避捕鸟人凶残的追捕。不知怎的，他有了一种要保护雀的冲动。转身走进画室，在画墙上挂了张宣纸，右手蘸墨画起了一幅飞雀图。

不知过了多久，客厅传来一声异响，扑棱棱，还发出羸弱的惊叫,是雀!牧笛跑出画室,一只雀闯进了他家,在客厅和走廊之间慌乱地掠飞,毫无方向感。见有人出现,更是惊慌到了极点,断了翅似的找寻飞逃的出口。终于狠狠地撞上了客厅的吊灯,一个斜飞掉落地上。牧笛跑前去,双手捧起挓挲的麻雀,它的翅膀受了伤,有殷红的血流出来。他迈开大步跑出小区,把它送到门口的宠物医院。

医生上了药,说要在这养几天伤。牧笛交了钱,踟蹰着走回小区,又听到一阵雀鸣,两只雀从一个女人高举的手里蹦起,扑腾着飞向头顶的香樟树。借着朦胧的灯光,牧笛看清了,是婉玉!地下放着一只鸟笼。

牧笛说,婉玉,哪来这么多雀?

婉玉说,三鸟市场买的!

牧笛说,为什么要买来放生?

婉玉说,完成母亲的心愿!

牧笛蹲下身,捧出两只雀。婉玉也蹲下来,捧出两只雀。他看到她那只受伤的左手,包扎着一圈雪白的纱布,把美甲羽毛严严实实地裹住了。在他看来,今晚上她的手比美甲羽毛还要漂亮一百倍。死里逃生的雀欢叫着,扑棱一下朝树上蹿去。一只、两只、三只、四只、五只……它们终于挣脱了桎梏,飞向自由和希望。

牧笛朝小区里走去,婉玉朝小区外走着,树下剩了一只空空的笼子。

婉玉蓦然回过头来,说,我想买你的画!

牧笛也回过头去,说,我从来不卖画!

婉玉近乎是在自言自语了。

但我确实很喜欢。

……

把它挂在发屋里,看着它,我就有坚持下去的力量!

……

看着它,我就能看到母亲在天堂的笑!

……

翌晨上班,牧笛破天荒地起了个大早,他朝原点发屋卷闸门的缝隙里塞了一个大信封,里面装着一幅画,他说过他从来不卖画。

牧笛在一个作画的晚间,收到丁小可的微信:1. 你对文章出轨感到意外吗?(备选答案:是;不是)2. 你认为马伊琍还会爱文章吗?(备选答案:会;不会)3. 你在爱情中会欺负喜欢自己的人吗?(备选答案:会;不会)……牧笛随便选择答案发了过去。丁小可很快发回测试结果:你在爱情中喜欢装模作样,明明很喜欢对方,却装作毫不在意,明明想对对方好,却偏偏伤对方的心……牧笛哭笑不得,这就是丁小可,总爱一厢情愿地把某种主观的想法强加于人。就像她有一次来东莞培训时强行把他拉去当听众,极力推介一款最新流行的韩式男生发型,黄棕色的头发卷翘,丁小可说很显英伦风,而且斜刘海修饰脸部,更显贵公子气息。牧笛怎么看都是几年没梳理过的乱发,颇像麻雀的老巢。回到家连夜画出了一幅雀巢图,巢筑在一个潮男的头发上,几只小麻雀张着嫩黄的小嘴,颇有点漫画的讽刺意味了。牧笛拍下来发给丁小可,她回了一条微信——美术傍上美发啦!牧笛反驳——切,头发长见识短,是美发要靠美术打广告!

又一个双休日清晨,一大群雀又飞进了牧笛的梦里,它们依然给了他不安的鸣唱。牧笛磨着牙,好像终于找到了那个持枪或张网的捕鸟人。猛睁开眼,把双手插进头发里,带出几根长发,他决定在小区外吃份肠粉,然后把头发交给电推剪。潦草地洗刷完,穿过楼道，走出小区，走向人头涌动的肠粉店。用两分钟吃完一份，又点了一份。走出店门，眼睛巡睃着"原点发屋"，门前的扭纹管转个不停。

扛着困倦的眼睛走进去，忽然一亮，正对店门的那面墙挂着一幅出雀图，满店响起雀群的欢叫声，那是挣脱阴暗飞向光明的呐喊。婉玉正手持扫帚清洁，用风铃般的声音说，哟，欢迎大画家光临，我叫青青给你洗发！往里喊了一声，青青走了出来。婉玉半蹲着用手把扫成一堆的乱发捧进纸箱里，仰起头说，谢谢你的画！牧笛还她一个浅笑。

婉玉走进里间，出来时一手托着装有蚕豆的菜篮，一手拿一张报纸，把蚕豆倒在平铺的报上。她捡蚕豆的手势美极了，宛若在刺一幅绣，每捡一片，便轻轻放进菜篮里。牧笛从镜子里瞥着这幅画面，想起了她上次坐在那修甲的情形。前后也就一个月吧，婉玉变了，变成了一个会过日子的居家女子。

冲了水回到座位上时，婉玉也捡完了蚕豆，一张报纸静静地平躺在茶几上。婉玉正要收起，牧笛要了过去，随手翻看着。婉玉替他吹干头发，忽然惊叫道，这么美的禾雀花！牧笛正看着东莞日报上登载的图片新闻——清溪大王山禾雀花。

牧笛说，早就想去看看，明天一定得去拍点照片！

婉玉说，我跟你去，还不知道有长得像雀的花呢！

牧笛说，不用剪发啊？

婉玉说，明天就把店交给青青了！

然后下了第一剪、第二剪、第三剪……婉玉的手指在他眼前晃动时，牧笛发现指甲上的美甲羽毛不翼而飞，只剩了一双素手握着电推剪在他的头上游走。

牧笛起了个大早，香樟树上的雀们好像平和了许多，不再发出焦躁和惊惶的鸣叫。牧笛与婉玉坐在车里，朝五六十公里外的清溪镇进发。

到得大王山，拥挤的人群手拿相机、手机、iPad不停地拍照，像新闻记者采访一处世外桃源。牧笛和婉玉第一次亲眼看见这么神奇的禾雀花，沿着树干长出一簇簇青黄色的花朵，真是像极了雀，圆溜溜的头，两翼轻开，展翅欲飞，活生生的禾花雀！牧笛说，你吃过雀吗，东莞的水乡片，每年到了秋天便有很多禾花雀，捕鸟人竖起一张张网，逮到了一笼一笼卖给酒家饭店，做成一盘盘清蒸雀、烧烤雀、铁板雀、油炸雀……牧笛不知道这席话深深地刺疼了婉玉的心。

她早就想告诉他一个秘密，但她怎么能说出口呢？这次，她觉得不能隐瞒下去了，再不说，也许没有更合适的机会了。她说，牧笛——这是她第一次喊他的名字，一点都没有陌生感——我跟你讲个故事，我已经做好了足够的准备——

一位五十岁的母亲患了肝癌，用她女儿寄给她的一万多块药钱全拿去买禾花雀了。买来不是吃，而是忍着病痛放飞到山里，为的是不让那些可怜的雀被捕鸟人抓走，卖给鸟贩子，再一笼一笼地转卖到广东的酒家饭店。

牧笛心里一怔。

婉玉接着说——

她女儿高中毕业就到东莞打工，母亲犯着病，四处求医不见好转，本来穷苦的家雪上加霜，她只得出来挣钱。一开始应聘在一间发屋当洗头妹，同村的阿莲在东莞黄江打工，她不止一次邀她到黄江上班，说一天挣的钱等于在发屋干一个月。她想着母亲的病因为没钱已断药，最终没抵挡住诱惑辞工去了黄江。

牧笛心里愈加沉重。

婉玉已顾不了什么，又说——

去了后才知道进的是桑拿城，用身体换钱，多的时候一晚上能挣几千块。母亲每次收到汇款，都在电话里说，出门在外，要保重自己的身体！她是母亲身上掉下的一块肉，每次干那事，心里总有一种深深的负罪感，但她宁愿掏空自己的身体去延长母亲的寿命！

牧笛的心倏忽间坠落。

婉玉顿了顿，说——

后来母亲终于答应她去了医院，诊断是肝癌晚期，她连夜飞回去，母亲已瘦得没了人形，她伏在她身上大哭。是父亲告诉了她母亲买雀放生的事。他说自从你寄钱回家后，你娘没买过药，她知道自己的病好不了，全拿去买雀放飞到山里。母亲吃力地说，人是生灵，雀也是生灵，不能让他们送去酒家饭店被吃掉！她的老家在湖北，十月禾黄时节村里飞来一大群一大群禾花雀，外村有人大量收购，全转卖到广东的酒家饭店，村里人便四处逮雀。

牧笛的一颗心在慢慢升腾，因为一位善良的母亲。

婉玉的泪水涌了出来，但她还是冷静地讲完——

今年过完年，母亲生命垂危，赶回去时母亲跟她说了最后一句话：出门在外，钱是身外之物，身体才是自己的！她哭了，哭得撕心裂肺。她深信每一只雀都是一只生灵，母亲生前救下那么多雀，是为了不让它们被鸟贩子卖到广东成为盘中餐。而她，却违背母亲的意愿甘当人妾成为男人们的玩物。她发誓要离开那个肮脏的魔窟，重新做人，母亲在天堂才能安心！刚好年后东莞大扫黄，她承接了一个朋友转让的发屋，起名原点发屋，又干起了最初来东莞时的老本行……

母亲走后几个月的初一、十五，婉玉都要去三鸟市场买回几笼雀放生，为的是安慰母亲的在天之灵。

牧笛心里说不出来的复杂，在树下一个劲地转着圈圈。一番剧烈的思想斗争后，总算蹲蹴着身子调好了焦距，手机从倾斜的裤袋里掉了出来。婉玉说，你的手机掉了！牧笛叫她先收起来。

婉玉怪异地想，这些禾雀花全是那些被吃掉的禾花雀的化身，它们的灵魂飞过东莞飘着粉尘和工业废气的上空，飞进了清溪大王山这片翠绿的山林。禾花雀要把它们死去的身体展示给人们看，大家看到了它们的形体美，却不知道要好好呵护它们，年复一年地把它们的兄弟姐妹烹成一道道美味佳肴。婉玉的第六感告诉她，这里有她母亲亲手救下又被捕鸟人捉去卖给鸟贩子再被转卖到广东的禾花雀，它们的灵魂也飞到了这里，成为每个镜头里永远的影像。她决定摘点禾雀花，带回湖北老家送给长眠的母亲。

大约九点才回来，在小区外各自散去。婉玉手提包里的手机响了，掏出一看才发现是牧笛的，刚才忘了还他。她提了一串禾雀花走进小区，这串花也许更能激起牧笛的创作灵感。

门敲开了，竟是丁小可！

婉玉呆了，丁小可也呆了。

丁小可说，进来吧，他在画画！

婉玉红着脸，说，太晚了，他的手机忘在我那了。

丁小可伸出手，像在接一块燃烧的木炭。

她把禾雀花和手机放在茶几上，愣愣地看着。她的心里飞进了一大群雀，焦躁地吵乱了属于她的安宁的春天。

牧笛伸着墨黑的手指走出来，说，谁敲的门？

丁小可没回答。牧笛看到了手机和禾雀花，没说话，也没去碰手机，他知道手机里有一大串来电和微信，全是丁小可的。他早两天就接到了她的电话,说后天来东莞讲课,老同学这次无论如何得来捧场,我要讲一个最新的学院风男生发型,很适合你这大画家的!牧笛趁这天去了清溪大王山,原因之一就是为了躲避丁小可,没想到她直接找到了他家里。

翌晨牧笛是在窗外雀们的清鸣中醒来的,悦意中带着激扬,它们或许已读懂了这个春天不同的阳光和绿意。丁小可也许一早便离开了东莞,他已不再记挂她。牧笛潦草地洗漱了一下,决定去小区外吃份肠粉。用两分钟吃完一份,又点了一份。走出店门,眼睛巡睃着"原点发屋",门前的扭纹管转个不停。走进去,只有青青一个人在。她说,婉玉姐一大早去广州机场了!

牧笛走出店门,拨响了她的手机。

终于接通了,牧笛开口便说,丁小可,丁小可她昨晚……

婉玉打断了他的话,我知道她昨天来东莞讲课!

牧笛说,你去哪?

婉玉说,回老家,飞机很快要起飞了!

牧笛说,回家有急事吗?

婉玉说,过几天就是清明了,我摘了几串禾雀花送给母亲,她生前救过很多禾花雀,这些花全是那些雀的灵魂……

一大群雀从小区的香樟树上扑棱而出,欢鸣着飞向高空,唱响了一个城市不一样的春天。牧笛仿佛看到一个女子在鸟影里翩翩飞起,走着优美的太空步,迈向属于自己的天空!

2014 年 4 月

玉 米 地

一

初夏,南方的气温已上足了火力,把太阳烧成了蛋黄大烤饼。大吕踩钢丝一样踩在脚手架上,头发早湿透了,一绺绺地贴在头皮上,像一锅蒸面疙瘩。摘下安全帽,一股酸腐味钻进鼻孔。大吕想用烟草味来驱散头皮味,但戴军不让抽,这山东大汉一上工便把话说得斩钉截铁——高空作业是把头悬在裤裆下,一个闪失就要了你的小命,妈拉个巴子,谁抽烟俺就治谁!吐出的每个字像钢钉蹦地上。

这几十米的高度,说高不高,说低不低。大吕一抬眼,怎么出现了那么多的玉米棒子?黄澄澄呼啦啦杵在眼前,真的是望不到边的玉米林了。而那七十多层的台商大厦,不可一世地高耸着,便是玉米之王了。待这幻觉一消失,他就笑了,这强光下的城市高楼群不就是一个个玉米棒子吗,那阳台和窗户不就是密实而金黄的玉米粒吗。这鸟城市是一大块玉米地,乡下也是一大块玉米地,城市的玉米地管着人的吃喝拉撒,乡下的玉米地也管着人的吃喝拉撒。一想到玉米地,大吕便满脸苦大仇深,要是戴军和张继海不在,他准定会憋足劲向这个城市喊破喉咙——还我玉米地!

移民，永远是大吕心里的痛！还不是因为狗日的城市，乡下人都像赶集似的往城里挤，城市的人口比蚂蚁还多。凌江水库管着下游十几公里外城里人的饮用水和生命安全，城里人一多，水库就要加固扩容，水库一扩容，水位线就上升。大吕所在的颍川村处在水库上游，一到汛期必定全村受淹，于是颍川村被迫全村迁移。谁叫城里人的命比咱乡下人金贵呢，哪个朝代不都是这样？乡下人让着城里人，城里人让着有钱人，有钱人让着当官的人。当官的一声令下，大吕家的玉米地没了，菜地没了，田地没了，整个村子都没了。他要找寻填饱肚子的食粮啊，以前有土地，土里扒拉出来就是吃的，一日三顿饿不着肚子。现在土地没了，咱一个农民子弟吃什么？他只有背井离乡，离开老婆孩子和悬挂在墙上的母亲，来到三百公里外的东莞打工，短暂做过流水线、搬运、建筑工，后来七拐八弯干起了眼下这营生。

这几年，大吕不知安装过多少 LED 显示屏。那 T 形大广告屏幕，立在这密匝匝的高楼群里，不就是咱乡下玉米地里张着两只臂膀的稻草人吗？大吕脑子里蹦出这想法时，咧嘴笑了。

他很想说给戴军和张继海听，但他俩在显示屏背面鼓捣着，叽里咕噜说着什么。大吕耸耳听，只听到戴军粗重的喉音——小子，热算个鸟，晚上带你去凉快！

或许戴军这个山东汉子没想到广东夏天的闷热程度，跟烤箱似的，日照时间又长，晚上十二点皮肤还在咝咝冒气。而他的工作偏偏离太阳更近，他曾在大吕面前揶揄，俺们先在半空中把太阳光吸了，地面上的龟孙子还不知道俺们遭罪他享福，妈拉个巴子！租来的房子没装空调，也跟烤箱似的，戴军晚上经常溜出去乘凉，谁叫他老婆三天五头上晚班呢，等她从超市下了班已是十二点多。像戴军这种浑身是火牛逼哄哄的彪形大汉哪里耐得了性子等老婆回来帮他灭火，独自一人去这片城中村犄角旮旯的胭脂巷把火灭了。

几天前，他老婆苏雨晴不知怎么提前下了班，屋里没个人影，手机又打不通。以为跟大吕和张继海混在一起，便去对面敲门，他俩说不在。当时他们就着花生米喝老白干，你一杯我一杯。见嫂子失望，张继海又补充一句，俺们拉他喝酒，他说要去接你，怕你一个人半夜回家有个闪失！

苏雨晴气恼得不行，心里早起了疙瘩。等他踅摸回来，恨恨地问，去见女鬼啦？

戴军水火不入，跟大吕他们出去喝酒了！

苏雨晴一把拉着他走到对门，大吕和张继海正在碰杯呢，吱溜，吱溜，又一杯下了肚。

苏雨晴怒道，他们怎么在家喝酒，难道他们有分身术？

张继海和大吕一时不知怎么替戴军圆场。偏偏苏雨晴又在戴军肩上拣起两根酒红色的长头发，一下子发飙了，你这狗改不了吃屎的，每晚背着俺出去偷腥！顺手抄起酒瓶往桌上一顿，砰！瓶子脱了底，酒洒了一地，浓烈的酒味转眼间变成了硝烟味。苏雨晴握着尖牙利齿的武器，朝戴军胯下刺去。要不是大吕出手快，拉住了苏雨晴愤怒的手，瓶子早捣烂了戴军的司令部。

大吕好不容易掰开苏雨晴铁爪似的指头，砰一声，酒瓶掉地上，一地碎片。苏雨晴如泄了气的球，肩膀一耸一耸，终于啜泣起来，扭头跑向对门，那声吼叫在暗夜里撕开一道裂口——以后晚上别进俺家门，去外面鬼混去！门砰地关上了，把刺鼻的酒味和三个男人的惊恐关在了对面。一只老鼠吱溜一声从房间窜出，浸了满身酒渍，一身酒气地消失在空空的廊道里。

把玻璃碎片收拾了，用布吸干酒渍，在上面铺块烂席子，戴军就闻着酒味躺下了。鸿运扇嘎吱嘎吱地转，但三躯热卡颇高的皮囊凑在一起，这个深夜怎么也凉不下来。

张继海躺在床上辗转反侧，忽然说，军哥，太不够哥们了，要娶媳妇也得叫上个吹唢呐的！

戴军长长地叹了口气，今晚算栽在你们手里了！

张继海又说，女人刀子嘴，豆腐心，俺们这还可以收留几天。

戴军说，你这愣头青，压根就不想俺好过！

张继海说，苍天在上，俺可是巴不得军哥要风来风，要雨来雨。

戴军说，得了，一张破嘴涂了地沟油。睡吧，明天俺们起早，赶赶活，老板催得紧！

大吕没说一句话，侧了个身。

嘎地沉默了，鸿运扇发出的嘎吱声愈加地响。

张继海强压住心头的火气，在床上驴打滚，忽然问，军哥，那地方有空调不？

好一会，戴军说了一句让张继海一夜无眠的话，还用非常夸张的手势在头顶比画了一下——热气像一条蟒蛇嘶啦一声脱体潜逃，身上一下子凉快了，哪里用得着空调？

大吕已打起了鼾声，剩了两个睡不着的男人，随心思飞到胭脂巷去了……

二

待戴军和张继海醒来，大吕已站在那个带锁的箱子前，手里拿着一个古色古香的木盒子看得入神。起床声惊动了他，大吕赶紧把盒子放进箱里，严严实实地上了锁。

胡乱梳洗完，经过对门时，戴军犹豫了一下，但还是跟在大吕和张继海身后下了楼。为赶工时和躲避热辣的太阳,三人扛着困倦的眼睛穿过凌晨五点的雾霾,用脚丈量着新一天的开始。半个钟后到达目的地,猴子一样爬上了脚手架。天还是灰蒙蒙的,目之所及都是雾里看花。这个城市也许在这个时刻是最安静的,他们在钢架上哐当哐当地捣弄时,晨曦被吵醒了,天色愈来愈亮,行人三三两两地击响了晨运的节拍,车道上甲壳虫似的车越聚越多。那轮大火球慢慢拱出了地球的深土层,先是柔和地,润物无声地把光和热送给人们,接着便加大火力烘烤,直至把自己烧成了一张蛋黄大烤饼。

不知是戴军还是张继海先发现脚底的树冠呼啦啦开了花,那个红啊,比昨晚喝了58度老白干的脸还红。一股子热劲从脚底升了上来,妈拉个巴子,邪门了!

戴军红着脸,说,知道啥花吗?

大吕红着脸,没吭声。

张继海也红着脸,说,胭脂巷里的美人花呗!

戴军说,满脑子歪思邪想,凤凰花!又叫火焰树!

大吕感觉又一股子热劲蹿上来,踢了两下腿,仿佛要把脚底的那团火蹬掉。

张继海龇着牙说,呀呀呀,好热,这火焰还真烧起来了!

戴军说,小心烧穿裤裆,这可不算工伤,俺不付医药费啊!

戴军是工头,管着大吕和张继海,也管着这个大屏幕的安装进度,要是这两天拿不下来,老板决不会给好果子吃。而张继海这山东小老乡,是个乳臭未干的愣头青,刚来一个月,对工序不熟悉,顶多算个帮工,技术活还得靠大吕。戴军说,吕布,拿出你的大将风度来,驰骋疆场杀敌立功堂堂英雄好汉,热算个鸟!

大吕是南方人,"走钢丝"多年了,早已在南方的火炉里炼就了抗热神功。他通常是瞄一眼头顶的"蛋黄大烤饼",油腻腻,香喷喷的,虽然没吃早餐,却一点也提不起胃口。歪着头斜着眼瞄,直到把烤饼里那个透着烈焰的蛋黄定定地瞄在眼球里,看着它慢慢变小,变小,差不多吸了它的强光时,掉转头来,看所有的景物便柔和了。这是大吕的抗热秘诀,他谁也不说,包括戴军。拿眼再看那烧成火焰的凤凰花时,已浅淡了许多,大吕身上的那股热劲似乎也隐退了点。调整好状态,身体呈一个"大"字,一手握紧电动螺丝机,一手往腰间的盒里掏螺丝,呼呼——呼呼呼——呼呼呼呼,一个螺丝就固定在了钢架上。

绿色的电路板,差不多一百平方米大,不知怎么,大吕又把它当成了一亩三分地。仿佛看到了当年面朝黄土背朝天在玉米地里拔草的母亲,玉米秧嫩绿嫩绿的,一拃高,在微风和阳光里唱着歌。母亲头戴斗笠,阳光在斗笠上跳着舞。母亲的心情无疑是好的,她躬着腰,说,吕儿,你是土命人,这辈子都不能离了土,像这玉米秧子,离开土就会蔫了。但长大后可不要像阿嬷一样守在山里啃泥巴,好好读书,以后走出颍川村,到外面闯世界。不管走多远,都要惦念着颍川村和玉米地,这是你的胞衣地啊!母亲又讲了她还是闺女的时候,大热天里挑着一担谷赶了十几公里路去集上卖,经过颍川村时不知怎么中暑了,一个趔趄晕倒在玉米地里。幸好被一个拔草除虫的后生发现了,用一壶水救了她,后来她就做梦一样进了他的家门,成了陈家媳妇,他就是你的阿爸。

汗水濡湿了母亲的的确良衬衫,拔完草连一个热字也没说。也许大吕继承了母亲不怕热的基因,哪怕身上的"回锅肉"冒出油花花的汗水浸透了T恤,千万只虫子一样蠕动,他仍然不说一个热字。

大吕到底没有如母亲所愿,读书考进城市留在城里谋一份差事娶个城里媳妇生个城里娃过上真正的城里人的幸福生活。初中毕业没考上高中，进城去建筑工地做帮工，每天挖土方拌石灰运红砖背水泥累得骨头散了架，看着高楼刺啦啦地往天上长，等封了顶又接着建下一栋楼。大吕的青春就是徘徊在这些高楼之间，用汗水浇筑钢筋水泥。他埋怨过命运，但从来没有埋怨过阿爸阿嬷和颖川村。他曾幻想自己买彩票中大奖或救了一个富翁的命，从此脱离苦海过上滋润的生活。但睁开眼，一大堆红砖等着他装车，幻想被现实残酷地击败了，幻想的盐沫子毫不留情地撒在现实的遍体鳞伤之上，大吕忍着痛感回了村，按着母亲的意愿娶妻生子。

没想到，多年后，颖川村移民了，移到离村几十公里的凌江水库附近。家什用具搬迁了过去，而那长着五谷的田地怎么搬迁？人总是要填饱肚子啊，大吕做梦一样漂荡，漂到了离梅州老家三百公里外的东莞。

当戴军又是对着太阳骂娘又是拿水壶牛饮又是用臭手帕擦汗又是说火焰树咋就长在脚下烘烤俺们时，大吕已拧好了螺丝转而去装电源线和数据排线了。张继海在旁边递着线材和工具，看着戴军在一边喊热，恨不得走前去给他扇大芭蕉扇。

戴军说，你个闷驴，干活不出声，干的全是死活，还不把日子拉长了？

大吕没吭声。

戴军说，活是死的人是活的，不快活一点还咋活？

大吕还是没吭声。

张继海接上一句应和戴军，吕布想貂蝉了，貂蝉在老家呢！

他俩索性就把大吕当忠实听众了，叽里呱啦说起了双口相声。

大吕当然想常晓蓉了，她精心护理患肝病的母亲，整整照料了三年，母亲走后，她去移民村附近的鞋厂打工，还要看管读幼儿园的儿子,真够她累的。自己一年到头就回一两次家,欠老婆孩子实在太多了。常晓蓉是火命人,母亲为了大吕的婚事专门找了算命先生。说什么火土相生,你儿子是壁上土,土气闭塞不通,形体被遮掩,要娶个火命人,最好是天上火,命主吉,遇土而生,贯通体内之气,必能福庆绵延。常晓蓉的勤快和贤惠村里人都看在眼里,那些光棍男遇到大吕就嘲笑他,你是打瞌睡碰到了黄金枕!媳妇也许就是他这一生最能挺直脊梁说亮话的资本了,他当然得感谢母亲,是母亲托了好几个媒人才说下这门亲。

常晓蓉昨晚打来电话,说过两天是阿嬷的周年忌日,按村里的风俗要"做周年",你这做儿子的得回来烧炷香!大吕说,正赶着活,这两天要是完不了工,老板肯定会炒我们鱿鱼,你就替我给阿嬷烧香磕头吧!电话那头传来一声叹息,接着是死寂的沉默。大吕多么想把常晓蓉从电话里拉过来抱在胸前,用男人的体温吻去她的泪痕和皱纹。

过年回去团聚后,一晃眼就过了三四个月。除夕吃团圆饭时,常晓蓉在上座留了两个位,摆上碗筷和酒杯,说,这是为阿爸和阿嬷留的,第一杯先敬他们两位老人家!以前每年除夕的团圆饭上,母亲总会把上座的位置留着,在杯里斟上酒,说,这是给你阿爸和祖宗留的,要永远记住自己是从哪里来的!当母亲走后,常晓蓉也学着她那样做时,大吕鼻子一酸,杯子里的酒照见了悬挂在墙上的母亲,母亲成了天人永隔的祖宗,正微笑地看着一家三口。

这几天晚上大吕老梦见母亲,她反复地说,吕儿,还记得那块玉米地吗,那是你的胞衣地!

心里想着,手里动着,电源线和排线已接好了几茬,肚子咕噜咕噜地叫,在强光的烘烤下,并没有饿的感觉,而眼前却冒着缭乱的小星星,大吕掏出水壶喝了一大口水,定了定神,继续接起线来。大概张继海已饿得受不了，昨晚又睡得恍恍惚惚，脚微微颤着，说，军哥，起了个大早，没吃早餐啊，啥时收工？戴军说，再坚持一个钟，一个钟后俺们去吃烧鹅饭！

大吕什么苦没吃过，忍得了饿，挨得了热，受得了累，这大概就是一个农民工最有免疫力的生存法则。他又深深地望了一下眼前的玉米林，在强光下闪着金黄的光，熟了，玉米棒子熟了。还发出迷人的芳香，大吕耸了耸鼻翼，香味安慰着肚子，不再发出抵抗的咕噜声。

一个钟很快就过去了，当大吕往下爬时，张继海这小子在上面发着颤，悲哀地说，大吕，帮帮俺，俺头晕，还颤抖！大吕重又爬上架子底部，用苍劲的手扶住了张继海，一寸一寸地沿着扶梯往下踩。张继海像一只丧失了攀爬能力的猴子，脚挨到地面时，仰望着高高的脚手架，说，俺的妈呀，咋恁高！

三

吃过烧鹅饭，三人坐在路边的凤凰树下打盹。这凤凰树，没开花时是一把大伞，开了花就成了一团火焰。地上飘落红彤彤的"灰烬"，张继海捡起一瓣嗅了嗅，啥味没有。大吕派了烟，三人坐在火焰树的阴影里吧嗒吧嗒地抽。烈日烘烤，能看到附近路面袅袅的蒸气。蝉也受不了近午的燠热，一个劲地喘叫，这热就成了带着噪音的烦热，把气温都吵上去了几度。

三人在蝉鸣中已恹恹欲睡，戴军和张继海索性躺了下来，不一会就打起了微鼾。大吕还是愣坐着，怎么也瞌睡不成。一抬头，看到脚手架高高地吸附在T形显示屏上，倒像极了一面形状怪异的大镜子。明天通了电源，连接了控制卡，再把防护板装上，这镜子就能照见城市玉米林了。大吕又望了一眼高楼群,因为换了个角度,坐在地上看,这玉米林子还真是高得有点唬人。

瞌睡虫慢慢爬了上来,朦胧中他又看见了母亲,她带他飘过山川河流,曲里拐弯来到一个有围龙屋的村子,这不是颍川村吗,移民了的颍川村,大吕一下子就认出来了。母亲引着他往前走,来到那片有鸟鸣虫唱的玉米地。母亲说,吕儿,还记得这块玉米地吗,这是你的胞衣地!

大吕一激灵醒了。母亲生前不止一次地跟他说过,吕儿,你是土命人,你出生在那块玉米地,这辈子都离不了土。那天,阿嬷挺着个大肚子去玉米地里施肥,那个热啊,要把身上的肉都榨出油来,累了一个上午,肚子忽然痛起来,先是轻微地痛,后来痛得剜心刮骨。我实在没有力气忍着疼痛走回家,你就这样生在了玉米地里,以后你要永远记得颍川村和玉米地是你的胞衣地!

心里陡然一阵悲凉,移民了,我的颍川村和玉米地没了,我的胞衣地没了!大吕做梦都想回去看看村子和玉米地,但他回不去了。移民后村里的围龙屋和一栋栋的民房让推土机、铲车给推倒了,凌江的水漫进来,转眼间淹没了村前的玉米地和村里的断壁残墙。

母亲临走前,背着常晓蓉交给他一个檀木盒子,说,阿嬷……没有……好东西……留给你……你……就当……宝贝……留着……

后天就是母亲的周年祭,他一咬牙,决定明天安装好LED后晚上坐车回去,在母亲的灵位前烧炷香磕个头!

三人是在聒噪的蝉鸣中醒来的,拍了拍身上的乱草,猴子一样爬上竹制的脚手架。又花了一个多钟才把电源线和排线装完,在单元板上拧好磁铁,接着用自攻钉把扁铁固定在钢架上。别以为这慢活不太费劲,却很耗时间,一百多平方米啊,单捣弄这些不起眼的活儿便干到了晚上八点。戴军说，老板催得紧哪，兄弟们辛苦这两天，俺给你们庆功！

收工后在附近的粉面店点了炒米粉，吃着寡淡，戴军又要了一瓶老白干，还点了两个荤菜，这顿饭才见了油沫腥子。酒喝高了，浑身通泰了，舌头也不打卷了。

大吕有了说话的欲望，却不知怎么开口，他的意思是——老鼠上灶台，整天在烧着滚水的大锅上卖命，一不小心掉到锅里，这小命就没了。这老白干，喝起来爽，什么生死祸福贫富贵贱全丢到了脑后！他舌头粗大，一说话鼻音重，普通话又咬不准音。想好的话憋了许久，却只说出一小句——这老白干，给苦日子撒上了盐花！

戴军脸红脖子粗，嗓门也更粗大，兄弟，好好干，以后跟着俺吃香的喝辣的！

张继海说，军哥，得想点辙，老是这样半死不活地干，不来钱！

戴军拍了拍他的肩膀，说，兄弟，俺总有一天要让你们当上小包工头，再不用把命挂在裤裆上过这人不人鬼不鬼的日子！

砰！三只杯子碰出了火花。又一番气吞山河气贯长虹气势磅礴的酒后豪言，两瓶老白干只剩了空瓶子，能照见街上红红绿绿的灯光，全是不规则的影像。就像此时的三人，在酒精的作用下眼斜挂了起来，鼻子比以往大了一倍，嘴巴也厚了一圈，整个头像发酵的馒头。而两只脚，仿佛风筝的两条尾巴，走起路来轻飘飘地晃荡。

他们就这样晃荡到前面的公交站，等了许久不见车的影子。

妈拉个巴子，过十点了，这公交车都下班了！

大吕和继海等着他说俺们打的回去，岂料他说，兄弟，俺们酒后百步，走回去也就几个站，吹吹风浪漫浪漫！

玉米地　171

大吕和继海还能怎么着,跟着工头混饭吃,他就是说爬,也得匍匐下身子爬回去,何况还喝了他的老白干。

就这样深一脚浅一脚地往回走,过了一个公交站,远远看到一个T形LED显示屏(这是他们上个月安装的),一行鲜红的大字凸显在高楼林立的浅淡背景上——入住东尚豪园,您才拥有东莞高尚住宅的话语权!

戴军眼睛剌亮,抻着脖子说,妈拉个巴子,这个年代,当官的就是话语权,大老板就是话语权!

张继海马上接上话茬,军哥,你是俺们的话语权啊!

戴军嘴一撇,说,这算个鸟,俺要当大老板,那才是真正的话语权!

不知怎么,大吕又想起了移民,这简直像个魔咒缠绕在他头上。村子说迁移就迁移了,咱农民连属于自己的土地都管不住,好几辈人都是靠这黄土地活命,一代又一代才繁衍了下来。没有了土地,这不是对咱农民的笑话吗?工人没了工厂怎么生活,农民没了土地怎么过日子?土地的话语权到底掌握在谁手里?这一连串的问号像一个个吊钩,把大吕倒挂在LED显示屏的那个高度,倒看着城市这片广阔的玉米林。话语权!话语权!话语权!村子的话语权不是村民的,土地的话语权不是农民的,这城市的话语权是不是城里人的?

气愤的大吕血压升高,酒劲也跟着蹿高,他掏出烟,点着了,喷着烟雾往前走,活像一头发怒的雄狮。又一个T形LED显示屏立在眼前,正切换成那行鲜红的字——入住东尚豪园,您才拥有东莞高尚住宅的话语权!大吕弯腰捡起一个大石块,铆足了劲朝显示屏狠狠地扔去。啪一声钝响,"话语权"三字只轻轻晃动了一下,又切换成另一个画面。

戴军知道大吕心里堵,恰好张继海这个愣头青又开腔了,军哥,你不是说晚上带俺们去凉快吗,这大热天,又喝了酒!山东汉子就是山东汉子,戴军拍了一下他的头,爽快地说,看在大吕的分上,俺决定再冒一次险,要是俺进不了家门你们今晚得给俺睡床位!张继海拍着胸脯说,没问题,俺睡地上!接着又邪乎乎地插了一句,军哥找军嫂,吕布找貂蝉,俺就找个大闺女!

没想到大吕说,你们去吧,骨头快要散架了!

张继海揺了他一拳,让貂蝉帮你揉搓揉搓,骨头酥麻酥麻的!

大吕提高嗓音,真不去,要去你们去!

张继海拽了一下他的手,想拆台子是不,今晚谁不去谁是熊包!

戴军打了个圆场,说,都累了,等明天安装完,好好庆祝一下。明晚吧,明晚谁也不许撂挑子!

张继海踢了一下大吕,低声嘟囔,熊包,熊包……

还有两个站,实在太累了。三人坐在LED显示屏下面,大吕给两人发了烟,三个烟头在浓重的夜色和缭绕的烟雾里忽明忽灭,迎合着屏幕上明明暗暗的画面。大吕瞥了一眼玉米林,纷繁的灯光擦亮了眼眸,这密林般的玉米棒子闪着光,一个个亮着灯火的阳台和窗口真的像极了熟透的玉米粒。大吕想指给戴军和张继海看,他俩正出神地看着显示屏上不断切换的画面。耍太极一样,一会儿从左至右切换,一会儿由中间向两边切换,一会儿由两边向中间切换,画面一个比一个吸引眼球,什么房地产广告啦,名牌汽车广告啦,名烟名酒广告啦,大型超市促销广告啦,每一幅都极具诱惑力。

三人在烟雾里静静地欣赏着,七彩颜色在他们的脸上闪烁变幻,一种自豪感油然而生,粗笨的大手居然也能安装出像电影一样神奇的大屏幕。但那一幅幅切换的广告画面,对他们来说是海市蜃楼，仿佛在遥远的天际。它们永远也不会来到他们的生活里，他们的手怎么也够不着，一伸手，大屏幕又切换了，苍白得像跪倒在繁华面前的乞丐。红绿灯闪烁之间，一拨拨车流浩浩荡荡地冲过绿灯，涌向夜的深处……

四

在出租屋楼下的小夜市，戴军买了两个新款发夹。门虚掩着，苏雨晴不知怎么提早下了班，戴军正要推门进去，她急急地走出来推搡，吼道，滚出去，到外面鬼混去！戴军嬉皮笑脸地把发夹插到她头上，苏雨晴的心就软了三分。但她还是愤懑地骂道，以后要还是背着俺偷腥，不把那东西剪了俺的苏姓就倒着写！戴军马上用喷着酒气的嘴堵住了苏雨晴的嘴。

而对门，张继海老是对大吕横挑鼻子竖挑眼。等继海去廊道的公共洗手间冲凉回来，鬼鬼祟祟地对大吕说，军哥和嫂子在快活呢，要不，俺带你去胭脂巷？就是熬成大佛了谁也不会给你香火钱！当时大吕正端详着那个木盒子，马上嘣地合上盖，放进箱子里，上了锁。张继海说，啥宝贝，让兄弟开开眼界！大吕保持着一贯的沉默。张继海揶揄道，古董吗，兄弟，守着个宝贝还愁不发财？别累死累活地卖命了！大吕不理他，把鸿运扇拧到最大挡位，风呼呼呼地把张继海的话吹出了门外。

三人又起了个早，满树的火焰烧得更旺了，像天边的火烧霞。大吕心里嘀咕——早霞不出门，晚霞行千里。好好的天气，怎么就有红霞了呢，得抓紧时间赶工，要是下午收不了尾晚上就赶不上车！手脚忙乱起来，接电源，安装控制卡，连接数据输出线，调试成功的话，最后把防护板装上，这LED显示屏就算大功告成了！

大约十点吧，常晓蓉打来电话，说三牲果品纸钱都买齐了，问大吕明天请村里的谁来祭奠。大吕说，就请那个安莲婆婆吧，她懂行！挂了电话，大吕才知道常晓蓉的用意。他巴不得现在就把LED安装好，然后一脚跨回三百公里外的老家。

火烧霞早溜走了，天气更是闷热，连呼吸都急促起来。大吕又望了一眼玉米林子，母亲病痛时的表情在眼前若隐若现。那次，天黑了还不见母亲回家，大吕一个人去村前的玉米地找，两只箩里装满了摘下的玉米棒，而母亲，蜷缩着躺在两只箩之间，他把母亲背去村里的赤脚医生家，说可能是肝脏有问题，叫大吕赶紧带去城里的人民医院检查。后来果然查出患了肝病，没钱住不起院，母亲坚决回家，硬是拖着病强撑了几年。移民那年再去检查，医生说已扩散了，无力回天。母亲在移民村里的日子是苦闷的，听不见鸡鸭鹅猪牛羊的欢叫，喝不上清甜甘冽的山泉水，吃不着带泥土芳香的玉米棒子……去年临走前一天，大吕对气若游丝的母亲说，阿嬷，你想吃什么？儿子给你做！母亲艰难地吐出几个字——颍川村的玉米棒子！大吕抹了一把泪走出去，待熬成玉米糊喂给母亲时，瘦削的母亲说，这不是颍川村的玉米，没那个味！又说，吕儿，要永远记住，颍川村和玉米地是你的胞衣地！

母亲终于耗尽了最后一丝力气，撒手离开了家人。大吕捧着母亲临终前托付给他的那个檀木盒，看了又看，几度哽咽。就连出门打工也带着它，一有空就捧在手心里。

果然应验了大吕的猜想——早霞不出门，晚霞行千里。天色忽然暗了下来，不知从哪滚来团团乌云，把"蛋黄大烤饼"包裹在黑布囊里。一阵狂风急骤地刮来，凤凰花躁乱地舞蹈着，花瓣扑簌簌地飘落，倏忽间一地残花。乌云重重叠加，像一口口大黑锅倒扣在天上，已远远看到天边的暴雨呼啸而至，城市的玉米林仿佛失魂地尖叫起来，鸟们四处窜飞，行人脚步纷乱，"甲壳虫"也加大了马力。

心有不甘的戴军一挥手，说，兄弟们，赶紧撤！张继海早就像一只敏捷的猴子顶着安全帽顺着扶梯往下爬，戴军拿了一把电动螺丝机，说，大吕，把工具拿齐了，雨停了俺们接着干！大吕扶正安全帽，果断地把吸筒塞进裤腰，嘴里叼着电烙铁，手握冲击钻，像一个战士在暴风雨里冲锋陷阵。他吃力地用另一手抓稳扶梯，一脚一脚地试探着下踩。一阵飓风猛地刮来，大吕的手差点松了，惊得他背脊飕飕发凉。豆大的雨珠打在脸上，麻麻地疼，这反而激起了浑身力量，大吕这个风雨中的战士勇往直前地穿过涅槃的凤凰花，穿过失魂的玉米林，穿过母亲急切的眼神，穿过暴风雨的怒吼咆哮，终于稳稳地踩在了昨天中午他们三人曾经躺着午休的草地上……

三人全湿透了，蹲在旁边的商铺前躲雨。烘烤的气温转眼间阴郁下去，吱一声，像燃烧的木炭被一瓢水浇了，街道上愈发绵软的蒸汽终于隐遁无形。空气里飘荡着一股子尘土和雨水混杂的浊味，热稍有减缓，但感觉皮肤还在咝咝地冒气。

大吕从裤兜里摸出濡湿的烟盒，掏出三支半干不湿的烟，派发给戴军和张继海，点了好几次才点着。

张继海打了个山响的喷嚏，说，妈拉个巴子，比喝老白干还爽！

戴军脸有愠色，说，爽你个鸟，老板炒鱿鱼了看你去哪爽！妈拉个巴子，好好的被雨搅了，再不消停今天没法交差了！

大吕吐了一圈稀薄的烟雾，雨却加大了劲，把落地上的凤凰花瓣冲到了马路上，那抹红在苍白的雨水里成了艳丽的蝴蝶。飞驰而过的车溅起一阵水雾，蝶影瞬间零乱。

仰头看着风雨里的玉米林，大吕心里似有千万只蚂蚁爬在热锅上。天色漫无边际的阴翳，雨势愈发地大，这城市看来被连日来的烤箱烤怕了，要趁机痛痛快快地洗个冷水浴。一辆公交车唰唰地从前方滑来，戴军把烟屁股狠劲一丢，说，妈拉个巴子，俺们先坐车回吧！手一挥，大吕和张继海也把烟屁股丢了，跟着他往公交站冲去。

像三只水獭溜回出租屋里，狠劲抖着身上的雨水。三人几乎同时打了个喷嚏，赶紧回房换了干爽衣服。待戴军从对门过来时，手里提着一瓶老白干，说，兄弟们，喝酒驱寒，可不能感冒了，下午雨停了俺们狠着劲赶活，就是通宵加班也得干完！

大吕一颗心落到了裤裆里，看来真赶不回去给母亲烧香磕头了，一杯一杯地喝着苦酒。没想到，也就喝了几杯，三四两吧，大吕便醉倒在床。要是以往，喝个一斤多不在话下。

剩了戴军和张继海继续喝。差不多见底时，张继海忽想起什么，说，军哥，俺让你看件好东西！趔趄着走到大吕身边，轻轻取下他腰间的钥匙，打开箱子，掏出了里面的檀木盒……

大吕鼾声轻响，他又梦见了母亲，带着他飘回颖川村，绕过古旧的围龙屋，来到那块玉米地里，玉米长得比人还高，黄灿灿的玉米棒子闪着金子似的光泽，还发出诱人的芳香。晴朗的天空猝然乌云翻滚，狂风暴雨把玉米秆子全刮倒了，凌江一下子暴涨。母亲连忙掏了一捧土装进檀木盒里，说，吕儿……阿嬷……走了……永远……记住……这是……你的……胞衣地……

母亲刚把檀木盒递到大吕手里，便被汹涌的凌江水卷走了。大吕高声呼喊——阿嬷！阿嬷！醒过来的大吕，看到戴军和张继海烂醉如泥地倒在地上，嘴角流着哈喇子。而床上，斜躺着那个檀木盒，他赶紧捧在手心里。就像一年前从弥留之际的母亲手里接过盒

玉米地

子,大吕紧紧地捧着。母亲噙着泪说,阿嫲……没有……好东西……留给你……这是……颖川村……最后……一抔土……,你是……土命人……就当……宝贝……留着……

打开一看,那抔土还在,发出玉米醇厚的芳香。

大吕笑了。

2014 年 5 月

堵　　客

每天醒来都是这个怂样,睡眼惺忪,头发蓬乱,呵欠连天,仿佛周公昨夜欠了我一个梦。简单打理一番后,瞄了瞄镜子,连个影都没有。只有鬼魂照镜子才不见影子,我猛一惊,伸手划拉了一下,一条长长的划痕里出现了两只麋鹿的眼。我用指头写了一个字——路!

华美的小区成了汗涔涔的蒙娜丽莎。气温也就上升了五六度,南方人真的是苦命鬼,太冷受不了,热么么几度又骂娘,回南天就是在这样矛盾和纠结的心情里潜了进来。楼道洇成生宣纸上的湿渍,路面被水汽涂了润肤露,树叶滴着全无来由的汗珠。我的车停在小区的一棵香椿树下,车身上落了好些枯黄的叶片。时间太紧,刚拧着火,车子便如弹簧蹦出小区。

只走了几百米,前面立交桥下的车流就堵成了一条千足蜈蚣。我的车踩前去,便蜕为蜈蚣身上的一片铠甲。没办法,这是唯一的通道,沿着立交的底层穿三个桥洞,拐几个弯,就能奔上宽可跑马的东莞大道。自从桥底设了红绿灯后,车更是堵成了一锅烂粥,我头顶冒着气泡,下体焦灼难忍。只要一堵车,我那尿频尿急的症状就立马出现,伸手在粘着香椿叶满是水汽的窗玻璃上咬牙写了个"忍"字。我深知"心字头上一把刀,遇事不忍祸先招",越是焦急,越是要冷静,这是我当城管多年的体认。跟小摊贩打交道,那也是在刀尖上跳舞啊,一不小心就可能被刀子戳了。摊贩捅死城管的事听得少吗?北京海淀区小贩崔英杰、江苏南通小贩侯钦志、辽宁沈阳小贩夏俊峰,都是置城管于死地的尖刀啊。

妈的,扯远了,还是回到堵车这档子事吧。要是不堵车,从家到单位二十分钟就足够了,那泡尿耐着性子是能忍到单位的。但偏偏在这上班高峰期,车子约好了似的集合到立交桥底,每一辆车都如箭在弦。可是一个红绿灯没四五次断然过不去,只能眼睁睁看着红灯变绿,绿灯变红,再变绿、变红,蜈蚣随之有节律地一伸一缩。我正庆幸自己快要冲关时,操,灯马上变红了!车头越过了停止线,行人和自行车从斑马线上鱼贯而过。嘎!一阵急刹,要是刹慢了准出事故。这年头,宁可出故事万不可出事故,摊上了谁也赔不起。这些年普通轿车撞豪车的事多了去了,前两年南京那个"天价之吻"听说了吧,东南菱悦撞上劳斯莱斯幻影限量版,维修费八十万,保险赔三十万,自掏腰包五十万。辛辛苦苦二十年,一吻回到解放前啊!

我骨子里并不是那种天塌下来当被盖的性格,心里总怕惹上那破事。于是越想越怕,越怕尿越急,而这毛病绝不是限量版,没那么好的事,是货真价实的升级版。你想,就那么大一个膀胱,一忍再忍,不到半个小时就涨满了,到单位至少还得半个钟。有啥办法,我这车又不是设置有厕所的宇通客车。只能憋着,我的"憋功"算是一流的了,换了别人,说不定早撑破了。"泉水"还有往上涨的迹象,我不知多少次深呼吸,下体想象成正在一伸一缩地撒尿,这种望梅止渴的方法有所缓解,但终究失了效。没办法,还得咬牙憋着,憋得满脸通红,肚腹胀满,阳根疼痛。情绪变得特别暴躁,一个疑似精神分裂症患者张口便骂这狗日的红绿灯、狗日的车流和狗日的城市。

什么时候车前玻璃变成了磨砂玻璃，本来是要开冷气驱走水汽的，但我不想开，反正也走不了，便摁下车窗呼吸着稀薄的空气。就在我堵在停止线上仿佛听到生命和世界瞬间止息时，一个颀长的身影踩着轮滑洒脱地从车旁闪过，转眼间滑过斑马线，滑上了立交桥的辅道。呼地一下，双脚划出变幻多端的曲线，毫无羁绊地溜向了宽坦的东莞大道。这个轮滑男，从车旁溜过时我就认出来了，每天被我管着，今天我却一万个歆羡，用麋鹿柔软的目光一直把他追到那个闹哄哄的市场。

那是东莞著名的肉菜批发市场，颇像春运期间的火车站，一大摞一大摞的肉菜、水果如候车厅密匝匝的人群，火车一到站，肉菜、水果便像汹涌的人群挤上车厢，汽笛一响，哐啷哐啷驶进人间烟火深处。

市场门口——管理流动摊贩——这是单位分派给我的一亩三分地。市场内规划的摊档是要收费的，归市场管理处管。小贩们不想交那钱，又瞅准了市场的人脉优势，想从中分一杯羹，便个个将跳蚤功夫学得出神入化，城管在这个出口一扑，他们便跳到市场另一出口。我整天就这样转磨盘似的跟他们周旋，要是哪天松手了，市场出入口准被堵死，市民一投诉，我可吃不了兜着走。没办法，我天生就是这样的堵命，上班路上堵车，上班时间堵小贩。我那尿频尿急的症状老是发作，幸好拥挤的市场里有公共厕所，我每隔半小时便进去一次。

要是没有轮滑男的出现，日子倒也不温不火。那天接到一个投诉，说这个市场旁边的裤衩巷有小贩占道摆卖。我找到那巷子，两边守着几个小贩，卖水果、卖蔬菜、卖烤串、卖干货、卖日用品，还真有不少人光顾。巷子尽头却是一幢别墅，心里暗忖，藏得还真深啊!

　　我这个城管的出现,并没有引起小贩的惊悚。我喝道,这里不准摆卖,影响交通!小贩们不听,好像一个影子在说胡话。我走上去劝说那个年纪大点的摊贩,他瞪起眼,说,凭啥管俺,俺又没犯法!我说,你们把路堵住了,人家可怎么进出?另一个年轻的瘦高摊贩说,外面大街上不也整天堵车,交警干啥吃去了,我在交警队长家门口堵着,叫他尝尝被堵的滋味!我愣住了,原来这个别墅住的是交警某队长,心里掠过一丝快意。但口头上还是装作很强硬,高声说,那是两回事,你们不能无理取闹!瘦高男不听,拧开了音响,喇叭响起当下很流行的韩国《骑马歌》:偶把肛门塞,肛门塞!两斤卤蛋,塞了,我应该就要去尿检……

　　我听着很解恨,这首歌正适合这裤衩巷,但还是走上去把音响关了,说,兄弟,咱桥归桥,路归路,别扯到一起乱了阵脚。在哪摆不是摆呢,干吗非得在这添堵?瘦高摊贩脸上拧着劲。我又说,兄弟,给我一个面子,人家投诉了,我不管就是失职!没想到他见好就收,拉着架子车走开了。此后时不时会接到来自那个别墅的投诉,每次说服瘦高男,其他摊贩就会乖乖散去。

　　我每天上班郁闷地堵在车里时,总会看到一个人脚踩轮滑身姿矫健地从车流里轻燕穿行。这天,我终于认出了他——那个堵裤衩巷播《骑马歌》的瘦高摊贩。没想到一个流动摆摊的跳蚤,竟然会那么有思想,而且用最轻便的交通工具抗衡着这个城市日益堵塞的交通。车上我又接到了那个投诉,我真想破口大骂,你他妈先把这破交通管好,大爷我堵住了怎么去管你家门前那破事!我紧赶慢走到了裤衩巷,一辆丰田霸道被堵得乱鸣喇叭。心里说,堵吧,把他妈的堵死!驾驶位上走下一个板寸,手指着摊贩大骂,还动手去掀摊子,摊贩也不示弱出手还击。我跑前去,喝道,住手,你们怎么能把路堵死！岂料板寸把火引到我身上，骂道，你们城管是干啥吃的，几个摊贩都管不了！我忍着，没理他，叫轮滑男先撤，但轮滑男这次不听，说，这巷子是市场里的，我们咋就不能摆？我低声说，你是不是要来硬的，给我面子，不然以后你们全都没好日子过！又僵持了一阵，轮滑男总算撤了，其他摊贩也跟着散开。丰田霸道缓缓驶过，车后座坐着一个始终没露面的人……

再次遇到轮滑男时，是在市场的一个出口。他看到我，忽然用客家话问我，大哥，你是不是梅州客家人？我眼睛一亮，说，你怎么知道？他说，我们梅州人的普通话带着客家口音，这是一辈子的身份证！

冷不丁看到水果旁边的音箱上摆着一块牌子，上面写着：自制优质音箱，带你自由飞翔。我撇了撇嘴，说，这音箱是你制作的？轮滑男说，我妻子，她整天在家鼓捣，离开音箱，她就活不下去了！这倒勾起了我的兴趣，我喜欢音乐，城管和凡人一样，也有七情六欲。不怕你笑话，我是杨坤、林志炫、李玉刚的骨灰级粉丝，他们音乐语言中的某种特质，让我深深着迷。怎么跟你说好呢，就拿《烟花易冷》来说吧，林志炫版我反复听了无数遍，而周杰伦版我听一遍就呕吐。林志炫音乐语言中传递出的那种历史沧桑感和时空穿透力一下子摄住了魂。这种特质是天生的，就像我天生不是当城管的料。

那天下班后，我脱掉制服，走到轮滑男身边。他的生意并不好，见有人光顾，眼眸顿时一闪，当认出我时，笑了，说，微服私访啊！我说，下班后是私人空间，别在这折腾自己了，坐我的车回家！他一听脸色大变，忙不迭地说，不用不用，我有溜冰鞋！我只得亮出底牌，说，想到你家见识见识音箱。他满脸狐疑，以为我要查他的窝点，半天不说一句话。我说，我是音乐发烧友，我不想对你们有半点伤害！他的脸恢复了常态，许久才说，如果不是老乡，我是不会让任何人到我家的。轮滑男执意不坐我的车，我不好强求，约好半小时后到南城篁村等。

轮滑男寄放好架子车，背上背包，在人行道上一躬身一挺腰，两脚自由地飞舞出流畅的曲线。你看他宛如脱兔的身姿，怎么看都是一个溜冰达人。

刚开了一小段路，我的车又变成了蜈蚣的一片铠甲，麻木地看着红绿灯闪闪烁烁，蜈蚣伸伸缩缩。这下班高峰期，车毫不例外地堵上了，我那尿频尿急的症状也毫不例外地来造访，还能怎么着，一个字——忍！"肠梗塞"早已成为流行的城市病，随着人们消费力上升和汽车行业的降价潮，这几年城市"肠梗塞"更是变本加厉。我揩了把汗，以后很长一段日子注定要过上"忍者神龟"的生活，最怕的是修炼成了伟大的忍者，而那只龟却失去了神力，成为软塌塌的瘪三。

我失魂落魄地穿过那座鬼画符一样的立交桥赶到篁村时，足足用了一个钟，轮滑男斜倚在寿司店门口的休闲凳上，看到我，说，大哥，我已干等了半个钟！我说请你吃寿司。一个城管和一个小贩就这样不可思议地面对面坐着。我要了一份太卷，他要了一份卷寿司。结账时，我多打了一份稻荷寿司，说，带回去给你妻子吃！

穿过阴湿狭窄的巷子，走上一栋出租屋的二楼，墙壁到处流着汗，能嗅到一种霉变的味道。不知怎的，他拿钥匙的手瞬间哆嗦起来，总算插到了孔里——眼睛一下子不能适应阴暗的围裹，要不是屋角的一盏台灯洇开一片光亮，我还以为走进了哪个仓库。在另一种浓烈的异味中，我大致看清了房间布局，一张简易木床占去了大半空间，床的周围摆着十几只一米来高的音箱外壳，缀满电容泛着绿光的电路板码放在上。我怀疑自己闯入了一片阴森的碑林，如一个游魂在寻找外界的光源。小心翼翼地抬着脚，小心翼翼地转着眼，昏黄的灯光下居然坐着一个人，那就是轮滑男的妻子无疑了。她转过头来，浅笑着跟我打了招呼，又把头埋下去，手持电镀笔在电路板上点着什么，每点一下，就升腾起一团白雾，我终于找到了那股异味的源头——电路板上的锡味。白雾又一次消弭时，揭开了台灯上方的一张中国地图，隐隐看到几条路线被人为地画出蚯蚓一样粗大的红线。我的眼睛竭力聚焦，大致看清了那些被描红的线路——东莞至厦门，东莞至庐山，东莞至桂林，东莞至衡山，东莞至张家界……这一条条红线就像电路板上复杂的线路，你越想看清楚，越感觉走进了曲里拐弯的迷宫。我终于在碑林里迷了路，无助地伸出手，想摸到轮滑男这根救命稻草。他却躬下腰去捣弄什么，一曲《张三的歌》从音箱里飘了出来，齐秦带着苍凉和无奈的声音拧成一根风筝线，把我们投射在斑驳墙上的身影放飞在这座拥堵城市的上空。

　　说实话，我对音箱没研究，但这次一听便有了赴约之感。我在一个朋友家听过比较高端的音响，CD机忘了是什么品牌，音箱我清楚地记得是天朗AUTOGRAPH，那种温婉中带着厚重绵长的音质让我震撼，并约好了有空再来听。熟悉的音质又一次冲击耳膜和灵魂，那是有生命质感的声源，我找到了久久寻觅的东西。临出门时，我手里竟还傻傻地提着那盒稻荷寿司，我把它放在一只音箱上，轻声说，送给您妻子吃！我刚要抬脚迈出，轮滑男的妻子扭转身来，双手扶着什么，我定睛一看，她坐在一把轮椅上……

　　心情凝重地回到家，微信滴的一响，一个叫"红尘陌路"的陌生人向我打招呼。于是，我看到宿命的蝴蝶摇摆着折翅的彷徨——

　　红尘陌路：没想到我的处境这么惨吧？去年这个时候，我也开着车!

天涯堵客:为什么又不开了?

红尘陌路:出了车祸,在那座立交桥下。那次我被堵得冒火,第五次绿灯亮时猛踩油门,却鬼使神差地撞上了保时捷。

天涯堵客:……

红尘陌路:我妻子撞断了腿,还赔了对方五十万维修费。只能变卖了水果超市,生活从零开始!

天涯堵客:风雨过后见彩虹!

红尘陌路:以前我和妻子最喜欢旅游,每去一个地方,就在地图上用红笔沿路线描一遍。出事后的很多个日子,妻子每天对着地图流泪。她说下半生要交给轮椅了,这样的日子还有什么意义……

天涯堵客:是你让她重新振作起来?

红尘陌路:我说我就是摆地摊也要养活你,还要每年带你出去旅游一次!

天涯堵客:你是真的汉子!

红尘陌路:我在为自己赎罪,每天风雨无阻地摆摊卖水果。我妻子总算重拾生活信心,制作起她此生最爱的音箱,她说她最喜欢听汪峰的歌……

天涯堵客:真心为你们祝福!但你为什么要在裤衩巷摆卖?

红尘陌路:要不是交警没管好交通,我会出事吗?交警把我的日子堵上了,我也让他尝尝被堵的滋味……

天涯堵客:兄弟,"堵病"是一种并发症。假如没有交警,这个城市的交通可能会更乱!

……

早晨上班,天空扣下一口大黑锅,我怀疑老天爷的时间思维错乱了，竟把清早当成了傍晚。什么时候开始，南方的三月不再温顺，一会儿湿腻腻的回南天，一会儿闷雷吓黑整个天空。我是城管，只管街面上的摊贩，管不了天上的事。车又一次如弹簧蹦出小区时，我严严实实地堵住了。天上的黑锅也许在炒黑芝麻，雷声愈响，愈发焦黑。

几乎所有的车都亮起了危险灯，一闪一烁，在这黑黢黢的早晨眨着鬼魅一样惊颤的眼。远远盘结的立交桥，怎么看都是一个老妇人的发髻，偏偏爬着一条铆足了劲的千足蜈蚣，让人心生厌恶。时断时续的喇叭声催促着仿佛泄气的车轮，幸好车动了，膨胀的心才松弛了一下，但下体已有隐隐的胀痛，我把冷气调到最低，一万个希望能将那东西冻结，让它进入冬眠期。

宝贵的半个小时就这样从车流里淌过，蜈蚣前蠕了几百米，终于到了立交桥下。雨就是在这时倾盆而下的，噼噼啪啪，炒得硬实的黑芝麻击打在车顶上，泄愤似的报复这座城市，而身披铠甲的千足蜈蚣，只能替这个城市承受着前世的冤孽。噼噼啪啪，啪啪噼噼，黑芝麻成了一颗颗愤怒的子弹，穿过铠甲射到肉身上，痛得我龇牙咧嘴。要不是车子像蠕动着的蚂蚁步步惊心，我简直要冲出车门，大骂这操蛋的鬼天气！当绿灯又一次变红时，我把挡位从D挡挂到N挡，浑身的痛全转移到了双胯之间。噼啪声越来越大，我怀疑天上的雨水全积聚到了我的膀胱里，不知在哪个时间点会像残旧的自来水管爆裂开来。

还好，没接到裤衩巷的投诉，就是来电了，我也会撇开城管的身份，用最狠毒最粗鄙最草根最土气最尖锐最刺耳最有报复力的语言回击他，管他是天皇老子还是一方诸侯，大爷我受够了，这头顶爆炒阳根剧痛脚踝麻木的罪是人受的吗？我正想按下那个熟悉的号码骂他个狗血淋头，忽然又看到了那个矫健的身影——轮滑男竟然连雨衣都没穿,背着一个大背包,两脚在路面划出长长的水痕,如一只水獭泅过湖面,任雨水猛烈袭击,倏忽一下,穿过危险灯闪烁的车尾,向海洋一样壮阔的东莞大道滑去……

我悲哀地打开车载音响,电台正播报广州多地水浸街交通大堵塞、深圳机场变身水帘洞乘客被堵的新闻。我给自己找到了一个心安理得的理由,长长地嘘了口气,一种快感钻入每一个细胞,臀下坐垫已是热乎乎的一汪水,一股呛鼻的异味像煤气一样在车厢里浮荡。我摁下车玻璃,熟透的黑芝麻急不可待地射进来,要让我尝尝一场关于黑与白的盛宴!

为绕开多处水浸街,赶到市场时已是十点多钟,老天终于调准了时间思维,恢复了白天的亮度,摆正了倾斜的雨盆。我拖着灌铅的腿下了车,绕市场的各个出入口兜了一圈,没看到严重的乱摆卖行为,对一些占道经营的摊贩,也只是象征性地吆喝几声。就在这时,又接到来自裤衩巷的投诉,赶去现场,只见全身湿透的轮滑男一个人坚守着阵地,喇叭播放着比台风雨还疯狂的《骑马歌》:偶把肛门塞,肛门塞!两斤卤蛋,塞了,我应该就要去尿检……

我说,兄弟,又投诉了,别再给我出难题!轮滑男嘴唇动了动,想说什么又咽下了,固执地杵在那,像极了他家里矗立的一块碑,把所有愤懑和冷僻都镌刻在上。我伸手关了音响,轮滑男的脸如架子车上的苹果、樱桃、黑布林一样黯然失色。他想把昨天没卖完的水果推销出去,我已管不了那么多,用力推起车子,轮滑男伸出的手空悬在那,如果不是老乡的关系,他也许会从哪里摸出一把置城管于死地的刀。我推向巷口时,轮滑男趔趄着腿跟上来。我问,腿怎么了?他终于回答了我,路上雨势大没看清,滑到沟里,崴了!我说赶紧去看医生,顺路拉你去!他一听又变了脸色,忙说,不用不用,回去贴块麝香膏就好了。大背包放在一旁,中缝豁开的拉链露出音箱的木质外壳,我说,你妻子新做的音箱?他说是,我妻子特意给你做的,刚才摔倒时碰坏了……

市场依旧上演着城管和跳蚤的博弈。我仍然每天经受着堵车和尿频尿急的苦痛,唯一让我意外的是,此后再没有接到裤衩巷被堵的投诉。其实跳蚤们的商业思维远比立交桥的造型复杂,他们整天流窜在大型市场、中心路段和住宅旺地之间。那天之后,接连几日没见着轮滑男的影子,以为他碍着我的面子去了别的市场,心里不是滋味。

深夜,轮滑男穿梭在高楼和车流之间的身影在脑子里划出一条条曲线。不知怎的,库兹涅茨曲线从多年前的大学课程里蹦到眼前,假如没记错,工业化、城市化和二元结构应是其本源思想的关键词。库兹涅茨曲线、轮滑男曲线——我反复叨念着——轮滑男曲线、库兹涅茨曲线。它们折磨了我很久,库兹涅茨曲线如果是对工业化和城市化的诠释,那么轮滑男曲线一定是对工业化和城市化的讽刺与叛逆!脑子里兀地有了某种不祥之兆,我决定驱车去一趟篁村。

走上那栋出租屋的二楼,敲了敲门,阒静。又敲,地狱般死寂。我急了,拨通轮滑男的手机,响铃两声,挂断了。我头上爬满细密的汗珠。

微信意外地响起提示音,急急打开,是一张图片:轮滑男推着轮椅,轮椅上坐着他浅笑的妻子,背后是一片比阳光还灿烂的油菜花,还有沧桑的古宅。

天涯堵客:在哪?

红尘陌路:婺源!

天涯堵客:……

红尘陌路：我在兑现每年带妻子出去旅游一次的诺言。大哥，婺源很美，真的，这里没有城市的尘埃和拥堵。

天涯堵客：愿你们每天都如此幸福！

红尘陌路：我妻子采了一束油菜花，要我清明节回老家送给她的母亲，并告诉她我们活得很好。大哥，清明节如果你回，我想坐你的车……

清明节，又是一个回南天，我到篁村去接轮滑男。上车时，背着大背包的轮滑男抬眼往楼上看去，二楼阳台上一双手高高举起，轻轻缓缓地摆动。

宽阔的高速路上，我变成了一只奔跑的麋鹿。终于逃离了窒息的围城和围城的拥堵，像插上翅膀一路狂奔，时速一百二十公里，这是我做梦都想跑的速度，我甚至想跑至二百、三百公里。听说多跑高速可以清除发动机的积炭，提高引擎功率。我的车一定满肚子怨气，今天就给它一次飞翔的放肆吧！

我只顾体验着久违的快意，待想起轮滑男时，已经跑了一个多小时，我从后视镜瞄了一眼，竟看到他双眼紧闭，满脸青紫。我以为空调太冷，伸手关了。过了一会，车前玻璃便模糊起来，这操蛋的回南天！我不得不重开空调，却看到轮滑男身上颤颤巍巍。我说，是不是感冒了？轮滑男说，不是，出事后我一坐车就头涨和痉挛！我说，兄弟，忍着点！

没想到，前面车速越来越慢，越来越慢，终于走不动了，我哀伤地看着时速表的指针越降越低，越降越低，最后停在"0"上。我猛击了一下方向盘，爆了一个粗口，操，堵他妈的车！我摁下玻璃窗，常言说神龙见首不见尾，而这车龙是既不见首也不见尾。我那尿频尿急的症状又造访了，浑身焦躁起来，我感到了地球深处岩浆的翻涌。忍耐、忍耐、忍耐，决不能让火山爆发！于是，我想跟轮滑男说话分散注意力，瞄了一眼后视镜，只见他已张开眼睛，伸手在窗玻璃上画着什么。

我说，兄弟，我这是堵命，让你受苦了！

轮滑男苦笑道，都一样，同是天涯堵命人！

我想起了他要送给他岳母的油菜花，说，再动不了，婺源油菜花就要干了，你岳母会不高兴的。

过了许久，才听到他回话，但愿她老人家地下有知，我没有亏待她女儿。我今年带她去了婺源，2015年要带她去周庄，2016年要带她去乌镇，2017年要带她去丽江……

他忽然从背包里取出溜冰鞋，边穿边说，大哥，等你回到东莞，我妻子就能把音箱修好了。然后用力推开车门，决绝地说，大哥，不能在这耗下去了，我在梅州等您！

说完两脚一滑，划出飞舞的库兹涅茨曲线，在一辆辆喘着刺鼻尾气的笨物之间自由穿行，朝着二百公里外故乡的方向飞驰……

我扭转头去，满是水汽的玻璃窗上写着一个个舞动的字——梦！

我泪眼模糊地打开车载音响，《张三的歌》飘了出来，宛如一只踩着轮滑的穿花蛱蝶：

我要带你到处去飞翔/走遍世界各地去观赏/没有烦恼没有那悲伤/自由自在身心多开朗/忘掉痛苦忘掉那悲伤/我们一起启程去流浪/虽然没有华厦美衣裳/但是心里充满着希望/我们要飞到那遥远地方/看一看这世界并非那么凄凉/我们要飞到那遥远地方/望一望这世界还是一片的光亮……

2014年3月

城市画皮

一

他喜欢走夜路。夜路走多了会撞鬼。要撞也得撞上个女鬼，最好是狐狸精转世的。

心里头一热，荷尔蒙就发酵，踩在油门上的脚便兴奋起来。车似脱缰野马，一辆的士穿过城市的丛林，穿过苍茫的夜色，穿过斑驳的灯影，又梭子鱼一样穿回浊流泛滥的深海里。当头发掉到额前挡住视线时，他很夸张地将那绺长发甩到头上的"速生丰产林"，嘴巴打了个又圆又大的呵欠，烟瘾上来了。

正想掏烟，香格里拉大厦门口，一只水嫩如葱的手在挡风玻璃前很有节律地晃动。

右脚瞬间完成了从油门到刹车的转换，为了一道夜幕下的风景，车极为准确地停在了她面前，准确到副驾驶座的门正好对着她的裙摆。她却后退两步，拉开了车后座的门。

他闪烁的眼神射进了后视镜，一个传说中的女子却射进了他的眼球。他想不到用"手如柔荑，肤如凝脂"这样文雅的词来形容，只觉得像极了《画皮》中的那个女鬼小唯。

——南城裤衩巷15号！

二

他铁了心要上晚班，大家伙看不到晚上的美好，他却心甘情愿被夜晚绑架。搭档冬武说他是夜猫子，一只边赚钱边偷腥的夜猫子。秋良说，我把好好的白天让给了你，你却来糟践我！

俩人合伙买了这台大众牌的士，跟出租车公司签了合约，每月上交三千元管理费，剩下就是俩人的赚钱空间。班得分开上，钱得分头挣，总不能两人往一个锅里抢食吃。最公平的办法是白天和晚班轮流上，谁都怕上晚班，生物钟搞乱了不说，还容易撞见鬼。秋良却拿出了梁山好汉的气魄，兄弟，不用轮，晚班我来上，你就白忙活、做黑梦吧！冬武重重地擂了他一拳，去你娘的，你才白忙活！

部队退役的秋良喜欢上晚班，其实是有想法的。一个大男人，晚上被那事硬憋得睡不着觉，箭在弦上，而靶子却远在千里。与其每天晚上在床上痛苦地渴念着晾在老家的"靶子夫人"，倒不如去挣"黑钱"。公司规定，晚上十点后，起步价得在原来七元的基础上再加一元。秋良认为此举是公司最人性化的。哥牺牲了正常的晚觉和"射箭"，多拿一元也算合理。但转念一想，两事相加的代价才仅一块钱，这不亏大了，还"黑钱"呢。但大丈夫一箭发出不可收回。

他就刻意去摸清哪条街上没测速，哪个路口没摄像头，哪条巷子可抄近路。他心里描绘了一张属于黑夜的交通地图，它自然是违背交警意志，却能躲避交通处罚的两全其美的GPS。

每晚，一辆的士就像梭子鱼一样穿行于大街小巷。他的精神劲式好，这要感谢一根根烟。没乘客时，他往往是摇下半拉子玻璃，

城市画皮

一只手握方向盘,另一只手夹着烟,哪怕是急转弯掉头,眼看一截烟灰就要掉下来,他照样单手把方向盘玩得呼呼转,刚回正,手悬在烟灰缸上,烟灰就噗地掉落。有乘客招手时,他先自掐了烟,把风扇打开,让清新空气迎接上帝进来。

半夜坐车的,多半都是寻欢作乐的夜猫子。一次,一鸡冠头趔趔趄趄钻进车,浓烈的酒味已先他扑了进来。秋良有意不掐烟,让烟味把酒味撂倒。想不到鸡冠头大着舌头说,哥,给支烟抽。秋良说,不怕哥下迷药啊。鸡冠头笑得嘎嘣脆,我又不是女明星,哥也不是台湾富少李宗瑞!秋良拔出点火器伸过来,鸡冠头叨着烟只一碰就点上了。半小时内到环城路香格里拉大厦!秋良说,坐稳,十分钟到!歪坐着的鸡冠头挺直腰,睁圆了眼说,我坐的又不是高铁!秋良说,就当坐过山车,烟剩三分之一就能下车了。

鸡冠头猛抽一口,秋良来个倒车逆行,吓得他酒醒了大半,大哥,别开玩笑,小弟还年轻,连洞房都没进呢!秋良笑道,放心,十分钟后送你见新娘。

急速变道——跨线转弯——飞越红灯——穿入小巷。鸡冠头忽然打了个响指,喊道,Music!秋良打开音响,鸡冠头晃头扭腰,飞上迷醉的巅峰。一个急刹车,秋良说,到了!鸡冠头却意犹未尽,还在丢了魂似的摇晃,长长地吐出一口烟雾,夹着一截短烟说,哥,你入错行了,专业是摇滚乐吧!

三

让秋良没想到的是,此后香格里拉大厦成了他的主要客源地,只要他在大厦前停上一分钟,就有红男绿女拉开车门。半夜出来混的人,都是把时间上紧发条的主。很多暧昧的勾当,只有借着朦胧的夜色才能抵达似醉非醉的彼岸。一旦鱼肚白撕开了苍穹，一切就只能还原到循规蹈矩的轨道。

就像秋良的驾驶技术，离开了夜色的笼罩和缭绕的烟雾，就会失去"快、急、险、飙"的魅力，也就吸引不了那些在半夜出洞的年轻人。他越来越喜欢这群跟他一样对夜晚情有独钟的狂欢一族，他甚至觉得自己一夜之间又回到了那个放肆的年纪。

他得抓紧时间抽烟。客人一下车，他又从烟灰缸里捏起那根没抽完的烟，拔出点火器点燃，肆意的烟雾就展开了连衣裙，在车厢里跳舞。要是等到天光一现，这烟雾就成了烦俗的人间烟火，它的灵魂就飘远了，再也看不到一场天上人间的艳舞。

正在云里来雾里去，那只水嫩如葱的手又出现在了挡风玻璃前——南城裤衩巷15号！

这是第一个买他月票的人。每天凌晨五点，他就会赴约一样准时赶到环城路香格里拉大厦，看到一个单薄却妖冶的身影飘出大门，他掐了烟，打开风扇，让白天和夜晚夹缝里的一缕风送来一个惊叹，然后以惊人的速度、繁复莫测的线路送进属于她的黑夜里。

对于常人来说，黑夜结束，白天开幕了。而对于他和她来说，白天闭幕，夜晚才刚刚开始。

他往往都是送她到裤衩巷后，就在晨光微曦中回到出租屋里。秋良开门时故意闹得动静很大，车钥匙也是隔老远就从手里跳到桌上——啪！他要制造一点声响来消解雷电声。果然，冬武的鼾声降低了好几个分贝，刚才还是夏雷滚滚，一下子变成了轻缓的春雷。秋良又重重地敲响他敞开的房门，吱呀一声，冬武极不情愿地翻了个身，雷声停了，嘴里嘟嘟哝哝，趿拉着拖鞋闪进卫生间，一场阵雨拉开了冬武的早晨，把秋良送进了暗夜里。

不把他从梦里逼走，秋良是入不了梦的。他受不了冬武鼾声中的季节转换，时而春雷舒缓，时而夏雷高亢，时而秋雷旷远，时而冬雷沉闷。他早就跟冬武说过，你这是一种病症，哪有一个晚上就经历四季的，天上一日，地上一年，你一个晚上就是一年，成神仙啦你？

冬武却满脸自豪，没听过三国的张飞睡觉不合眼吗，这叫奇才，全国仅有十三亿分之几！

冬武郑重地拍了拍他的肩，暗示他跟这样的奇人同一屋檐下是种荣幸。秋良却打了个寒战，百分百危险人物，不是说有梦里杀人的吗，幸好我上晚班，否则极有可能死无全尸。

四

秋良就越发喜欢夜晚了。他在赶赴一场夜的密约，去窥探那些红男绿女的青春时尚和轻佻狂放，还有那个夜海棠一样的小菲。

凌晨五点，他准定会在香格里拉大厦门口泊好车，打开窗，悠然地吸起一支烟，吐出一个个灵动的烟圈。忽然想，如果能变成哪吒的乾坤圈，他一定会施法把小菲圈回家，和她来一场风花雪月。

正邪邪地想着，门口飘出一片云，轻盈婀娜而来。背后却兀地袭来一个黑旋风似的身影，云乱了阵脚，小菲惊慌失措急跑。原来极有规律的烟圈也方寸大乱，晃晃悠悠，变成一团散乱的雾，转眼又化成一阵雨，浇灭了猩红的烟头。砰一声，门关上的同时，发动机也启动了。

秋良从后视镜看到那个鬼魅一样的身影绕道追来。

车刚驶离大厦出口，一个身影挡在前面。秋良眼疾脚快刹了车，恼火地按响喇叭，那人仍不停地招手，看来非要坐他的车了。小菲早吓得朱颜黯淡，催他快开。但那人却没有挪步的意思，他只得摇下车窗,说,有客了!

那人说,哥,才几天,就不认识小弟啦!

秋良这才看清,是那个鸡冠头。便说,又见面了,要烟吗?伸手就去掏烟。

鸡冠头却制止了,说,小弟只想享受一回摇滚乐!

秋良哈哈一笑,下次吧,真的有客了!

鸡冠头才不管呢,用力拉车门。

小菲急了,催促道,快走,不要理这疯子!

在男人跟女人之间,秋良当然选择了女人,何况是漂亮女人。他踩下离合,起步挂挡,猛踩油门,车绝尘而去,甩下了一个被黑夜遗弃的男人,直奔一个上演黑白颠倒的寓所。

以他的飙风之速,仅十分钟,的士就飞到了裤衩巷。街灯还在巷口值守着夜班,昏黄的灯光无力地挽留巷子深处的幽暗,鱼肚白打开了一片天光。

已经有脚踏三轮车拉了满满的蔬菜嘎吱嘎吱地进了巷子,还有穿脏布褂的屠夫骑着呼呼突突的摩托,后架上绑了半条开膛剖腹的猪身,沿巷子淌下一滴滴猩红的猪血。又一个世俗的白天,从裤衩巷漫向全城的大街小巷。

再过一支烟工夫,就会有家庭主妇从附近的住宅楼涌来,挑拣一天里要食用的肉菜。这个肉菜市场走的是批发兼零售的路线,听说流通着全城最便宜的货物。这里人气忒旺,几乎从凌晨到傍晚,都有无数的脚印来来去去,踩成一条连接白天和黑夜的柴米油盐路。

小菲就是喜欢裤衩巷浓重的生活气息和烟火味,才决然选择了这里。

往日,小菲下了车,头也不回就径自消失在巷里。而这次,她却迟疑地走下车,又迟疑地步入滴着猪血的巷里,灯光把她的影子拉得老长老长,仿佛要送她到一个陌生的夜晚。

忽然,她回过头来,说,大哥,巷子好黑!

秋良正掏烟的手颤了一下,犹豫着掏出一根,点上,悠长地吐出一个烟圈,看着它飘进巷里。很男人地说,不用怕,我有乾坤圈!

小菲不解,秋良知道自己说漏了嘴,又吐出一个烟圈,改口说,你看,我有烟圈,谁也不敢伤害你!

小菲就笑了,说,你们男人都一样,用烟来装英雄!

五

一个个故作高深的烟圈,护送着小菲穿过长长的老巷,折个弯,平行着这条巷子反方向逆进另一条巷子,像极了两条裤管。惊讶之余,又左拐一个弯,走进一座花园式小区。一根烟已抽完,秋良的嘴巴还张得圆圆的。

他本以为,小菲就住在裤衩巷两边的骑楼里,却七拐八弯走进一个高档住宅区,让他有一种从草丛窜入高林的错觉。

室内是小家碧玉的装修。客厅不大,也就十来平方米吧,米黄色的布帘与淡雅的电视背景墙融为一体,两边青葱的吊兰倒垂下来,正合了小菲的气质。

坐在绵软的布艺沙发上,秋良一时不知所措。

小菲说,咖啡还是豆浆?

秋良不假思索就选择了豆浆,就像小菲选择了裤衩巷一样。

在小菲把两杯豆浆放进厨房的微波炉时,秋良的眼神便在她的腰身和圆臀上游移,她忽然转过头来,两双眼睛碰撞出莫名的火星。

气氛有点沉闷,秋良想找个打破僵局的理由,嘴里跳出一句,没想到你会选择住在市场里。

不好吗,图个方便!

你就不嫌白天睡觉嘈杂?

闹中求静,心静了,什么都吵不了你。

也许不是的,一定有什么牵挂着你。

微波炉滴的一声响了,小菲把两杯热好的豆浆用精致的木盘端来。说,你晚上开车,除了赚钱,一定也有什么牵挂吧?

秋良觉得自己被小菲推到了前台,而小菲,是一双在背后盯梢的眼睛。男人自以为深藏的秘密,在女人眼里也许就是个茧,时机一成熟,便会被抽成一根根丝大白于天下。

而小菲,到底有她平实的一面。两个人几乎同时呷了一口豆浆,小菲意外地甩出了答案,这就是我的牵挂。

就因为一杯豆浆,真正意义地拉近了两个人的距离。

小菲说,我在农村长大,以前我爸磨豆腐供我读书,他每天早上给我喝一杯豆浆,说多喝脸会长得像豆腐一样白白嫩嫩。我长大后,村里人都说我家出了个豆腐西施。我出来挣钱的时候,爸却得了绝症,临走时叮嘱我以后不论到哪里谋生,都要像豆腐一样一清二白。我到了这个城市,就特别想找个能喝到豆浆的地方。可惜,裤衩巷的豆浆总是喝不出从前的滋味……

秋良却从豆浆里品咂出了不同的味道,一半是醇厚的黄豆味,另一半是芳香的黄土味。那个在山岭沟渠上忙碌的身影,也许正在收获着满畦丰稔的黄豆,而后磨成豆腐,晒成豆腐干,千山万水地寄来给他。

几年了,远在老家的"靶子夫人"每年都会寄来一次自己亲手做的豆腐干,说我在老家都晾成了瘪塌塌的干货,只要吃着它,你就能想起我。

这也是他在夜晚拼命开车挣"黑钱"的原因,每月按时给家里寄去生活费,算是对老婆豆腐干最好的报答,剩下的钱喝个小酒、赌个小博、玩个小姐也是偶有的事。男人嘛,家里红旗不倒,外面彩旗飘飘,的哥就是这样炼成的!

小菲成了秋良在骆城的一面彩旗,虽然有风的日子才刚刚开始,但心灵的酒香已飘出狭长的老巷。

六

气氛又陷入沉闷,小菲打开音乐,网络歌手周旭风的《爱在不对的时间》咿咿呀呀……

半杯豆浆后,秋良谈到了那个鸡冠头。

小菲说,林子大了,什么鸟都有。晚上的香格里拉大厦就是鸟的天堂,热闹怕了,回到家就想享受安静!

小菲想把话题岔开,秋良却又兜了回来,说,鸡冠头,到底是一只什么鸟?

小菲沉思了一下,说,发情鸟!

这个词把秋良吓了一跳,但很快又屏住气,故作镇静状。

就在这时,手机不合时宜地响了。秋良不小心按下免提键,响起呼噜呼噜的鼾声。他赶紧按掉,小菲说,雷声好大,看来要下雨了!

秋良笑了,我的搭档,一头睡不醒的猪,我得交班了,豆浆味道不错!

小菲也不挽留,也不说下次还来喝的客套话。

打开出租屋的门,冬武的鼾声撞击在门板上,又反弹到秋良的耳朵里。他径直走到他床前,拧起耳朵,大着嗓门说,睡不死啊你,莫不是昨晚中了哪个美女的毒,要不要打120急救?

冬武迷瞪着眼,梦见你出事故了,在梦中给你打了个电话,你这屌丝却不接,我又睡了过去。

秋良半信半疑,但额上还是沁出大滴汗珠——少与危险分子同睡一室。

这两室一厅的出租房,蜗在一条僻静的巷子里。那晚,俩男人来这看房,楼下巷道里亮着按摩屋和温州城的旋转灯,冬武眼睛贼亮贼亮的。听房东说月租四百元,冬武便嚷嚷开了,就这了,天时地利人和!秋良用力拧了一下他的屁股,是金钱美女肾亏吧,小心染上梅毒花柳!

毕竟秋良也觉得租金便宜,俩人便交了定金。冬武天生是个催命鬼,难怪呼噜也打得人不人鬼不鬼的,便火急火燎地搬了过来。一人一间房,倒互不相干,谁的房门也用不着关。秋良上晚班,整个房子是冬武的;冬武上白班,整个房子是秋良的。

有一晚,秋良开车路过,刚好烟抽完了,进屋来拿烟。门打开一条缝,一个女人的浪笑就钻进耳朵。此后上班,秋良便把自己的房门锁上了。这好腥的猫,说不定哪天搂个女人跳上我的床,我可不想沾上梅毒。

七

兴许是喝了豆浆,没有一丝睡意,躺在床上烙大饼。

秋良干脆起来打开那台二手电脑,点看赵薇甄子丹周迅主演的《画皮》。他感叹世界上怎么会有那么相像的两个人,那个九霄美狐变成的小唯，与小菲真是巧合地相似。但他不喜欢小唯不择手段地诱惑王生，企图破坏王生和妻子佩蓉的爱情……

他们的牵牵扯扯与咱又没一毛钱关系，秋良抽了根烟，就迷迷糊糊睡着了。

冬武这天不知咋搞的，中途回来把他吵醒了，还带来一个人。来人说，哥，咱又见面了。

秋良拿眼狠瞪冬武，怎么把他带来了?!

只要肯付钱，出租车是向地球公民开放的。

但你怎么把他带到窝里来?

他说是你弟，你弟就是我弟!

你个屌丝，也不把眼睛擦亮点!

鸡冠头确实是个难缠的主。他记住了车牌号，就上了冬武的车，他给冬武两倍的车费，还怕找不着秋良人吗，找着了秋良，还怕找不着小菲吗?

秋良说，你去香格里拉大厦找她，找我没用!

鸡冠头说，找她还不容易，我要她的住址!说着甩下一沓钱，说，哥，买条烟抽!

客户秘密不能透露，这是行规!秋良不像冬武那样见钱眼开，愣是不松口。

鸡冠头见没辙，击了两下掌，门口闪进来几个混混，摩拳擦掌挥舞钢管，脸上满是临战大捷的冷傲。

冬武赶忙拦住了，说，各位小兄弟，有话好说，千万别乱来，否则就是陷我于不义了!

鸡冠头猛一推他，没你的事，我找的是他!

秋良抽出一根烟，慢悠悠地点上，吐出一个个临危不惧的烟圈。说，哥退伍那年，也是像今天这样，一手抽烟，一手舞棍杀出一条血路，把十几个劫匪打翻在地，政府还给我颁了个"见义勇为"奖。

说完操起地上的哑铃，用力甩出，侧身一个连环翻出两米远，嘴里的烟灰竟没掉落，五十斤重的哑铃稳稳当当地接在手上。

转而又用脚挑起扫帚，舞得呼呼生风，几个混混纷纷往门外退，直至跑得无影无踪。

冬武看得眼都傻了，说，兄弟，方世玉转世啊！

秋良把烟屁股塞到他嘴里，以后眼放亮点！

八

秋良赶紧拦了辆的士，直奔南城裤衩巷。

小菲很感激，谢谢你保密，像我们这种在晚上出来混的人，迟早会遇到鬼！

秋良说，他怎么会死缠烂打？

小菲说，KTV的小姐，很多卖艺也卖身，我卖艺不卖身，那些恶鬼偏偏缠上我，说我像周迅，演《画皮》的周迅！

这一点，秋良信了。看来晚上真是一个鬼现身的时间。

他只有嘱咐小菲小心点，遇到这样的鬼，咱惹不起还躲不起？

是福不是祸，是祸躲不过。凌晨五点，秋良又按时到香格里拉大厦门口等小菲。经历了一些事后，他们从普通的主顾关系上升到了有温度的朋友关系。

车刚离开出口奔上环城路，秋良就从后视镜瞄到后面有车跟踪。他叫小菲系好安全带，迅疾一个退车，跨过双黄实线转个弯就出了环城路，拐进一条巷子。后面那车紧追不放，像一个阴魂不散的魑魅。

出了巷子，前面红绿灯处一个急转弯，秋良忽然来个刹车，那车差点就撞了上来。就在黄灯闪动转向红灯时，秋良猛一加油，想冲红灯甩掉那车，没想到前面一辆大货车迎面冲来，嘭嘭巨响，两辆车与大货车轰然对撞。

一场血腥的交通事故第二天就上了报纸头条。秋良在医院躺了两天两夜才睁开眼，劫后余生的小菲喑哑道，大哥，你终于醒了！

隔壁病房却传来呼天抢地的哭声。鸡冠头的车被撞翻了，身上血肉模糊，终于没有抢救过来。

秋良想下床去看看他，刚一用力就歪倒在床上，才知道自己的左手断了。

他强忍住泪，说，给我一支烟！

九

的士车头被撞得七零八碎，没有修理的价值。秋良赔给冬武损失费，两个人黑头土脸地散了伙。

小菲想接他到家里疗伤，他拒绝了，吐出一个烟圈，说，有些事，就像这烟圈，只能看不能碰，一碰就碎了……

有一天凌晨下班，小菲形单影只地走进裤衩巷，不经意看到一间新开的豆腐店。

一个背影用右手持木尺轻放在白白嫩嫩的豆腐上，又用同一只手拿起竹刀轻轻一划。横一刀，竖一刀，一大板豆腐写成了一个个"日"字和"田"字。

空空的左衣袖在风中无助地晃动，小菲动情地喊了声，秋良哥！

秋良转过头来，叫出他的"靶子夫人"，对小菲说，这是你嫂子,刚从老家过来。

憔悴的嫂子说,妹子,来一杯豆浆吧!

小菲深深地喝了一口,泪流满面……

2012 年 11 月

壁虎之城

一

鸿运扇发出呱啦呱啦的异响，屋内的溽热如雨前的云化不开。钱大存多么渴望睁开眼时阳光能照进现实，但这个租来的屋子先天阳气不足，唯一的铝合金窗靠着对面那堵几拃远的百年老墙，不要说阳光，就是月光也照不进来。阴暗便梦魇一样缠着这屋子，何况窗上还糊了不知猴年马月的旧报纸，简直是江边上卖水——多此一举。他太佩服前一位租客了，但他转念一想，也许上面藏着一夜暴富的信息，某天夜里便会蹦出来跳进大脑皮层。钱大存总是心存幻想，这个世界像风情女郎诱惑着他！

用麻木的手把二十五枚硬币哐啷装进左裤袋里，忽然把拳挥过头顶用力一握，掷地有声地说，嘿，明天我上福布斯！刚才还软塌塌的一个人，转眼就有了元气。就像超市门口的摇摇车，你不投币它待着不动，往投币口哐啷一声投进一枚，它就亮了灯，扭着腰肢摇摆起来。钱大存也是这样，左裤袋里装进二十五枚硬币，脊椎就直了，腰也不酸了。对着镜子用啫喱水喷出一头雾气，梳好飞机头，一条红领带上了白衣领，领结打得又圆实又精神，把钱大存衬得光鲜照人。拉开房门时，所有的不协调便曝在日光下——肩挎一个人造革皮包，嘴啃一块方便面，风风火火下楼梯。

沈姨叼着烟的嘴飞出一串玻璃弹珠，我可提前跟你说啊，又快换月份了，都在你小子身上磨破了多少张嘴皮！刚到底楼，钱大存就被弹得无处躲避，索性停下来，嘴巴咔嚓咔嚓，看着她给沙皮狗洗澡。带着火星的烟灰噗地掉落狗身上，汪汪吠了两声，沈姨撩水冲散。方便面屑从钱大存嘴里雪花一样落下，淹没了玻璃弹珠，声调诘屈聱牙，不就几百块房租吗，哪个月少你一毛钱？跟你说多少遍了，现在投资风险大，买保险那是抱着金枕头睡觉！沈姨挥着手说，去去去，别又烦我，快点消失！

跨出大门，钱大存嘀咕道，死包租婆！

消灭了方便面，往嘴里塞一块槟榔，一种薄荷的味道，然后是苦辣酸甜轮番刺激味蕾。就像交叉在面前的两条路，左边是窄窄的巷子，青石板路延伸至前面的明清古村落，那里飘着淡淡的薄荷清香，披着青苔的老墙上一条壁虎嗖地循香而去；而右边这条巷子却通向大街上的车水马龙，裹卷着生活的苦辣酸甜和红尘的离合悲欢。他喜欢这种生活的味道。

刚出巷口，就被拐角处卖早点的武大叫住了，二十五块，拌面可香了，别舍不得那几枚硬币，小心方便面把你磨成胃穿孔！钱大存说，狗嘴里吐不出象牙，你咋不卖烧饼咧，武大郎烧饼可香了！说着吐出一口血红的唾液，吓得武大直皱眉头，二十五块，一大早就吐血，找死啊！其实钱大存买过武大的拌面，有一次冷不丁冒出又短又粗的头发，马上就倒了胃口，心想要是下面的毛，不就成阳春面了？谁吃了谁荷尔蒙激增。钱大存要去"探险"呢，荷尔蒙高可不是好事，便咬牙倒掉，啃起了方便面，再不去光顾武大了。

租住在对门的武大听到他起床说那句"嘿，明天我上福布斯"时，便存心占用了公共卫生间，蹲着久久不出来，直到催了好几次，才按下冲水开关。钱大存满口怨言，说，武大，想不到你五短身材，肚子里却装着那么多脏东西，是不是把没卖完的拌面全灭了？武大听了一肚子火，你个二十五块，吃多少，挣多少，我说你怎么上不了福布斯呢，每天多吃一块都像割肉！武大知道钱大存的裤袋里每天不多不少装着二十五枚硬币，以为那是他一天的伙食费，却不明白这硬币另有深意。

尽管他们之间有点小抵牾，但对于心存幻想的钱大存来说，实在算不了什么，反而在憋闷的生活里增添了佐料，阴暗的屋子因而飘进了毛茸茸的阳光。所以，当武大伸出六块钱和一张纸条时，钱大存不动声色地接住了。这个武大，也往钱眼里钻，挣了拌面钱不算，还想买彩票中大奖。附近没有投注站，便央求钱大存帮他在公司楼下的投注站买。每期三注，一注两块钱，把号码写在纸条上，就一股脑塞给钱大存。晚上回来时，钱大存把三张彩票塞给武大，真希望他能中大奖，好说服他买个保险大单，岂不是两全其美的事？但武大手气背，常把废彩票扔得满地都是。奖不是没中过，一次中了十块，一次中了三十块，最多一次是五十，而后再没有盼出星星和月亮来。

奖也是钱大存帮他去兑的，矮墩墩的武大一高一低走过来，捧着奖金，激动得双手痉挛。钱大存扶住他，兄弟，镇定，后面还有大奖在等着呢，你可一定要撑住！他的老婆阿莲从厨房一步三摇地走出来，声音尖细撩人，大存哎，今晚在我家吃饭吧！听不出多少诚意，钱大存找个借口走了。临出门时，那个尖细的声音又追了出来，大存哎，他这人没财运，下次你随便帮他写几个号码，说不定能中几百万呢，奖金全跟你买保险！

二

钱大存越发觉得,他和武大是一个城市里的两条壁虎。都在苦苦地找寻蚊子,武大是等着蚊子上门,而自己却是走出门去找蚊子。所以他们完全构不成威胁,是两个地盘里的壁虎,互不干扰。

嚼着槟榔走到公交站,有一大群壁虎等在那了。有女人抱怨南方这鬼天气,一大早就是桑拿天,以后再也不化妆了!说着旁若无人地补妆。也有男士等得不耐烦了,嘤嘤嗡嗡。钱大存默不作声,喉结跟着嘴巴动,槟榔的气味已经深入肺里,有了一种微醉感,脸上酡红,细汗渗出。跟客户谈保险很多时候磨的就是耐心,等公交车岂不是小菜一碟?手机响了,接听时赶紧吐了槟榔,公交车不合时宜地来了,嘎的一声,扬起一片灰尘。门呼啦打开时,壁虎们铆足了劲往里挤,又是一阵抱怨,吵得耳朵都起了茧。

钱大存狠狠地骂了声"我操",手机不知被谁碰丢了。他被前后俩女人挤成了夹心饼,本来可以好好享受这美味。但为了蹲下来找寻手机,只得使用起缩骨术,而俩女人却把他往死里挤,钱大存只得央求。撅着屁股趴地上,意外看到了一片脚的森林,脚连着脚,鞋挨着鞋。男人的脚多是一种"套餐"——笔直的西裤套着锃亮的皮鞋。而女人的脚要丰富多了,有好几种套餐呢,蕾丝袜套高跟鞋,超短裙套长筒靴,还有休闲裤套耐克鞋的……要是这些脚都买上一份保险套餐,俺钱大存就成壁虎国王了!

眼光在森林深处巡睃,终于在耐克鞋边看到了手机。匍匐着穿过一双双美腿,瞥见了短裙下面的风景,真的是春光明媚了!含英咀华地一路爬过去,终于把手机擒在手里。逗留着挺直腰时,站在了耐克鞋身旁。手机还在通话状态,话筒里一阵叽里呱啦,显然是

壁虎之城　209

被冷落了这么长时间的怨愤。是昨天认识的一个女客户，有购买的想法，还在选择险种，总要对很多细枝末节的问题刨根问底，钱大存总是不厌其烦地解答。这不，在公交车上这样的公众场合，为了不让"蚊子"飞走，手抓吊环的钱大存也像授课老师一样提高嗓音跟女客户上课，美眉们可受不了他的口水和口臭味，嗡嗡哄哄嚷叫，倒是那位耐克"救"了他。因为身旁的耐克表现得水火不入，这样的大度"压"住了那些壁虎，不再声张了，静静地听着钱大存上保险课。

一个小时后到站时才收了线，美眉们拍着胸口射去一个个白眼，钱大存这才发现不见了耐克。门呼啦一响，感觉身后有无数双手把他推了出去，呼地一下就站在了闷热里，额上啪啪掉落汗珠。看了看时间，糟了，还有两分钟，拔了腿如离弦之箭冲向公司大门。一大群壁虎早已门神似的把守着，电梯门一开全都拼了劲往里钻。钱大存再次用起缩骨术，蹲下身从脚的缝隙里潜了进去，土行孙一样直起腰来，汗水流得不可收拾，掏出纸巾狠着劲擦，把挤歪的领带拧正了。摸摸左裤袋，幸好那二十五枚硬币没丢，捏了一枚送到右裤袋。

总算赶上了打卡点卯，听了一个小时的课，钻出公司到楼下的投注站帮武大买了彩票，便融入攘攘人流找寻"蚊子"。重又冒着烈日等公交，不经意看到驰过的轿车屁股上趴着银色壁虎，厚着脸问旁边的陌生男人，他说车祸猛于虎，壁虎就是避祸啊！钱大存羡慕得眼珠子发绿，什么时候壁虎才能爬上我的座驾呢？

钱大存壁虎一样穿行于大街小巷，汗水把上衣濡湿了一大片，像各省地形图，有客户笑他是当代徐霞客。明代的徐霞客游走于名山大川，而他这个山寨版却上下于高可拿云的写字楼。本以为真的可以乘电梯拿下天空的云彩，没想到四处碰壁，刚递去名片，"保险"两字就惹恼了人，随即下了逐客令。口干舌燥跟客户谈了一上午的保险资讯，客户说我再考虑考虑，一个个电话紧追过去，客户说烦不烦哪你！被泼了冷水的钱大存却脸呈微笑，仿佛这是他脸上常开不败的花。

培训老师课上要求业务员每天至少见十个客户，打三十个电话，每见一个人或打一个电话，便从左裤袋的二十五枚硬币里掏一枚到右裤袋。捏着硬币，钱大存浑身是劲，只要谈了客户，他们兜里的钞票就可能飞出来，被钱大存抓着。但常常是竹篮打水，钱大存也不气馁，把无味的槟榔渣吐了，再掏出一块猛嚼，苦辣酸甜的刺激感又挑起他的神经，头顶的那把火漫向脏腑，让他全身亢奋。于是用力攥紧硬币，又锁定下一个目标。

中午买了个三元快餐，吐了槟榔，饭粒进嘴却嚼出一种怪味儿，已经完全不是谷物香，那是汗水和生活的混杂味，只有钱大存才能真切地体味出来。汗涔涔地吃完，为了打发中午的困倦和酷热，聪明的钱大存钻进了吉之岛或大麦客，日本和台湾超市的空调可得劲了。他嚼着槟榔穿行于货架之间，以致导购小姐看到他满脸酒红色，以为他喝了酒，说，先生，您慢一点！他一说话便露出猩红的舌头，弄得导购小姐莫名其妙，直至他走到休息间坐下打盹，才摇着头走了。钱大存在这清凉世界里做着黄金梦，哈喇子流出老长却浑然不觉。差不多两点上下，从舒适的春天里醒来的钱大存又走进了燥热的夏日。嚼上槟榔，舌头完全麻醉了，感觉又粗又大，口腔便无比地深邃，像城市里凭空掘出的一条隧道，伸出网兜四处猎捕"蚊子"。

也不知钱大存见了多少客户，打了多少电话，把最后一缕夕阳塞进皮包，坐公交车神昏气散地回到出租屋时，已过八点了。白衬衣湿了干，干了湿，放到锅里煮，没准能熬出一锅盐来。内裤也重复了上衣的命运,不知湿过多少次,死贴着屁股,蠕着千万条毛毛虫。

楼下响起了噼里啪啦的洗牌声,包租婆的麻将又开始了,伴着几个老婆子的叽里呱啦叫,吵得钱大存耳朵充血。嘭的一声,贴着旧报纸的铝合金窗把外面的聒噪关上了。重重地把自己摔床上,呈"大"字打开。

迷糊的当儿,隐隐传来一阵松涛穿林的乐声,时而低诉,时而高啸,从明清古村落上空翻卷而至,一浪接一浪,重重叠叠,把人带进苍凉辽远的空寂山林。那里一定没有喧嚣市声的失魂碰撞,没有以防暗箭穿心的坚硬壁垒,没有俗世尘埃遮天蔽日的污浊。那里也许便是"松下问童子"的遗世独立,高人在云之深处,雾霭缭绕,心自高远。长着灵芝仙草的绝径跳出野兔和神鹿,带你穿过悬崖栈道,去找寻梦里的"隐者"……

听着这乐声,钱大存多么渴望这一刻便是永恒!

三

现实的噪声还是把他拽了回来,楼下又打完了一圈牌,洗牌的声音像下一场石头雨。钱大存慵懒地爬起来,想到卫生间痛痛快快地冲个凉。褪裤子时才发现左裤袋还有两枚硬币,该见的全见了,该打的电话也打了,实在想不出下一个对象,猛想起武大的彩票。

对门关上了,但里面的动静还是从门缝里钻了出来。武大的粗重声和阿莲的尖细声轮番上阵,声浪把钱大存阻在了千里之外。啪一声,不知谁把盘子摔了,阿莲尖锐的号声简直要把过道里的黑暗撕裂开来。

母猪下崽还会有漏胎，老娘我买六合彩就不许输啊！

我输一次才赔六块，你一次就是几百，以为你家是印钞机啊！

老娘我没赚过吗，赚一次就翻四十倍！

曾道人的钱是下了咒的，别把自己赔进去了还把他当财神！

彩票的钱就好挣吗，你个瘸子还去支持体育事业，真是二百五！

眼看里面又要干起来了，钱大存赶紧拍门。好一会，门开了条缝，钱大存把三张彩票递进去，说，大哥嫂子，别吵了，说不定这次能中大奖呢！

武大接住彩票，没有让他进去的意思。阿莲把门拉开了，满脸堆笑地说，大存哎，进来坐进来坐，我熬了仙人粄，喝一碗解解暑！钱大存还在犹豫，阿莲伸手把他拉了进去，这次看来是真有诚意。钱大存抬脚绕开地上的碎片时，阿莲已盛了一碗仙人粄递过来。武大把他按坐在凳子上，脸像一面绷紧的牛皮鼓。

钱大存三句不离本行，也不是我说你们，把钱老往投注站和曾道人那里扔，打了水漂就回不来了，还不如买份保险，保险公司替你存着，不但不收利息，还几倍几十倍地还你！

武大揩着汗拧开鸿运扇，说，二十五块，咱不好挣钱啊，不然早买了。今天这彩票要是能中个大奖，我二话不说跟你买！

说话的当儿，地上的碎片已被阿莲扫开了。把仙人粄呼哧呼哧喝完，刚想移屁股走人，阿莲递过来两张名片，说，你打这电话吧，她们有钱！

钱大存回到房里，从左裤袋捏了枚硬币送到右裤袋，和武大阿莲说话也当谈了个客户，何况还真提到了保险呢。左裤袋就剩了最后一枚，他掏出那两张名片，一张写着莺莺，一张写着燕燕。钱大存拨打了莺莺的电话，许久没接听。又拨给燕燕，响起一个温柔似水的声音,我是燕燕,请问需要什么服务?钱大存眼都直了,说,我是保险业务员钱大存,请问靓女买过保险吗?燕燕说,你是说保险套吗,我这随时有!钱大存笑了,靓女真会开玩笑,能给我几分钟时间吗,我给你介绍一下保险知识……汗渍渍的钱大存很敬业地讲保险时,听到楼梯上响起高跟鞋声,准是楼上的美女。话音提高了八度,高跟鞋声却没了,倒是门被笃笃地敲响。一手把手机贴耳畔,一手去拉门,天哪,美女站在了门口!

也不知阿莲怎么会有楼上两位美女的名片。一场美好的误会就这样让钱大存接近了莺莺燕燕,她们虽然从事服务业,但很乐意听钱大存讲保险。也许她们之前一直掏心掏肺地为男人服务,今晚倒要感受一下被男人服务的滋味。

本来钱大存是不想上楼去的,但燕燕说你这太热了,我们那有空调。钱大存就跟着上去了,她们要是能成为自己的蚊子,就是背上个柳下惠的骂名也值得。空调真是给力,转眼就切换到了清凉世界。燕燕递来一杯咖啡,钱大存虽然饿极了,也只是优雅地抿了一口,继续天马行空地讲。

卫生间的门开了,走出一个披着浴巾的美女,那就是莺莺吧。她朝钱大存妩媚一笑,钱大存也还她一个笑脸,继续竹筒倒黄豆一样把保险资讯往外倒。钱大存将保险价值与服务业风险结合起来讲,她们觉得他说的每一句话都很在理,说到了心里去,六宫粉黛一样坐在面前。忠实粉丝莺莺燕燕说,你讲得太好了,改天再给我们讲讲,我们会好好考虑的!

钱大存知道,她们要出去服务了。恋恋不舍地走下楼去,又切换回闷热的蒸笼里。把鸿运扇拧到最高挡,呱啦呱啦声送出的风都是热的。除去红领带,白衬衣也脱了,结实的肌肉闪着油亮的光。伸出双手,假想着莺莺燕燕就在眼前,啪的一个响吻,然后是久别重逢的缠绵。

浑身散了架似的，把左裤袋的最后一枚硬币移到右裤袋，像搬走了一块巨石，再没有力气做饭了，只得拿出一包方便面，用开水泡了，呼哧呼哧吸进嘴里。

四

翌晨醒来时，四肢乏力的钱大存又往左裤袋里装进二十五枚硬币，力气便蔓延全身，把拳挥过头顶用力一握，颇有中气地说，嘿，明天我上福布斯！跑去卫生间，这一次武大破例没在里面占着，一阵稀里哗啦后，挂着熊猫眼圈的武大把他堵在过道上。钱大存揶揄道，潘金莲打武大郎，昨晚整得不轻啊！武大却用手指竖在嘴边嘘了一声，很神秘地说，二十五块，我中奖了，等一下跟你去兑奖，千万别告诉她！

武大在昨晚的电视开奖节目上知道自己中奖后，兴奋得一夜没睡，躺在床上烙大饼，后来把腿烙在阿莲屁股上。阿莲狠狠地踢开他，说，睡不着去找楼上的，别腌臜我，老娘明天一早还要上班呢！武大本想好好跟她美一回，看她这样埋汰人，就乌龟缩了壳。其实武大在这事上基本是沉睡的羔羊，阿莲一直心存怨怼，看到钱大存这样的屌丝男就眼睛发亮。钱大存早看穿了她心里的蛔虫，但他不想当西门庆，跟武大是朋友呢，朋友妻，不可欺。

武大也觉得他不孬，能得奖还有大存的一份功劳呢，所以从投注站颤巍巍地领到三万元奖金时，武大对傻了眼的钱大存说，二十五块，你别生盗心啊，我拿两万跟你买保险！钱大存不敢相信，虽然武大许过诺，但那是口头支票，百分百不能兑现。这一举动完全推翻了一些看似颠扑不破的社会定律。

晚上钱大存抱了一箱青岛啤酒回来,吃了泡面,便去敲武大的门。就武大一人在家,钱大存感到奇怪,武大也不藏着掖着,说她每周总有几晚很迟回来,说是厂里加班,鬼知道呢,也不知跟哪个野男人加班去了。

钱大存说,兄弟,人生得意须尽欢,莫使金樽空对月,哥们喝两杯去!两人你一瓶我一瓶地喝开了,钱大存把二十五枚硬币撒在地上,每捡起一枚,就喝一杯啤酒。那感觉就像钱是地上长出来的,戏剧性地弥补了白天从裤袋里搬硬币的负重感。

武大酒后吐真言,二十五块,哥现在才知道硬币对你的分量,佩服!咱都是从农村出来闯荡的,不容易啊。还有莺莺燕燕,听说是湖南衡阳的。在别人的城市没日没夜地干,还不是因为咱穷嘛?来,兄弟,咱把空啤酒瓶砸了,砸开了花,硬币才能结出果子来!于是你一瓶我一瓶地砸,砰砰砰!哗哗哗!俩男人听到花开的声音,咋越听越像银行点钞机的哗哗声?

笃笃笃,门被重重地敲响了。俩男人迷瞪着眼,钱大存说,你的阿莲找你了!武大说,是楼上的莺莺燕燕想你了吧!拉开门,是沈姨!

一阵山呼海啸,你们在瞎捣什么?还让不让人睡觉啊!钱大存却嬉皮笑脸,我们这是开心,开心你知道吗,要不你也喝两瓶?沈姨手一扫,你们开心怎么能建立在别人的痛苦上,要疯到外面找小姐疯去!钱大存邪乎乎地笑,楼上就有,为什么要到外面去,近水楼台先得月!沈姨又掀过一个盖头浪,你要是敢在老娘的地盘上乱来,立马给我卷铺盖走人!

武大站了出来,说,沈姨,也没啥,我跟他买了几万元保险,开心,一开心就收不住了!沈姨以为听错了,什么,你买了保险,买的什么险种?钱大存从她话里听出了弦外之音,从皮包里拿出合同。她走了进来，站在灯下，疑窦和错愕在脸上波光明灭。武大又说了一句，这个社会谁也不知道明天会发生什么，买份保险也算给自己吃颗定心丸！

类似这样的话，钱大存不知跟她说过多少遍——这个年代危机四伏，癌症艾滋白血病脑溢血心肌梗塞非典H7N9，地震海啸楼歪歪道路塌陷凶杀车祸火灾……今天还漫步观光桥，说不定明天就爬上了奈何桥。天有不测风云，人有旦夕祸福，买一份保险，就是为自己和家人买一份平安。钱大存总是把这个社会推向死亡谷，向沈姨展示谷底的一堆白骨骷髅，说他们都是生前没买保险，才落得个死无葬身之地的下场。尽管说者动容，沈姨却总是用质疑的眼光盯着钱大存，仿佛他是阎王爷派来索取钱财的牛头马面。

培训课上授课老师说保险业务员就像托钵僧人，四处化缘，最终还是把福祉播撒给普罗大众。钱大存不太认同这种说法，僧人是四大皆空、六根清净，这完全不符合保险业的特点，业务员哪个不是磨破嘴皮、挖空心思地说服客户？很多客户的顽固程度简直令人没法想象，他们愿意像陈光标一样做慈善，却不愿掏钱买保险。你就得穷尽探险家之能事，带着他们走悬崖，让他们看到吞噬生命的死亡谷。当然了，一名优秀的业务员，还会让他们看到悬崖下面的欢乐谷，把买保险的超值利润释放给客户。一些客户禁不住这一惊一喜的情绪转变，满怀美好地签下了保单。

当钱大存又一次带着沈姨走悬崖，把死亡谷和欢乐谷展现给她看时，她用思想家的口吻说，今晚我再考虑考虑！钱大存在心里祈祷，上帝啊，赐予我神奇吧，帮我点化顽固的包租婆……

五

　　早晨走完所有程序，钱大存衣着光鲜地下楼，却意外没看到包租婆，便又嚼着槟榔开始新一天的"探险"之旅。

　　晚上拖着一身疲累回来，叼着烟的包租婆正在院里摆麻将桌。沙皮狗晃着脑袋跑过来，钱大存伸手就要抱，被包租婆喝住了，别动它，伤了一根毛你一个月工资也赔不起！钱大存两只手悬在那，笑着问，沈姨，保险的事考虑得怎么样？包租婆没好气地说，什么破保险，还不如老娘搓两圈麻将呢！

　　这话严重挫伤了钱大存，沮丧地推开屋门，溽热重新包围了他。昨晚钱大存已设计好思路——假如包租婆订了合同，拿去给莺莺燕燕看，保准她们会买——转眼间这个伟大的构想便灰飞烟灭了。鸿运扇带着异响的风在房里乱翻跟斗，像遭遇了沉重打击的山猴子，撞到墙上又反弹回来。钱大存卧趴在床，仿佛这是一具泄了气的空皮囊，他的思想已移接到山猴子身上。

　　楼下的麻将声愈演愈烈，他气愤不过，轰地把窗关上了。迷迷糊糊间，那松涛穿林的乐声又从明清古村落穿墙越瓦地徐来，让钱大存忘却了尘世的阴翳和挣扎。他拉开房门，决定去看看这位红尘"隐者"。

　　穿过嚣张的麻将声，走向那条铺着青石板的窄巷，他闻到了淡淡的薄荷香，闭眼深吸一口，睁开时看到长着青苔的墙上爬来一条壁虎，跟钱大存对视了一下，便扭头迅疾地爬向老巷子。钱大存远远地跟着它，走进浸染了几百年风云的历史深处。

　　在包租婆的屋里住了数月，钱大存从未踏足过毗邻的古村落，他没有怀旧情结，也不是古民居爱好者，总觉得这座遗落闹世的古建筑群跟他没半毛钱关系。经历了保险业的风吹浪打,深感"探险者"的刻骨辛酸,他的心灵被撕开了多处裂口,谁来帮他疗伤?只有那二十五枚硬币和那句豪言壮语!而他却发现越疗越伤,半夜梦醒时总能听到心脏的裂响,他感到了冰河世纪前的极度恐慌。

只有听着这松涛穿林的乐声,钱大存的伤口才会慢慢愈合。于是他来了,循着壁虎和乐声来到了古村落的一个院门前。上悬一块匾,用汉隶写着"行止斋"。轻轻推开木门,看到一身穿古服的女子,绾盘髻,插木簪,水袖飘飘,徐行施然,在上厅吹奏一根竹管乐器。

钱大存隔着天井坐在前厅,一丛翠竹在浅淡的烛光下影影绰绰。一曲已终,又吹一曲。这苍凉辽远的乐声让他的心无比空灵恬静,天井上空不知何时高悬一轮明月,倒映在安谧的水波中,静静地倾听两个年轻人的对话。

——好像在哪见过你,你吹的是什么乐器?

——我也觉得你似曾相识。这是尺八,隋唐年间的宫廷乐器。

——为什么叫尺八?

——因为它一尺八寸长。

——你一直住在这里吗?

——之前我住在前面那个出租屋的二楼,屋主叫沈姨!

——就是那个窗户贴着旧报纸的房间吗?

——是的,报纸上写着一行字,那是我送给下一位租客的话!

——你走后,我租住了那个房间。为什么我住在那心烦意乱,而你住在这里却气定神闲?

——回去看看那句话就明白了……

六

睁开眼时,天已微曦。钱大存不知道自己什么时候回到了出租屋里,昨晚的一幕如梦如幻,却又如此真实。那个女子的轮廓忽然与脑子里的一张底片重叠到了一起,一定错不了,她就是公交车上遇见的"耐克"!那种淡定超然,是没有谁能伪装和取代得了的。他撕开了窗户上的那张旧报纸,上面果然写着一行字:欲望在尺八之内,生活是诗意的;欲望在尺八之外,生活便戴上了镣铐!泪水忽地夺眶而出,生活在欺负我钱大存,就那么点生存的欲望,它却把我当成了囚徒!

嗖的一闪,他看到屋内一条壁虎窜出窗外,奔向对面的百年老墙……

2013 年 7 月

胭 脂 红

鱼肚白撕开了刘惠的又一个白天,她是痛醒的。牛力勤张着个嘴把呼噜打得山响,呼出的气夹带着昨晚的泡面味,还有另一种说不出的怪味儿,从深不可测的山洞里溢出来。刘惠头胀胸闷,侧了个身,下体又像被蟒蛇咬了一口,剧痛难忍。感觉蛇信子在杂草丛里乱窜,她赶紧拿了包卫生巾,推开门,天际一片霞光,红了楼群,红了街市。

这城市,咋跟俺约好了似的,都来大姨妈了。刘惠边忍痛急走边怪诞地想,其实她是不想大姨妈来的,虽是多年的亲戚,挂念到了骨子里,每个月造访一次,仿佛铁了心要提醒你是个未闭关的女人,这样的女人就得欢迎大姨妈。刘惠早两年就不欢迎了,巴不得她半路上被车撞个脑残,而她却头脑清醒着呢,摸着黑还找到家门口。

刘惠曾没好气地埋怨牛力勤牛卵大而无用,把他惹恼了,干那事就以德报怨,往良田里播谷种,但种子没见着阳光便浮出了水面。刘惠就跟他怄气,你说你成天吃的啥口粮,人家的猫啊狗啊还有火腿肠吃,你就吃泡面稀粥,还不把种子泡烂?牛力勤自然知道营养的重要,便时不时买些鸽子、牛腩、狗肉。本来牛力勤对这事就天生亢奋,吃了壮元的东西更是躁动得不行,每晚要来事,弄得他们的"房子"当街颤动。牛力勤自我揶揄,俺们也学明星玩

"车震"。但还是怕"曝光",他们往往选择深夜,或把"房子"开到僻静处。但刘惠的肚子仍没动静,都结婚三年了,"车震"无数次,土松了几层,仍不见种子冒芽。昨晚吃了狗肉下泡面,牛力勤可得劲了,吭哧吭哧喘着粗气,一身汗水油渍麻亮,发出雄性的光泽。刘惠侧脸看着窗外的月光,心里默念着"送子菩萨保佑,俺省了泡面钱给您烧高香"。

然而今晨醒来,大姨妈还是如期造访了,那地方火辣辣地疼,刘惠便烦躁得很,心里老响着一只蝉,要把这四月天聒噪成一锅烂粥。她紧赶慢走推开公共厕所的门,猩红的蛇信子已伸到了胯内,一抹一贴,就把大姨妈安顿好了。半推出的玻璃窗斜映着火烧似的红霞,把斑驳的墙烘得白里透红。几位晨运的老妇人走进厕所,哼哧着,喜气着,说什么"日出胭脂红,无雨也有风"、"早霞不出门,晚霞行千里"。刘惠没往心上去,倒是听出这些老人打心眼里是喜欢红霞的,身体告别红霞多年了,却还惦记着它赶着潮水来荡涤一身老疙瘩肉。

哼哧声粗重起来,她感到恶心,急急走了出去,却看到几辆铲车披了红绸似的开向拆迁房,突突突,哒哒哒,铆足了劲。这城市的大姨妈来了,城市的心便躁动了,横刺里开来铲车,这拆迁房很快便将碾成尘土,竹笋冒土一样耸起一幢幢高档住宅楼。

刘惠忽一阵悲凉,这城市生孩子要比俺生孩子快多了,俺苦等了三年还是平地,这城市一年半载就能起高楼,还高得让你把脖子抻成长颈鹿。

她拉开门,牛力勤还把呼噜打得牛逼哄哄。她用力一拧耳朵,牛力勤翻了个身,发出一声牛吼,还想继续睡,被刘惠捏住鼻子,他猛睁开眼。

咋地嘛?

要地震了!

地震好啊,能分个安居房!

做白日梦吧,还不快走,这里要拆了!

轰隆一声,十来米远的拆迁房在铲车的铁爪下豁开一个大口,砖石哗啦掉落,扬起一片灰尘。牛力勤忙穿衣,刘惠手忙脚乱地收起晾在路边的衣物,一股脑塞进"房"里。牛力勤拧着火,"房子"便朝一个未知的方向移动。

俩人在"房"里争执着。牛力勤要开到下一条街的城中村去,有人的地方才有生意。刘惠不同意,那鬼地方没公共厕所,拉撒不成,还叫人活不?俺们就开到这个住宅区的东面,那不是有个露天舞场吗,舞场旁边有个小厕所。牛力勤还睡眼惺忪,那地方晚上不吵死了吗,睡觉不成,还叫人活不?刘惠正想争辩,感觉蛇信子在胯内蠕动,这次咋恁多?她嚷起来,你大姨妈来了,还叫人活不?快到露天舞场!

"房子"就这样遂了刘惠的愿。

南方的天,才交四月便被鸣蝉吵翻了。摆摊的在树下强打精神,行人三三两两从摊前走过,见脚步没逗留的意思,索性打起盹来。而牛力勤,昨晚掏空了身体,也架不住奉拉的眼皮,仰躺着睡"回魂觉"。手机就是这时响起的,蝈唧蝈唧,蛐蛐一叫,他就一激灵醒了。果真,生意上门了!他一伸脚,就踩到了街边。刘惠在树下煲粥,黑不溜秋的铝锅架在两个侧卧的火砖上,柴火噼啪作响,白色的蒸汽扭着腰肢,好像很不习惯在这大街上当众跳舞,扭扭捏捏。

来生意了,不能让客人等俺们,快!

刘惠酱红的脸颊上落了些烟灰,满脸烟火气。

胭脂红

猴急啥？天下大事，吃饭第一。要不早发财了，还窝在这小四轮里？

话虽这样说，刘惠还是抽了燃得正旺的柴火，在树下的黑泥上一扑打，火便灭了，剩了白烟无力晃荡。刘惠把几根没烧完的柴火全丢进小四轮的尾箱。牛力勤递过来两只碗，盛了,半生不熟的粥就着榨菜吃得呼啦啦响，烫得牛力勤直咧嘴。

仅几分钟，早餐就解决了，俩人的嘴巴都火烧火燎的。牛力勤催得紧，刘惠嘴里的那口粥还没咽下，人便上了车。车顶挂着"专业补漏"招牌的小四轮已突突突地开出一丈远，刘惠忽想起那口铝锅忘了拿，叫牛力勤掉头。牛力勤却挂到了五挡，车没命地飞跑。不就一口破锅吗，值几个钱？等做了这笔生意，买十口锅的钱都有。顾客就是上帝，上帝一发怒，叫你吃不了兜着走！在生意上，牛力勤从来不依着刘惠。凭这点，刘惠还是觉得他蛮敬业的，就像晚上干那事，你说不要了他还煤矿工人一样猛挖。

在一个花园小区的顶层，牛力勤夫妇亮出了他们的专业，把天花板渗水问题处理得严丝合缝。刚才还艳阳高照的天空转眼侵入乌云，稀里哗啦便下起了雨。牛力勤说，昨晚的广播还说今天晴，现在这天气预报也成了小商贩的秤杆，没个准！刘惠想起早上公共厕所里老妇人说的"日出胭脂红，无雨也有风"，便对她们有了几分敬意。

这真是一场及时雨，赶趟儿似的要为主人验收工程，主人显然是满意的，叫他们到客厅喝茶。他们受到了前所未有的礼遇，牛力勤前脚刚迈出，就被刘惠扯住了衣角，他马上便会意了，喝了人家的嘴短，俺们不能给他留下砍价的借口。牛力勤忙说，老板，不了，还有生意等着呢！

客厅可真大，有十几二十个小四轮那么大吧，墙正中挂着个液晶电视，也大，像电影。屏幕上闪现"蜗居"两字，主人从桌面上厚厚的一沓钱里捻出三张人头像，说，二十元甭找了！牛力勤正盯着电视，没反应过来，刘惠又扯了一下他的衣角，牛力勤接过钱，忙不迭地说，谢谢老板，以后房子漏了还叫俺！马上意识到说错话了，改口道，老板，很愿意为您服务！脚仍杵着，没有要走的意思。衣角又往后被扯了一下，牛力勤这才挪动脚步。

冒着雨钻进小四轮，衣服溻湿了一大片，刘惠说，这老板可大方了，多给的二十元正好够俺们到旅馆冲凉，昨晚没冲……

牛力勤早拧开了那台俩巴掌大的黑白电视，正播放着电视剧《蜗居》。他说，这电视是专为俺们拍的，俺们都在车里蜗居三年了！

刘惠气不打一处来，窝囊，这辈子都得跟你在车里蜗居下去了！

牛力勤愤愤地说，赶明儿买彩票中个一千万，俺到上海给你买套大房，俺就成了宋思明，你就是海藻。

刘惠嗤了一声。

雨射在车棚上，头顶全是炒黄豆的声音，噼噼啪啪，噼噼啪啪。俩人再没有了声响，呆若木鸡地听着这与梦想极不和谐的噪声。回到露天舞场附近的街边，那口铝锅不知被哪个狗日的踢翻，倒扣在污浊的下水道里，被雨水溅成了乌贼。刘惠的胃一阵抽搐，稀里哗啦，早上的粥吐了一地，还把酸水都呕了出来。午饭没法做了，牛力勤拉她就奔对面的小饭店，美美地嗍了一顿。

刘惠心有不甘，撑着把破伞从下水道里捡起那口铝锅，拿去露天舞场的厕所用钢丝球擦了又擦，但凑到鼻前一闻，总还有一股子怪味，胃又条件反射似的捣腾。

雨停了，太阳要弥补上午的遗憾似的，蓄了劲把光和热铺天盖地洒下，窝在小四轮里打盹的牛力勤夫妇被热浪逼了出来，同时逼出的，还有体内的一汪泉水。他们火急火燎地赶去露天舞场，撒了个痛快。走出厕所时，蝈唧蝈唧，牛力勤腰间的蛐蛐又响了，一接听，双眉拧成了倒八字。

钻进小四轮，却不见刘惠。踅回去，刘惠软塌塌地坐在露天舞场的水泥凳上，头靠椅背，眼睛紧闭，嘴巴大口大口地喘气。

咋地啦？

牛力勤摸了摸她的额头，好烫！

赶紧看医生，准是被雨淋的……

吃个康泰克，睡一下就好了。

刘惠坚决不去诊所，那是宰人不眨眼的屠场，红刀子进白刀子出，专吸俺们的血，还不被吸成白萝卜干？说不定今天上午挣的三百元全搭上了还不够。何况在她看来，这样的感冒算不得病，熬一熬就过去了。多少年来她都是这样挺过来的。

吃了个康泰克，她就这样直挺挺地躺在小四轮里，下体一直疼，现在更是疼得胀满，热倒不觉得，反而有要盖被子的欲望。嘴嚅嗫了一下，牛力勤把油迹斑斑的被子盖在她身上，一股馊味钻进鼻。他实在热得受不了，拉开车门，半敞着，想让一丝凉风进来。其实街上的风也受不了烈日的炙烤和拥抱，四处躲闪，碰到哪都是一阵热吻。牛力勤索性走下车，把门拉紧，然后又反方向一拉，留出一道缝。自顾抽出一支大前门，拧火点燃，劣质烟雾就笼罩了这个七尺男人。

一阵猛吸，心早蹦回六百公里外的老家。刚才接到村长的电话，高速公路从俺们村前经过，测量队已经进村了，得征一大片地，你家的自留地全得征，明天得赶回来丈量土地，签了合同就能补偿一笔钱！说到钱，牛力勤的心骨碌碌动，俺在这城里人不人鬼不鬼地干，还不就是缺银票？有了钱，俺们就不用蜗居小四轮，也不用吃路边饭遭人冷眼了。如果补偿高，说不定还能买套两居室的二手房，要客厅有客厅，要厨房有厨房，要厕所有厕所。俺们在主人房干那事，还不飞到云彩上飘飘欲仙？俺牛力勤多牛掰，迟早能生个崽，俺就给他起名叫牛思明。俺今生做不了宋思明，就把希望寄托在儿子身上，让俺牛家牛气一回！

但他又转念一想，要是补偿款忒少咋办？俺的自留地是留着建房的，俺在老家还住着几百年前的老祖屋哪。俺跟刘惠早想好了，再苦干几年，要是在这城里买不起房，俺们就回老家盖个三层楼，要天有天，要地有地，在底楼开间日杂店，下半辈子也就有着落了。但要是地征了，到手的钱忒少，俺们不就薄刀切葱——两头落空了吗？

他狠着劲抽，热风把烟雾撩拨得像无头苍蝇，满街上打滚。

一小时后，刘惠醒了过来，头上沁出豆大的汗珠，用手一摸，手像刚从油缸里捞出来，油光发亮，却腥臭难闻。绵软无力地撑坐着，才发现汗水已濡湿了背上的衣服，她喊牛力勤，目光四处巡睃也没见着。便硬撑着蠕移灌了铅似的脚，从车后座的蛇皮袋里掏出一件上衣，拉紧门，窸窸窣窣地把上衣换了。门拉开时，却碰着那个摆摊男人的目光，眼里涌出一股热浪，要烫伤她似的，她猛一躲闪，铆足了劲抬脚下车。

喉咙像着了火一样难受，车上的热水瓶早空了，她拖沓着脚步去了露天舞场那个肮脏的厕所。下体的蛇信子又好像四处窜，一撸起裤管，蛇信子已变成八爪鱼，胡搅蛮缠地爬满腿。又换了一个，今天已用去三个，她有点心疼了，这次咋恁多？拧开水龙头，两手捧了一捧水，咕噜咽下去，水便浇灭了喉咙里的火炭，看露天舞场

胭脂红　227

的水泥凳就不再像来时那样忽远忽近了。她的眼调准了焦距,这才反应过来,自己的感冒就是从这张水泥凳上开始的,她心怀怨怼地坐上去,要把晦气压住,叫感冒还从这水泥凳上终结。她靠着椅背,仰起头,看到清晨的红霞早不知去向,惨白的雾霾顽固地占据了天空,就像自己失血的脸。她好像想起了什么,走到街边的磁卡电话亭前。

干吗去了?不见鬼影!

买车票,想甩掉俺啊?

啥……高速路……征地……

牛力勤风风火火地赶回来,把事情说了个明白。

没办法,村长催得紧,今晚俺就得回,明天才赶得及签合同。

还是俺回吧,你得留下来,生意不能让人家抢了去!

你不是感冒吗,车上得熬八个钟,受不了的!

俺坐的是大巴,比你这小四轮强一百倍了,有彩电,还有厕所。

上面感冒,下面大姨妈,就怕你吃不消。

是你晚上吃不消吧,就是俺在,俺同意大姨妈还不同意呢!

事情就这样定了,延伸在刘惠脚下的是一条六百多公里的漫漫长路。

算是犒劳,还是欢送?抑或弥补身体的亏空?牛力勤又拉着刘惠去了中午那间小饭店。在他们的用餐史上,从没有接连两顿下馆子的记录,哪怕一顿,也是碰到天公不作美或下工太晚的缘故。在刘惠的账簿上,下馆子一顿的饭钱,自己差不多能做十顿了,这不明摆着糟蹋吗?俺拼死拼活地挣钱,指缝不抠着点,还不白搭了。

到了店门口,刘惠的脚便踟蹰了。牛力勤说,六百公里啊,八个钟头啊,与这些数字比起来,几十块钱算个鸟!再说,那铝锅还沾着下水道的味道，做出来的饭你咽得下？被他这样一说，刘惠的脚便果断地进了店。

乌鸡炖盅、辣椒牛肉、黄鳝韭菜、虾仁蒜薹……全是补血固肾的东西，牛力勤另外还要了啤酒。刘惠吃得泪花儿打转，力勤，这些天你一个人，万不能这样海吃海喝啊！牛力勤也心疼钱，但他潜意识里认为钱像水一样，是流动的，你不用出去，水就不会漫进来，用出去的是水，流进来的才是钱！这就是来自牛力勤这个底层民工的草根财经理论。

本来按计划，今晚俩人是要到小旅馆冲个凉的。刘惠浑身早已腻乎乎，每寸肌肤都有毛毛虫在蠕动。但她心里的那本账簿又翻得刺啦啦响，晚饭吃了一百多，车票买了二百多，今天挣下的全打了水漂。俩人冲凉的二十元就省了吧！

车终于启动了，刘惠带着她的大姨妈和一身腥臭味朝家的方向疾驰……

牛力勤回到露天舞场附近的街边时，已是灯火阑珊。舞场的音乐分贝出奇的高，隔了几十米还震动耳膜，一阵接一阵的人群朝场子涌去。城里人就是怪，吃了饭不坐家里看电视，都爱凑在一个黑灯瞎火的地方抖肌肉。他之前在这个正拆迁的老住宅区南面蹲点时，去过公共厕所附近的一个露天舞场，都是刘惠跟着一起去的。灯光昏暗，人影幢幢，喇叭刮起狂风骤雨般的声浪，跳舞的男男女女像跳进滚水里的饺子，耸着肩，蹬着腿，搂着腰，做着极其夸张和挑逗的动作，这就是电视上说的迪斯科吧。要是刘惠不在，他也能跳，不就是手往自己身上摸，摸完了往别人身上摸。不允许摸的你摸了，对方就用脚狠劲蹬，眼看要蹬走了，对方又把你拉过来摸。

胭脂红

今晚刘惠不在，又没生意，牛力勤耐不住高音喇叭和黑灯瞎火的刺激，撅着屁股就去了。满场子的人已沸腾，饺子们一会儿聚拢在一起，一会儿四散开来。奇怪，跟之前看过的迪斯科咋差恁远，完全不是先自摸，再摸别人那么回事。他就站在场子边眼球闪烁地看，觉得这个舞场的饺子们很有法度，事先约好了似的，伸手一致，跨步一致，甩头一致，就连目光的方向也一致。学不来，真的学不来，便坐在那张水泥凳上，掏出大前门，吧嗒吧嗒地抽，烟头闪着忽明忽灭的光。

冷不丁一股香味钻进鼻孔，牛力勤侧过头，天啊，身边坐着个妖艳的女人，正拿红烟头一样的眼睛看他。

大哥，你抽烟的样子好酷！

……

大哥，累了一天，要不要放松放松？

……

大哥，不贵的，便宜的十块，贵的五十。

……

牛力勤咽了几次口水，终于没有忍住，俺要冲凉，洗个热水澡！

……

可以啊，我那免费冲！

……

就这样，牛力勤被这个自称廖红霞的女子带到了她的出租屋，痛痛快快地洗了个澡，痛痛快快地上了床，痛痛快快地抽了支大前门。最后牛力勤痛痛快快地甩给她一百元。

临出门时，廖红霞娇嗔地说，你真牛，红霞喜欢，大哥叫啥名字？

牛思明!

牛力勤也不知哪根筋搭错了,脱口就说了出来。他想,刘惠是俺的煮饭嫂,廖红霞才是俺的海藻哩!

刘惠不在,牛力勤懒得做早餐,去面馆吃了拌面,又回到小四轮里。腰间的蛐蛐一直没响,他想刘惠应该早到家了,但她没手机,家里也没电话,他就只能干等着刘惠从村长家里打来。

一部大吊车在离拆迁房不远处鼓捣着什么。牛力勤打了个盹,醒来后看到T形广告架上亮出一块上百平方米的大宣传广告——几十栋高楼直插云霄,一条广告语夺人眼球:碧玺园——挟玉玺以令山湖,皇家居室,经典推出!前一句牛力勤看不明白,后一句倒是灼了他的心。还皇家呢,牛×的,俺连出租屋都住不起。这城市真乱套了,有钱人住皇宫,没钱人睡大街。但他转念一想,你爷爷俺很快就有钱了,补偿款少说也有十多万吧,俺就在这附近买套二手房,不能住皇家居室,蛇鳖挨着皇宫也能沾点龙气吧!

一整天都没生意,晚上,他到饭馆吃了牛肉饭,蛐蛐响了,以为是刘惠,却响起一个甜腻的声音,廖红霞又惦记起他了!

俩人痛快后,梨花带雨的廖红霞说,思明哥,别急着走嘛,陪我看看电视!

电视上正播放着《蜗居》,廖红霞发现外星人似的说,你跟宋思明同名耶,这个男人很大方耶,买衣服给海藻,让海藻住大房。你瞧红霞多惨耶,还住着出租屋耶。

牛力勤悠悠地说,俺很快要买房了!

红霞说,思明哥,那你买了房子还要不要红霞?

牛力勤刮了一下她的鼻翼,傻瓜,你是俺的海藻哩,俺有钱了送你一套房!

胭脂红

这几天蛐蛐响了几次，都是一些零碎活，只有到了晚上才是整套整套的绝活。他已把红霞的出租屋当成了临时的家，晚上不在小四轮上过夜。这晚，他正要与红霞来事，蛐蛐响了。真他妈扫兴！毕竟生意都是从蛐蛐上进来的，他这几天在红霞身上花了不少钱，得快点把缺口填了，要不被刘惠发现可不得了。

死鬼，咋不见鬼影？

俺在外面……补天花……渗水！

你就骗吧，补天花咋不开小四轮去？

啥，你回来啦！

你巴不得老娘不回呢……

牛力勤赶回露天舞场附近时，刘惠正在树下煲粥。牛力勤不知说啥好，刘惠从车里拎出一个蛇皮袋扔到他面前。牛力勤一喜，赶忙解开绳结，里面却塞满了益母草和白面风。脸马上变了色，补偿款呢？刘惠没好气地说，在袋里！牛力勤愕然，就补偿这些干巴巴的草？刘惠把手伸进袋子里层，掏出两沓钱，两万，就补了两万！

牛力勤一屁股坐在地上，干号道，狗日的，咋不多补点！

一腔怨气像箭一样无处发飙，牛力勤便把刘惠的身体当靶子。以前做那事时，小四轮也跟着一起一伏，好像兴奋的不是他们，而是小四轮。这次，他们还没起伏，小四轮便剧烈起伏了，真是奇怪。过一会，很多人聚拢到街上。他们傻了眼，赶紧穿衣服。走下车，原来刚才发生了地震，周围的房子全在震颤，人们大呼小叫拼了命往街上跑。

这些天，牛力勤的蛐蛐响个不停，不是楼顶渗水，就是天花、墙体裂缝，哪怕有五十个牛力勤都忙不过来。牛力勤比牛还累，挣的钱也直线上升，但即使这样马不停蹄地干上一年，在碧玺园连个卫生间也买不到。

这段日子不分昼夜地补漏，连身体上的"漏"也没时间补。这晚吃过饭，好不容易逮着个空当，但街上不断有脚步走过，牛力勤说，悠着点。俩人便"车震"了。小四轮开始是轻轻地颤，后来越颤越厉害，再后来便死牛一样不动了。

下了车，树下摆摊的说，兄弟，你那发生地震，我这还有余震，以后悠着点！

刘惠脸刷的红到脖根，长久下去，真不是人过的日子。她便把想法说了出来，牛力勤也同意。便咬着牙用土地补偿款和这个月挣的钱，从一位跑运输的老板那里买了辆接近报废期的大巴，开到另一个楼盘荒废着的开发地。

搬新居这天清晨，没想到也出了朝霞，把天烧红了，楼群是红的，街市是红的，就连周围的乱草也是红的。已过了一个多月，大姨妈还不见来造访，刘惠便拿了早孕试纸，蹲在草丛里拉了泡"色拉油"。她喜得满脸红霞，力勤，有了，俺有了！牛力勤没听明白，刚好蛐蛐响起，一接听，是廖红霞！

思明哥，恭喜啦，搬新房也不请客！

不是……俺……你看……红霞很美……

刘惠说，谁打的电话？

红霞！牛力勤脱口而出。

什么？你再说一遍！

不，俺是说今天的红霞很美！

力勤，俺有了，今年俺们要做爹娘了！

牛力勤听了喜不自禁，赶忙拎起蛇皮袋，要把里面的益母草和白面风拿到车顶去晾晒。在老家，女人产后常用白面风熬水洗澡，除风祛毒的效果奇好。

刚踏上车后的爬梯，刘惠忽然想起了什么，说，日出胭脂红，

胭脂红　233

无雨也有风!

　　牛力勤便收了脚步,一愣一愣的,目光越过苍茫的楼群,远远看到碧玺园搭起了高高的脚手架,在焰火似的红霞中如一堆烧剩的柴火……

2013 年 6 月

母油船鸭

一

他从小爱看皮影戏。一张白布挂在前,密匝匝的人头屏了息、静了气,眼抚摸着白布,仿佛那是一块春秋大幕,能绽放春花秋月和蔓生冬虫夏草。目光就这样满怀美好地扛着,直至把白布聚焦成了雪,恍如隔世般经历了春夏秋三季,才感到夜风中送来一袭凉,有人便打了个寒战和喷嚏。轻锣小鼓就是这时响起的,哐哐咚咚,悠悠忽忽,接着是铙钹板镲胡梆琴接续而响。刚才还是四肢疲软的皮影一下子就抖擞起精神,从幕后耀武扬威地登了台,精彩便重新连缀起一年四季,天衣无缝地把岁月演进了历史的时空。

他骑在爹的脖颈上,学着皮影出拳划腿,大呼小叫,累得四肢乏力。锣鼓忽止,幕落。他也就如皮影一样睡在了爹的脖上,爹把"皮影"扛回家。没想到,此后,生活中的儿子竟成了皮影,木讷疲沓,一副睡不醒的样子,好像上天欠着他一个黄粱梦,不成真便不会醒来。

没想到,三十年后,他的黄粱一梦却成了真实版的戏。爹擂了一下儿子的胸脯,喊,你小子胸无大志!

他却耸耸鼻翼,眯缝着眼说,皮影找到了舞台,爹你就等着看好戏吧!

一进厨房,他一扫生活中浑身耷拉的怂样,如皮影登了台,蹬腿划拳,腾挪生风。锅碗瓢盆刀铲勺,在世人眼里是充满烟火味的俗具,在他眼里却是奏响一台好戏的乐器。

一刀下处,水鸭的背颈就亮出一道口子。神奇从这里开始上演。骨骼如瓦房里卸下的木椽,从这道口子一根根拉出来,直至水鸭成为一副"肉囊",再将拌料从刀口处填入。刚才还软塌塌的鸭子,转眼脱胎换骨变成和颜慈目的八宝鸭,仿佛为了舌尖上的精彩,它甘愿从阎罗殿里去轮回了一场生死,又按上帝的旨意飞到美食的天堂,再乘着习习的春风飞回诞生神奇的人间厨房。火旺起来了,八宝鸭像一尊罗汉坐在竹箅垫底的砂锅中,蒸气袅袅,满室回香……

打坐参禅的"罗汉"终于功德圆满了。轻揭开盖,餐桌上的凡夫俗眼看到的是一道美食风景,个个微仰起头,耸耸鼻翼,一阵深呼吸,哈出一口白气,"罗汉"的神秘便上了九霄云外,转而化成一阵雨。十几双筷子雨箭一样射在八宝鸭身上,连残汤剩水都没留下,好一场轰轰烈烈的"光盘行动"。传说中的饕餮兽吃撑而死,那是因为它不懂吃的方法。人世间的饕餮却寻思着饭后去茶馆泡一壶酽茶,晚饭还点"母油船鸭",让舌尖再作一场生死轮回。

二

谁也不信平素木讷的赵朴有这绝活。你主动跟他搭讪,他还得分析师一样过脑后再做回答,往往是绵里藏了针。比如你问,赵朴,当厨子营养好,咋还不见你讨媳妇呢?他耸耸鼻翼,眯缝着眼,不紧不慢、不阴不阳地说,俺是把营养给了食客,你是讨了媳妇把营养给了别的女人！问的人被噎得直翻白眼。

当初店里急需帮手，赵朴就是在这节骨眼上出现的。看他的尊容，沈师傅就打趣道，没睡醒吗，太阳一竿子高了！赵朴倒一本正经，有些菜，要半生不熟，有些人，得半睡半醒！沈师傅是个明理人，知道一道菜就是一个人，有些人看似睡了，其实是醒着，有些人乍看醒了，却还睡着。菜也同理，有些菜不能过熟，过熟就显老，有些菜不能太生，太生便拌牙。这完全得看掌勺的人，脑子是不是醒着，火候是不是恰好。沈师傅进了厨房，人和脑子从来都是醒着的，所有的锅碗瓢盆刀铲勺和食材、调料都跟他一起醒着，随时要去演一场大戏。

他看到半睡不醒的赵朴，留也不是，辞也不是。赵朴恰到好处地说了句，沈师傅，厨房是大舞台，我愿当个小生！赵朴就这样留了下来。在厨房剥个姜、捣个蒜、切个菜、洗个碗什么的，倒也手脚勤快，叫干啥干啥。别看他一天说不了几句囫囵话，半睡不醒的眼睛却锐利得很，如云缝里射出的一道光，看啥都是过目不忘。

一次，一食客点了招牌菜"母油船鸭"，沈师傅不知怎的往卫生间跑，边抬脚边叫赵朴和好糯米、笋丁等拌料。等他从卫生间出来，赵朴正给水鸭出骨，一根根骨头从鸭脖颈的刀口处拔出。沈师傅瞪圆了眼，正想说话，又甩腿往卫生间跑，出来时赵朴已将拌料填进鸭腹。沈师傅简直不敢相信，屁股眼猛一收缩，又跑去卫生间，冲水声响后赵朴已拧火开烹，香气四溢。沈师傅耸了耸鼻子，酣畅地呼吸着这新鲜空气，说，赵朴，你能上戏！

此后，给厨神上香就成了赵朴每天早晨必做的功课。沈师傅在厨房里供奉着彭祖、伊尹、易牙、詹王"四大厨神"，每天起床后的第一件事就是净手焚香，沈师傅从来不让别人代劳，他说除非找到了可以信任的人。"信任"两字，在当今已成了股市的红线图

——你今天信任了他,明天未必还能信任;你信任了他的左手,未必敢信任他的右手;你信任了他的过往,未必敢信任他的后来。

但是,他当着赵朴的面说,你是我今生能信任之人!他领着赵朴在神龛前燃了香,三鞠躬后,意味深长地说,民以食为先,食以厨为渊。天下三百六十行,行行都有自己的先祖,咱在外混可不能忘了本。厨神养活了万世子孙,养活了天地良心,你在厨房里做了些什么,厨神都看在眼里!

这就是沈师傅这个江苏人与本土的广东人最大的区别,做生意的广东人往往也会在店里供奉一座神,但那必定是财神。从没有做饭店的广东人会在厨房里供奉一座厨神,厨神是何方神圣?他不能为咱带来金元宝,哪怕是天皇老子咱也不拜。

三

并不是说沈师傅就视钱财如粪土,他也爱财,君子爱财,取之有道。他凭一手烹饪绝活,特别是招牌菜"母油船鸭",招徕了很多江苏人。这道菜是苏州名菜,传说一百多年前,苏州太湖游船泛波,游客纷纭,附近饭馆稀少,为解决游人饭食,船家便在船上煮饭烧菜,因炊具简陋,不能做繁难菜肴,船家便选太湖放养的湖鸭,整鸭放入陶罐文火煨制。烹者简易,食者舌香,据说此原汁原味的菜肴成为游客"娇宠",汤清味醇,香气浓厚,肉质酥烂,油润不腻。后来厨师进行了改良,在调味上改用苏州著名的母油,命名为"母油船鸭",近百年来成为太湖菜中最著名的传统名菜。

沈师傅做这道菜,授于家传。家父常年在太湖撑船为生,后来他接过家父的船桨,在太湖撑开一片水域,"母油船鸭"自然也做得地道,来店里的江苏食客都吃出了回家的感觉。但因铺面小,没有大雅之堂，便难吸引大富大贵之客，来店里食用的多是蓝领阶层。

那天淫雨霏霏，门口泊了一辆车，走下一人，看穿着和气质，就知不是凡客。服务员忙把他引到大厅圆桌前，他用粤语说道，雅间！服务员脸带歉意，老板，不好意思，本店全是便座。来人当着众人的面把眼镜扔桌上，我今日唔肚饿，想食啲冇咁滞嘅嘢！服务员顿时晕了头，嘴里却说，好好，我这就去拿菜单。她跟沈师傅一说，沈师傅呵呵一笑，就给他点"母油船鸭"吧！

菜上了桌，来人视若不见。服务员说，老板，请慢用！来人依然一副目中无物之态，但蒸汽却熏得他连打三个喷嚏，先自咽下口水，持勺舀了一口汤，噘嘴轻吹，母燕喂雏一样盛入嘴里，喉结骨碌一动。又舀了一口，两唇翕张，饥汉觅食一样倒入喉咙。然后持筷夹了片鸭肉，咀嚼的速度由慢而快。砂锅不到十五分钟便见了底。

在这十五分钟里，满店的食客都把目光投给了他。等他放下筷子抬起头，大伙全埋下头举筷伸进砂锅。个个绅士起来，仿佛桌上摆着的是一件艺术品。

来人用纸巾擦了唇，仍用粤语说，埋单！服务员跑前来，说，老板，你就点了一个"母油船鸭"，八十八块！来人掏出厚厚的钱夹，说，你叫厨房师傅来埋单！服务员屁颠屁颠跑去，沈师傅走了出来，老板，吃好了没？来人马上改用普通话说，这道菜是你做的？沈师傅说，是，做得不好！来人说，拌料可是糯米、笋丁、香菇丁、鸭肫丁、猪肉丁、莲子、芡实、白果、栗子，用酱油、精盐、绍酒拌和？急火烹煮十五分钟后，再放入肥膘、猪骨、鸭骨、葱姜、母油、白糖，倒入原汤文火慢烹！沈师傅一听，知道来者不凡，忙说，老板所言不差！来人哈哈大笑，这道"母油船鸭"不敢说全江苏最好,至少全广东最好!他甩下一张百元钞,说,不用找了,以后还来吃!说着踏进雨色中,打开车门,沐雨而去……

众人嘘了口气,有人便对沈师傅说,你可知道他是谁,东莞食神!看到他嘴角的那颗痣了吗,听说那是食禄痣。他到哪间酒家饭店,要是吃出问题来,那颗痣就会乱颤,招牌肯定得砸了。我们都是把心提到喉咙上看他吃的,要是他吃出了问题,以后我们也就不敢来了。看你老沈也是个实诚人,你的饭店以后就是我们的食堂!

四

赵朴目睹了这场惊心动魄的较量,好几天来还心有余悸。其实这道菜是他一手做的,食神买单时沈师傅叫他去,他却怕说错话,坚持要沈师傅去。听那食神说不敢说全江苏最好,赵朴就知道,这道菜还有提升的空间。他便问沈师傅,沈师傅说,当年的"船鸭",全是太湖中跟着游船游走的湖鸭,不吃饲料专吃水草,肉质韧实。现在哪还能买到这样的鸭子,全是饲料鸭,这也是没有办法的事。至于"母油",是从三伏天晒制到秋天的优质酱油,取其中最好的一层"母油"。这也是要花时间和心思的事,我多年来一直坚持自己炼制"母油",就是为了不玷污这道苏州百年名菜的声誉。现在的饭店酒家不愿费周折,多用香油代替"母油",有些不良商家干脆就用地沟油,赚了票子,却糟蹋了"母油船鸭"。

说这话时,最后一批食客已离了店。沈师傅叫赵朴炒了两个菜,拉下店门,从柜里取出一瓶江苏洋河酒,说,今晚咱师徒唠嗑唠嗑!

几杯下肚,沈师傅话多了起来,寡言少语的赵朴成了最忠实的听众。他说,赵朴,我给你说件事,这事跟"母油船鸭"有关。大约四十年前，一对夫妻在苏州太湖靠撑船为生，搭乘五湖四海的游客。也像其他船家一样做"母油船鸭"，日子如太湖之水，平淡无奇。结婚五年了，妻子仍未怀上孕，他们四处求医问药，妻子的肚子还是只见平原不见高山。一天，一个游人要吃"母油船鸭"，妻子一伸网兜便网住了一只跟在船后的湖鸭。那是只母鸭，叫声悲凄，两爪乱蹬，眼角还流出泪痕。妻子就起了同情心，说，这只母鸭，正孵着蛋呢，放了它吧！丈夫却不让，手持菜刀割了喉。

谢天谢地，一年后妻子有了身孕，后来生下个崽，把他们喜得不成样子。酷暑天，家里闷热得很，妻子便把孩子抱到了船上，夫妻俩把船划得更得劲。中午船泊湖边，上来一游人，说想吃"母油船鸭"。夫妻俩便去后舱忙乎，等回到中舱，不见了游人，躺在床上的儿子也没了影踪。妻子在湖边哭了三天三夜，终于晕厥过去。晚上，梦见一只母鸭用嘴拖着一个木盆，盆里躺着的正是她的儿子。醒来后，她已哭不出声来，号道，一定是那只母鸭变成歹人抱走了儿子，当初我说放了它，你这遭天谴的却死活不肯，报应啊！

儿子丢了，夫妻俩都失了人形。每上来一个游人，妻子便问，有没有看见我儿子？五个月大，印堂饱满，笑起来俩酒窝儿！

游人被她的癫傻样吓退了，不愿再坐他们的船。

一个雷雨天，疯疯癫癫的妻子忽然对丈夫说，下大雨了，快去找儿子，别让他淋着雨！说着纵身一跃，跳进了太湖。

丈夫也在湖边哭了三天三夜，等他醒来时，看到舱里有一纸条，上书：欲想寻子，南下广东，莞草丰茂，云上旗峰。

他便一个人到了广东。四处打听，方知东莞那地方盛产莞草，城里有一座主峰叫旗峰山。他辗转到了东莞，但人海茫茫，如此找人简直是一针入海，要找到有血缘关系的另一针除非苍天有眼。找了几个月，不但毫无音讯，而且口袋只剩零钞。

为了能蹲下来寻子,他到当铺当了祖传的玉貔貅挂件,开了个小饭店,招牌菜便是"母油船鸭"。他也信是那只母鸭变成人抱走了儿子,但他发誓用天地良心做"母油船鸭",坚信总有一日能感动苍天,母鸭还会把他儿子送回来。

但等了三十多年,来店里品尝"母油船鸭"的食客能排到苏州太湖,却没有一个是他儿子。或者他儿子曾经来过,却不知道沈师傅就是自己的亲爹。正是这种想法,让他扎下了根,即使父子不能相认,但儿子就在这座城里,他对东莞便有第二故乡的归宿感。

这真是奇怪,世人越是到了年纪,便越想叶落归根。而他越是到了年纪,却越想终老他乡。

沈师傅呷了口酒,问,赵朴,今年贵庚?

赵朴说,三十四了!

赵朴头上汗水涔涔。

没想到沈师傅说,我儿子也就你这个年龄,做我干儿子吧!

五

就这样,赵朴平白无故地多了一个爹,虽然是干爹,但他觉得自己跟"母油船鸭"搭上了血缘关系。他每天清晨虔敬地给"四大厨神"烧香叩拜,也怀了这种虔敬去做每一道"母油船鸭"。

与师傅不同的是,半睡半醒的赵朴做菜时脑子也没有完全醒着,留一半清醒留一半醉,锅碗瓢盆刀铲勺也就跟他一样半醉半醒。比如他脱鸭骨,手指伸进刀口,头却仰着,天花板映着厨具的倒影。他像在看一场皮影戏,还真真实实地看进去了,哼着《秦香莲》,一曲唱完,鸭骨便全脱了,留下一副空皮囊,像极了还未登台四肢乏力的皮影。切笋丁、香菇丁时两眼眯缝,却刀快如风,仿佛要把手指都切了去，一收刀，忽吼着嗓子唱出一句：包龙图打坐在开封府，尊一声驸马爷细听端的！接着边唱边把拌料塞进"肉囊"，一只疲沓的鸭子转眼饱实起来，脖颈弯成了"向天歌"，两半眯的眼亮出白雪光，吞了太上老君的仙丹一样，神气活现地端坐砂锅中。

沈师傅已完全脱了手，把厨房交给了赵朴。自个常常静坐房里品啜碧螺春，边品边把玩那个玉貔貅挂件（后来他从当铺赎了回来），上面刻了个"沈"字。沈师傅的祖先在乾隆年间花三千纹银雕了两只玉貔貅，一代一代流传下来，握在手里都有三朝六代古旧光阴的味道了。

他慨叹一声，手机响了。额头拧成了面疙瘩，啪一声把玉貔貅摔到桌上。

下工后，沈师傅又叫赵朴炒了两个菜，取出一瓶洋河酒，干了一杯，说，赵朴，有人想挖干爹的墙角，变着法子要把你夺走！干爹也变着法子跟他周旋，实在没法子了，才跟你把这事摆到桌面上。留还是走，全在你，干爹不说一句风凉话！

赵朴耸了耸鼻翼，眯缝着眼，决然地说，我不走！

沈师傅说，干爹知道你重情义，但这次，你不走也得走！

赵朴扑通一声跪倒在地，说，想不到干爹要赶我走，我哪里做错了？

沈师傅把他扶起来，说，这不是你的错，旗峰宾馆的老板，那狗日的动用了工商局的关系，说不放你走就吊销我的牌照，这一次，干爹真的没法子了！

赵朴把十指插到头发上，像一只败下阵来的秃鹰。他原本在寥廓的天空自由飞翔着，飞出了精彩，飞出了掌声，飞出了半醒半醉的蓬莱化境。但一道阴风兀地改变了前行的方向。在特定的环境里,邪恶便是一只伪装成羊的狼,它想尽阴招要把天上的鹰逼到地面,嘴里满口仁义道德,张开的却是血盆大口,嗷一声连毛带骨吞进肚里,还烂铜锣似的哼唱着邪荡的《饿狼传说》。

韩老板语重心长地对赵朴说,旗峰宾馆是一间老字号的百年名店,"母油船鸭"是一道苏州百年名菜,什么都讲个门当户对,状元郎娶烟花女,那不成笑话了吗?来旗峰宾馆的都是有见识的食客,天上飞的,地下跑的,水里游的,啥没吃过?但"母油船鸭"这道菜他们吃过的还真是少,苏州菜嘛,你们饮食界叫啥来着?对,淮扬菜,要与粤菜对接,海纳百川,有容乃大嘛!我们将它发扬光大了,它就不单是一道美食,而是一个品位,一个品牌了。今后,你赵朴就是旗峰宾馆的第一主厨!

六

这五星级酒家的厨房还真是不一样,就拿锅碗瓢盆刀铲勺来说吧,哪件不是国际品牌的,什么德国菲仕乐、双立人啦,意大利尚尼啦,法国 Le Creuset 啦……赵朴拿在手里就有一种畏惧感,手脚便生硬很多。而且厨房里还分了大厨、二厨、三厨、四厨,韩老板虽然给他封了个大厨,但谁都知道赵朴不是科班出身,个个便不太瞧得起他。

在这样不对劲的气氛里,赵朴哪里还有心情仰头看天花板上的"皮影戏",嘴里也就哼不起《秦香莲》,做"母油船鸭"时那种半醒半醉的感觉怎么也找不到了。

但就是这样神思恍惚做出来的"母油船鸭",食客们却吃得如醉如痴,还真如韩老板所说——吃出了一个品牌!不到一个月,"母油船鸭"便成了旗峰宾馆的招牌菜,招徕了车水马龙的食客,迟来的车连停车位都找不到，弄得保安手足无措。当然了，他们来旗峰宾馆，几乎是冲着"母油船鸭"而来。

也难怪，食客们吃腻了粤菜，对挂着百年苏州名菜头牌的淮扬菜自然食欲生猛。这在饮食学上叫口味调和、营养渗透。何况自古苏州出美女，赵飞燕、苏小小、柳如是、沈九娘，一抓一大把。吃着"母油船鸭"，想着苏州美女，那真是千金难买的赏心乐事啊！

一向孤高的二厨这晚脸贴了金，送给赵朴的笑容发出金黄的光。他凑前来，递过一支烟，兄弟，韩老板人前人后夸你，把你当神捧着。给兄弟们传授传授秘诀，让我们也当个二郎神吧！

赵朴耸了耸鼻翼，眯缝着眼，笑成了弥勒佛。忽然说，兄弟，内急，帮我看着点！把现场交给了二厨，撒腿跑向卫生间。刚好厨房附近的卫生间有人，他便跑到楼上。就是这一跑，让他看到了"母油船鸭"的另一种演绎。

一阵蜚短流长后，赵朴听到一阵欢呼声，"法国"厢房正觥筹交错，人声鼎沸。像烙铁遭遇了冷水，嗤一下，厢房就静了下来。有人喝高了，大着舌头说，这道"母油船鸭"，有四个好，一是名字好，二是款式好，三是食味好，四是含义好！当然了，来一个美女更好！厢房里轰然爆笑。

另一个声音说，靓女，过来过来，跟领导喝杯酒！

不会喝？像话吗，领导可不是随便跟人喝的，看你养眼，领导才给你这机会！

那个喝高了的声音说，先别忙，请美女尝一尝"母油船鸭"。不补充点"母油"，那地方不成盐碱地了？加点油才能长出嫩芽来。

又一串响雷似的笑声从厢房滚出，赵朴眯缝着的眼射出一道寒光。

那个声音又说，瞧你们这一船鸭子，把"母油船鸭"吃得只剩清汤寡水，人家还怎么吃啊？

另一个声音说，那就喝酒，酒是米做的，米营养丰富，喝了也能出油！

不肯过来？别给脸不要脸啊！来来来，把她推过来！

有人就把她架了过去。刚好有人出来讲电话，门开了一条缝，赵朴看到一个领导模样的人脸上"火烧赤壁"，馋着眼看那女的。

快喝！真不会喝？扮嫩啊，不喝能有"母油"？

今晚不把酒喝了，我就喝你的油！我跟你们老板是啥，我一句话，你就不要干了！

气氛一下子紧张起来。那人讲完电话闪入门，赵朴也忽地跟了进去，夺下女人手里的高脚杯，耸耸鼻翼，眯缝着眼说，领导，她是我家的，我替她干了这杯！

已到高潮的戏就这样戛然而止，把一船鸭子燃起的火活生生掐灭了。

七

韩老板的办公室，差不多有厨房那么大。厨房容得下十几人干活，韩老板一个人就占了这么大的房子，这狗日的，是不是天天跟十几个女人上班啊？赵朴坐在沙发上，心里愤愤地想。他自顾抬起头，吊灯闪着金黄的光，各种物件的倒影映在天花板上，影影绰绰，一场"皮影戏"即将开锣。

韩老板正襟危坐，赵朴，怎么说你好呢？你一个大厨怎么跑去厢房，有失身份嘛！来旗峰宾馆的哪一个不是有身份的人，有身份的人都爱开玩笑，他们跟服务员喝酒，那是逢场作戏，逢场作戏你懂吗，你怎么就当真了呢？再说，服务员喝点酒，咱酒店的酒也卖得快,这不明摆着两全其美嘛!李芭你说是不,你也不是第一天上班了,怎么能扫了客人的兴呢?酒又不是毒药,喝醉了还能醒来。哎哎哎,有没有听赵朴,咱兄弟今晚掏句心窝话,你都三十好几了,还一人吃饱全家不饿,人家这个年纪,儿女都满地跑了。有没有看着心软的,跟哥说,哥给你撮合。

赵朴还是眯缝着眼看天花板,"皮影戏"正长戟酉矛地闹着,被韩老板这样冷不拉叽地一问,气氛完全变了调。赵朴收了目光,不经意与李芭的目光相碰。

兄弟,你就别摆谱了,猪长膘了上案,人长毛了上弓。实话跟哥说,李芭这闺女行不?

赵朴傻眼了。

你不是都替她喝酒了吗,还说是你家的!

赵朴耸耸鼻翼,乱了目光,无处安放。电话响得正是时候,在韩老板接听的当儿,赵朴和李芭双双溜了出去。

李芭说,赵大哥,别听他胡说,他这人整天说迷糊话,做亏心事。晚上逼我喝酒的那领导,是工商局局长,跟韩老板是拜把兄弟。我瞧不起这些乌龟王八蛋,一杯也不喝。但妹子得感谢哥,今晚请你喝酒!

俩人到了酒吧,古人说得没错,花为信酒为媒,俩人因为酒成了朋友。

很少听赵朴说这么长的一句话,你的名字真好听,李芭,篱笆!你把自个筑成了篱笆,不知哪个男人能走进你的地盘?

李芭笑得花枝乱颤。

这晚注定又会有故事发生。又一客人点了"母油船鸭",赵朴按部就班地脱骨、拌料、填囊、入汤……

砂锅从传菜口传了出去。十几分钟后,二厨风风火火跑了进来,兄弟,咋整的,"德国"厢房的客人发火了!

赵朴跟了去,这不是东莞食神吗?只见他嘴角的那颗痣一抽一抽地颤动,用手抚着喉咙,一阵接一阵轻咳,继而越咳越重,末了竟咳出一口血痰来,那血痰像一个血球,从他的口腔射到对面的白墙上,开成了一朵梅花。

食神哑着嗓音说,叫你哋老细来,呢啲咩鬼"母油船鸭"!

赵朴做菜,基本不尝菜,凭他的手艺,完全可以省去这一环。他舀一勺汤送进嘴,品咂着,没感到哪里不对劲,但又不知怎么跟食神解释。

在这节骨眼上,韩老板却不在办公室。食神说,唔关你嘅事,你哋走啦,我揾韩老板,睇佢要唔要系东莞捞!

他们就识趣地退了出来,赵朴临走时用一次性纸杯舀了勺汤。他端着汤找到了沈师傅,沈师傅轻咽了一口。一会,喉咙发痒,咳嗽不止,说,地沟油!

八

食神到底是食神,他吃出了问题的酒家饭店,很快被列入黑名单,在东莞美食网和个人微博上一发布,一夜之间便传遍全城的饕餮客,那家酒家饭店的生意还不一落千丈?简直比这个局那个局发的整改通知书还管用。

屋漏偏逢连夜雨。春节前上面倡导厉行节约,很多单位订的年饭纷纷取消,旗峰宾馆遭遇了前所未有的重创。就像在温暖的南方一夜之间下了场大雪,把轻装简服的韩老板冻得浑身筛糠。他的生意原本就是筛子上的金粉,只轻轻一晃荡,金粉便从筛孔漏到了地面。

韩老板办公室的门敲开了,赵朴递上一张辞职书,耸耸鼻翼,眯缝着眼说,韩老板,大路朝天,各走一边。我把"母油船鸭"传授给了二厨,算对得起你了!与赵朴一起走出旗峰宾馆的,还有篱笆。

深夜,沈师傅小饭店里,三人逆潮而动,合计出了一个大策略——在当今食品隐患此消彼长的年代,租一块地,自己种菜养禽,开个绿色农家庄,生意肯定能旺起来。现在的饕餮客吃饭一图个生态,二图个特色,什么五星级酒店、国际品牌连锁店,很多都是坑爹的招牌。咱不做档次服务,就做生态特色,以"母油船鸭"为主打招牌菜,再请东莞食神来捧场,把消息一发布,生意不旺都难!

说干就干,他们四处考察,还真看准了一地儿。这地方离城五公里,四面环水,天然成岛。岛五亩有余,绿树蓊郁,鸟雀啁啾,真是天赐佳境!

沈师傅大喜,这是东莞的太湖,我三十余年未回苏州,如今老天送我一个太湖,咱就在湖里养鸭,做出全国最好的"母油船鸭"来!

篱笆负责莳蔬养禽,沈师傅和赵朴负责搭建庄园。几个月后,"天赐农家庄"就开了业,东莞食神成为他们第一个邀请的嘉宾。

上岛要坐船,他们亲自到对岸去迎接食神。湖风和畅,碧波摇金,食神兴致颇高。

"母油船鸭"上桌时,食神兴致更高,说,"母油船鸭"源于苏州太湖,你们在东莞也开辟了一个太湖,"母油船鸭"找到了家。但我看这里更像梁山水泊,你们为啥要到这僻静之地开农家庄,还不是被当下满目疮痍的饮食业逼的?我建议你们在岛上竖一面旗,上面就写四个字:替食行道!

沈师傅和赵朴为之一震。食神又说，两位不要往心里去，我只是信口说说。我见过的厨师数以万计，你们是有良知的人，是真正的厨神！来，今天我这个食神敬你们两位厨神！

　　时逢五月，南方已很溽热，人们只穿一件T恤。食神说到兴头上，赵朴忽然问，听说你的一张嘴，比专业检测器还准，吃饭吃出了问题，便会有反应，不知是怎样的反应？食神倒也爽快，一是嘴角的痣会颤动，二是喉咙奇痒，咳得厉害。沈师傅停了手中的筷子，说，真是巧合，我要是吃出了问题，喉咙也是发痒，咳嗽不停。沈师傅和赵朴便站起来与他干杯，在食神起身端杯的当儿，一个玉貔貅挂件从胸间甩了出来，食神正要塞回去，被沈师傅叫住了，说，你的挂件上刻有一个"沈"字？

　　食神一怔，说，是！

　　沈师傅也从胸间掏出一个玉貔貅挂件，说，沈家祖先在乾隆年间花三千纹银雕了两只玉貔貅，一只在我身上，另一只三十多年前给了一个沈家后代，那孩子几个月大时在苏州太湖被人抱走了……

　　赵朴真真实实地看到，眼前的这一幕不是"皮影戏"！

2013年3月

祖　　魂

一

不知怎的，对于早已灰飞烟灭远隔几辈的先人，听阿爸讲起他们的故事时，脑子里竟然有了他们的一颦一笑和洞穿岁月的跫音，也许那就是血缘的暗示吧，与他们一起经历那场关于风雅与世俗的传奇。

我站在一百多年后的门槛上，听阿爸说曾祖父和祖父的那些事儿——

曾祖父是个闲淡之人。客家人素以勤劳俭朴的光环烛照于世，况且在那个物质匮乏的年代，忙碌与挣扎占据了人们的大脑意识，闲淡是遭排斥的一种慵懒姿态。这种背景很是要命，但谁也没辙，肚子尚管不饱，还能管宗脉和年代的事？村民们当然只是背着曾祖父在墙根下远远地鄙视和发表愤慨的言论，曾祖母却几乎每天都要大骂出口，毫不掩饰她的恼怒和懊悔。曾祖父每次都是在曾祖母的骂声中握着一根骨头走了，走得仙风道骨，要把随骂声落在身上的雪片抖落。而握骨头的那只瘦骨嶙峋的手，却是那么有劲道，仿佛他的一生全在这根骨头上。

当人们还同气相求地惋叹在对曾祖母的同情之中时，村外几里远的那片榕树林里,飘出了闲逸如云的乐声。非常奇怪,劳碌的村民不能容忍闲逸的身影,却能欣然接受闲逸的声音,这笛声让他们忘记了劳作的苦累和肚子的空荡。他们甚至对曾祖母说:"伲屋家嘅男人,天生嘅韩湘子,仙人都唔管泥肚里嘅事!"没想到曾祖母更是恼怒:"仙人要吃喝咩?佢介张喙日日浪费粮食,却专拣前世嘅骨头,吹佢嘅丧葬歌,样般今生偏偏就嫁了个讨债鬼!"

那时的曾祖父,也就三十大几的年龄,不知从哪学了制作骨笛的技艺。客家男人,哪个没有几招几式过日子的手艺?织箩编篓,犁田耕山,收渔放钓,一出手就能赚几张毛票或换取果腹的口粮,日子虽浸淫在汗腻味中,却总是接地气的。哪像我的曾祖父,学的那门骨笛技艺完全跟过日子不搭界,自然成了村民们劝教细佬崽不要当二流子懒汉的现身教材。

曾祖父每天吃了饭便在家人和村民的忙碌身影中四处游逛,专找偏僻的地方嗅,用狗鼻子一样灵敏的嗅觉找寻亲爱的骨头。但是那年头村里极少见到动物腐尸,曾祖父更多的收获在村前的凌江上,偶尔有动物尸身从上游随湍流冲来,停留在河中间小渚的堆积物上。这时,对曾祖父来说是个节日,他两眼放光,高挽起裤腿从浅滩处下水,一寸一寸地向河中间蠕动,像极了一只觅食的水獭。水愈来愈深,终于淹没了大腿,淹没了臀部,淹没了腰。动物的腐臭味已扑鼻而来,曾祖父却深深地呼吸着这迷人的芳香。逼近小渚时,干脆拨浪一跃泅了过去。就那样湿着身子沉醉地蹲着,如欣赏一丛奇花异草,原本苦情的脸上已绽放出春暖花开的笑意。随身携带的刀子在动物尸体上划动,待扒拉出一根正中心意的骨块时,曾祖父用五指擒在眼前仔细端详。那骨头,早已成了一支笛子,跳跃着波光粼粼的音符,飘荡在颖川村的田园、河道、山梁和围龙屋脊上……

玉米种、黍米种、黄豆种……如此静默地晾在屋檐下的竹竿上，急切地盼着主人邀请它们下地，为来年的丰收和五谷的繁衍蹦出围龙屋，沉入属于它们的土地。檐下醉汉似的曾祖父，他的心思全不在头顶的五谷上，似乎那些冷硬、阴晦的骨头，才是生养他的五谷。他久久地凝视着那根骨，有时还跟它说上几句醉话。曾祖父坐在矮木凳上，身旁的木盒子里躺着随时待命的工具。刀片跳出来了，剔刮干净残留的肉片；小锯子跳出来了，锯掉两端的骨节；锉子跳出来了，磨平上下管口；铁条跳出来了，清除掉内藏的骨髓；砂纸跳出来了，打磨出白净的外衣。一根原本肮脏的骨头转眼间成了一管神采奕奕的魔棒，即将按着主人的意愿变幻神奇。

而曾祖父，却是无比的凝重。在他眼里，这是一管接通天地玄黄的时光法器，接下来的每一个孔，都藏着岁月与历史的玄机。似乎只要一念之差，就会把唐宋元明清的史迹打乱，再重新修整时，却再也连缀不起一部完整的历史，终究成了千古罪人。于是，这七个孔开多大，孔距多少，是一门极考验人的学问，听阿爸说得看骨管的长短、粗细、厚薄，去做符合音阶关系的调整。这不仅仅靠经验，还得有一双鹰眼。看准了，俯冲而下，代表一个时代的音符便被逮住了。反之，一个朝代便毁在了你的手里。

最好的骨笛材料，当数鹰骨和鹤骨，其音色尖细逸远，刚亮清澄，有一种风御时空的穿透力。曾祖父正是为了找这两种骨笛中的极品，整天幽魂一样游荡在山林和河道之间，但找到的多是狗骨、猫骨、猪骨、鸡骨、鸭骨那些不上品位的骨骼。一家大小的吃喝拉撒，几乎全落在了曾祖母身上。家里有永远忙不完的活，地里有永远扒不完的土，苦累全由曾祖母一肩挑了，难怪看到握着骨头的曾祖父闪进斗门时，骂声便刀子一样挥去。

又拣转一个阴魂来，屋家还系人住嘅吗，伲冇听到半夜鬼哭！

祖 魂

伲这前世冇骨头嘅,今生专拣猪骨狗骨来凑数!

冇做伲嘅饭,去同伲嘅骨头食饭睡目!

男人一身硬骨头,拣骨头算脉艾男人!

在从斗门到屋里几米的距离,曾祖父已被无形的刀子割掉了一身肉,剩了空骨骼在痛苦地前蠕。曾祖母越骂越凶,最后连骨骼也轰然倒塌,剩了一个鬼魂似的影子在屋里晃悠。而曾祖母,便是那捉鬼的钟馗,只要他进了家,必定是不会放过的。直到又一次把他骂出家门,空腹的曾祖父只得握了骨笛野鬼幽魂一样飘过凌江隐没在榕树林里。他聊用跃动的音符去抚慰饿得翻江倒海的肚子,以及垂着千万条榕树气根的林间沉寂的先人们,那里安葬着他的父母、祖父母和曾祖父母。他因为常年痴迷于骨笛,已不知多少年没祭拜过先灵了。这对天大地大不如祖宗大的客家人来说,简直是伤风败俗。

后来竟恶化到晚上也用笛声去打发悲伤和落寞。死寂的村庄夜晚,能听见一根针掉地上的声音,何况是尖细辽远的骨笛声。在那个娱乐缺失的年代,这乐声成了颖川村最美妙的主题曲。村民们在暖心暖肺的旋律中安然入梦的时候,我那劳苦功高的曾祖母却在床上烙大饼。想着她的男人在冷峭的夜风中饿着肚子吹笛,而别家男人却在床上搂着老婆边作弄边饱耳福,心里全不是滋味。似乎便不再那么怨恨自家男人了,哎,生个老鼠打地洞,生个狐狸满山走,命中注定嘅事,瞒人又能奈何得了!但是,他半夜摸回家来,曾祖母仍然秉性不改,照样破口大骂。却是刀子嘴豆腐心,侧了个身,在躺着几个细佬崽的床上给他腾出一个空位来。

一天,村里的保长破天荒地找到了曾祖父,把他从河岸上牵回家喝酒。据说保长拿出藏了几年舍不得喝的小锅米酒(那时,村里人多喝低度的蔗酒和黄酒,寡淡得很),还叫他老婆炒了花生仁。

保长说话不藏不掖："伲嘅骨笛吹得好，使催村里有了生气。白天听，顺耳根；晚上听，壮阳根。还吓走了介兜偷树贼，只要伲晚上吹笛，偷树贼就唔敢打催村树木嘅主意。乡长会上批评了附近几个村偷盗砍伐树木严重，唯独表扬了催颍川村！来，干了！"

曾祖父没想到自己的骨笛艺术得到了村里最高行政长官的高度肯定，还赋予了一个防御偷树贼的功能，他经常遭老婆和村民白眼的心像阳光照进雪地。于是，他更加卖力地在深夜时分到榕树林里吹笛。这样的后果是，偷树贼恨死了曾祖父，保长逢人便夸曾祖父，而曾祖母本来软下去的心又膨胀了，对曾祖父一天一小骂两天一大骂。

尽管如此，曾祖父却在爱恨交加中成了一个多面性的人物，究竟是保护神还是败家男，在曾祖父的心里都不打紧。他最打紧的一件事是——制作了多年骨笛，却没有一支是鹰笛或鹤笛——所有在嘴唇上移动的都是上不得大雅之堂的狗笛、鸭笛之类。

于是，很长一段日子，他总是效仿写《天问》的屈原大夫昂首问长空，巴望着头顶飞过的鹰和鹤像惊弓之鸟猝然掉落，但它们都以雄健或轻逸之姿来去自如，没有给曾祖父留下奢想。那天薄暮，正在榕树林里吹笛的曾祖父感到肚子剧饿，刚站起身便一阵头昏，眼前闪烁着缭乱的小星星。待定了神，脚酸软得很，便想再小憩一会。那只命里相逢的老鹰就是在这时俯冲着往榕树林里降落，正下蹲的曾祖父像迎接等待千年的天上来客那般欣喜万分，迅速捡起一块石头，嘭地直起腰，嘴里嗷叫着朝飘落的老鹰追去。悲剧就是这样酿成的，四肢无力的曾祖父一脚踩空翻下山坡，头重重地撞在一块岩石上……

抬回家时，曾祖母没有哭，而是对奄奄一息被医生下了死亡判决书的曾祖父破口大骂：伲这前世冇骨头嘅，样般早唔死迟唔死。

倪就系早死十年,偃还有青春嫁个好人家;倪要系迟死个十年,偃几个细崽哩已长大成人为偃耕田耙地当牛驶。倪今日一只脚踩到阴间下,偃也唔放过倪这斩千刀嘅,偃日骂夜骂骂倪狗血淋头骂倪臭气熏天,骂倪过唔倒奈何桥,骂倪见唔得牛头马面,骂倪阎王也翻脸唔认倪这贱骨头!

曾祖母骂得痛快淋漓,却转身抹着泪扛起捕鸟网去了榕树林,与曾祖母一起去的,还有她的叔侄子嫂。他们用了一个晚上的时间终于逮到了那只夺命的老鹰,曾祖母把它抓到曾祖父床前,字字千钧地说:"宰了俾倪煲汤食,倪唔系还肚饿吗,倪唔系要佢嘅骨头做笛吗,偃倚下就宰了佢!"

气若游丝的曾祖父禽张着嘴,艰难地吐出了三个字——唔妹杀!两眼血红的曾祖母却一刀下去,斩断了老鹰的一只翅膀,把它放回了榕树林。

曾祖母宰了家里唯一一只下蛋的母鸡,熬了汤喂了三汤匙后,曾祖父就走了。我的祖父,作为兄弟中的长子,快长到他阿嬷的脖子高了,在他阿爸潦草的葬礼上,没有遵循长子端香炉的风俗,而是吹着用鹰翅做的骨笛,送别了他一生闲淡无求不食烟火的阿爸。

二

没有笛声的村庄夜晚,一下子落入了孤寂的深谷。村前榕树林偶尔传来几声凄厉的鹰唳,如刀子划破夜空,在村民的心里留下一道道裂痕。他们对曾祖父的怀念,就是从令人毛骨悚然的鹰鸣中开始的。要是陈继荣还在,他那笛声,是如何的美好,简直是韩湘子再世,为村民播撒春夜里清明的福音。可悲的是,他的魂魄升入仙班寻觅韩湘子去了,而他的肉身和骨骸,却与他的先辈一起葬在了榕树林里,牵引着断翅的老鹰夜夜为他念《大悲咒》。

曾祖母一夜之间老了十多岁,每天晚上都梦见自己背着篓子跟孩子阿爸游过凌江,扒拉一根根泛着白光的骨头,每往篓里丢进一块,就听见一声狗叫或鸡鸣。而曾祖父总会提醒她说:"伲听,俚又让一个生命投胎转世了!"曾祖母就是这时惊醒的,半夜的村庄,却是一声接一声惊魂的鹰唳。

刚读完小学的祖父看着未老先衰的阿嬷,把作书包用的布袋塞给了三弟,说:"阿嬷,三弟要读书了,天光日开始俚同伲去锄地!"坚强的曾祖母从眼角滚出一颗泪来,啪地掉落祖父头上。祖父仰头说:"阿嬷,俚求伲一件事,做一个博古架,把阿爸嘅骨笛摆艾上面!"还罩在骨头阴影中的曾祖母久久没说一句话,却找不出理由拒绝她的长子的请求。

当博古架做好的时候,每一个格都规规整整地摆放着曾祖父的骨笛。短的一拃,长的一尺,每一支骨笛都平躺在一个小铁架上。在祖父眼里,这些骨笛是鲜活的生命,它们有呼吸,有悲喜,有七情六欲。而骨笛在曾祖母的心里,是一个个让她每晚做噩梦的被人遗弃在凌江河里的阴魂,每天晚上在她的屋里和梦里缠绕不散。曾祖母毕竟是一位母亲,她宁愿让阴魂纠缠自己,也不愿阻止儿子以这样隆重和怪诞的方式表达对他阿爸的崇敬和膜拜之心。

一个个不眠之夜后,曾祖母在村里神婆的引领下请回了一尊神,安放在摆着博古架的那间斗门屋里。请神庇佑家宅安顺,虽然在客家早已蔚然成风,但曾祖母请回的这尊神,却迥然不同。曾祖母不想让阴魂缠上她那能顶半边天的长子,她请回的菩萨是镇邪的金刚之身。

保长去乡里开了一次会后,回来的当晚便召开了大会,大讲特讲现在护林防火和防御偷树贼的严峻形势:"自从陈继荣走后,村前嘅榕树一连几日半夜被砍了好几条,再咁样下去,榕树全部砍光了,颍川村就留唔倒荣华,彻底成为穷村烂寨。村里决定请一人护林,每个月俾佢五块钱工资!"

这个消息一出嘴,台下炸开了锅,家家男人都想争这个美差。那时一个鸡蛋不到五分钱,五块钱能买多少鸡蛋啊!台下甚至争得吵起了架,保长说出了一个人选,大家才噤了声。就这样,我的祖父毫无争议地被选为颍川村的护林员,因为陈继荣同志曾经为护林防盗半夜吹笛,一分钱都没领过,最后付出了生命的代价。现在这份差事理当落到他儿子身上,一可抚慰陈继荣同志的在天之灵,二是陈崇云同志年轻力壮,是个有责任心的好小伙。

感觉像做梦一样的祖父回到家时,看到阿嬷正在为菩萨烧香。祖父说:"阿嬷,偃天光日开始当护林员了!"曾祖母在蒲团上跪拜后,说:"去吧,菩萨保佑伲!"

祖父上山的时候,随身带了那支鹰笛。他到底是有责任在身的。沿榕树林巡视几圈后,看到安好的树木和林间的父亲、祖父母、曾祖父母、高祖父母,便又睁一双鹰眼巡睃到另一片山林,之后又从另一座山再转到榕树林来。累了,便坐在林间休憩,掏出鹰笛吹出尖细而怡神的音韵来,掀起一片片山林间缥缈浩大的涛声。已随节气更替长在地里的玉米、黍米、黄豆们,在鹰笛的乐韵里抽芽拔节,它们摇曳的身姿与村民们躬耕的背影定格成客家人千百年来勤耕细作的图景。

我的曾祖父曾告诉过他鹰笛的神奇,它的本性就是鹰击长空,吹出的音律有冷峻、刚强和旷远的特质,能慑住方圆十几里地的生灵耳朵。他还说,榕树林系颍川村同偓家族嘅祖林,伲以后在树林里吹笛,便系以鹰嘅名义在护林!故此,祖父用鹰眼巡毕,便以吹笛这种常人难以理解的方式去证明鹰的存在。事实上,几年来颍川村很少发生伐木盗林的事件，保长每年在得到乡长表扬的同时，听到他呵斥其他村的护林工作不力。

祖父的胡须在一寸寸拱土，曾祖母悬着的心终于放下了，他没有像他阿爸一样沉迷于凌江河上的动物腐尸，要是那样，是没有女子肯上门的。当曾祖母托媒人说亲的时候，没想到她们还是惧怕他房间的一根根骨头，说瞒人敢同骨头睡目。曾祖母要把博古架抬走扔掉骨笛，祖父说了一句令人寒战的话——伲宁愿同骨头睡目，也唔愿同一个唔中意骨头嘅女人睡目！

很奇怪，有一段日子巡完山林后，祖父便会走下山来，坐在凌江河的沙滩上，对着一只只动物的腐尸吹奏鹰笛。

那些天，下游每天漂来一艘木船，那撒网捕鱼的父女俩终于在一个雨天下船来。渔父问坐在沙滩上浑身湿漉漉的我的祖父："伲系颍川村人吧，可唔可以到伲屋家炙火？"祖父引着渔父和他感冒风寒的女儿进了家。曾祖母熬了红糖姜汤给她喝，还煮了舍不得吃的鸡蛋款待渔父。他的女儿在祖父房里睡了一觉后，站在博古架前抚摸着那一支支骨笛，仿佛抚摸着自己的前世今生。

这一幕，恰好被进房拿东西的祖父看到了，他说："伲唔怕骨头？"她说："骨头系从身上跌落嘅，有脉艾好怕？"就这样，祖父像找到了知音，她便成了我的祖母。

祖父跟祖母，完全不是曾祖父跟曾祖母那样磕磕绊绊，他们琴瑟和谐，过着和风细雨的小日子。祖父上山时，抱着襁褓的祖母把布袋塞到他手里，里面装着干粮、水壶和鹰笛。

然而好景不长，那年发生了百年不遇的旱灾。村里连祖父那五块钱护林费也发不起了，这五块钱是家里的大笔开支。日子一下子陷入窘境，一家老小成天饥肠辘辘，连蚱蜢、飞蝉、草芽、糟糠也煮着吃了，甚至还吃观音土。终究抵挡不了空胃里的一条条千足虫，它们在胃里拼命噬咬，曾祖母最后得了浮肿病。临终之际对祖母说："托付伲两件事，管好崇云，唔妹俾佢中了骨笛嘅毒。供奉好斗门屋嘅菩萨，初一十五唔妹添忘烧香……"

曾祖母也葬在了那片榕树林里。孝敬的祖父总是抵不住良心的谴责，当他又一天饿着肚子去林间看望阿嫲时，意外地看到一只断翅的老鹰死在了阿嫲坟前。他泪流满面，面对一只还有余温的老鹰，却没有动过下锅熬汤的念头，他剁下了老鹰的独翅，把它埋葬在阿爸和阿嫲的两坟之间。用老鹰的翅骨，新做了一支骨笛，乘着林风吹出哀伤的曲调，去祭奠人与鹰的一段传奇和恩怨。

吹完一曲，一颗成熟的榕树籽掉在祖父头上，他眼睛一亮，爬到树上摘了满满一口袋，用榕树籽驱走了胃里的千足虫，一家子出窍的灵魂终于又回到了体内。而后，祖父又意外地发现林间还有很多知名或不知名的野果，他把这消息告诉了村民，救了一村人的命。村民们把那片祖林当成了生命林，跟祖父说，伲嘅祖宗积了德，俚兜嘅命才拣转来。

尽管再没有了那每月五块钱的俸禄，但祖父依然每天在劳苦的工余用他特有的鹰眼去山林里巡睃一圈，从这面山转到那面山，再坐于斜穿榕树林的月影中，吹奏一曲又一曲或沉重或哀婉的曲儿。懂他的人，都知道祖父在用肺腑之音与林间的灵魂对话，向他们诉说他们曾经来过的世界如今处于水深火热之中，远没有阴曹地府里的日子那般好过，时不时听到哪个村又饿死了一个人，家人祈愿他们下到阴间能吃上饱饭从此不再饿肚子。懂他的人，还知道他感恩于那片不知存活了几百年的榕树林，在这个饥荒的年月，救了全村人的命。而懂祖父的，便是祖母，她没有因为祖父没了俸禄而气恨，也没有因为祖父在忙碌的耕作之余吹奏骨笛而恼怒。她总是轻声细语地吩咐祖父今日要到田里莳秧，天光日要到地里下种，如果一日做唔完,还有天光日。

祖父深夜回到家,看到还高挽着泥裤腿的祖母在细致地擦拭博古架和骨笛。供着菩萨的香炉里,三炷檀香青烟缭绕。而床上,躺着微鼾的孩子。

他们在煤油灯下拧眉剥着仅有的一点玉米种、黄豆种,一粒粒哭泣着跳到跟前的竹篮里。

祖母说:"饿就煮点豆种来食!"

祖父说:"还系忍下哩,饿死也唔好食豆种!"

三年大饥荒过后,村庄像吃苦菜花保住一条命的乞丐的脸,蜡黄失血,萧条荒芜。在邻村的树林几乎每天都有盗伐的恶劣环境中,村前的榕树林也潜进了偷树贼。

那晚半夜,祖父怎么也睡不着,索性握了鹰笛走出家门。踏上凌江的木桥时,他就闻到了一股迷乱的木香味,还隐约听到了凶残的砍树声。他站在桥下的那艘木船旁吹响鹰笛,砍树声戛然而止。果然,半个时辰后,好几个偷树贼抬着榕树根走下桥来,被祖父猛然喝住。当他们看到是一个手无寸铁的弱男子时,便肆无忌惮地说:"又唔系伲屋家嘅树,少介一两条也唔晓害伲冇棺材板!"祖父不饶:"倚嘅系伲颍川村嘅祖树,一条也唔可以砍,砍掉嘅伲兜人天光日补种上!"一帮孔武的偷树贼哪管这是什么树,他们眼里只有钱,不顾祖父阻拦径自往船上抬。祖父跳到船头,挓挲开两手站成了一堵墙。偷树贼根本没把祖父放在眼里,喊了三嗓子便强行前抬,轰隆一声把墙撞倒了,高喊着"捉贼"的祖父抵挡不住树根的迎头一击,悲惨地坠入河里。

待祖母和村民赶到凌江时,偷树贼已驾船离了岸。而祖父,直直地漂浮在河面上,头上沁出的血流成一条混天绫,一直漂向贼船逃离的方向……

三

村前那片曾经留下他无数脚印的榕树林,成了祖父最后的栖身之所。也许,每到夜阑人静时,祖父的灵魂还会绕林子兜转一圈又一圈,那双鹰眼闪着锐利的光。那片象征着颍川村宗脉衍生和万代荣华的榕树林,埋葬着我的家族的几代先人和之后陆续入葬的村里长者。在朴实村民的潜意识里,要是没有我那为祖林付出生命的先祖,榕树林也许早被砍伐得一根不剩。他们虽然因惊恐于林间的阴气而不敢近前半步,但他们总是远远地投去仰视和尊崇的目光。

我的祖母终究没有改嫁,而是抱着我的阿爸一汤匙一汤匙地喂养。夫君死得那样惨,她要把孩子养大成人,替他阿爸报那冤仇。没想到阿爸生来是一个逞凶斗狠的主,一点都不像他的上辈那般温顺。村民都说佢系鹰儿转世,睨看佢滚圆嘅眼,乌黑发亮嘅眼珠凸现眼白中间,放射出一股电光来。更奇怪的是,左邻右舍的鸡鸭猫狗看到走路不稳的阿爸蹦出门来,居然吓得纷纷惊叫飞逃,他走到哪,哪里便是一阵鸡飞狗跳。但那些跟他一般大小的细佬崽,却喜欢围着他扎堆玩。他转到围龙屋的上花厅,他们决不会转到下花厅。

再大一点的时候,阿爸成了孩子群中的一方霸主,领着细佬崽爬榕树掏鸟蛋,泅凌江捉螃蟹。一次竟然在村长家晒在门前的大片黄豆仁上"溜冰",个个正在兴头上时,村长老婆抓了扫帚追出门来,细佬崽收不住脚步,个个摔得鼻肿脸青。待村长老婆走回家去,藏在柴垛背后的阿爸和伙伴们掏出小鸡鸡撒尿,大笑着说谁要尝尝水煮黄豆。

当年的保长,已改称为村长,现在的村长,早已不是当年的保长。一天晚上村长领着乡里的干部召集村民开了社员大会，乡干部在喇叭里说什么破四旧，细佬崽搞不清葫芦里卖的啥药。阿爸回到家时，看到神色慌张的阿嫲在煤油灯光里把博古架上的骨笛全收了起来，还把供奉菩萨的香炉、杯碟也收进袋子里。阿爸问："阿嫲，伲做脉艾？"祖母说："细佬崽唔妹咁多喙，外面破四旧，到处捉牛鬼蛇神，阿嫲要把倚嘅东西拂到凌江去！"阿爸走前去狠狠咬了一下她的手，说："俾偃，唔可以拂！"猛夺了祖母手里的袋子，急急地跑进夜色里。

乡干部和村长决定要拿祖母家开刀，连夜冲进屋里，却没有搜到骨笛和香炉。他们喝问祖母，从门外冲进来的阿爸大声说："早几年拂到凌江了，伲兜人粗家下水去捡！"

在那近十年时间，阿爸断断续续地读了一些书，但更多的日子是跟着祖母上山下地开荒耕种放牛犁田大汗流小汗滴地独梁顶起一片天，既为父又为子地为祖母分担农活减重压捞工分却每天睡不了囫囵觉吃不饱大米饭，瘦精精地往高里拔仍不改他那刚强好胜宁做鹰头不做凤尾的臭脾气。

虽然阿爸有棱有角，但实在不明白为啥一逮着空便独自一人走到那片榕树林，要是哪个哥们欲跟去，他断定会喝住，说介哩有一只晓食人嘅断翅老鹰，专啄人嘅脑髓。阿爸也像祖父一样绕着林子转，仿佛那里有一个他苦苦寻找的赤脚大仙，要截住他让他授教降服妖魔的法术。走累了，便闪入林间，在一块块墓碑上找寻父亲、祖父母、曾祖父母、高祖父母、高曾祖父母的名字……

恢复高考后，阿爸如愿报考了一所音乐学院，毕业后成为了乡里中学的音乐老师。村民们都说，像佢咁样性格嘅人，样般晓中意上音乐呢，真系日头从西边出来。但祖母却学着曾祖母的话说，生个老鼠打地洞，生个狐狸满山走！

阿爸会奏不少乐器，二胡、古筝、长笛、巴乌、箜篌、尺八，成天沉浸在传统音乐的阳春白雪中，对家里的事不闻不问。祖母年岁渐高，家庭的担子便落在成天柴米油盐的阿嫲肩上，她对阿爸颇有微词，但总归不敢像曾祖母对曾祖父那样大骂出口，毕竟家里的开支得依仗阿爸的工资。然而，有一天，阿嫲终于忍无可忍，说你阿爸倚几日一下班就扛把脚锄去村前嘅榕树林，也唔帮佢挑水劈柴，介哩有祖先烧饭俾佢食！

又一天下班后，阿爸又去了榕树林，回来时用篓子装回一堆白骨，欣喜道："冇想到埋哩十几年，倚嘅骨还紧好！"阿嫲走出门来，以为他拿回了什么好东西，待看到泛着白光的骨头时，吓得血色全无，大声骂道："伲脑哩烧坏啦，挖一堆祖先嘅骨头转来啊！"坐在房里八仙椅上的祖母走出时，阿爸把一根骨头递前去，祖母看到骨头上的七个孔熠熠发光，惊讶地问："伲介年把骨笛埋榕树林里了？"

这些骨笛又重新摆上了博古架，香炉和杯具也安放在案台上，斗门屋又变成了原来那间有灵魂在唱歌的斗门屋。

一下班，阿爸便一板一眼地学吹那支鹰笛，为精益求精，他还跑到县城求教音乐家协会主席。功夫不负有心人，阿爸终于吹得有模有款，把一支支曲子吹出了鹰击长空、响遏行云的音效。祖母说："吹得同伲阿爸嘅越来越像了，再吹一曲俾阿嫲听。"

当一只鹰以飞翔的姿态掠行时，天空却并不总是万里无云，岁月与时代的乌云一翻滚，老鹰翅膀下的颍川村便落入了从中国村庄版图上隐退的命运。曾经一船船的玉米、黄豆、花生、甘蔗、红糖、脐橙、巴西蕉从凌江运往城里，大快城市人的朵颐。突然有一天从城里开来一艘船，他们自称是移民办的干部，凌江水库很快要加固扩容，明年一蓄水处在上游低洼地段的颍川村便会被淹没，今年必须全村移民!

有几百年乡村历史的颍川村贴满了移民告示,像一张张悬赏缉凶的布告,全村人都成了被通缉的罪犯,而村民们却不知道自己犯了哪宗罪,要携老扶幼背井离乡迁移到凌江水库附近安家。从此这个血浓于水的颍川村便再也回不来了,那围龙祖屋,那田地,那篱笆,那水车,那古井,那榕树林……怎能舍得养育和繁衍了一代又一代血脉的土地以及土地上的生命见证?

大半年后,在村民们忙着搬迁前的最后一次祭祖典礼时,晚上又从电视新闻上看到了本市第五条高速公路的规划线路,其中一站是横穿颍川村。究竟从村里的哪个山岭穿过,村民们的心悬在嗓子眼上。高速公路测量队很快进了村,他们在榕树林的那片山上打下了一根根木桩,在木桩之间拉直了线,整片祖林便揽入了规划区。村民们仿佛看到一根根榕树在电锯声中木屑横飞,轰然倒地。祖母拍着胸脯喑哑着说:"偓兜保护了几辈人嘅祖树啊,偓多灾多难嘅祖先啊,伲兜人样般就唔显显灵啊?!"

阿爸一步千钧地拖着脚步上了山,手里攥着那支鹰笛。他又一次默记着墓碑上先祖们的名字,男儿有泪不轻弹的阿爸终于热泪滚滚地大哭了一场,手持鹰笛坐在墓群间吹响了《远古的足迹》,清风穿林过,哀韵满山飞。祖母、母亲和村民们不知啥时上了山,站在阴森的林间和哀愁的墓碑前,从一个个斗里抄起一把又一把稻谷、黍米、花生、黄豆和纸钱,扬手一撒,又一撒,千万只蝴蝶迎风飘飞。老人们的喊魂曲在林间回荡:

> 东方有米粮,南方有米粮,西方有米粮,北方有米粮,米粮落地过百关。神仙关,阴鬼关,马牛六畜关,飞禽百鸟关,金丝蝴蝶关,深水鲤鱼关,圆毛三十六关,扁毛三十六关,各

种关神都过了,过了关神从此离家乡哟!

村里的山地再不能随便占用,这方圆几十里之地已被规划为工业园区,先祖们的骨骼挖出后无地安葬,而移民村也没划半块土地给村民。移民半年后我回了凌江水库附近的新家,阳光照射在一排排整齐划一的移民房外墙的瓷块上,刺得眼睛生疼,我眯瞪着找到自己的家。祖母坐在门前的八仙椅上,像一尊菩萨。当我走进祖母的视线时,她说:"来了,来了,又来了一个,样般老是在㑑面前闪,系继荣,还系崇云?伲看,样般咁像啊!移民了,伲兜人还记得转屋家嘅路样般行啊!"我大着声音说:"阿婆,系㑑,伲嘅孙哩!"祖母瞪愣了一会,又说:"伲唔妹吓㑑,㑑上百岁嘅人,唔怕吓,伲从艾里来还到艾里去……"

我伤痛地绕过祖母进了家,阿嬷在厨房忙着,她不太理我,因为我违背她的意愿去学了与过日子不搭界的音乐,整天吹那烟斗上挂个大喇叭的萨克管,简直是吃饱了撑的。我便直接走进了阿爸的房间,已退休的他大半的时间待在房里,勾画一张又一张爬满豆芽和蝌蚪的乐谱,尔后用鹰笛一遍又一遍地吹奏,直到满意为止。

我喊了阿爸,他头也不抬地嗯了一声,目光旁移一下又盯紧了纸面。我忽地看到那个刻满岁月沧桑的博古架豁然摆在房子中间,把一间房隔成了两个空间,里面摆着一张简陋的床,外面安放着那个香炉。我的目光重新打量博古架时,突兀地看到每个格里都摆着一个坛子,曾经熟悉的骨笛不知去向。我失色道:"阿爸,坛哩装嘅系脉介,样般唔见骨笛?"他仍然盯着纸面,轻声说:"细声点,唔妹惊扰先祖嘅灵魂!"尔后,阿爸吃力地站起来,手指着一个个坛子说:"这系伲祖父,这系伲曾祖父,这系伲曾祖母,这系伲高祖父,这系伲高祖母,这系伲高曾祖父……"

面对着自己的先祖，我再也抑制不住泪水，扑通跪倒在博古架前，朝头顶的先魂叩了三拜。阿爸说："介嘅骨笛，倨只留了两支鹰笛，一支倨粗家用，一支留俾伲，剩下嘅烧成灰撒到了祖先嘅骨灰坛里……"

香炉里三炷檀香的烟雾往博古架上飘，飘成了一条白纱，要把过往的红尘旧事都蒙住。我忽然问："可唔可以话倨知，屋家供奉嘅系脉介菩萨？"

阿爸说："去问伲阿婆！"

我跑出门，高声地问坐在八仙椅上白发飘飘的祖母。

她响亮而慈颜地说——韩湘子！

2013 年 12 月

桐 花 井

一

自从客家女张梓香嫁到颍川村后,村里就没平静过,每个女人和光棍都像一锅滚水,要把美得出类的张梓香烫熟。女人们是要下狠心地把她烫死,光棍们却是要把她烫成一张烙饼,晚上好睡在上面解馋。

光棍们只是在画饼充饥,能吃到饼的只有陈井生。鬼都没想到打了多年光棍的井生能娶到这么养眼的婆娘,真是火烧的喉咙里飘进了一滴甘露。张梓香帮井生止了渴,却无异于在那些光棍们的喉咙里加了一把火,他们每咽一口唾液都会剧痛。

光棍们咋都想不通,昨天井生还是他们队伍里的骨干,公鸡一打鸣就摇身变成了"脱光族"。想当初,井生跟着他们泪流满面地唱《光棍好苦》:我是个寂寞的光棍,痛苦的光棍,到了现在没有媳妇,昨天晚上加班过度,醒来以后想要呕吐……加班对于阴间挣钱阳间花的井生来说,是家常便饭。他阿爸没给他留下什么传家宝,倒传给了他挖井的苦力活。他爸是方圆百里都叫得响的挖井师傅,掘了一辈子井,也有了衣钵传人,本可以爬出井回到阳间吧嗒烟酒过几年舒坦日子。那一次却不知冒犯了土地神还是冲撞了太岁爷，快挖成的井发生塌方，把他爸埋在了井底，待众人七手八脚扒出来时，七窍都流了血，再还不成魂了。

井生一镐一镐地掘井时，倒恨起他爸来，为别人挖了一辈子井，造了一辈子福，以致自家的井拖了多年没挖成，一家喝水都得靠井生病恹恹的娘到凌江河里挑沙井水。这还不算，到头来把自己都埋进了井里去。其实井生爸当时谋划着等那口井挖成后，便回家挖自家的井，再给儿子讨个媳妇。而后便马放南山，让儿子去延续这造福百年的功德之业，自己过几天含饴弄孙的日子再说。

岂料一口井封住了他的一生，为自家挖井和给儿子讨媳妇的念想随着棺柩下沉到混沌的阴间。原来他爸还在世说的亲事一夜之间告吹。姑娘们眼亮着哪，嫁进这样一个连口井都没有的家庭，受苦的还不是自己？那句话咋说的，医生养的病婆娘，木匠住的烂塌房，阴阳家里鬼上墙。这句话像一张符贴在井生的后脑勺，他到哪家掘井，哪家的姑娘就躲着他。姑娘们认定他的命运也会重蹈他爸的覆辙，最终被埋进深不见底的井里。

井生就这样跟下了咒一样成了村里的光棍，光棍见光棍，相抱成牛粪。就是这些牛粪，却渴望鲜花能惊艳地插上来。他们在房间的墙上贴满了女明星照——林志玲、陈慧琳、张柏芝、阿娇、钟丽缇、李玟……他们的贴法也很特别，专拣墙的破洞贴，明星照一贴上去，破洞就不见了，还生出一张妖媚脸孔冲你放电。结果一数，井生房里贴了最多明星照，大概有三十张，而且贴的全是张柏芝。

光棍陈丙丁说，井生，每天晚上对着张柏芝打井，可别像你爸一样出不来啊！井生狠狠地啐了他一口。掰着指头一掐算，阿爸死了快五个年头，每年的清明都没给他上过坟，心里那个疙瘩还没解开啊。

病秧子娘每到清明便在他耳旁嘀咕，井生耳朵起了茧仍无动于衷。这一年清明娘把话说重了,没想到养了你这么个白眼狼,你阿爸生前累死累活还不是为了你,变成鬼了连香火都闻不到,哪天我死了干脆抛山上喂狼!井生是被他娘逼上山的,潦潦草草地祭拜了阿爸,没想到唤醒了阿爸的在天之灵。

据说,那一拜回来,屋旁的油桐树就开了花,雪白得刺眼,像女人粉嫩的肌肤和晃亮的白乳房,激动得年近三十还睡冷被窝的井生直咽口水。也就过了两天吧,村前的凌江飘来一个媒人,泊船上了岸,在村口望了望,就朝开着梧桐花的井生家去了。

井生无缘无故有了媳妇,一晃眼毫无征兆地从光棍队伍里退役了,这让村里的光棍们一肚子的羡慕嫉妒恨。陈丙丁说,你这坨牛粪真的是插上鲜花了,这朵鲜花可真够倒霉的。你小子白天打井累死了,晚上那井我帮你打吧!井生又啐了他一口。

光棍们都说,井生媳妇长得还真有几分姿色,要脸蛋有脸蛋,要胸部有胸部,要腰围有腰围。啧啧,像谁来着,就像井生破墙上的张柏芝啊!在村里那些长舌妇的眼里,张梓香是井生爹的阴魂招来的,是带着妖气的一个狐仙。你看她那水蛇腰、锥子脸、柳叶眉,不是狐身是什么?

就连井生娘,也感觉像做梦一样,昨天村里的姑娘还躲着她儿子,今天就走来了一个如花似玉的姑娘做她儿媳妇,地府里的老头子还真显了灵。

圆房时,井生感觉就像掘井,没想到跟女人掘井这么美妙,便拼了劲儿掘,以为已经挖了五米、八米、十米,滑入了软土层,钻裂了硬岩层,深探到蓄水层。张梓香脸若桃花,酥麻着说,再使劲,还没到底呢!井生嗷的一声,使出了千钧力气。张梓香娇喘着说,井生,再前进一点,快出水了!井生觉得跟女人打井真的是一门技术活,便把留着攀爬上井的最后一丝力气也用上了,两股水终于喷射而出，水浪裹卷成了一个巨大的漩涡，把井生吞没到了欲生欲死的井底……

是张梓香把他拉出井的。睡了个囫囵觉，恍惚中看见爹脚不挨地走来，进了厨房，抓起长嘴的锡酒壶倒了一大碗娘酒，咕噜一下喝干了，醉醺醺地走出破院子，大声说，井生，你给我生出个带茶壶嘴的孙子来！

井生惦念着爹的话，这些天拼了命跟媳妇打井。

背上驮着一座山的井生娘感觉腰杆子直了很多，但哮喘还是没法平息，一阵急喘猛咳，正要拿那条两头挂着铁钩的扁担去凌江挑水，被张梓香抢了过去，说，阿嫲，以后挑水这活归我管了，你老人家歇着去！井生娘说，这泥巴路不好走，脚要起泡的，你新皮嫩肉的受不了！张梓香说，阿嫲，我进你家门不是来享福的！说着两个铁钩就挽了两只木桶，挑在肩上咿咿呀呀地去了。

喘着粗气的井生娘目送儿媳走上泥巴路，直到凌江边的沙井旁。沙井水抚平了她的皱纹，一夜间年轻了十岁。

但井生娘担心的是，村里好些光棍也到凌江边挑沙井水，会不会与儿媳生出意外来？沙滩上长出的那十几个大窟窿，像是凌江澈亮的眼睛，窥视一场有关颍川村的风月事。光棍们本来就有使不完的劲，张梓香一来，那劲儿更是发了酵，勺子一下一下地往桶里舀水，眼睛却盯着透迤而来的张梓香，水溢出了还收不住手。等张梓香舀满水扁担上肩时，光棍们才躬着腰挑起水桶，看着张梓香小碎步走八字圈，圆屁股扭杨柳腰，摇曳出千万种风姿。陈丙丁一开始脚下生风，但发现走快了必定是要超过张梓香的，便蓄着劲，忽然把步子迈小了，肩上的桶便左右晃荡，成了随风摇摆的秋千架。陈丙丁多么渴望张梓香能坐在这秋千架上，与他一起荡出颍川村去。

张梓香纤纤细指拿捏着分寸，与不属于她的男人们保持着安全距离。等光棍们把水桶荡回家，只剩了两半桶水。而去凌江一里长的路上，洒着蜿蜿蜒蜒的水痕，活像一条条蠢蠢欲动的草花蛇。

待张梓香又一次把两桶水挑回家时，驼着背的井生娘看到水面上浮着几朵白桐花，说，阿香，这水是用来喝，不是用来看的，不要把眼看花了！这话带着荆棘刺，张梓香神经生疼，说，阿嬷，我把花撒在水上，就是要证明水的清白！

井生娘总是放不下心，等晚上井生回来时，在他耳边急喘着说，你阿爸没把井挖出来，这一次再不挖，恐怕留了人留不住心！井生站起身，走出门去，昏暗的灯光把身影拉得老长。眼睛在院子里四处打量，趁夜选择打井的吉位。就是那了，油桐树下，大树底下好遮荫，十年树木百年树人！

二

第一个走出村去闯世界的是陈丙丁，听说到了遍地黄金的深圳，什么挣钱就干什么，就差没杀人放火抢银行了。这昔日在村里穷得叮当响的光棍，才两年便捞了一笔横财，身边缠着几个妖精一样妩媚的女人。

当陈丙丁清明节开着车回到颍川村时，村里的女人们看到车上走下一个比张梓香还漂亮的女人，惊呆得眼都直了，啧啧两声，大老板就是不一样，娶了个明星做老婆，张梓香给你老婆洗脚都还嫌孬！光棍们听到陈丙丁带回一个女明星，全赶到他家，羡慕得眼珠子都掉了出来，说，丙哥，你媳妇越看越像张柏芝，啥时结的婚，咋不请哥们喝酒？陈丙丁打着哈哈，哥哪里结婚了，是女朋友，有好几个呢！想不想出去跟丙哥干？你们明天去，明天就能交上女朋友！光棍们不相信自己的耳朵，那女人走前去，跟一个个光棍拥抱，还吧嗒吻了一下他们的嘴角。光棍们像被电击了一样，赶紧回家收拾包袱去了。

陈丙丁带着女人进了井生的破院子。油桐花开得正艳，像从天上飘来一朵白云，破院子就有了点白云人家的味道。都过了两年，井生家的井还没挖成，他正在几米深的井里掘土呢。陈丙丁半蹲在井口，朝井里扔下一根中华烟，说，兄弟，抽根烟，井咋还没打成？声音撞在井壁上，响起了回音。井生说，这两年村民们都抢着挖井，我一个人忙不过来！陈丙丁问，为啥？井生说，上游的李屋庄在挖磁铁矿，听说那洗矿水含强致癌物，全冲到凌江。大伙谁还敢去河里挑沙井水喝？都争着要我给他们挖，弄得我家的井到现在还没挖好……陈丙丁不知是赞扬还是讽刺，就你井生人好，好人哪，想不想跟我挖井？井生纳闷道，你家也要挖？陈丙丁笑了，跟我到深圳挖井！井生吧嗒着烟，烟雾从井底升腾而上，好一阵沉默。陈丙丁问，兄弟，你在村里挖一口井多少钱？井生说，一千！陈丙丁站了起来，提高嗓音说，兄弟，我给你双倍的价钱，还包吃包住！

光着膀子的井生从井里爬了出来，用力拍打泥土，忽然看见一个女人惊艳地站在油桐树下，问，兄弟，她是……陈丙丁把嘴附在他耳边，女朋友，玩儿的！井生一本正经地说，可别糟蹋了人家闺女！陈丙丁大笑，兄弟，哪像你那么认真，现在的城里人都喜欢玩，怎么样，这个价钱成不？井生愣在那。其实他心里清楚，村里要挖的井差不多都挖完了，过些日子自己就将面临失业，再说陈丙丁给的工价很高了，一个顶俩，谁会跟钱过不去呢？可这一走……

这时，张梓香挑了满满一担沙井水进了院子。陈丙丁拉着女朋友走前去，说，快叫嫂子！那女的摇首弄姿地站着，也不喊，就那样没心没肺地笑，笑得张梓香心里愤愤的，嘴里却说，怪好看的，我还以为是仙女下凡了呢！陈丙丁就说，哪有嫂子你漂亮呢，她是九尾狐，你是何仙姑！其实陈丙丁就是要用九尾狐的妖气来降服何仙姑的仙气，现在这世道，是妖精当道，仙人让路，谁也奈何不了！

陈丙丁不知是有意还是无意，又说，嫂子，还挑沙井水喝啊！这句话蜇疼了井生和张梓香。张梓香说，我们是穷人家，哪像你大老板连水都是人家喂你喝！这句话含沙射影地刺到了陈丙丁的女朋友，她扭着腰肢走过来，阴阳怪气地说，喂水又咋的，我还喂他奶呢，成功男人是动口不动手的！张梓香眼也没抬，狠狠地把水挑进屋里去了。

井生对陈丙丁说，你别跟她一般见识。陈丙丁把话挑明了，你们商量好，去的话明天一早就坐我的车走，过了这个村就没那个店！说完挽着女朋友黏黏糊糊地出了院门。

烟快烧到手指了，井生猛吸了一口才扔掉。下到井底，举起铁镐狠劲掘土，恨不得今天就把井挖好。他用灰桶装满土，挽在吊钩上，张梓香在井口一拉绳子，桶就上去了。当桶随着绳子吊下来时，里面放着一碗红糖水，井生端在手里，喝了一口，怪甜哩，心里却五味杂陈。他终于开了口，阿香，我想跟陈丙丁出去闯！张梓香沉默了许久，说，外面有很多九尾狐，就怕你出去了像陈丙丁一样学坏！井生说，陈丙丁是啥人，他一人吃饱了全家不饿，我好歹还有你和娘哩！又沉默了一阵，张梓香说，留了你的人留不住你的心，但这井还没挖好，你一走我们还得喝沙井水，你就不怕我和娘犯癌症？井生心里不是滋味，把头压低了，说，陈丙丁说跟他打一口井，给我双倍的价钱，要走明天就坐他的车走！

猝然一只鸟怪叫着飞出树冠，桐花扑簌簌地飘落。井生仰起头，一朵花瓣落在脸上，香香的，有股子媳妇的体香味。

这一晚，井生与张梓香狠狠地打了一次井。结婚三年了，张梓香还没怀上他的骨肉。光棍们笑他老是给人家打井，把力气全填井里去了，跟媳妇打井便打歪了。他们瞎说呢，我井生白天打井是一条汉子，晚上打井是一头猛虎。但阿香的肚子就是不见隆起，他做梦都想着阿香的井里能飞出一条龙来，好慰藉爹的在天之灵，延续陈家几百年来的香火。

夫妻俩上半夜打了一次井，下半夜又打一次。跟媳妇打完这次井，也许要等一年甚至更长时间才能打下一次了。井生把十八般武艺全用上，一会儿把阿香拉下井底，一会儿把她抛出井口冲上云端，颠得她魂不附体、飘飘欲仙。当张梓香又一次从云端落到地面的时候，公鸡打了四遍鸣。俩人已经累得散了架，也不知井生是怎样从井底爬出来的。张梓香靠在他胸前，说，到了那花花世界，可别像陈丙丁一样迷了眼啊！井生呵她一口气，说，你老公又不是仙人，能呵一口气把别的女人变成九尾狐，我只爱我的何仙姑咧！

公鸡啼晓时下起了毛毛雨，全村房前屋背的油桐树都开了花，颖川村成了白云的故乡。

佝偻着腰的阿嬷叫醒井生时，却不见了张梓香。井生急了，阿嬷说，她到凌江挑沙井水去了，你快吃饭，陈丙丁一大早就来催了！井生胡乱扒了两碗蛋煮面，说，阿嬷，我走后，你要管好自己的身体，等你儿子在外面出息了，我接你和阿香去享福！阿嬷说，你放心，阿香是你阿爸送来的何仙姑，她用桐花熬水治好了我的哮喘，阿嬷现在吃嘛嘛香。到了那边，要多惦记你媳妇！

陈丙丁的车在门口亮起了一声响亮的牛叫，井生赶忙提了包袱冒雨走出院门，却还没见张梓香回来。陈丙丁从车窗伸出头，咋的，昨晚还没和阿香亲热够？井生挤进后座，已经有好几个光棍坐着了，他们腾出一个空位，说，光棍都跟着丙哥出去了，咋还担心你媳妇？怕她飞走就在她胸前拴上一根风筝线！井生没心情跟他们开玩笑，眼睛透过车玻璃东瞄西瞅，远远看到凌江的沙井边蹲着两只木桶，却不见张梓香。

陈丙丁瞄了一眼后视镜里的井生，带头唱起了那首《光棍好苦》：我是个寂寞的光棍，痛苦的光棍。到了现在没有媳妇，你怎么能这么的残忍！打我的手机，想让我以后没钱娶妻！你能不能打我的座机，打我的座机，或者直接来我家里……

车沿着凌江一路往下游开，光棍们唱得激情飞扬，井生心里却像堵着一把臭咸菜，完全不是以前的那种味儿。

景物一股脑在后视镜里倒去，村庄变得越来越小，只有千树万树的桐花白，成为井生眼里的一片云。而倏忽之间，这片云也将成为幻影。

忽然，坐在副驾驶座的九尾狐指着窗外，说，有人撑船！大伙扭头往路边的凌江看，一个白衣女子撑着木船顺流而下，箭一样逐浪飞驰。井生说，是阿香！陈丙丁加了油门，车开得飞快，他要赶在张梓香前面到达码头，把她截住，让井生当场审判一位出走的女人。

当车赶到凌江水库的码头时，张梓香却已等在那了。井生钻出车门，浑身湿透的张梓香噙着泪说，我来送你，这个平安符是天亮前缝的，你要戴在身上！井生接过平安符，眼泪再也忍不住，吧嗒吧嗒掉落。张梓香说，快上车吧，不要挂念我和阿嫌！

车开上渡船，到了彼岸。从此，一条河隔成了天南水北……

三

没想到深圳这高楼林立的地方，半空中也飘着一朵朵桐花似的白云。只不过那白云不是长在树上，而是从高高的烟囱里飘出来。

陈丙丁的厂子就在这某一朵白云下。厂子不是很大，却挤着上百号人，在车间里开机器染色。井生没进去看过，听光棍们说我们身上衣服的颜色，都是染出来的。你想把布染成胭脂红，唰地就变成了胭脂红；你想染成观音绿，唰地就变成了观音绿；你想染成柠檬黄，唰地就变成了柠檬黄。还能印花呢，什么花都能印。井生心想，阿香最喜欢油桐花了，等回家时，我一定要送她一件印着桐花的衣服。

井生便很想进车间去看看，但主管不让进。他就只能闷在宿舍里看窗外的白云，老家的白云都在天上，能看到蓝天和飞鸟。而深圳的白云却停在半空，严实地遮住了你的眼睛，像老人眼里的白内障，怎么看都是白兮兮的。看着看着，井生就睡着了，嘴角流出了哈喇子。

这一睡，就睡到了晚上。要不是光棍们吵醒他，也许他就错过了上班的时间。光棍们白天上班，晚上休息。而陈丙丁安排他白天休息，晚上上班。他的上班地点不在车间，而是在厂子后面的荒地里。

陈丙丁说，这井要掘大，比老家的井要大两倍，还要掘深，一直通到地下河！井生心里就长了痂，原来给我双倍的价钱，是要挖双倍大、双倍深的井，天上哪有掉馅饼的好事！井生吊着个苦瓜脸，但人已出来了，好马不吃回头草。陈丙丁说，井生，只要挖好了，不会让你吃亏的！

井生刚到嘴边的话又咽了回去。陈丙丁还安排了光棍大柱给他打下手，当天晚上就开工了。大柱说，今后我们都是穿山甲，晚上打井，白天钻洞。你说丙哥为啥要打这口井？井生说，也许他喝不惯自来水，想喝老家一样甘甜的井水。大柱说，就这珠三角，能打

桐花井

出老家一样的井水，骗鬼吧，打这井肯定是另有所图！井生说，那你说他图啥？大柱搔破头皮也没想出答案，岔开了话题，这丙哥身边有好多女人呢，天天晚上打井，不把井打枯了才怪！井生不屑一顾地说，没吃过猪肉还没见过猪跑？刚才你说啥来着，穿山甲，对，他们每天吃穿山甲，打井特别厉害，再深的井也能打出来！大柱笑得嘎嘣脆。

一直挖到第二天凌晨，井生累得像一头病牛，眼皮早打架了，躺在床上却怎么也睡不着，眼睁睁地看着窗外一动不动的白云，思绪飘回了颍川村。他仿佛看到阿香正挑着桶到凌江边担水，两只木桶压弯了腰，像阿嫲背上的那座山。井生心里一阵痉挛，给人打了上百口井，到头来自家却还要去挑沙井水喝，累坏的还不是媳妇？眼看快要挖成了，又被陈丙丁兜里的钱引到了这深圳，为他打这不明不白的井。他一万个埋怨自己，半倾着身狠狠扇了自己一记耳光，平安符从胸间蹦了出来，井生紧紧地攥在手里，像捧着阿香的心。

井在一米一米地掘进。大概一个月后，在井底掘土的井生接到张梓香的电话，井生，我身体不舒服，老是呕吐。井生一颗心跌到井底，以为媳妇整天喝沙井水，真像村民说的犯了癌症，便声音颤抖地说，那快去看医生啊！张梓香说，看了，医生说这病没法看！井生又是一惊，咋了，啥病？张梓香嘎嘎笑，真是毛驴子拉磨走不出圈，能有啥病，医生说我有了！井生一喜，真有了？今年我要当爸了！

当他兴奋地爬出井底时，太阳从东边的高楼群升了起来。这天，他舒舒服服地睡了个觉，还梦见了阿爸，他满脸堆笑，什么也没说。井生就知道，爸高兴呢，明年清明，我要到阿爸的坟前烧高香放响炮！

睡到傍晚时，下了一场大雨，井生和大柱没法挖井，便跟村里的光棍们坐在宿舍里大眼瞪小眼。胜武就笑井生，出来一个月了，想不想跟你媳妇打井？见井生不搭理，又故意气他，你熬得住，张柏芝可守不住空房，你就不怕戴绿帽子？井生也斜着眼剜他。胜武便转移了话题，丙哥的九尾狐可骚了，听说天天晚上跟丙哥打井。这话像一滴水掉进了热油锅里，气氛马上活跃了。胜武又说丙哥有好几个九尾狐呢，一晚三个，还不把地球打穿孔？光棍们笑得满地找牙。

　　胜武说，闲着也是闲着，我带大伙去个好地方！大伙打了伞跟在他后面，还在犹豫的井生被大柱一拉，也跟去了。穿过厂子旁边的一条窄巷，再拐个弯，就看到一间亮着暗红色灯光的小店，胜武说店里坐着的全是九尾狐。光棍们把滴着水的伞搁在门边，嘻嘻哈哈走了进去，坐在长椅子上的九尾狐像磁铁一样黏了上来。井生站在门口，一股浓重的脂粉味熏得他打了个喷嚏。正在进退为难的时候，路边的垃圾桶旁站着个头发蓬乱的疯老头，手在翻拣什么，嘴里却叽里呱啦，一会儿朝人咧嘴傻笑，一会儿又往地上乱吐唾沫花子。

　　井生杵在那，门里伸出一只玉藕似的手，一拉，就把他拉了进去。九尾狐百般娇媚地说，大哥，进来坐坐嘛，妹子替你解解闷！井生没进过这样的地方，说话颤巍巍的，我不闷，我有老婆的！九尾狐嘻嘻地笑，你有老婆？在哪呢？咋不把她带来？井生满脸涨红，在老家，我真有老婆的！九尾狐戳了一下他的脑门，傻不傻，远水救不了近火，今晚妹子做你老婆！井生两腿吓软了，九尾狐脱下上衣，露出雪白的乳罩。井生转身就跑，却被九尾狐拉住了，想跑？给了钱再跑！忽一下两只铁钳似的手扼住了她的喉咙，憋得她脸上充血，井生仍死抓不放。九尾狐眼角流出了两滴泪，井生想起了张梓香送他时眼里的泪珠,手慢慢松了,一闪身跑了出去。

回到宿舍,雨停了,井生感觉坐在监狱里,压抑得喘不过气来。他下了楼,跑到厂子后面,一个人下了井。井里积了半米深的雨水,一镢头下去,浑浊的泥水溅得满身都是。他爬出井提来水桶,一桶一桶把水舀干了,重新举起镢头,火山爆发似的往出使劲。

一身泥水的井生从井底爬出来时,新一天的太阳又出来了。大柱惊讶道,昨晚咋不见你,大伙以为你被九尾狐吸了精血!胜武笑着说,井生是猛男,他在九尾狐身上打了井,又去厂子后面打井了,丙哥没看错人!

又过了一个月,井快要掘成了,井生高兴哪,一高兴就给张梓香打电话。三个多月了,小家伙在肚子里捣蛋呢,肯定是个小子!井生说,给他取啥名呢?张梓香想了想,说,就叫桐桐!

井生躺在床上,满脑子是活蹦乱跳的桐桐。这天吃了晚饭,陈丙丁来到井边,给井生和大柱甩了一根烟,说,活干得漂亮,你俩再挖一条沟,一直通到厂里的车间,我给你们每人再加五百元工钱!

终于把井打到了地下河,水哗哗作响。井生突发奇想,这河能通到凌江吧,我今晚泅水,明天早上就能回到村里!大柱就笑,想回家跟阿香打井了吧,说不定泅到半路遇上女水鬼,一张口把你吞了!井生啐了他一口。

俩人又按陈丙丁的要求挖了一条沟,埋了大口径的水管接到车间。井生和大柱大致猜到了陈丙丁的企图。井生又扇了自己一记耳光,打了上百口井,都是造福,这次却帮着人家造孽!

果然,陈丙丁叫俩人趁着半夜把污水偷排到井里。五颜六色的脏水发出恶臭,蟒蛇一样嘶叫着窜出车间,溜过水管,跳到深井,四散着漫进了地下河。这些动作神不知鬼不觉，其实从一开始陈丙丁就策划得滴水不漏。他大老远把井生请来人工挖井，避开白天晚上作业，就是要掩人耳目。要是请工程队机械钻井，那动静可大了，弄不好捅出娄子，咱本事再大也吃不了兜着走。偷排污水可是犯法的事儿，咱顶风冒险，还不是狗日的排污费太贵了，挖个井排出去，一年能省十几万哩！

陈丙丁还叫井生用水泥浇筑了井盖，在上面铺泥植草，这个井就在荒草地上消失了。

接下来俩人的活就轻松了，每天半夜偷排污水，但必须高级绝密。就保密这事陈丙丁专门找他俩谈了一个上午，俩人意识到上了同一条贼船，提着脑袋挣工资。

一眨眼又过了半年多，春节就在眼皮底下。这天，井生又接到张梓香的电话。一接听，传来一声响亮的婴儿啼哭，井生激动得泪花儿打转，说，桐桐，快叫爹！张梓香躺在床上，微弱地说，昨天生的，六斤三两。快过年了，你就不回来看看儿子？井生埋下头，狗日的陈丙丁不让回家过年，说厂里活紧，过年发两倍工资！张梓香泪水涌了出来，心里燃起一团火，但嘴里还是说，大过年买点好吃的……

年就这样稀里糊涂地过来了，依然是白天睡觉，半夜排水。又过了几个月，转眼到了清明时节，井生来深圳整整一年了。这天晚上，陈丙丁叫他俩打开井盖察看一下，好像近来排水有点慢。俩人打着手电用力挪水泥盖，盖子移开了一个口，井生匍匐着趴在井口探头往里看，一股恶臭饿虎一样扑出来，井生手一软坠了下去。想不到，井生再也没爬出他亲手掘出的十几米深的井。他三十多岁的一生，就这样被染色厂的污水染成了黑色的噩梦。

张梓香接到电话时，陈丙丁和大柱已护送着井生的骨灰盒到了凌江水库的码头。张梓香哭号道,你们别再恶心井生了,我来码头接他回家!仅半个钟,一条木船就驰到了码头,眼睛血红的张梓香抢过骨灰盒,说,井生,我们回家,阿嬷和儿子在家等你呢!

撑船逆流而上,泪水打湿了骨灰盒。在颍川村白云朵朵的桐花香里,张梓香抱着井生回了家。她笑着对佝偻的阿嬷说,井生回来了,他说他好想睡在梧桐树下的那口井里,我们一打开门就能看见他!她又把骨灰盒抱到儿子面前,说,桐桐,阿爸回来了,让他好好看你一眼……

这口挖了几年没掘成的井,成了井生最后的栖息地。一个高高的坟包垒起时,张梓香长长地唤了一声——井生!树上的桐花扑簌簌地飘落,像千万只白蝴蝶,覆盖了一个挖井汉始终没有合上的双眼……

2013 年 7 月

幸福的鼻子

一

不知哪辈子造的孽，黄土埋到脖颈的年纪了，还要跑老远去忍受一个女人的香水味。要不是那个女人的儿子是我孙子，我早就卷铺盖走了。但我又能去哪呢，颍川村回不去了，那个陈小庆跟我是前世的冤家，就是用八人大轿抬我也不去。

颖颖的病怎么能让我放心得下，也不知冒犯了哪路神仙，一闻到汽油味、烟草味、香水味、粉尘味就反胃，一个接一个地打喷嚏，甚至还呕吐。陈大友带他去过大医院，医生说是先天性过敏，没有特效药，最好的办法是远离这些气味。

我只有勒令陈大友戒烟，我说，这烟里有大麻还有狐狸骚，看把颖颖折磨得人不人鬼不鬼，不把烟戒了，你就等着断香火吧！还好，陈大友听得进我的话。看着他戒烟时的痛苦样，又是喝辣椒水，又是吃臭豆腐，还把手伸进灯座里，电得脸色发青。我的心里别说有多疼了，但想着上一辈人的痛苦能换来下一代人的幸福，内心的褶皱便抚平了。

那个女人老爱往身上喷香水，家里成天飘荡着恶心的香水味。我的鼻子受不了，呼吸急促，颖颖也受不了，喷嚏打个不停，有时还呕吐。我劝过那个女人,说为了咱颖颖,你就不能少喷点吗!她不听,说一个城里人适应不了这气味,不就成废人了吗!一个当妈的居然说出这样没心没肺的话,我的牙齿磨得咯咯响。

那天,陈大友开着车载我们去水乡片的家庭农场。在这遍地工厂的城里还能看到一大片庄稼,我的眼睛一下子像通上了电。颖颖欢呼着跑到田埂上,张开双臂如一只扑扇着翅膀的小鸟。说实话,来到这个三百公里外的城市,第一次闻到泥土和植物混合的气味,我深深地吸进肺里,感觉像回到了颖川村……

后来我们转到了一间牛场,远远闻到一股牛粪味,很大。那个女人马上掩着鼻子打住脚步,顺着原路返回停车场。而颖颖却跑了进去,我隐隐闻到了一股青草味、麦皮味、禾秆味凝成的清香。颖颖耸着鼻子贪婪地吸闻着,说,爷爷,这气味真香!然后用小手轻轻地抚摸牛的双角、睫毛、鼻子、厚唇、毛发、背脊、蹄子、尾巴,摸了一遍又一遍,仿佛摸着另一个颖颖。

我忽然想起了什么,说,颖颖,回去爷爷给你熬牛蹄筋汤,喝了能治好你的病!我叫陈大友去市场买了德朗玻璃养生壶和牛蹄筋、牛腱、鲤鱼、北山楂。而那个女人,坐在车后座用衣服领子掩住鼻,还掏出那个风油精瓶大小的鼻烟壶凑在鼻子边。我不知道里面装着什么鬼东西,只要一闻到异味便掏出来,好像那才是她的鼻子。

从那天开始,家里飘荡着一种浓重的腥膻味。没想到颖颖闻到这气味像中了魔,眯着眼深深地呼吸。喝汤时更是急不可耐,一汤匙一汤匙地往嘴里送,还哑巴着嘴说,爷爷,这是世界上最好喝的汤!我告诉他,这汤是按明朝太医刘纯的秘方熬制的,他常年喝这汤,活了一百二十六岁!

我喜欢看一些医药书,《神农本草经》《中医养生学》《常用中草药图谱》《五十二病方》。这牛蹄筋汤就是从《中医养生学》上看到的,说这汤含丰富的胶原蛋白,脂肪含量比肥肉低,不含胆固醇,男人喝了强身健体,女人喝了美容护肤,还能抗癌、调理身体机能、治疗骨质疏松和产后虚寒等。总之,书上把牛蹄筋汤说成百宝汤,老少皆宜,能医百病。

但这汤的腥膻味大多数人受不了,比如那个女人,对这气味非常抵触,破口大骂家里成了宰牛场,连皮肤头发衣服被子枕头都是牛膻味,叫人还怎么活!那个女人拿出香水猛喷,我一闻到便接不上气来,而颖颖远远闻到就不停地打喷嚏。

家里燃起了烽烟,随时可能爆发战争。两种气味如两把利剑,在暗地里较着劲。终于有一次,那个女人在颖颖喝汤时猛地夺走碗,说,再喝,你就变成牛的孙子了!我憋得满脸紫红,一副怒目金刚的模样,还是忍住了。

那女人又说了一句,不要信这歪门邪道,等哪天中毒就来不及了!

我吼了一声,喝道,收住你的臭嘴,你这妖精就会妖声妖气,尽说些烂肠烂肺的话!

那女人彻底激怒了,冲进厨房,把德朗玻璃养生壶摔到地上,一块块碎片在稀里哗啦洒了一地的牛蹄筋汤里甩动,像一条条垂死挣扎的鱼。十岁的颖颖哇地哭了。那女人扬起手说,真中毒了看你还能哭得出来,我这是为你好!

颖颖止了哭,抽搐着鼻子。我把他拉到怀里,轻轻拍着他的后背。而那个女人,却扭着腰肢进了房间。

她一定又在一边拿出鼻烟壶凑在鼻孔边,一边在抽屉里翻弄着银行卡。这个女人在外面开着一间美容护肤店,专为那些不太正经的女人化妆美发,她们的钱来得快,都是那些腰上挂着半个银行的

幸福的鼻子 285

男人给的,所以她们也很舍得把钱往她店里扔,听说前几年生意旺得很,收钱收得手软。这两年生意不知怎么突然从半天上跌了下来,耳根听到跟那场扫黄有关,具体里面是怎样七拐八弯的关系,我这个老头子就理不出个头绪了。但这女人的那个白日梦从没中断过,想着哪天移民国外,去享受世界上最好的生活。一会说要移民什么拜,那里有世界上最高的楼。一会说要移民马什么夫,那里有世界上最美的海。

我在心里对这女人一万个瞧不起,哼,一个脑后长着反骨的人,移民那是对祖宗的背叛!但这女人是个要强的主,真移民的话,我这个老头便成了孤寡老人,什么时候才能再见到我的颖颖和陈大友?至于那个小儿子陈小庆,我这辈子都不想见到他,而他却说你最终都逃不过我的手,给你送上天堂路的那个人除了我还有谁?

玻璃养生壶的那声脆响在家里久久不散,我默不作声地打扫着地板。客厅的电话响了,我走去接听,却是陈小庆!我感觉心掉到了冰窟窿里,寒瘆瘆的。他阴阴地说了声爸,我没回答,生怕被他拽到那头,把我送到上千度的熔炉里。他知道我总是远远地躲着他,索性把话挑明了,叽里呱啦竹筒倒黄豆说了一通。我勃然大怒,把对那个女人的火也一起发到他身上,啪地磕了电话。那声呵斥一定把颖颖吓着了。

我抟挲着两手无助地坐在沙发上,说,颖颖,给爷爷吹一首葫芦丝!颖颖手指按着圆孔,吹了一首《南山小曲》。我的眼里蓄满了浑浊的泪,风一吹便会溢出来。

颖颖说,爷爷,你不喜欢听吗?

我说,喜欢,喜欢,颖颖吹得很好听!

颖颖说,爷爷,以后我每天给你吹葫芦丝!

我说，爷爷要回去了，回去种葫芦。以前我在村里种了很多，一个个挂在藤上，像俏皮的葫芦娃！

颖颖说，爷爷，你回哪里，妈妈说你无家可归了！

眼里的泪水终于落了下来，滴在沙发上，转眼间被吸走了。我狠狠地拍了一下沙发，说，谁说我没有家，我的家在颖川村！

晚上陈大友回来后，我把想法说了，很坚决，没有回旋的余地。但陈大友说什么也不同意，每一个理由背后都是做儿子的担心。后来我大声说道，就算住茅屋也要回去，我在这里会拆散了你们！再后来，那个女人回来了，带回一身的香水味，直往鼻孔里扑，呼吸变得无比急促，我还听到房间里的颖颖打了几个响亮的喷嚏。

我趿拉着鞋子走进房间收拾东西，劳什子装了鼓鼓囊囊一大袋。颖颖走进来，拉着我的衣角，说，爷爷，不要回，你回去了没人疼颖颖！我喑哑着嗓音说，颖颖乖，以后听你爸的话，他会给你熬牛蹄筋汤，把你喝得壮壮的，到时爷爷送宝葫芦给你，你就成了葫芦娃！

那晚，隔壁房间传来陈大友和那个女人的吵闹声，后来什么东西被摔到地上。再后来，我迷迷糊糊睡着了⋯⋯

一个熨帖的声音把我唤回了颖川村。哞——哞——那一长声一长声的叫唤，把我那颗像玻璃养生壶一样碎裂的心修复好了，我老迈的双脚很带劲，感觉自己变成了一头奔跑的牛犊，前面是长满绿草和鲜花的田野。我的鼻子深长地呼吸着熟悉的空气，那里有炊烟的气味、有稻花的气味、有桑葚的气味、有三叶草的气味、有桃金娘的气味⋯⋯

二

小时候,村里来了魔术团,我们这些小崽子高兴得要把屋上的瓦片掀翻。他们从车上抬下一个个箱子,大人说里面装着妖术,能把老人变成小孩,也能把小孩变成老头。我们隔老远站着,心里颤颤的,却又很好奇。锣鼓敲响了,村民们还是里三圈外三圈地围拢着。魔术师往台上转一圈,一伸臂,手里的扑克牌变成了一扎七色纸,手一抖,转眼间又变成了一把钞票。

现在,我指挥着手下的师傅工仔把一个个箱子搬上车,牛气哄哄地开往工业区。我们不是去演魔术,但似乎带了那么点成分,就是用箱子里的"魔术"帮工厂恢复光明,让机器轰隆隆响起来。而这些,都离不开电。那些箱子装着断路器、电抗器、避雷器、电流互感器、补偿电容器等一大拨设备,都是检测和维修变压器用的。这工作有技术要求,师傅得持有电工资格证,他们的手一捣鼓,电通了,车间一片明亮,软塌塌的机器全铆足了劲。我这工作就是用"魔术"变成一把一把的钞票,也变出了一个漂亮媳妇孟小笛。

孟小笛爱钞票胜过爱我。她是我家的出纳兼会计,我挣的钱都得归她管。她有一个移民梦,说等哪一天攒够钱了全家移民迪拜,去享受世界上最奢华的生活。但移民要一大笔钱,按这收入猴年马月才能攒够。她便拿出一笔款子开了一间美容护肤店,成天跟化妆品打交道。两年前店里的生意好得很,孟小笛和几个化妆师忙得团团转,为一个又一个美眉化妆美容。她们全在附近的卡拉OK厅、酒吧、沐足店、桑拿城上班。听说这些人有怪癖,有的喜欢吸烟,有的喜欢闻汽油味,有的喜欢听着高音炮睡觉。店里总是香烟味与香水味混杂,她们很享受那种气味,像鱼离不开水。化妆师把她们打扮成漂亮的新娘,然后如美人鱼游进霓虹灯闪烁的夜色里。那里藏着奢华而迷人的宫殿,一个个想做皇帝的妃子,享受雍容华贵的皇宫生活。所以她们不惜一切代价用上好的化妆品,涂最鲜艳的指甲油,画最勾魂的眼线,喷最迷人的香水……媳妇挣的自然是最丰厚的钱。

  孟小笛也染上了物质女人的病,香水要用迪奥,口红要用欧莱雅10号,指甲油要用左香。至于衣服,那还用说,全得选品牌货,把自己打扮得时尚入流。从眼前走过,能把男人勾得灵魂出窍。她还有一个雅好——收藏鼻烟壶,别看这物件小,却是以前的皇宫宠物,听说更早的时候是东北那些游牧民族在野外吸闻用的,他们在马背上无法用烟筒吸烟,便在鼻烟壶里装上研磨的优质烟草末,加入麝香等名贵药材,使用时用指甲挑一点放到鼻子下,用力吸进去,有提神醒脑的作用。如今这小物件在收藏界是新宠,价格炒得很高,据说随便一个清代官窑出品的鼻烟壶要价都在几十万至上百万。孟小笛的抽屉里藏了好几个,有浆胎青花、斗彩、墨彩、珐琅彩、天蓝釉、斑花石,精美得让人眼睛发直。她说这些是以前低价买回的,现在出手的话卖好几百万。这个物质女人,生意头脑超强,我暗暗庆幸娶了一个抱金砖的媳妇。

  但不知哪里出了问题,我家的颖颖得了个怪毛病,对气味特别敏感,比如汽油味、烟草味、香水味、粉尘味,一闻到又是反胃,又是打喷嚏,严重时还呕吐不止。我带他看过省里三甲医院的专家,最后诊断说是先天性过敏,没有特效药。

  从老家来的老爸知道后,命令我戒烟。以前我每天要抽两包,抽十几年了,算是个老烟民。没想到戒烟忒难受,喉咙奇痒难耐,见到别人抽烟老是咽清口水,我竭力忍着,大口大口地喝辣椒水,把喉咙辣得火烧火燎。晚上很难入睡,总算做成梦了,便梦见自己

幸福的鼻子 289

叼着烟吞云吐雾,烟头掉到腿上,烧出一个大洞,痛醒了,眼睁睁地挨到天亮。早晨起床咳得厉害,吐出腥臭浓黏的黄痰,一闻到孟小笛的香水味便头晕。我劝她为了咱们的颖颖别喷香水了,她说除非她死了。我只有买回臭豆腐大块大块地吃,被孟小笛骂得狗血淋头,说这垃圾要把人臭死!我说,臭豆腐闻着臭,吃着香,你身上的香水闻着香,吸着臭。

烟瘾像虫子一样在喉咙里蠕动,实在忍不住时,我便拧开灯泡,把手指伸进灯座,电流把指头和头皮电得发麻,抽烟的欲望被强行驱走。这样痛苦地熬过一个月后,我闻到烟味就恶心,特别是孟小笛的香水味让我浑身起鸡皮疙瘩,偶尔还会像颖颖一样打喷嚏。据说戒烟后身体原来的平衡被打破了,要适应没有尼古丁麻痹的神经系统,人的某些机能便可能出现问题。

我感觉自己的身体像工厂里断电的机器,软塌塌的,连喝酒也不管用。直到父亲来了后,看到颖颖对一些气味过敏,便叫我用德朗玻璃养生壶熬牛蹄筋汤,颖颖很喜欢那种腥膻味。我闻到了,也浑身是劲,喝几口,舒服得很。我发觉电流重新通到了身体里,关节咯吱响,机器又轰隆隆运转起来。

但是,打扮得花枝招展的孟小笛极讨厌这气味,心里对父亲恨之入骨。她总认为颖颖要适应这城市里的气味,但颖颖身体里可能没有抗体,他的剧烈反应只有靠牛蹄筋汤才能减缓。而孟小笛一回家闻到腥膻味,便一个劲地喷洒香水,还拿出装着烟草和麝香粉末的鼻烟壶来嗅,嘴里骂骂咧咧。

现在她的生意不太好,两年前的那场大扫黄把那些美人鱼给扫走了,她们离开这个城市,大规模地潜游到了另一个海域。孟小笛的生意一落千丈,一天到晚做一些熟客的生意,寡淡地经营着。尽管这样,她还是把自己打扮得有模有款,衣服和化妆品要名牌的,偶尔还会抽上几支烟,那交缠的气味能让她回到曾经的辉煌岁月里。

而一回到家,她残留的一点幻想被腥膻味击得粉碎。她的鼻子一直在忍耐,她知道父亲这一次是因为村里移民来到了我们家,原来的那个颍川村因为下游水库加固扩容全村迁移,父亲不愿到那个陌生的村子去住,在我的央求下才来到三百公里外的这个城市。前面说过,孟小笛心里有个移民梦,从一个太过熟悉的城市移居到一个完全陌生的城市,那种感觉再美不过了,因为熟悉的地方没有风景。所以她很不理解父亲为什么不愿到另一个村子去住,在一个地方待久了心里腻烦,到陌生的环境吃得更香睡得更香,还能做飞天梦。孟小笛就是用旅游的心态来看村庄移民的。她完全不理解父亲的心情,她的鼻子很快便失去了仅有的忍耐力,用尖酸的话刺伤父亲,父亲也以牙还牙,把她刺得心里滴血。孟小笛怒不可遏地把玻璃养生壶摔得稀巴烂。

父亲再也待不下去了,说就算住茅屋也要回去!

移民后,颍川村的所有房屋和电杆电线全拔掉了。父亲本来可以去县城陈小庆家里住,但他坚决不去,他跟小儿子陈小庆合不来,说不上两句话便干口仗。我只有跟孟小笛要几万块钱,回村里去给父亲盖个简易的木屋。但她死咬着牙不放,我发怒了,还把她的化妆盒摔到地上,她总算抠着指甲缝给了我一万元。

我一大早便载着父亲往家赶。三个钟后回到县城里,我把先到陈小庆家住几晚的意思跟他说了,他原来执意不去,后来我说他身上好歹流着你的血,人不能把一辈子的感情送进死胡同吧!父亲总算答应去陈小庆家,毕竟他们不是到了刀枪相见的地步。

我请了几个师傅,回颍川村选了一块平整的地方搭木屋。移民办主任是我朋友,我提前跟他打了招呼。本来移民后禁止村民返迁，但感情摆在那，这个面子移民办主任不会不给。

晚上回到陈小庆家里住。吃饭时他说，电视上播了，颖川村列为水源保护区，以后村里的山地不准建坟墓，人总会有那一天的。城郊南岭规划了一大片公墓，已经开售了，现在一个墓地卖两万，阴人的房价跟活人的房价一样，过几年肯定得翻倍涨。我们何不早点买下几个墓地，以后大家在一块，也像一家子！

啪一声，父亲把碗摔在桌上，怒气冲冲道，说什么胡话，我死后宁愿把骨灰撒在颖川村，也不去占别人的茅坑！

饭后父亲说不舒服，早早躺下了。我跟陈小庆坐在客厅喝茶，他深有感慨地说，人这一辈子，子时不知卯时的事，说没就没了。我在那见得多了，怎么着也得考虑身后事，颖川村回不去了，南岭公墓是我们单位开发的，我可以把价钱讲下来⋯⋯

我估摸到了七八分，撇嘴道，再说吧，先把爸安顿好！

几天后，木屋终于搭好了，家什用具装了几大箱，雇一台货车运去村里。一箱一箱抬下车时，我忽然想起了魔术团进村的情景。没想到，多年后"魔术师"在颖川村里一搓揉一扬臂，把全村的房屋和村民都变没了。

我又想，要是箱子里装着断路器、电抗器、避雷器、电流互感器、补偿电容器多好⋯⋯但没用，电杆电线都没了。我很无奈，干了十几年的变压器维修检测，最后落得连自己的父亲都用不上电的下场。

村庄的夜晚空荡荡、黑黢黢的，照明点的是煤油灯，做饭劈木柴烧火，父亲用事先买好的牛蹄筋煲了一锅汤，腥膻腥膻的。他说，今晚，吃的是开火饭，我们就喝这牛蹄筋汤，回去要多给颖颖煲，这汤能强筋健骨、祛邪扶正！

深深地喝了一口，很香，我的鼻子连同这凄清的山村夜色也吸了进去。这晚，我睡得从来没有过的沉……

三

那年头，围龙屋里住着几十户人家，厨房的烟囱一年到头飘着炊烟，架起一座座烟桥，跨过村前的凌江，伸到对面的群山上。那时候没有煤块和煤气，全是用山上的柴草烧火。那火烟味，现在想想都是幸福的。我们能从火烟味里辨别出松针、芒萁、禾秆、竹片、桐叶的气味，就连煮的是什么菜，隔老远便能闻出来。谁家蒜薹炒腊肉，谁家榄角蒸鱼，谁家炸腐卷，谁家娘酒煮蛋。

哪一家厨房的墙壁不是被火烟熏得黑黢黢的，灶膛里一年到头得吞下多少柴草啊。屋檐下的木柴堆得老高，散发出树木特有的香气。用柴火炒出来的菜，简直香入了骨。最怕的是失火，一旦燃着柴垛，火势一下子大起来。幸好大伙住在一个围龙屋里，一发觉不对劲，这家端一盆水，那家提一桶水，呼啦啦便把火灭了。

后来村民用上了煤炭、煤气，我家却坚持用柴草烧饭，陈大友和陈小庆都是闻着这火烟味长大的，你看长得多壮实。工作后，两个小子都进了城，陈大友去了离家三百公里的珠三角城市，干的是变压器维修检测，来钱容易。陈小庆这个不长进的却让我难以开口。这么说吧，才不至于让你吓掉魂，他干的是往灶膛里添柴的工作，只不过那些"柴"都是在天堂口排队的人。陈小庆把他们送进那个上千度的熔炉里，他们就上了天堂，然后他们就能在天堂里品尝到香喷喷的饭菜，过上幸福的生活。这么说你明白了吧，那我就不多说了，说了让人寒碜。

陈小庆说，人死如烧柴，化成一缕烟后闻着就是火烟味！我本来便瞧不起他，听他说出对死者不敬的话，当时就斥责道，亏你还是吃着火烟味长大的,我看你连一根柴都不如!

哎,那破事说了气恼,更让人气恼的是——政府勒令颍川村全村迁移!这个村子本来地势低洼,一到汛期洪水淹进村里来。下游的水库担负着城里人的生活用水和防洪重任,但因为库底淤泥厚积,堤坝难以负重,政府决定投巨资加固扩容,颍川村便难逃移民的厄运。

村民们全都迁往离村十几公里的凌江水库岸上。那些日子,村里来了一大群牲畜贩子,他们知道移民村不准圈养牲畜,便一个个像鬼子进村买鸡鸭猪牛,价钱砍得低,很多村民不愿卖,当晚便出现了牲畜丢失的事情。我家的那头牛,就是这样被那些"鬼子"偷走的。

这头牛跟着我十几年了,帮我犁了多少田,背了多少柴,是打断骨头连着筋的感情。一夜之间说没就没了,我几天几夜吃不下饭、睡不着觉。晚上总是隐隐约约听见哞哞的叫声,起床走到牛栏,却空空如也。

颍川村是村民们的祖居地,祖宗繁衍了一代又一代人,如今要我们迁移出村子,到另一个人生地不熟的地方去过日子,我坚决不去。村主任和移民办干部反复做我的思想工作,嘴皮都磨破了,他们打电话给陈大友,他跑三百公里回来央求我去他家住些日子,说已经跟移民办主任说好了,不动我家的东西。谁知我才去了几天,陈小庆便回村把家什用具全搬到了移民村。颍川村的围龙屋和所有房子都被推土机推倒了。

颍颍的名字是我给取的,他虽然不在颍川村出生,也不在颍川村长大,但他是颍川村的人,身上的血肉连着这片山水和这座围龙屋。颍颍什么都好,就是人长得有点瘦弱,鼻子先天性过敏,到底不是闻着火烟味长大的。在那城里成天闻着汽油味、粉尘味、香水味、烟草味，鼻子不遭罪才怪呢！

　　幸好我记住了明朝刘太医的牛蹄筋汤秘方，熬了给颖颖喝，他竟然不怕那种腥膻味，说是世界上最香的汤。书上说，这汤能治很多病，我信。因为牛是吃草长大的，草是土里长出来的，吸收的是大自然的营养和气味。比如那些柴草，不也是土里长出来的吗，有泥土的滋养，连燃烧时散发出的气味都养人，所以农村里的小孩长得壮实。而城里人大多不接地气，便容易生病。我这个老头子不懂科学，就认一个死理，什么都要接地气。

　　孟小笛这个女人不懂这个道理，总爱往身上喷香水，好像香水是她的命根子。还爱吸闻鼻烟壶。后来我问了颖颖，他说里面装着烟草和麝香碾成的粉末，能提神醒脑。他偷偷拿给我闻过，我受不了，气差点就接不上来。颖颖更是奇怪，闻了后接连打了几个喷嚏。

　　颖颖喜欢的是牛蹄筋汤的气味，就像我闻到火烟味时一样，鼻子里仿佛开着一朵映山红，能照亮整个颖川村。但孟小笛极为抵触这牛蹄筋汤的腥膻，以致在屋里猛喷香水来驱散这气味，后来还把玻璃养生壶摔碎，也把我的心摔得破碎。我再也待不下去了，但我能去哪呢，村里的房子被拔了，陈小庆家我哪怕睡大街也不去。我只有回颖川村，就算搭茅屋也要回去！

　　陈大友还算孝顺，跟移民办说了情，回村给我搭了个小木屋。我住着挺舒坦的，木屋散发着木香味，厨房、房间、厕所一个不少。但整个村子空荡荡的，没有火烟味，芒草到处疯长，再也听不到鸡鸣狗吠和村民们的笑骂声，我的心里空落落的。于是，我种了一棚葫芦，还养了一头牛。

　　陈大友一个月至少会跑三百公里回来看我一次，每次都买了米菜和油盐酱醋。还想给我用上煤气，我坚决不要，多少年我都用柴草烧饭，这样吃起来才香，有草木的清香味，胃口好着呢。我边放牛边砍柴，在木屋的檐下堆起了高高的柴垛，这样看着踏实，日子不落空。

他说你想吃什么就跟我说，我给你带。

我说一个肚子能装下山还是能装下河，我就想见颖颖！

以后陈大友便每次带着颖颖来，那天是我最开心的日子。灶膛的火发出哧哧的笑声。以前一听到灶膛的火哧哧地笑，老人就说"火会笑，有好兆"，真的家里很快就有了喜事。火映在颖颖欢笑的脸上，他把烧火的活儿抢了过去，往灶膛里添大把大把的柴草，还说这味道真好闻，大口大口呼吸着火烟味。

一盘马齿苋，一盘醋熘萝卜，一碗艾煮蛋。都是长在地里的，不施肥，不喷药，吸着露水和阳光长大。颖颖很得劲地吃，扒拉完一碗，又盛一碗。我忽然觉得这孩子很可怜。

吃完饭，我带颖颖去看葫芦，他还带上了葫芦丝。一个多月，这葫芦就长起来了，像刚出生的娃娃，挂在棚里嘻嘻地笑。颖颖轻轻触碰它们，眼里射出雪亮的光。他的手指抚着葫芦丝，吹出一首《南山小曲》。我听到满棚子的葫芦发出婴儿般的笑声。

然后，我又带颖颖去放牛。颖颖牵着牛，像小伙伴一样亲密，手抚摸着它的双角和毛发，这让我想起那次去家庭农场时颖颖对牛的深情。

我说，你爸有没有煲牛蹄筋汤给你喝？

颖颖说，妈妈不让煲，说那气味能杀人！

我说，她还喷香水吗？

颖颖说，每天都喷，她说就是要锻炼我的鼻子！

我的心里很痛，只能叫颖颖多跟爸爸来颖川村。虽然这个村子已经成了空村，但这里的气味养人，泥土里长着草木，空气里飘着草木香，人一呼吸就顺溜，这日子便能过出滋味来。

颖颖牵着牛吃草，眼睛一亮，问，爷爷，这是什么？

我一看，是地稔。一个个又红又黑的小果子圆嘟嘟的，很讨人喜欢。颖颖摘了一个，放进嘴里，说，好吃！我说，这地稔又叫矮脚稔，能清热解毒，止血化瘀。

离开村子时，颖颖掏出一个鼻烟壶。他说是背着妈偷偷拿的，听爸说村里有迷人的气味，我要带点回去。说着往里面装了灶膛里的草木灰。我知道，他喜欢这草木香和火烟味，他没有忘本，颖颖是颖川村的人！

之后，颖颖每个月都跟着陈大友来村里看我。我每次都教他认识一种植物。

——七月，颖颖认识了河白草。这草又叫扛板归、老虎利，根上长着刺，叶片呈三角形，嚼在嘴里酸酸的，果子紫红紫红一大串，酸酸甜甜。能利水消肿。

——八月，颖颖认识了茅莓。果子有点像草莓，红黄红黄的，吃起来甜丝丝，舌头都会摔跤。能凉血散结止痛。

——九月，颖颖认识了刺苋。浑身长满刺，不好看，却能治肠炎、十二指肠溃疡和皮肤湿疹。

——十月，颖颖认识了火把果。这果子长得像榕树籽，豚个指头大的肚子，圆滚滚的，很喜人，味道甜中带涩。能消积止痢。

颖颖每次都把它们记在本子上，还用陈大友的手机拍了照，说让城里人认识它们。他每次离开时，都用鼻烟壶装满草木灰，说回去闻到恶心的异味时，闻一下草木灰呼吸便很通畅，鼻子像开着一朵花。

那次放牛回来，发现屋里的东西被翻乱了。我赶快去厨房柴草堆里找那只盒子，幸好还在，我松出一口气。一定是陈小庆那混蛋干的，上个月他来过一次，说移民款的存折放在这里不安全！我知道他葫芦里卖的什么药，我不想理他，他像只老鼠灰溜溜地走了。

等陈大友来时，我把存折交给了他，说我不缺钱，你先替我保管着。

又一个月过去，那天早上我本想去放牛，却感觉浑身酸软，脚抬不起来，没胃口吃饭，两眼皮耷拉着想睡觉。我躺到床上，听见灶膛里的柴草毕毕剥剥地燃烧着，水快要烧开了，我想起来把火扑灭，但一点力气都没有，好像手脚被人捆住了。我沉沉地睡了过去，梦见那头丢失的牛，朝我哞哞叫。它的身后跟着我的祖父辈、父辈，还有那个死了十几年的媳妇。他们说村里人都去哪了？怎么空荡荡的，只剩下你一个人太孤凄，不如跟我们走吧！我说我还有陈大友，还有颖颖！他们说你这样等于是折磨儿孙，每个月跑老远来看你一个糟老头，你怎么就不替他们想想呢！我的嘴被一块布封住了，然后两个小鬼捆了我的手脚，押向一个烟雾迷蒙的地方。我知道我走到头了，我叫那两个小鬼转告陈大友和颖颖，我死后不要交给陈小庆火化，我不想让怨恨的人送我上天堂，就在这个木屋里把我烧了，屋檐下堆了高高的柴垛，足够把我烧成灰。南岭公墓我是不去的，颖川村又不准建坟墓，那就叫颖颖把我的骨灰撒在村里。最好能留一点装进鼻烟壶，用力吸进鼻子，我的灵魂就住在了他的身体里……

我知道，我正走向一个叫阎罗殿的地方，路途很远，远远不止三百公里。

我忽然听到颖颖的声音，爷爷，爷爷，你病了吗？

陈大友摸了摸我的额头，说，很烫，重感冒。孟小笛，快，帮忙把爸抬上车！

我闻到一股浓重浑浊的香水味，呼吸越来越急促。

孟小笛打了几个响亮的喷嚏,说,我不适应这村里的空气,早知道这样,我就不来了!

　　我紧闭着眼,不愿看到整天想着移民的孟小笛,就像不愿看到陈小庆那混蛋一样!

2016 年 1 月

微　光

一

　　摩托车灯冲开一道罅隙,竭力排遣开前方浓稠的黑,大初眼睛不敢多眨一下,生怕铺天盖地的黑淹没车灯,淹没了回家的路……土坷垃路忽然一高一低,光柱跟着上下起伏,一个拐弯,便到了村里。没有看到哪怕是寥落的灯光,也没听见一两声老人小孩的咳嗽。除了摩托突突突的残喘外,似乎所有的呼吸和空气都凝固了,听不到一丝有生命迹象的声息。黏糊的黑渗透每一个角落。

　　倒是大黄,伸着舌头喘着粗气,它是跟在大初的摩托后面追了十多公里路跑回的。这些天,它老是跟着大初奔跑于颍川村和移民村之间,够它累的。而它连一声吠叫都没有,蔫头耷脑地站在大初身后,像他的影子。

　　摩托一熄火,车灯就暗了下去。屋里,霉味冲鼻,好似好几年没住人,所有的物件都发出无声的抗议。大初哪里顾得着,急疯疯地掏出手机,一摁,一束光唰地照亮地面。他很累,连擦一把脸的想法都捎了,弓腰坐在竹躺椅上,却发出一声异响,一根竹条断了,咬着屁股,大初嘶了口气,挪挪位置,换了个舒服的坐姿。而两只手,老摆弄着手机。一摁,光灭了;一摁,光又亮了。大初的笑在一明一暗中盛开着。

要不是嘉桐在电话里跟他说，他还真不知道有手机电筒。

嘉桐说，打了几百次电话都没人接，以为大初叔像马航一样失联了！

大初说，偃把手机放移民村充电。颍川村移民后，所有的电线电杆都拔了，想用电比上天还难！（偃：客语，"我"的意思）

嘉桐说，这还不简单，叔买个充电宝，在移民村充足了电，拿到颍川村里去用，能用好几天！

大初傻傻地笑了，原来还有这个宝贝啊，偃这些日子天天在两个村子来回跑，浪费汽油不说，还害得大黄跑断腿！

嘉桐终于没忍住，笑得稀里哗啦，或许眼泪都出来了。

他最后说了句，偃告诉伲这个方法，可是有条件的！（伲：客语，"你"的意思）

嘉桐说了后，大初点头答应。这个条件大初无论如何都得应承。

有了充电宝，大初心里踏实多了。手指在屏幕上漫不经心地划拉着，一不小心进入了相册，露出一张明星脸来，大初说不上她的名字，总觉得有点像娟娟。娟娟也是这样满脸笑容，眼睛在笑，眉毛在笑，额头在笑，鼻尖在笑，嘴角在笑，就连牙齿也在笑。他紧盯着，恨不得把她从手机里抠出来，一揽，便揽在怀里。这感觉大初每晚在黑暗里幻想了无数次。

他松开橡皮绑带，把铁皮水桶从摩托后架上卸下来。照着手机电筒去厨房的锅里拿了两条红薯，一条扔给大黄，啪嗒一声被它叼在嘴里，一条自己剥了皮往嘴巴塞。提了水桶往外走，大黄影子一样跟着。

周遭的黑，如大黑锅罩着，一点都看不见壮观还是萎缩的湖面。电筒似乎暗了一下,没之前亮了,但还好,仍能看见眼前两米远的地方。他提着心走上那半截子竹桥,大黄也哼着气、甩着脚走上来。大初空洞地看了一下湖面,收回眼,弯腰把手机放在竹桥上,亮光如一个躺卧之人伸出的手,用力撑开头顶沉重的铁疙瘩。大初憋着气使劲拉起麻绳,能听见什么东西冒出水的声音,水珠子哗啦啦地掉落湖面,在电筒的光晕里闪烁着微弱的光点。这是个竹架子,底部罩着一张网,乍看整个儿像一顶倒扣着的蚊帐。里面蹦着鱼虾,大黄轻轻吠叫一声。电筒的亮光又暗下去几分,大初知道手机电量不多了,赶紧用手接住竹架子。还好,除了一些鲫鱼、草虾外,还有一条大鲶鱼,伸手去抓,它却猛一蹦,鳍刺划到了手,大初呻吟了一下,鲶鱼又一蹦,终究还是逃不开这个张着大网的罾。

抓到桶里,一阵活蹦乱跳,响起敲锣打鼓似的声音。刚才忘了在桶里加点水,大鲶鱼极力抗拒着。尽管它不认命,但已进了这个机关重重的罾,就算今晚不逮它,明天一早还是会成为瓮中之鳖。

大黄在旁边哼哧哼哧地看着这场戏,头晃着,尾摇着,脚甩着,以一个绝对骨灰级粉丝的笑在喝彩。就在这时,电筒光又暗了下去,好像黑暗不放过整个村子,就连大初和大黄也不打算放过,张着血盆大口要把他们连皮带骨地吞咽下去。大初连忙把那些虾兵蟹将一股脑抓进桶里,再迟一点,便得摸着黑回家了。

往回走的路上,桶里很是热闹,也许鲶鱼在逞临终前的最后一次威风,害得那些鱼虾纷纷躲闪,但巴掌大一块地方,能躲到哪去,躲不了便只有奋起反抗。桶里理所当然地成了三国演义的古战场。

电筒又暗了一次后,终于完全熄灭了,像半空中谁无奈地叹息了一声。那只大黑锅重重地罩下来,把伙计俩严严实实地罩住了,连呼吸都是局促的，大黄呜呜低吠两声。大初便只能凭着记忆试探着往前走，周围坟墓般死寂。还是春尾夏初，连青蛙蟋蟀的鸣叫都没有，这个村庄晚上在沉睡，白天也在沉睡。

幸好有鲶鱼，把桶里闹得兵荒马乱。大初很享受地听着这场三国演义。就像移民前，村里也是这般热闹。邻里不和吵架的，大人呵斥小孩的，斗嘴皮大声争辩的，街巷货郎提嗓叫卖的……吵是吵了点，但人气旺，村里便飘荡着暖心窝的烟火味。一移民，村民们全都拖家带口搬出了村子，只有那些用不上的笨重石磨啊谷舂啊犁耙啊风车啊猪槽啊坐栏啊才丢弃在屋里。大初跟这些物件感情深着呢，谁家不要的，他全都搬到自己家，笑呵呵地跟他们说，偃要开个客家博物馆，这些都是祖辈留下来的传家宝，偃替你们保管着！他们巴不得将这些破旧家什搬开，反正以后再也用不上了，留着也卖不了几毛钱。但他们不理解大初为什么将它们视如珍宝，还死心塌地地守着村子。移民办的干部跟大初磨破了多少嘴皮，大初就是吃了秤砣铁了心，说偃一想到要离开颍川村，就有一把刀子顶在胸口，你们谁要偃搬，偃就用这把刀刺穿心脏！说完真的从兜里掏出一把长柄尖刀，在移民办干部面前挥舞着，寒光闪闪。

下游凌江水库加固扩容后，水位线上升，一到汛期整个颍川村必定受淹。政府划了一大拨钱，在距离村子十多公里远的库区建了个移民新村，村民们哪能违背政府的旨意，便全都搬了出去。大初却固执得很，政府给他在移民村分了房子，他坚决不搬。和他一样固执的，还有方伯和夏婶两口子。守着空空的村子喝西北风去啊？面对村民的讪笑，大初说，偃有罾，有罾就能捕鱼，捕了鱼就能卖钱！

就这样，大初留在了颍川村，整天靠放罾捕鱼赚点钱补贴家用。其实，他骨子里喜欢这种古老的罾，这是祖辈传下来的捕鱼工

微 光　303

具,土是土了点,但很管用,对湖和鱼也没有污染。不像那些狠心的人用炸药雷管炸鱼,用油茶渣毒鱼,用电鱼机电鱼。

收了罾捕了鱼,大初会躺在那半截子竹桥上悠闲地看天。天上的白云也悠闲地飘移着。他痴痴地想,天上是一个巨大的湖,那些云都是一条条有生命的鱼。他还想,要是把罾倒放过来,放到天上的那个湖里去,也许能捕到那些白云。他甚至疯狂地想,一次刚把罾放到天上去,收罾时惊喜地捕到了娟娟。

娟娟是一条鱼,一条微笑的鱼,但她却离开了颖川村,像云一样飘到东莞打工去了。她离开村子时只留下半拉子话——我会想你的!与这话一起留下的,还有一个微笑。这笑在大初脑子里怎么也挥不去,一到晚上便像一条百足虫噬咬着他,愈想撇开,那虫却愈缠得紧,心里便愈疼。很多个晚上,大初彻夜无眠,那种痛苦让他欲生欲死。

他便用几百元买了台二手手机,心想也许某一天娟娟知道了他的号码,会从东莞打来电话。就像湖里的那个罾,说不定某天会游进一条美人鱼,从此改变了大初平静的生活。

但自从移民后,颖川村就断了电,所有的电杆电线全扒拉掉了,晚上黑灯瞎火的,他只能到移民村给手机充电。这破手机蓄电功能差,刚充的电,才半天又没电了。喂不饱的蚂蟥!大初心里骂道。这样,他每天至少要跑一趟移民村,他那蚂蟥一样的手机在火柴盒大的移民房里充着电(顺便把那些鱼虾卖给在移民村开店的方凯)。这些天,即使再累,大初睡觉时也会从蚊帐眼里看到娟娟眨巴着微笑的俏眼睛。

没了手机电筒的光,大初便只能跟在大黄后面,哪怕天再黑,大黄也能看得见,这是狗的特异功能。大初一下子急了起来,叫大黄跑快点,要回去拿充电宝充电,下午嘉桐说会把大初的号码给娟娟,他就在离她厂子不远的大学里读硕士。他还说有一次跟娟娟在大排档喝潮州砂锅粥,嘉桐试探地问她谈了男朋友没,娟娟肯定地说还没。大初很感激嘉桐给他透露这个消息,嘉桐说晚上见到娟娟把你的手机号给她。大初心里一万个感谢,说偃也会满足倪的条件,明天吧,明天一早就能实现。

雨来得很及时,大初和大黄刚回到屋里,就噼里啪啦地下起来了。

他赶紧摸黑找到充电宝插上,一摁,手机开了,一会响起短信提示音,显示一个未接来电。0769开头的区号,是东莞的电话。大初喜不自禁,在脑子里搜了几大圈,接通后该跟她说什么,用怎样的语气说,脸上的表情要真,虽然她看不见,但她在电话那头能揣摩到。那句话一定要说——记不浑全了——对,就是那句——他拍了一下大腿。嘴里咕哝道:一日不见,如隔"山丘"!大初又细细品咂着,好像尝着刚下树的山梨,嘴角的咀嚼肌大幅度往上扯。

又迟疑了一阵,终于用手指摁下那个号码。通了,却是嘟嘟声。也许娟娟在上班,不方便接。他又拨了一次,仍然是硬冷的嘟嘟声。

大初不死心,又想了一下该说的话,连说到哪个词时眼睛要作深情状嘴巴要半合上都想好了。也许,等会下班时娟娟就会打来电话。等等吧,再等等,听着外面越下越大的雨,大初心里忽然堵得慌。四月天,清明雨,是村民们回村拜山的时候了,娟娟会不会从东莞赶回来给她祖母烧炷香?

二

炒黄豆的声音,噼噼啪啪,噼噼啪啪,气咻咻地钻进夏婶的耳朵。方伯转了个侧,嘟囔一句,咋这么吵,想让俚睡郎当觉!夏婶心里说,这老头子,心给阎王剜走了,尽说迷糊话!暗地里却乐着呢,这村子静得沉闷,多亏有这声音,又像回到了两年前鸡鸣狗吠的场景。

那时山是山,水是水,村子是村子。全村一百多户人家,上千人丁,一人呼一口气就能把天上的乌云吹走,一人说一句话比马蜂窝还闹哄。密匝匝的屋子从山下一直往山腰上挤,看着散乱,却总是热闹的。因为有山下的围龙屋,咁大一座半圆祖屋,能住下几百人。前面是一口半圆形池塘,与祖屋合起来就是一个大圆。祖宗真是了不起,建起大屋子让子孙们生活在圆形里。但时间一长,子孙们住腻烦了,还不是兜里有几个能咬人的钱,在围龙屋旁屋背建起了一栋栋砖瓦屋、水泥房。几代人下来,就成了这乱糟糟的模样。在大围龙屋面前,所有的屋子便显得小,全像围龙屋生下来的子子孙孙,这些屋子就不那么散乱了。但人天生却是乱的,东家跟西家一句话说不和,瓢泼水一样吵上了。这家细哥跟那家细妹好得黏糊,半夜里还对起了山歌。上家男人跟下家媳妇走了火,老人敢怒不敢言,却把对方家的猪啊狗啊打得呜里哇啦叫。乱是乱了点,但村子的气好歹还在。这就像一个人,哪怕满脑子想法,要是一口气没接上咽了,这人就没了,成了山上乱草丛里的高坟。

这两年,夏婶一直觉得自己和老头子活在高坟里。这晚的雨让她有了回到人间的真实感,从脑子里蹦出的第一个人就是孙子,他是夏婶和方伯的心头肉。村民们一个个离开了村子,儿子也把家什搬得八九不离十。夏婶却从里面把门反锁上,说,老头子,我们哪也不去,颍川村才是我们的家!方伯啪嗒啪嗒抽着烟,沉默半响,一句硬话跨过那股烟雾蹦到地面——就算死也要死在颍川村!无论儿子怎么劝,两口子的心铸成了挡箭牌,从儿子嘴里射出的箭刚离唇就被挡了回去。

到底是孙子能让他们动心。

孙子跪在门前，说，阿公阿婆，你们不走，偓以后饭吃不下觉睡不香！

夏婶说，阿公阿婆留在村里晒柿花饼龙眼干给伲吃！

孙子还是跪着，说，阿公阿婆，你们怎么舍得丢下偓和阿爸？

夏婶说，阿公阿婆做糯米酒稌子酒给伲喝！

孙子依然跪着，说，阿公阿婆，你们不跟我们住，这日子没个盼头！

夏婶说，阿公阿婆做黄粄萝卜粄给伲尝！

……

老两口犟，孙子也犟，他在门前跪着，把膝盖都跪烂了，方伯和夏婶也没答应。他最后磕了三个响头，眼泪一行鼻涕一行地跟着他爸离开了颖川村。老两口心里像刺着一把刀，滴着血从门缝里看着儿子和孙子消失在村前的泥路上。

噼噼啪啪，噼噼啪啪，这炒黄豆的声音从屋瓦上灌下来，夏婶心里五味杂陈。该去的去了，这颖川村一下子空了，如掏了瓤的沙田柚，只剩下空空的壳，寂静得一点声息都没有，像个死坟。这雨声，让夏婶活泛了过来，她想起了这个村庄的很多事和很多人，有些人、有些事永远都无法从心头抹去。这清明节气，虽说与冬天隔了几里远，但还是有一股子冷劲，从脚趾头逼来，沿着脚脖、腹部、前胸一直往上逼，夏婶打了个寒噤，抱了抱老头子。老头子却打起了轻鼾，一个没心没肺的老鳖头。

忽然一串雨滴在床边的桌上，啪！啪！水沫子溅到夏婶脸上，冷冰冰的。这糟命鬼，要把偓往地府里送！迟重地翻过身，摸黑走到墙角拿了只脸盆，摆到桌上，当！当！当！这雨滴成了八卦钟，没个消停地敲响钟摆，好像时间完全混乱了，一直这样不知深浅地敲下去，这让她想起了过年的锣声。于是，夏婶又回想起那美好的时刻。

过年时，围龙祖屋总会响起锣鼓声，那些老辈子有板有眼地敲，咚咚锵咚咚锵，咚锵咚锵咚咚锵，咚咚咚，锵锵锵……把过年的气氛闹了上去，整个村子飘荡着一种喜庆味儿，那是年糕、煎堆、娘酒、香烛、鞭炮混合成的味，香入了骨，呼出的气都是香的，脸上不笑时表情也是欢喜的。那时孙子还小，刚会走路的年纪，拉着阿公阿婆的手屁颠屁颠地往祖屋去，一心想听锣鼓声。抢过老辈子手里的棒槌敲几下，一槌没敲准，竟然敲到了自己的小手上，笑得村民们满地找牙。

方伯转了个侧，嘴里嘀咕道，吵什么吵，天还没亮鸡还没啼！夏婶用手戳了一下他的头，耳聋了？雨下到屋里来了！方伯又一声嘀咕，看来上天也赶偓走，偓偏不走，偓还要睡大觉！说着又转过身去。

夏婶眯了个觉，听到那只公鸡喑哑的啼叫，一点气劲都没有。翻身下床，雨珠有一搭没一搭地滴着，桌上脸盆里的水已溢了出来，吃力地端起，泼到门外。雨势小了，漫天雨丝淋在树叶、菜园、野草上，淅淅沥沥，让夏婶有一点点久违的兴奋。眼前的湖水如一口端放的大锅，雨珠滴下来，像在熬一锅水煮黄豆。她在巡睃大初和他的罾排。两排竹条不见了，倒是那半拉子竹桥浮在水面，罾的竹竿只露出一点形迹。这天被捅破了，没命地下，一晚上湖水便涨了起来。

很奇怪，没看到大初，往日这个时候他肯定会站在竹桥上收罾。不远处，好像有一个影子在动，夏婶定了定神，吓了一跳，那里不是高坟岗吗，下雨天谁会到那去，莫非一大早见鬼了？那影子好像戴着斗笠，披着蓑衣。夏婶喊叫了一声，对面是人还是鬼？意外响起狗的吠叫声，是大初和大黄，夏婶一颗心才落了地。细细一想，除了大初，还会是谁？村民们搬离后，就剩下大初和他们老两口。他住在山坳的另一端，成天就靠放罾捕鱼虾换点油盐钱。

村民们都说大初是榆木脑袋，直走不拐弯，但大初这人心地不坏。方伯和夏婶有个什么急事，叫一下他，他挺乐意地就跑来了。这一次，夏婶想叫他雨停后帮忙修整修整屋瓦。老头子不比十年前，耕田犁地还呼呼生风，如今这老骨头，连走路都得夹着脚趾，一不当心摔个跤就可能被小鬼拖了去。

于是她又喊道，大初，雨停了帮俺拣屋瓦，屋里漏雨昨晚睡了个囫囵觉！

大初在那边说，好，等俺割完草就过来！

夏婶说，你在高坟岗割什么草，不怕被鬼招了魂？

大初说，转眼就是清明了，草一年比一年长得疯，再不割祖坟全被草吃了！

夏婶正要撤回眼神，忽然看见对面山腰上若明若暗地浮现一层淡白色，像一朵朵云，又像一条条白绸。老了，真是老了，才多远，就看不清个子丑寅卯。这时，老头子走出门来，粗重地咳嗽了一声，抬起眼，说，油桐花开了，清明谷雨四月天！

夏婶打了个颤，心里特别忌讳这个节日。她和老头子都是黄土埋到脖颈的人了，说不准哪天脚一蹬就去了，儿子孙子会在清明节这天给他们烧纸钱。呸呸呸，夏婶朝地上连吐三口唾沫。

三

也就是昨晚一刹那的念头，大初一大早便冒雨来到高坟岗，五节芒刺啦啦长得比人还高,葛藤扭麻花一样爬上坡,芒萁气汹汹地满山冈疯长。这些欺软怕硬的,村民们在的时候全都蓄着劲,移民变成空村后,便一下子放肆了,不管不顾地撒泼卖疯。人气,没了人气,村子就荒了。雨水打在斗笠和蓑衣上,噼里啪啦响。水沫溅在脸上,凉沁沁的。大初忽然怒不可遏,手挥镰刀,五节芒唰唰唰地断了腰,葛藤芒萁白茅南荻狗尾草也尖声怪叫地俯伏在地。大初总算把上山的路给开通了,大黄跟在后面,摇晃身子甩雨水,那条尾巴像极了狗尾草。

大初花了好大的气劲才找到父母的坟,白茅已经掩向坟头。大初嘴里喋喋不休地骂,大黄也在身后低吠。一镰一镰地挥着,雨水从脸颊流进嘴里,咸咸的,涩涩的,像大初此时混杂的心情,沉重中带着无限伤感。

大初心里默念着,阿爸阿嬷,你们在天有灵,保佑倨早日讨到媳妇,不能让陈家断了香火!

终于割完了疯疯癫癫的草,父母的坟便现出了模样。大初怪异地想,这坟,很像一把大藤椅,后面半圆形是靠背,中间的墓穴里安放着骨骸,两边便是扶手。灵魂和人一样,坐着要舒服,祖坟才能冒青烟庇佑子孙。再仔细看去,怎么跟围龙屋的造型有点像呢?围龙屋是一个半圆形,前面一口半圆池塘,合起来就是一个整圆。这坟的后边是个半圆,前边的拜摊也是一个半圆,不又是一个圆吗?人住的和鬼住的,都是一个圆。搞不懂,实在搞不懂,大初想破脑壳都没想通透。

正要抬脚,一朵花瓣从眼前飘落,仰头看去,油桐花开了,白亮亮地挂在枝头。这清明,说来就来了,油桐树在空中给魂灵们挂一段白绸,从四月天一直祭奠到五月天。大初很感激高高的油桐树和白白的油桐花,那些树下不知轻重的杂草,只会有眼无珠地撒疯。幸好偃大初能收拾你们，这叫一物降一物。

大黄嘴里叼着一朵油桐花，摇头晃脑，很好奇的样子。大初又往前开路，好不容易找到了另一座老坟，也是杂草丛生。一阵镰刀挥舞，这墓便清爽了许多，虽然老迈，但还是显出了精神劲。

大初又在心里默念道，娟娟阿婆，伲要在天上保佑偃和娟娟结为夫妻，以后每年这个时候偃都为伲除草！

这是娟娟祖母的坟墓。虽没在手机上跟娟娟说上话，但他想着她可能会在清明节回来祭拜祖母，到时找不到墓可就不吉了。

说到这，大初想起以前听老一辈说过的一件怪事。有一户人家在清明节上山扫墓，没想到芒草封山，怎么也找不到祖坟，只得原路返回。快到山脚时，一条大蟒蛇斜刺里嘶啦着信子闯过来，众人吓得胆都破了，一个个摔得鼻青脸肿。半夜主人做了一个梦，一枝油桐花被风折断，掉在坡上，神奇地现出坟地。于是一大早他又率众上山，果真看到一枝油桐花横在半坡，掰开杂草，真的是自家的祖坟。

夏婶的一声喊叫把大初拽了回来，大黄吠叫了几声。方伯和夏婶一辈子好着呢，一个是榫，一个是卯；一个是井绳，一个是辘轳；一个是檐头水，一个是檐下石。过日子总是有商有量，从没大声吵过架。没想到他们也半步不愿离开颍川村，搬迁时还硬气地跟儿子方凯争辩，把白蚕黑蛹说得白是白黑是黑。大初有时会提着烧酒跟方伯喝两杯，方伯给他讲村里上下几百年的事，他还特别喜欢大黄，老是给它红薯吃。大黄见到他像家里人一样亲，总是在他身边兜圈圈，摇头晃尾地跟着大初一起听方伯讲过往的事。

大初又割了一丛杂草。夏婶叫他拣屋瓦，他合算着等雨停了后便过去。就在这时，手机响了，赶紧掏出，心扑通扑通跳，一看，却是嘉桐！

嘉桐说，大初叔，充电宝好用不？麻烦伲到倱阿公阿婆家里，倱想跟他们说说话！

大初说，倱这就去，等十分钟伲再打过来！

这就是嘉桐说的条件，他帮大初把号码告诉娟娟，而大初要在嘉桐想跟祖父祖母讲电话时把手机送过去。这样岂不是两全其美？

嘉桐说昨晚已经把号码给娟娟了，他们只说了几句话，她就回厂上晚班去了。他还说，大初叔，成不成就看你了，倱会帮你看风放哨！

大初揣上手机，急匆匆地往山下跑，大黄在前面开路，不时兴奋地高吠两声。一阵风似的跑到方伯家时，夏婶又从屋里端出一盆水泼洒到门前。

大初说，嘉……嘉桐，来电话了！

夏婶眼睛一亮，说，快，倱跟他讲！

大初说，等一下他会打过来。

方伯从屋里走出，转身又折回去，出来时手里抓着一把红薯。大黄吃得啪嗒啪嗒响，吃完还用舌头舔着方伯松树皮似的脚掌。

方伯说，还没吃够？

大黄讨巧地呜叫两声。

方伯又去抓了一把，铃声响了，大初慌忙接听，把手机递给方伯。

方伯一手抓着红薯，一手把手机挨近耳朵，跟嘉桐绵绵软软地说着话。大黄绕着方伯转，眼睛盯紧他手里的红薯，方伯丢一条，半空中便被它叼住了。三两口吃完，又缠着他，方伯又丢一条。也许方伯耳朵不太好使，或者手机信号有点故障，说话磕磕绊绊的，说到后面，索性把手机给了夏婶。

夏婶接在手里，像接着一个宝贝，无比亲热地跟嘉桐说话，才说几句,也是断断续续,夏婶嘴里如塞了一块破布。

大初拿过来一看,说,赶紧讲吧,只剩一点电了!

夏婶便不管三七二十一地说了一箩筐话——嘉桐,伲在外头要吃饱饭啊,人是铁饭是钢;嘉桐,伲晚上看书不要看得太晚啊,身体搞砸了什么都白搭;嘉桐,阿婆知道伲最爱吃柿花饼,偎都给伲留着呢……

讲着讲着,话戛然而止。大初把手机接过来,黑屏了,说,下次充好电再叫嘉桐跟你们讲!

方伯坐在门槛上摸着大黄的头,说,大初,高坟岗的草都肥嫩着吧,肥了草,瘦了坟。自从移民后,满村子的草都疯长,这日子就瘆得慌。但人还能叫草给吃了?偎要是能上山,早把祖坟的草给除了。大初,等一下托伲把偎家祖坟的草也割了,改天叫方凯带着三牲和香烛纸宝来祭拜!

一直戴着斗笠披着蓑衣的大初望了望天,又望了望屋顶,说,反正还下着雨,拣屋瓦也不是时候,偎先帮伲家祖坟割草吧!

大初一拔脚,大黄也从方伯身边闪开,跟着主人重又往山上去。半路上,方凯才想起那个关于圆的问题忘了问方伯,算了,回头再问吧。割了方伯家祖坟的草,大初收不住手,顺便把附近那些坟的草也割了。远远看去,高坟岗才亮出一座座的坟来,好似一个个圆画在半山上。白色的油桐花一树一树地开着,白色的圆也一圈一圈地勾勒着,要在青绿的山冈上画出新的图景来。

一步一步疲累地走下山,走过村里的湖,来到竹桥上,大初出神地看着前方。湖水荡漾到山那边,一片渺茫。之前湖没这么大,移民后村前凌江的水位线上升,河水漫进来,一口吞掉了那些高岸的稻田和房屋,湖便大了几倍。湖里插着两排密密的竹条,呈V字形一直接到竹桥边,那些鱼虾会沿着V形竹条往前游,游着游着便到了 V 形尖端，那里便是罾。其实也不复杂，就是几根竹竿捆绑成的架子，底部结着一张网，有点像倒扣的蚊帐。鱼虾一游进去，便出不来了。罾网要用猪血泡煮，不然的话会过于柔软，易缠绕，也易腐烂。泡煮过猪血的罾网不但离水快，据说还能辟邪，所以大初从来不怕一个人半夜去湖边收罾放罾。

什么时候雨停了，大初解下斗笠和蓑衣，浑身酸软，索性仰躺在竹桥上，看着头顶乌蒙蒙的云层。想着天上是一个大湖，把罾排放进去，一捞便捞起一大群鱼虾。

大初眼睛微闭，耳畔冷不丁传来一个尖细撩人的声音。

大初，偃心里想伲哦，伲过来东莞。这里的厂子比蘑菇还多，从厂里流出的都是花花绿绿的票子！

娟娟，偃也想伲啊，还是伲回来颍川村。村里有个大湖，湖里有捞不完的鱼虾，鱼虾能换油盐柴米，过日子见天不愁！

也许是天意，大初果真牵上了娟娟葱白似的手，两人轻快地走到湖边……

夏婶声嘶力竭的喊叫就是在这时响起的——大初，大初，老头子从屋上摔了下来，快打个电话给方凯！

大初一激灵醒了，还来不及回想与娟娟牵手的美妙感，夏婶的那句话便把他从竹桥上硬生生拽了起来，他拿了斗笠蓑衣和镰刀，抬脚跑向自己家，大黄在身后飞奔而来。手机接上充电宝，开了机，拨通方凯的电话，急急地说了事情，然后一路狂奔到方伯家。

竹梯架在屋檐，边上几条桁架上的瓦片摔下来碎了一地。夏婶带着哭腔说，老头子，伲挺住啊，伲可不能丢下偃一个人！方伯眼睛紧闭着，头部和手脚摔得很重，又红又肿，还流着血。涂抹了万花油，大初伸手摸了摸方伯的脉搏，很微弱，嘴巴有气无力地呼着一丝丝气。

夏婶说，俚正准备淘米做饭，没想到老头子一个人搬了竹梯上屋拣瓦，都什么年纪了，还想和几年前一样逞强！

大初说，方凯马上来村里，没事的，吉人自有天相！

夏婶嘴里喃喃，菩萨保佑，祖先保佑，可不能让老头子有个三长两短！

约莫过了半小时，一辆摩托突突突地开到门前，方凯背后坐着一个人。两人走进屋，那人看了看伤势，从医药箱里拿出听筒，在方伯胸前探了探，又把了把脉，说，恐怕时间不多了，该准备的尽早准备吧！

方凯怔住了，夏婶呜呜咽咽地哭。大黄呢，好像也知道方伯快走到头了，用鼻子哼哼着，表情很悲伤，在方伯面前烦躁地踱来踱去。

下午四时许，方伯撒手走了。大初没想到这么快，那个关于圆的疑问还没问方伯呢，看来只能烂在肚里了。帮着方凯料理后事，竟然无头无绪，冷冷清清。要是以前，会有很多亲戚和村民过来帮忙，把事情安排得妥妥帖帖，葬礼上里三圈外三圈地站满挤挤挨挨的人，唢呐手鼓着腮帮吹出日升月落、花谢花开，还有锣声、鼓声、钹声、镲声合奏起来，热闹、隆重，跟过节似的。

但现在移民了，村民们不会大老远赶来为方伯送行，只来了几个亲戚，一切便都从简了。没有请五音班子，没有请和尚超度，也没有杀猪宰羊，能省的都省了。方凯跟亲戚们商量着明天一早就出殡。

守了一夜，翌晨殡葬车便开到村前，稀稀拉拉的几个人在鞭炮声中抬着一副薄棺送上车。

等方凯将父亲的骨灰盒接进村时，天上乌云压顶，转眼间黑了下去，那气势要把整个村子活吞掉。黑蒙蒙的，大初只得打开手机电筒，照着方凯将骨灰盒送上高坟岗，大黄鸣叫着在前边引路。到了墓坑处，一道雪似的白铺在坑前，在电筒的亮影里闪着荧光，大初用手摸了摸，是油桐花！大黄悲哀地呜咽了几声，大初明白了，是大黄用嘴一朵朵叼来的！

虽然手机接着充电宝，但电筒还是暗了下去，大初心里默念着，祖先保佑，千万不能断了电！

这时，手机铃声响了起来。是嘉桐，还是娟娟，大初已顾不得了，这铃声，是一曲《百鸟朝凤》，恰好为方伯送最后一程。

铃声如此热闹，又如此孤寂，回荡在高坟岗，回荡在空空的颍川村，回荡在浩渺的湖面上……

2015 年 9 月

玉液琼浆

一

大概那天是暖色调的吧，好好的，天上冷不丁布满了朝霞，把个城推向酒红色的海面上，壮伟，诡秘。玉琼一脸红晕地进了拥挤的老市场入口，两手紧握摩托手把，一脚踩挡位，一脚掂着白霜斑驳的地面。人流总是密匝匝的，要是以这样的姿势等待一条畅通的路，即使等到天上挂满晚霞也指望不上。玉琼只能按一下喇叭，拧一下油门，摩托车像这个清早天外驾临的怪兽，人流好歹会让开一条窄道。谁叫它长得犟头犟脑呢，后架左右两边还用两条并排的竹扁担绑着两只箩，箩里各装着一只黑不溜秋的瓮。这就够了，不让开一条路，也许它会成为变形金刚屹立起来，伸腿张臂，转眼间把这老市场踏扁了。玉琼右脚仍不敢离地，鞋尖踮着白霜与泥糊混搭的路面，随车轮划出一条长长的蚯蚓，但只延伸了几米，右脚又踩实了，车轮戛然而止。

天哪，前面轰隆隆奔来了几辆摩托，看那来势汹汹的气劲，就知道是胆量和势头占了上风。谁不怕被撞成三级伤残呢，咱惹不起还躲不起？一个个缩紧身子骨让开一条通道，摩托便所向披靡地开来了。嘎，一阵急刹，终究还是避开了玉琼的摩托车头，却不偏不倚地撞上了车后架的一只箩。市场的嘈杂声还是礼让了瓮的碎裂声，非常清脆，如一只唐宋年间的青花瓷瓶从博古架上摔了下来，一场前世的恩怨以决裂的声响来到了今生的尘世里。

眼睛长屁股上去了，怎么不闪开？

偓一帮兄弟可不是吃素的！（偓，客语，"我"的代称）

明显在以势压人了，玉琼以沉默对抗着。

汩汩地便有液体从箩底流了出来，桃红色，一小摊洇成了一大汪。众人瞪圆了眼，似乎醒悟到天上红霞的来处。吸溜吸溜，个个耸着鼻翼，一股香甜钻入鼻孔漫进脏腑，脸上的微红变成了酡红。市场里的所有人都静止了，像一个个为爱痴狂的夏娃与亚当，竟然在那几分钟时间里忘了心跳。

那个撞破酒瓮的板寸长长地呼出一口气，竟然蹲下身子，伸出一指往地上蘸去，放舌尖一吮，眯缝着眼，恍惚看到了这个城市的草长莺飞和春暖花开。舌尖大概实在抵挡不了酒的香吻，索性趴地上，两手曲拱，身子平伸，简直在以俯卧撑的姿势亲吻一地娘酒，舌头伸得老长，品咂有声。他的几个同伙，也跨下摩托，先是用指尖蘸酒，再俯卧着用舌尖舔尝。

这也许是人们有生以来第一次看到的最奇特的喝酒姿势，他们也跃跃欲试，最终还是理智战胜了激情。他们毕竟不想扮演电影《香水》里连格雷诺耶的毛发都吃光的人们。一个个盯紧了玉琼摩托车后架上的另一只箩，谁说，这酒是卖的吧？玉琼轻轻一声，嗯！便有人帮她把酒瓮抬出来，这个要一斤，那个要两斤，一瓮酒转眼卖光了。奇怪的是，玉琼找零时，每一元每一角找的都是新钞，拿在手上干净平展，一点水褶子都没有。买到酒的人哪个不是笑呵呵的呢，有香酒，还有新钱！

后面挤不上来买的，便愤愤地埋怨前面的人。玉琼说，大爷大娘大叔大婶不要急,过两天还来卖!

板寸从摩托后架上的箱子里拿出几瓶酒,说,偓不是有意的,不打不相识,以后交个朋友,这几瓶特曲算是赔偿损失!

玉琼杏眼一瞪,说,谁稀罕,桥归桥,路归路,伲卖伲的特曲,偓卖偓的客家娘酒!

玉琼到底没接,板寸转身踩着火,摩托又轰隆轰隆地冲开人群,隐没在引车卖浆者流的市井之声里。

仰头看天,红霞不知什么时候隐退了,剩了人声鼎沸的海滩,偶尔有早潮冲刷着来来往往的足履。而那摊酒红,却怎么也冲刷不去,融化了零零散散的霜迹,在这早市里散发着勾魂摄魄的余香。

二

冬至节气,颍川村的夜再听不到之前间或的鸟鸣虫唱,像被一场严霜冻结。连呼吸都感觉到了这夜色的稠,找不到通畅的透气口,玉琼大幅度转了个侧,床板嘎吱作响。一口气呼得一波三折,要在这浓酽的暗夜里冲开一道罅隙,去做均匀的呼吸。

霎的一团光亮撑破暗夜,这气才喘得顺溜。掩上门,把用布惊叶(五叶神)泡洗干净的饭甑端入大锅,用桃木棍在甑里的米堆上捅几个洞,好让糯米在柴火中正常呼吸。火柔软地亮起来了,燃着了木柴,一簇桃花在玉琼脸上粲然绽放。一种软绵绵的东西在窗外飘过,一晃消失了。

火愈加地大,这暖烘烘的亮光要拥抱脸若桃花的玉琼,她一躲闪,便扑到经年被柴火烟熏得黑黢黢的砖墙上。飘着糯米香的夜晚才是属于她的,玉琼在气味的自由之夜里闻香而舞,牵着篱笆侧的五叶神,拉着池塘畔的香蕉叶,揽着山脊上的金樱子、酒曲草,还有骨感的黄豆秆、性感的水稻秆和浪漫的草木灰,舞步与糯香融合,玉琼陶醉在柔软、清冽、醇厚和绵远凝成的香气里。

一场奇幻的爱情已然演绎。轻揭开木盖,穿着连衣裙的蒸汽扭着婀娜的身姿从饭甑里翩翩起舞,在灯光和柴火的掌声中闪亮登场。大笡箩里已铺好了几片被霜打蔫的蕉叶,呈浅褐色,它们却感到生命正焕发绿意。屋背的山上也响起了几声鸟鸣。虚掩的门晃动了一下,一个毛球似的东西滚了进来,猫咪猫咪,连骨子里都酥麻起来。

手蘸茶油伸进甑,噘嘴吹一口气,告诉里面的精灵们该出甑了。掏一团正中的糯米饭,茶油防护着手,哈着气放入碗里,撒点白糖,一手端了,一手提马灯,莲步轻移地走到围龙屋的上花厅,正墙的神龛供奉着祖宗牌位。

点着香烛,三鞠躬,双手合十。

火光里闪进一个影子,深更半夜的,心咯噔一声。猫咪……猫咪……这次却是从骨子里颤起的鸡皮疙瘩。扭头看去,阿嬷跟在那只狸花猫背后,拖沓着脚步从下花厅走来。阿琼,都说明天偓来酿,这大冷天,冻坏了身子骨找谁赔!玉琼说,阿嬷,不是说晚扒饭、早炙酒吗,这酒可是替偓朋友阿澜酿的婚酒哩!阿嬷剧烈地咳嗽起来,孱弱的身体毕竟受不了天寒地冻,间或哮喘着。玉琼扶着阿嬷朝卧室走,她却执意要去厨房。

掏出一大团糯米饭,放入装着井水的桶里淘洗,洗得米粒清爽米饭尚有余温方才捞出,平铺于垫着蕉叶的大笡箩上。

玉琼已在一旁碾肉丸大小的酒饼(客语,指"酒曲"),均匀地撒在糯米饭上,反复搓揉、翻拌。阿嬷直起腰,两肩向后扩张,骨节咯吱响。狸花猫在四只脚之间穿行,好像在逮寻已渐微弱的香气。阿嬷露出迟暮的笑,两人把大糯米饭团千柔百韧地抬起放入酒缸,以手掌压实,在正中掏一口井,谓之酒井,用来透气和出酒。母女俩一起把缸抬到酒间,拿一小笘箩盖上,为它穿上棉衣,盖上被褥。人穿多少件衣服,酒也得穿多少件。冬至节气,酒和人一样要保暖,有温度了才能发酵。玉琼拿一把镰刀放在被褥上,据说这样可以辟邪,酒若侵入了邪气,必酸无疑。不管春夏秋冬,都不能在酒间里剥橙子、橘子、柚子等带酸味的水果,否则出酒后会发酸。

翌日晚上,玉琼蹑手蹑脚地走进酒间,生怕惊动了酣睡的酒精灵。轻揭开被褥一角,一股轻淡的酒香沁出,仿若走进了一个甜蜜的蜂房里。蹑手蹑脚退出,轻轻关上门,生怕搅乱了酒香公主的梦。

第三天,玉琼又飘进酒间,抱开被褥,揭去笘箩,酒井里已溢满了酒。几天后,加入少量上等高粱酒,使糖分更好地转化为酒精。玉琼挨着缸壁侧耳倾听,有轻微的响动,那是酒精灵在跳舞。玉琼拿出那把二胡,坐在酒间门口咿咿呀呀地拉起来。

三

待酒发酵好,把缸里的酒糟倒在放置酒瓮口的笊篱上,酒汁渗入瓮里,用蕉叶覆于盖上,再掏一捧拌着草木灰的田泥糊住,反扣一只碗。

炙酒是修成爱情正果的最后一道工序。玉琼往瓮里撒入红曲,稻草秆、黄豆秆和谷壳正毕毕剥剥地燃烧着,爱情的芬芳陶醉了围龙屋。那只狸花猫呢,竟然蹦到屋顶上,在酒香里猫咪猫咪地叫唤。

隔晚便把两瓮酒用箩装了,骑着摩托送到城里的阿澜家。客家人的婚酒当然离不了娘酒。阿澜一个电话打进来,说,阿琼,婚宴上要用两种酒,一种白酒,由伲家男人定;另一种是娘酒,由伲定,就定伲酿的酒,为伲做免费广告哩!玉琼嘻嘻笑,送伲两瓮酒,生个龙凤胎!

这天去赴宴,玉琼卸下车后架的箩,这摩托就轻便了许多。开过村前凌江上的竹桥,轮子碾着竹片,噼里啪啦响,像在放一串鞭炮。就这样一路春风地赶到城里的威尔斯酒店,穿过喜气盈盈的脸和风和日丽的笑,玉琼被带到嘉宾席。桌上的玻璃酒壶映照出一张张陌生脸孔,环视一圈,定格在酒壶上,那是她亲手酿的娘酒,与她有着血缘呢,还是它跟自个亲。直到看累了眼,视线旁移,左侧居然摆着一瓶特曲,这不是板寸卖的白酒吗?那精致绝伦的瓶子,早把男人们的目光吸引了去。里面一定是玉液琼浆,强烈勾引着蠕动的馋虫。他们没有把多余的目光移送给毫不起眼的玻璃酒壶,就那样紧盯着特曲,只待婚礼主持一声号令,便趋之若鹜、群起而攻。

又来了一人,带着黏糊的笑,环视一下四周,掏出一叠名片躬腰派发,嘴巴涂蜜,说出的话都是甜的。一张名片递到玉琼眼前,她才抬头望去,四目对视时,不免一惊,这不是板寸吗?真是冤家路窄!倒是板寸先开的腔,嬉皮笑脸说,又见面了,井水遇见河水!玉琼没言语,接了,××特曲有限公司××分公司销售经理,一年前还是跑腿,竟然升职了,却仍不改那副阿世媚俗的嘴脸。

主持牵着新郎新娘的鼻子终于走完了那套千篇一律的礼节,"举杯"两字点燃了这场婚礼的盛大焰火。男人们扑向特曲,斟满杯,举过头,倒进嘴,一团火在胸内熊熊燃烧,而且那股强劲的酱香曲味刺激着舌尖,是多数男人们所不适应的。赶紧夹了一筷子金针菇,想必它们是孙大圣的金箍棒,能变着法子帮他们灭火。但这毕竟是58度的特曲，最爱捣腾男人们的五脏六腑，一窜进去，嘭一声就点燃了，愣是神仙也没辙。

总还是有几个女人把手伸向玻璃酒壶，轻轻倒在摇杯里，红得惹眼，香得扑鼻。轻抿丹唇，如一股蜜顺着喉咙流进五内，那一定是清溪漫过、惠风拂过、燕翼掠过，春天便生机勃勃地写在了她们脸上，红扑扑的，软绵绵的。尽管板寸手握特曲在竭力劝酒，但男人们还是丢下了白酒杯，持玻璃酒壶往摇杯里倒，头一仰，喉结一动，火转眼灭了。于是，男人们跟女人们抢着喝娘酒，一壶已干，又叫服务员上一壶。板寸眼睁睁地看着特曲被娘酒挤到了边缘，便把手机挨近耳，叽里咕噜地离席而去。

新郎新娘挨桌敬酒，阿澜把玉琼推到了众人面前，说，这娘酒出自这位靓女之手，大家多喝几杯，阿琼还待字闺中呢！玉琼一下子成了中心，脸上早已簇满了红云，如天上落下一片霞。一桌子人便说要买她的娘酒，玉琼只得说逢每周几在老市场售卖，到时给伲们留着。这真的是免费广告呢！

散席前，板寸到底还是回了来，仍堆着献媚的笑，端起特曲与众人干杯，却全喝的是娘酒，笑瞬间僵硬。

随着散席的人流涌到楼下停车场，玉琼握住摩托手把，用尽全身力气才推出来，感觉不对劲，蹲下身，发现后轮瘪了，什么时候漏的气？酒意打消了疑窦，吃力地推着车子。这时，板寸很热心地走前来，说，伲帮伲，前面拐个弯有一间维修店！便不容分说抢过摩托手把，背曲腰躬地往前推。师傅拆下内胎一检查，说可能扎钉子了，有几处破洞呢！

板寸就说，没那么快修好，不如到伲店里喝杯茶？

玉琼嘴一扯，不去，井水不犯河水！

板寸笑了，看来帮错人了，这点薄面都不给！

玉琼又鄙一句，谁叫伲帮了，自作多情！

也许戳到了板寸的痛处，一脸尴尬地说，就算偃自作多情，也只对伲一个人呀！

玉琼说，是不是特曲喝多了，冲脑？

板寸收住了笑，说，跟伲说个正经事，偃想开一间客家娘酒厂，伲可不可以来偃厂里当酿酒师？

玉琼说，切，河水想流回井里，满口醉话！

四

玉琼还小时就记住了阿爸的话——娘酒娘酒，就像娘亲怀胎，心肝不好，怎能酿出好酒呢？阿爸不让多酿，说蒸酒磨豆腐，唔敢称师父，一讲数量就砸牌子，最终还是质量让伲走下去！阿爸每次蒸了糯米饭，还要敬祖宗，天地是大树，祖宗是根茎，心里没有根，就接不通山川灵气和日月精华，伲说酿出来的酒能香吗？

等米饭入缸封存好，阿爸便拿出那把二胡，摇头晃脑地拉起《田园春色》来，那是他喜欢得入了骨的曲子。还别说，好像真能听到发酵的噗噜声，酒香就是在二胡声里散发了出来，一阵比一阵浓，香透了围龙屋和颍川村。

炙烤时撒入红曲，这酒便呈桃红色。噘嘴轻吹，浅尝一口，五脏六腑都是香的。多是挑去镇里的集市卖，村里人谁要买，半卖半送，乡里乡亲的，怎么好意思赚他们钱呢？阿爸每次都是用崭新的钱找零，不见一点水褶子。乡亲们说，连钱都这么干净，难怪这酒喝起来清爽香甜！

奇巧的是，玉琼出世时生在了酒瓮旁。那天梁婶正腆着大肚子用谷壳、稻草秆、黄豆秆炙酒，忽然一阵剧痛，以为里面的小骨肉受不了高温,这么热的天,火又烧得旺。疼痛一阵接一阵,预产期还差几天,梁婶也就流着热汗忍着。没想到小骨肉竟然用头猛撞,又一阵要命的疼痛之后,呼啦一声,小骨肉就出来了。

接生婆赶来时,看到她乌溜溜的眼睛老瞄着旁边的酒瓮,就说,前世莫非是酒婆投胎?花名就叫酒娘吧!把母女俩安置到床上,玉琼却哭得呼天抢地,好像她的床在酒瓮旁。接生婆把她的小嘴放在梁婶奶头上,她竟然动都不动,哇哇大哭。便说,快舀勺酒来!盛一汤匙挨近嘴边,哭声立马停了。沾到唇上,咂巴着小嘴,小眼睛骨碌碌转,笑得嘴角的俩酒窝能盛一勺酒。接生婆说,酒娘,真的是酒娘转世!

玉琼每天要尝一滴娘酒,一天不沾唇就闹脾气,她就是在酒香里长成了俏模样。六岁便能一个人酿酒,洗酒缸——蒸糯米饭——撒酒饼——拌匀入缸——发酵出酒——捞酒糟——入瓮炙酒,倒是有模有款。有乡亲买酒,她也学她阿爸用新钱找零。乡亲摸着她的头说,小酒娘,偓给伲的是旧钱,伲怎么要找给我们新钱啊?玉琼噘着小嘴说,偓阿爸说,给了伲们新钱,我们心里才不会起水褶子!

酒炙好后,阿爸用两个酒瓮盛了装进箩,挑着走过村前的竹桥,去镇里赶集。这桥约一百米长,稍不留神便会一个趔趄掉进凌江。那天阿爸出村去天气还好好的,回来时老天就变了脸,一时间乌云滚滚。快步上了竹桥,刚蹽到中间,狂风像一头猛兽蹦来,竹桥剧烈摇晃,阿爸紧紧抓住桥沿的绳索,竭力平衡着身子往前挪。逼近对岸时,忽然刮起一阵龙卷风,阿爸眼看趟不过这道鬼门关了,从箩里掏出买给女儿上学的书包,猛地扔到岸上。

被漂浮物挡住的酒瓮,在暴涨浑浊的水面上浮浮沉沉,瓮口像阿爸的一张嘴,有很多话要跟自己的女人和女儿说。女儿已八岁,九月份就要上学了,她说要买一只画有《西游记》唐僧师徒的书包。阿爸果真买了回来,孰料自己却西游去了。书包里还装着一大包刚买的优质酒饼和信用社找回的一沓新钱,各用塑料袋严实地裹扎着,居然没淋湿。

梁婶清楚地记得男人在出事的隔晚,跟她说了一席话——伲今生要酿够五千缸酒,一个月不能超过五缸,一年最多酿六十缸。多了会把酒酿坏,砸了客家招牌。酒中是有神灵的,超越限度便会坏了良心,再也酿不出好酒!

玉琼也爱音乐,八岁上便跟她爸学会了拉二胡,竟然也是最喜欢拉那首《田园春色》。酿酒时总是哼哼唧唧地唱,她在梁婶肚子里时就听惯了二胡声,真是龙生龙,凤生凤,生个狐狸满山走。梁婶那时担心玉琼长结实了变成满山跑的狐狸精,眼下已是二十大几的人了,还没交上男朋友,这成为梁婶心里的一个疙瘩。

这天,村里开来一辆车,走下一个男人,提着大袋小袋礼物打听玉琼家。村民挺乐意地给他引路,隔老远就喊,阿琼,伲家来贵客了!玉琼跑出门时,背后跟着那只狸花猫,见是板寸,马上收敛起笑容,说,伲来干什么?板寸说,请伲出山,到伲新开的酒厂当酿酒师!玉琼说,伲没那闲工夫,伲请错神了!梁婶从屋里走出,对玉琼说,好歹让人家进屋喝杯茶啊!板寸把礼物放桌上,说,大婶,伲就劝说一下阿琼,伲厂里缺个酿酒师,伲肯定会给高工资的!梁婶说,是鸟总要飞上天,是凤凰总要飞出山,当阿嬷的也拿捏不准女儿的心思。板寸马上有了底气,但玉琼却横竖不开金口,板寸便说,伲今天不答应,伲就住在伲家了!这招果然灵验,玉琼一个未出嫁的女儿身,最怕不明不白地被损。她觉得自己是猪八戒照镜子——左右不是人。去吧,只有阿嬷一个人在家,别看酿酒这活儿不重,忙下来却腰酸背疼的,况且阿嬷还犯着哮喘。不去吧,这板寸一副不到黄河心不死的嘴脸。

梁婶揣摸出了女儿的忧虑，说，阿琼，偃酿了一辈子酒，伲就放心吧！

五

这是一间小酒坊，工人不多，也就四五个吧，每天酿个十来缸娘酒。炙好后装进一个个古色古香的瓶里，圆圆的瓶腹伸出长长的颈项，有点像宋代的"玉壶春瓶"，贴上"围龙酒"标签，在城里居然卖得很好。里面当然有玉琼的一份功劳，要是酒没酿好，伲邓乔康就是有三头六臂，也终有一天会被激烈的市场洪流击倒。

邓乔康原来是某酒业有限公司派驻这个城市的分公司销售，整天与几个销售员骑着破旧的嘉陵摩托像飞车党在大街小巷穿梭，不厌其烦地向小百货店推销新上市的特曲。公司规定每人每天最低销售十瓶，才能拿到每月一千五百元的工资。他们原以为每天十瓶闭着眼都能卖出去，岂料是拉磨的驴戴眼罩——瞎转圈。总不能白干吧，几个毛头小伙搔破头皮，他忽然一拍脑袋，说出个办法。一试，果然有了起色。其高招是——跟店主协商，把酒架上的酒全部撤下，用来摆卖新上市的特曲，当然得给店主好处，以弥补他们的亏损，店主答应半个月也好，十天也好，只要摆上去就起宣传作用了。从架上撤下来的酒则由他们向市民兜售，那些全是老品牌，自然好卖。而店里只用了几天时间，便收到了意外的销售效果，渠道一打开，他们经销的特曲便走入了千家万户，这样还愁卖不出去吗？

邓乔康虽然后来干到了销售经理，但他盘算着还是卖客家娘酒更有市场，便辞职开了个小酒坊，专酿制娘酒。凭着他的市场谋略,硬是在酒业的残酷竞争中杀出一条血路,他的"围龙酒"成为这个城市的新宠。

在娘酒噗噜噗噜地发酵时,邓乔康对玉琼的爱慕之情也在甜蜜地发着酵。七夕节那晚,他捧着一束红玫瑰向玉琼表白,琼,第一次见面就忘不了伲,伲身上每一个细胞都散发着酒香。说心里话,偓能有今天,离不开伲这个酒娘。琼,嫁给偓吧!

玉琼高傲地昂着头,原来伲是醉翁之意,一开始打的就是这鬼算盘,告诉伲,咱井水不犯河水!

玉琼生日那晚,接到阿澜的电话,约她去酒吧。两人在幽暗中漫无边际地闲扯着,阿澜润物无声地说,阿琼,伲也老大不小了,该有自己的白马王子了。玉琼沉默着。阿澜又说,邓乔康这人怎样,别看他嘴巴涂油抹蜜,却是个脑子活络的生意人,何况伲俩干的都是酒行业,真是前世修来的缘哩!玉琼还是犟着劲,阿澜又说,这爱情,婚前是风花雪月,婚后便是柴米油盐,再浪漫的爱情都会升级为现实版!

这时,酒吧响起一个声音——今天是玉琼小姐的生日,请允许偓将一首《我愿意》献给她,祝她年年有今日,岁岁有今朝!聚光灯打在舞台上,邓乔康手握麦克风贴心贴肺地唱起来。一个塔形蛋糕赫然摆在眼前,点亮蜡烛,阿澜催促玉琼快许愿,蜡烛一吹灭,灯全打开了。玉琼这才看清,周围全是邓乔康和她的朋友,这晚他提前把酒吧包了下来。

就这样,内柔外刚的玉琼被邓乔康攻下了。娶了她,就是一个最具品牌价值的活广告啊!

邓乔康后来将那个老市场的一处废旧厂房改造成酒厂,请了五十来个工人,日产上百缸酒。办完婚礼后,他另请了一个酿酒师,让玉琼在门市上当老板娘。其实,邓乔康自有他的想法,玉琼当酿酒师纯洁得很，眼睛里容不得半粒沙子。他经常背着她勾兑娘酒——添加食用酒精、酯、酸、醇、醛等香精香料，酒会更香醇；加入甘油，使酒有挂杯之效，看起来像陈酿老酒。玉琼把酿酒当成十月怀胎，掺不得半点假，要是全世界的酿酒业都像她那样鼓捣，还赚个毛钱？

柜台上，一排古色古香的酒瓶静美地杵着，圆瓶腹，长颈项，像美妙绝伦的古代女子，静美地等着沽酒买醉的豪士。这个城市的豪士太多了，但像玉琼这样的女子却不多。她总是穿一身浅淡的套裙，和风细柳地站在"围龙酒"背后，接过豪士们递来的钞票，或者是旧的，或者是皱的，她一概照收，找回给伲的必定是没有水褶子的新钞和浅笑的酒窝。

下面发生的两件事却是他们始料不及的。

颖川村向来地势低洼，暴雨天极易闹洪灾。这一年，市里对下游的凌江水库加固扩容，水位线得上升好几米，颖川村全村迁移至凌江水库岸上。

移民那天，村里家家户户鞭炮齐鸣、红烛高烧，拜天神、祭祖宗。谁愿意离开生活了一辈子的胞衣地？几百年的村庄史，繁衍了一代又一代流着颖川村血缘的子民，聚居出了根深蒂固的宗族感情。如今说迁移就迁移了，凌江水漫进来，村子便将成为一个再也回不去的水族箱。

这天，玉琼回村帮阿嬷收拾家什用具。梁婶在神龛前烧了香，对列祖列宗和自己的男人掏心掏肺说了一席话，泪水再也抑制不住。玉琼扶着她从上花厅走向下花厅，脚步从未有过的迟重，好像在走一段悬崖峭壁。狸花猫紧跟在后，头耷拉着，也似失了魂魄。梁婶忽然止住了步，转个身，疾走过上下花厅中间天井上的麻石桥，风一样穿巷而过，打开她与男人当年的洞房门，取下挂在墙上的二胡,说,阿琼,伲阿爸生前最喜欢那首《田园春色》,最后拉一曲吧!玉琼在乐韵里闻到了五叶神、香蕉叶、金樱子、酒曲草、黄豆秆、水稻秆和草木灰凝成的香味,围龙屋和颍川村在泪眼里成了模糊的碎影……

邓乔康接到酒厂打来的电话,风风火火赶去,上百个大酒缸蹲在酒间里,发出哀伤的哭泣。持酒勺一缸缸地品尝,每一缸都是酸的。邓乔康气愤地扔了勺子,朝酿酒师瞪眼怒斥,伲知道这一百缸酒的损失是多少吗?伲就是在这干三年,也偿还不了这钱!酿酒师每天带着工人酿上百缸酒,还配合老板往酒里勾兑添加剂,累得骨头差点就错位了。这样没日没夜干了大半年,多次要求加工资,邓乔康却以铁公鸡的架势拖着没落实。酿酒师心里窝火,那天,他一气之下偷工减料,酒缸没洗刷干净,也没用布惊叶熏烤,拌酒饼又没用力搓揉翻拌,零零散散地撒在糯米饭上便入了缸,伲说这酒能不酸吗?

后来,邓乔康背着玉琼把酸酒兑进新酒里卖了出去。还给酿酒师加了工资,终究怕他举报昧心之事。

六

那天早上,天空又布满了朝霞,这个城市红彤彤一片,老市场里熙熙攘攘,人流像抹了一层胭脂,步履匆匆踩过白霜斑驳的路面。

玉琼骑着摩托路过酒厂。酿酒师正往酒里兑甘油,玉琼忙问,这是什么,怎么要加这东西?酿酒师一脸窘态。玉琼从他手里夺过瓶子,便知道葫芦里卖的是什么药了,大声喝问,邓乔康呢,邓乔康滚哪去了?玉琼转眼成了一头愤怒的母狮子,扯着嗓门发疯似的吼道，邓乔康，邓乔康，伲这铜钱眼，眼里只有那几个臭钱，快给俚滚出来！如一股暴风雪，把酒香味冲得魂飞魄散。怒不可遏的玉琼操起一根桃木棍，铆足了劲朝酒瓮砸去，哐啷一声，桃红色的酒飞溅而出。哐啷一声，又一个酒瓮被砸。哐啷哐啷哐啷啷，玉琼接连砸了十几个酒瓮，娘酒流了一地，像一大汪鲜血，见证着这个案发现场的血雨腥风。

邓老板疾风骤雨地赶来时，玉琼已砸了五十几瓮酒，嘴里喃喃道，叫伲人心狗肺，叫伲人心狗肺，不把这一百多瓮酒砸烂俚就不姓陈！邓乔康快步趟过红色河流，抢了玉琼手里的桃木棍，呵斥道，还不停手，现在哪家酒厂不这样做，谁清纯谁就被打倒，这叫市场竞争，伲懂吗！啪的一声，一掌打在邓乔康脸上，这叫天地良心，伲懂吗？！玉琼蹚过红色河流，跑出酒厂。门口便是那个老市场，密匝匝地围了一大群人，匪夷所思地看着酒厂流出的桃红色酒汁，耸鼻吸溜着。谁说，这么好的酒，怎么倒了呢？谁家的狗伸出长长的舌头舔得溜溜有声，不一会儿便东倒西歪地疯跑起来，众人纷纷让出一条道。

玉琼跨上摩托，恍如隔世地往移民村的方向驰去。

移民后，梁婶深夜里老梦见酒缸破了一个洞，一股泥石流冲进来，把缸撑满了。碾碎酒饼撒进缸里，转眼噗噜噗噜响，这醛发得特别凶猛，终于像山洪暴发，从破洞里喷泄而出，一下子淹没了颖川村。她每次都是在上气不接下气的紧要关头醒来的，要是一口气没接上，也许就被阎罗王召去喝孟婆汤了。

梁婶再也睡不着，也不敢睡着，生怕这样的梦魇断了她的阳寿。她还有上千缸酒没酿，哪怕差一缸，也会死不瞑目。她只得抱起狸花猫半夜起床，在酒间里捣弄着她的第四千零五十三缸酒。

这哮喘又犯了，喉咙像一只经年失修的破风箱，呼哧呼哧，不知不觉梁婶竟靠在沙发上打起了盹。迷迷糊糊中有个人挑着箩走来，嗔怒地站在门口，说，偓的酒瓮呢，两只酒瓮哪去了，找遍颍川村也没找到，村里怎么全是水？快还给偓，偓要挑去镇上卖酒！梁婶的心猛颤了一下，魂好一会才回到身上。她哀伤地对着门口说，她爸，村子移民了，颍川村再也回不去了！

不知怎的，梁婶好端端地就感冒了，鼻子老抽搐着，居然闻不出味儿来。出了酒，发了酵，入了瓮，这第四千零五十三缸酒便开始炙烤了。

炙酒那天，门前开来了一辆摩托。梁婶舀了一小碗酒，说，阿琼，伲来得正巧，这移民后的第一缸酒刚酿成，尝尝新酒吧！一股酸味侵鼻而来，玉琼屏住呼吸喝了一口，扑哧！马上吐了出来，阿嫲，这酒怎么那么酸？梁婶不信，舀一勺喝了口，脸上旋即失了颜色，嘟哝道，怎么会这样？怎么会这样？难道这移民村没有围龙祖屋，祖先也不保佑偓酿好酒？

两眼通红的梁婶忽然抱起酒瓮，失神地说，快，快，帮偓抬到摩托上！看她失去理智的样子，玉琼只能按她的话去做，便一起把酒瓮抬到车后架绑好。梁婶说，快，开到水库堤上！那只狸花猫跳到坐在后座的梁婶怀里。

嘎的一声，摩托停在了水闸前，梁婶抱下那瓮酒，脚步蹒跚地走前去，啪啦一声，酒瓮掉到了水库里，溅起雪白的浪花。猫咪！狸花猫发出一声哀号，噌地跳了下去，跟着酒瓮在水面上浮浮沉沉……

这情景，像极了玉琼阿爸当年被龙卷风吹到凌江时，水面上的酒瓮也是这样沉浮不定，好像有千言万语要跟自己的女人和女儿说。

梁婶拖着哭腔哀号，快，快，快去救猫！玉琼在废料堆上找到一根长竹竿,沿堤坝的斜坡去救狸花猫。

猫在水里挣扎了许久,终于没能救上来,毛球似的身子浮在水面。瓮口溢出的桃红色酒汁铺染成一片红霞,像为这老伙计盖上了一面红被子。此时的凌江水库成了一张大床,狸花猫安静地躺在上面,红被子慢慢掩盖了它的声音,慢慢掩盖了它的笑颜,慢慢掩盖了它的前世今生。

玉琼和阿嬷双膝一软跪倒在堤坝上……

2014年8月